70年北京东城足迹

——《东城故事》2019年

韩小蕙 杨建业 ◎ 主编

世界知识出版社

图书在版编目（CIP）数据

70年北京东城足迹：《东城故事》2019年 / 韩小蕙，杨建业主编. — 北京：世界知识出版社，2019.12
ISBN 978-7-5012-6136-9

Ⅰ.①7… Ⅱ.①韩… ②杨… Ⅲ.①报告文学—作品集—中国—当代 Ⅳ.①I25

中国版本图书馆CIP数据核字（2019）第268432号

责任编辑	张迎辉
责任校对	张 琨
责任出版	赵 玥

书　　名	70年北京东城足迹——《东城故事》2019年 70 Nian Beijing Dongcheng Zuji—《Dongcheng Gushi》2019 Nian
主　　编	韩小蕙　杨建业
出版发行	世界知识出版社
地址邮编	北京市东城区干面胡同51号（100010）
电　　话	010-65265923（发行）　010-85119023（邮购） 010-85118128（编辑）
网　　址	www.ishizhi.cn
印　　刷	北京九州迅驰传媒文化有限公司
经　　销	新华书店
开本印张	787×1092毫米　1/16　20⅝印张
字　　数	345千字
版次印次	2019年12月第一版　2019年12月第一次印刷
标准书号	ISBN 978-7-5012-6136-9
定　　价	65.00元

版权所有　侵权必究

目 录
CONTENTS

序　情系中华　爱我东城　　韩小蕙　/ 001

第一辑　传承步履　/ 001

外交部街胡同今昔　　韩小蕙　/ 002
大前门外三里河　　刘孝存　/ 018
"史家"言史　"花市"谈花　　郝洪才　/ 026
中轴线——北京历史文化的承载　　李俊玲　/ 038
写字楼里的非遗大家庭　　赵李红　/ 048
北京二中的两位文学家　　李培禹　/ 058

第二辑　新兴旗舰　/ 071

先生在上，再看看您的龙须沟吧
　　——龙须沟与剧作家的70年　　胡健　/ 072
百年协和百年路　　韩小蕙　/ 088
从三封读者来信看新华书店"共和国第一店"　　金涛　/ 121
大美四联　　刘俊　/ 132
东来顺的传奇　　祁建　/ 147
北京市珐琅厂：中国景泰蓝第一家　　金涛　/ 165

新中国第一店的前世今生　　甘小凡　/ 176

第三辑　改革进取　/ 189

京城珍珠第一家　　杨建业　/ 190
倚楼望海品北京　角图畅读阅人生　　马　宁　/ 213
精诚仁和话"普仁"　　郝洪才　/ 225

第四辑　梦想未来　/ 239

托起明天的太阳，一切为了孩子
　　——记中国儿童艺术剧院与中国儿童戏剧节　　韩宗燕　/ 240
让每一个生命绽放光彩
　　——滕亚杰校长的百年老校追求　　李　强　/ 257
戏剧让生活更美好
　　——从建国戏剧的起源到全民戏剧的普及　　杨　虹　/ 269
老庙会　新庙会　　李俊玲　/ 282
全民健身　利国利民　　秦景棉　/ 288
花团锦簇的故事　　刘晓川　/ 305
身边的变化　　秦景棉　/ 311

后　记　　杨建业　/ 320

序 PREFACE

情系中华　爱我东城

韩小蕙

作为一个土生土长的老北京人，我很自豪"我的家乡是北京"。而作为一个生在东城、长在东城、工作在东城的老东城人来说，我简直更要骄傲了——东城区不仅是北京市行政第一区，也是全中国行政第一区。东城区不仅拥有天安门广场、故宫、北京中轴线、天坛、地坛、国子监、雍和宫、国家博物馆、中国美术馆，还有王府井、大前门、新世界、北京站，以及全聚德、便宜坊、东来顺、吴裕泰、红桥市场、中国照相馆……这么些个"老东城"，简直就是让外人羡慕死了的家珍呀。

然而，读完这本书的23篇文章后，我竟然脸很红：本来自以为是老熟人，对东城的老家珍们完全了解，谁知自己早被格式化了，时代的列车早已不是"咣当，咣当"的绿皮车，而更新换代为一日八千里云与路的"复兴号"。变了，一切都在巨变，各行各业、各门各户，名家巨擘也好，后起之秀也罢，都要士别三日刮目相看，旧貌换了新颜。如果此时正在刷微信，当加个表达欣喜与激动的小图标——泪奔！

请看：

从小一直生活在东城三里河的东城作协顾问刘孝存，今年再回到青少年住过的这片地域，已经完全不敢相认了。眼前这一大片桃红柳绿、小桥流水、苇叶摆风、锦鲤花鸭的街区大花园，难道就是昔日矮屋、漏巷、煤炉子遍地的棚户区吗？他的

70年北京东城足迹——《东城故事》2019年

《大前门外三里河》，是带着无限感慨写就的，用的是笔，更是心。

另一位专门来此地踏访的是东城作协副主席胡健，她以一个晚辈作家的身份，追随着老舍先生的足迹，来细细考察当年的"龙须沟"在今天的新时代里，又有了什么激动人心的新变化。20世纪50年代新中国成立初始，臭气熏天的龙须沟被填平，天坛北墙外一带完成了第一次改造，有了"金鱼池"这个美丽的新名字，老舍先生专门来写了三幕话剧《龙须沟》；80年代金鱼池一带完成了第二次改造，居民们搬进了有厨房和卫生间的简易楼房，剧作家李龙云写了话剧《万家灯火》，并邀居民们与人艺的艺术家一起登台演出。这一次，胡健以长文《先生在上，再看看您的龙须沟吧》向两位前辈剧作家报告，这一带又正在发生着第三次巨变：天坛公园外墙已全部修葺一新，马路笔直通畅，简易楼又在分期分批地鸟枪换炮呢……

老东城的史家胡同、老崇文的花市大街，都是闻名京城的历史街区，甚至有着"最北京"的概括。郝洪才的《"史家"言史，"花市"谈花》运用对比法，写出了它们的古往今来。这些年东城区在非物质文化遗产的保护上，呕心沥血，走在北京市前列，不仅对其进行保护，而且要弘扬，还专门建起一座"东城区非遗博物馆"。面对着300多件从历史深处走来的展品，赵李红在《写字楼里的非遗大家庭》一文中，详细讲述了华夏文明的"家史"，热情歌颂工匠手中的"中国"。变化最壮观的还属中轴线，这是多年来，北京市用了最大努力在整修的一条古都文化带，也正在为申请世界遗产做准备。李俊玲的《中轴线——北京历史文化的承载》以史带文，用点、线、面相结合的手法，侃侃讲述了它的历史沿革与大文化内涵……

70年不短，老一辈文化人一位位离我们远行了，好在他们把作品留了下来。作为北京二中1971届学生的李培禹很幸运，他赶上了一小段时光，与二中的两位著名学长——作家刘绍棠和散文家韩少华相识、相知乃至亲密交集，《北京二中的两位文学家》记述了这两位先生的音容笑貌与做人、作文。70年不长，说来也就那么几个裉节儿，跟不上就要掉队，好在东城区的几块金字招牌，如协和医院、百货大楼、王府井新华书店、四联美发、东来顺……都在时代的洪流中迎风破浪，奋力前行，韩小蕙、甘小凡、金涛、刘俊、祁建的笔下，一一记下了这一桩桩筚路蓝缕的不平凡历程。

最值得大书特书的还是改革开放中的先锋，比如我们大家都去过、都熟悉，然而并不细知的红桥市场，杨建业以1.6万字的大篇幅，悉数披露了在每一历史转折处，红桥人都不自叹、不放弃，反而迎难而上去创造历史，以一次次破釜沉舟的实干，诠释出了什么叫作"敢为天下先"。这种创造、创新、创业的努力，在东城第二图书馆（角楼图书馆）、北京珐琅厂和普仁医院的三篇采写中皆被三位作者马宁、金涛、郝洪才深入采访、细致挖掘和精心提炼后落笔成文。壮哉，此可谓之"东城精神"。

最后，还有重要的一笔不能落下，即新中国成立以来，我们的生活发生了沧海桑田的巨变。以刘晓川的《花团锦簇的故事》、秦景棉的《身边的变化》两篇文章为代表，写出了我们作为中国的一个老百姓、北京东城区的一位居民日常中的绚烂多彩、有如神话一般的故事。70年前我们从旧社会迈入新中国，40年前我们从封闭自守中打开改革开放之门，家家、户户、人人，毫无例外都经历了从吃不饱穿不暖，到温饱小康，到大鱼大肉，又到返璞归真的粗粮蔬果瘦身阶段，从粮票、肉票、油票、糕点票、布票、手表票、自行车票，到电视、冰箱、洗衣机、空调、手机、4G、5G，对了，还有住房……而在物质生活水平得到极大提高之后，人们的教育需求和文化、艺术需求，就自然而然地水涨船高，从"俺们村头的那一条小河"，来到了浩浩荡荡的大江大湖，又驶入浪涛滚滚的大洋大海。韩宗燕笔下的中国儿童艺术剧院、李强当了一整天"校长助理"的灯市口小学、秦景棉身边的居民体育活动、杨虹欣赏的戏剧和李俊玲笔下的旧庙会新庙会，这四篇文章分别从各自的闪光点出发，构成一幅宏大的篇章，以一当十，展示出我东城人的襟怀与追求。

古人云："诗言志，歌咏言，声依咏，律和声。"

诗固言志，文亦言志。而且，文能以更开阔的篇幅、更无羁绊的落墨，使表达达到更加尽抒胸臆的境界。比如我们这部书，就是以报告文学和纪实文学的优势，酣畅淋漓地展示出东城区各个行业、各位干部群众的时代风貌和精神高度，值得点赞！

合上书稿，起身移步窗前，但见东方欲晓，隐身在晨曦中的红日即将喷薄而出，片片祥云已映射出一道道金亮的霞光。街道上开始热闹起来，汽车排起了长队，行人匆匆赶去上班，街边花园里老人们在做操、打球、跳舞，绿树红花间鸟儿们在放声歌唱……与每一个初醒的清晨一样，我东城区朝气蓬勃的一天又开始了。70年，25550天，就是这样的一天天，我们把自己的赤诚、汗水、青春、岁月、才干、智慧，倾情奉献，使我东城区随着祖国的腾飞，"苟日新，日日新，又日新"。说起来东城区并不大，与原崇文区合并后，面积也才不到42平方公里，常住人口82万,但在很多指标上,东城区常常都是排名第一的——这不,耳畔又响起《北京新闻》播报的声音:"在7月的全市街乡镇'接诉即办'综合考核排名中,东城区的建国门街道、前门街道、东花市街道综合成绩同为100分,并列排名全市第一……"哈,看来我们作家永远也追不上时代的脚步,身边沸腾的生活中,真是有着写不完的先进事迹和英模人物,"革命尚未成功,同志仍需努力",东城作协的同人们,加油哦!

情系中华,爱我东城。

是为序。

2019年8月15日
于北京

第一辑
传承步履

外交部街胡同今昔

韩小蕙

送走了一场撩人的春花雨,我独自走到我们胡同东口,静下心来,想要细细寻觅一番。

一

外交部街胡同路牌

这是一条多么熟识的胡同,名"外交部街",位置在北京城市中心的中心:南接东单长安街,西临金街王府井,往北面上去是中国美术馆,往东一拐就看到了北京站的报时大钟。一环以里的位置,是元大都的最早发源地片之一。这就是说,如果把今天1.641万平方公里的庞大北京比作一朵大花,那么这条胡同堪称花蕊的心脏。

这是一条多么熟悉的路,我从五岁起就投入它温暖的怀抱了。半个多世纪以来,每天东来西走,从牙牙学语一下子就走到了两鬓斑白。问问胡同里的每棵大树、小树认识我不?问问一根根哨兵似的电线杆子认识我不?问问每一块马路牙子认识我不?是的,它们一起笑吟吟地回答:"认识认识,你是韩小蕙,你是外交部街的女儿。"

周围胡同的名字,有"东总布""西总布""东堂

外交部街简介(摄影:韩方生)

子""西堂子""新开路""北极阁""干面胡同""甘雨胡同"……唯我们这条胡同后面缀了一个"街"字,为此曾引起多少误会,误以为它是一条街。其实不然,回归历史深处,它最初是叫"石大人胡同",望文生义,可轻易推测出这条胡同里曾有石姓的高官大人府,确然这说的是明朝将军石亨。石亨曾是一代名臣于谦手下的一员虎将,在"土木之变"后的北京保卫战中,临危授命的兵部尚书于谦举荐石亨任京营总兵。石亨果然英勇善战,一举击败南侵的瓦剌军,保住了北京,成为家喻户晓的护城骁将。但后来在宗景泰七年(1456),乘代宗重病时,石亨勾结宦官曹吉祥等发动"夺门之变",协助英宗重新登上皇位,因此被赐封为武清侯。英宗还赐他在今外交部街胡同地面上营建府第。石亨自恃功高,将石府建得浩大宏阔,几乎占据整个胡同路北的四分之一,比一般王府还大,用今天的话说绝对是"超级别、超标准"的豪华腐败建筑,不仅违背了祖制,也大大冒犯了皇家威权。后来眼见着石亨越来越骄横跋扈、结党营私,更引起英宗的猜度与不安,终以"图谋不轨"罪名将石亨下狱治死,庞大的宅第没收入官。因此,历史的经验值得吸取,"满招损,谦受益",老祖宗的话还是智慧的护身符,人无论到了什么地步,都绝对不可以狂妄轻浮,用老百姓的话说即"得知道自己姓什么"!

嘉靖年间,鞑靼族首领俺答率军侵扰西北边境,嘉靖帝派咸年侯仇鸾为大将军前去剿敌。仇鸾贪生怕死,不战即请人疏通议和,屈辱示弱退兵,回京后又谎报军情,骗得龙颜大悦,将石大人府赐予仇。后败露,被革职,忧惧而死,此大宅再次被没收入官,又赐给成国公朱庚。

转眼到了万历年间,明神宗女儿寿宁公主出嫁,她是神宗最宠爱的女儿,神宗便将这座大宅赐给寿宁公主驸马冉兴让。冉驸马是什么背景有点难考证,后人只知其有雅兴,重建了石府,堂皇富丽,还新添了优雅的园林,取名"宜园",时人形容其"鸟语藏深处,云光断远山",被誉为"京师八大名园"之一……

到了清朝,睿亲王又在外交部街盖起新府。新睿府规模十分宏大,远远超过公主和驸马的宜园,有房屋五百多间,中路建筑如同缩小的紫禁城三大殿,有东西翼楼、银安殿、二道门、神库、安福堂等殿堂,西路为王府花园,东路为宗祠,大厨房、瓷器库、灯笼库和戏台等,府门外还有马圈和车房。到了末代睿亲王中铨时,已是民国年间,王爷爵位形同虚设,既没有禄银,又没有禄米,但王府依然挥金如土,修房子、修花园、安电话、吃西餐、买汽车……开销巨大,很快就花光了祖上

昔日睿亲王府

留下来的财产……

一转眼，三百年的大清朝，又马嘶人喊地过去了。老百姓可闹不清这些宫斗和宦海里的沉沉浮浮，也记不住一换再换的园子主人姓甚名谁？日久年深，张冠李戴，于是，"石大人胡同"便稀里糊涂地变为"石驸马胡同"……

民国时外交部设于此，得名外交部街。

1923年，在睿亲王府原址上建立了北平著名中学之一的京师私立大同中学，在之后的屡拆屡改屡建中，王府原貌渐渐荡然无存。首任校长是北大教授谭熙鸿先生，该校实行新式教育，很快就与当时蜚声京城的贝满、育英、汇文等几所中学一同扬名天下。新中国建立后，大同中学被改名为"二十四中"，在北京市的中学排名处于中上游水平。20世纪60年代，有一个哲学词汇"一分为二"是很走红的社会学概念，二十四中竟也被一分为二，成为"二十四中学"和"外交部街中学"。再再后来呢，外交部街中学又被更名为"一百二十四中学"。新禧千年里，不知又是哪一片云彩飞来，两校又合二为一，回归"大同中学"旧称——真的是，潮起潮落，云卷云飞，往雅了说，这不叫"折腾"而叫作"分久必合，合久必分"。

一百二十四中，在"文革"中的"就近分配"口令中，成为我的胡同中学。

二

我这个北京话中的"小丫头片子"，居然就在外交部街中学里厮混了两年半时光。那是最宝贵的冰雪聪明的青春年华呀！并非是我主观想"混"，而是被强制地"混"着日子：今天到农村拔麦子，接受贫下中农再教育；明天在学校里脱砖坯，说是苏修要打来了，必须深挖防空洞，便烧出许多许多、许许多多的红砖。只有在初三的上学期，突然传来伟大领袖的最新指示"要复课闹革命"，一时，老师们亢奋得腰都挺直了，无须动员，一个个"蠢蠢欲动"，在连课本都没有的荒谬面前，苦口婆心地教我们学会了"狼赖扶柴门毛"（"Long life Chairman Mao！"英语："毛主席万岁"）。

我还被教会了一元一次方程，那是我这辈子最惊艳绽放的与代数拥抱的蜜月期。小学五年级即遭遇"文革"，北京从1966—1968年学校关门，我连六年级的功课一点儿也没学，就以"小学毕业"身份被分配进了我的胡同中学。此前那动荡的两年里，我们大院里有一位大医将他的四个孩子关在家里，亲自督学数理化；而我的家长被批斗，整日凄凄惶惶，自顾不暇，我也就"自由化"了两年。这一"复课闹革命"指示来临，我感到自己可就惨了，根本不知道代数为何物。张老师嘴里的"正数""负数"，在我简直是魔法世界的语言，完全听不懂他在说什么。后来换了王老师，是位留用的"旧知识分子"，他的课就像是一把把钥匙，一点点打开了同学们心中的锈锁，也教我重新找回了学习的快乐。记得后来学了半学期以后，学校顶着"右倾翻案"的巨大压力，搞了期中语文和数学考试，语文是默写生词，这对于两年来整天以"黑五类子女"身份因在家里"自由化"看书的我来说太不难了，所以我就成为全班唯一的满分；数学就两道题，难得上了九霄云天，我憋到一节半课的时候，终于用一元一次方程给解出来了，班上另一个女生即那位大医的女儿，用三元一次方程解出，我俩的得数一样，老师证实都做对了！班上一共50来名学生，只有我们两个女生做出了那道题，这件事真给我自信啊，比后来我拿到新闻界的最高奖都价值高。从此，我就喜欢上了数学，后来进工厂做工后，还坚持自学完初中三年的六册数学课本，这竟成为我1978年考上大学的一个关键因素，人生真是步步连环啊！一直到现在，我也还没放弃对数学的向往，前些时在微信上看到十道数学测试题还忍不住做了做，结果做出了八道，对了六道！我认为数学和语文其实是并蒂莲，在我们看不到的高空中，它们就合二为一，结成一颗自然果——就像当年吴冠中先生和李政道先生做过的一个有趣的私人小"游戏"：吴先生请李先生用高能物理的科学思维方法写出他读自己绘画的感受，他则把自己对高能物理的理解用一幅画表现出来。最后，两个人都做了出来，发现双方在高处互相"通电"而会心一笑。吴先生讲起那件事时兴致勃勃，还拿出那幅画给我看，上面画有许多大大小小的行星，在沿着各自的轨迹运行着。当时我的领悟即"世界就是一个'一'"，即老子所言"一生二，二生三，三生万物"的"一"，吴先生笑呵呵地领首。所以，什么语文、数学，什么文科、理科，什么艺术、科学，这全是我们人

类愚昧的自我矫情,在"上帝"面前,哪儿有这么多无聊的分野……

话题扯远了,还是回到我的外交部街中学生涯:1970年6月,正当我的学习有点起色的时候,突然变故又来了,说是由于连年把知识青年都送到广阔天地去了,北京市就严重缺乏劳动力了,就需要把我们七〇届的一半学生提前分配进工厂了。于是,我就黯然告别了外交部街中学——之所以"黯然",是因为心情极为复杂,一是庆幸能进工厂,留在京城里不用上山

考上北京师大女附中,是我从小的愿望,可惜被"文革"雨打风吹去

下乡了;二是不甘心以这么低的学历就终结学生时代;三是心里总还是存有一个上学梦,自小的理想是考上当时北京市排名第一的女校师大女附中,然后考北大。现在若去了工厂,万一要是下半年恢复高中了呢?虽然我一直对自己被强行塞进的这所胡同中学耿耿于怀,在老长时间里觉得她"委屈"了我,但现在突然要我离开,我心里还是涌起了"念去去千里烟波,暮霭沉沉楚天阔"的惆怅。

非常感念几位老师:第一位是数学王祖容老师,就是我前面提到的"解锁"老师,在那价值观严重混乱的年代里,他竟然天才地调动起班上的每一个学生,包括所谓的流氓学生,跟着他对数学有了兴趣,造成我们全班都很积极地上代数课的奇观。还有一位年轻的女教师常老师,她并不教我们班,却对我极为幼稚的少年诗作大加鼓励,简直像明灯一样照亮了我的心……可惜我那时少不更事,并不知学校脚下的土地即寿宁公主的宜园,不然,怎么着也得像黛玉葬花那样,寻寻觅觅一番两番哈。常老师细眉细眼,扎两根细短辫,有点儿南方口音,比我们大不了几岁。后来我惊讶地发现,她就住在外交部街胡同西口,即我们协和大院斜对

门的一个小四合院里。

三

今天那院子已破败不堪，被一间间支出来的小厨房挤得早就变了形，成为一只四处开了口儿的馅儿饼。但据考证，就在它的小院西面，曾建有"墨碟林"西餐厅，是北京最早的西餐厅之一，服务的"基本群众"是协和大院当年那些从美国来的洋大夫。商人嘛，鼻子最好使，哪儿能赚钱他们就能及时地出现在哪儿。今天，朝西的原建筑还在，其西洋的装饰风格尚存，但也仅限于这点儿钢筋水泥上的意义，"墨碟林"早已消失，早早变成了为普罗大众填饱肚子的平民饭馆。而且还经常"城头变幻大王旗"，昨天还挂着"云南米线"的招牌，今天就换成"杨国福"了，好在它们的服务对象也换成来协和医院看病的芸芸众生，不求吃好，只图填饱肚子，加上便宜和快就行啦。

这是说的胡同西边，而在胡同的尽东口，曾发生过一件特别神的事：那是1979年冬天，我从天津放寒假回到北京，某一天的某一刻，走过胡同东口1号院的瞬间，刚好邮递员在喊："1号院里有叫韩小蕙的吗？谁叫韩小蕙？"我条件反射地答道："我是韩小蕙。"他随即递给我一封信，是我同学写来的，她只知道我住的协和大院是胡同西口的第一个院子，却不知道北京胡同的门牌号均是从东往西排序的，1号院是胡同东口的第一院，到了胡同西口，我们大院已经排到59号了——然而可真是上天佑我，不然怎么会那么寸，就那么几秒钟工夫，我恰巧从那儿路过。也是直到今天寻根到此，我才知道，这外交部街1号院，原来竟然是著名京剧艺术大师李少春先生的故居。

李少春先生出身梨园世家，工武生、老生、文武老生，是京剧"李派艺术"的创始人。他自幼在家中受到艺术熏陶与严格的庭训，十分刻苦，终于练就一身硬功夫。1934年他年仅15岁，就在上海与梅兰芳同台合演《四郎探母》，得到梅大师的称许和观众认可。1937年在天津演出，声誉鹊起，一跃成为头牌演员，此时杨小楼已去世，余叔岩已不再登台，他驰骋于京、津、沪舞台上，一时成为一颗耀眼的新星。1949年以后，这位文武全才、不可多得的京剧表演艺术家，出任新中国实验京剧团团长、中国京剧院一团团长，并于1958年加入中国共产党。此时他的艺术创作热情

李少春舞台装

达到高峰,与袁世海、翁偶虹结成艺术团队,连续编演新剧,塑造了杨白劳、李玉和、少剑波等角色,成功运用传统京剧表演技巧塑造现代英雄人物,使国粹艺术得以保存并发扬光大。可惜这么一位京剧功臣,却在"文革"中惨遭迫害,于1975年黑暗即将过去时驾鹤西去,年仅56岁……

外交部街住过的名人还有侯德榜、陈雪屏、华南圭。

侯德榜先生是著名科学家、杰出化学家,"侯氏制碱法"创始人,世界制碱业的权威,同时还是中国重化学工业的开拓者,近代化学工业的奠基人之一。他出生于福建闽侯县一个普通农家,青少年时代得姑妈资助在福州英华书院学习。1911年考入北平清华留美预备学堂,曾以十门功课1000分的不可思议的优异成绩誉满清华园。1913年入美国麻省理工学院化工科学习,又陆续进入普拉特专科学院和哥伦比亚大学研究院学习、工作,获得博士学位。由于学习成绩特别优异,在校期间即被接纳为美国化学学会会员,其博士论文《铁盐鞣革》在《美国制革化学师协会会刊》全文发表,并破格予以连载,至今还是世界制革界广为引用的经典文献之一。1921年,侯德榜接受永利制碱公司总经理范旭东的邀聘,离美回国,满腔热情承担起续建碱厂的技术重任,并在短短几年间破解氨碱法制碱技术的奥秘,主持建成了亚洲第一座纯碱厂,其主要产品红三角牌纯碱1926年荣获万国博览会金奖。侯德榜一生在化工技术上有三大贡献:一是揭开了索尔维法的秘密,二是创立了中国人自己的制碱工艺——侯氏制碱法,三是为发展小化肥工业作出了贡献。他的一生充满传奇色彩,培养了很多科技人才,桃李满天下,备受敬重。但在"文革"中被冠以

侯德榜纪念邮票

"资本家"罪名,一度无法工作。最终,他也没熬过"十年浩劫",带着疑惑与苦闷逝于1974年,享年84岁。

陈雪屏先生(1901—1999)生前是台湾大学心理学系的教授。从20世纪30年代起任教于北京师范大学教育系、北大理学院心理系,并曾代理国民政府教育部长。后出任过台湾省教育厅长、行政院秘书长等职。

华南圭先生(1877—1961)毕业于法国公益工程大学。归国后,在1928年到1929年担任北平工务局局长期间,他制订了《北平河道整理计划》等,提出了整治永定河及修建官厅水库,将景山、中南海辟为公园等意见,还主持辟出沙滩经景山前门至西四丁字街的道路,辟出地安门东大街等为民造福工程。新中国成立后,出任过北京都市计划委员会总工程师、顾问,其间他的许多提案都获得采纳,比如建设煤气工厂,在北京东郊建设工业区,为北京市全部胡同的路面铺沥青,继续对永定河进行整治并修建官厅水库,开通京密运河并修建密云水库等。老先生比较幸运,于1961年仙逝,享年也是84岁。现今,华先生家的二层小洋楼还在,簇拥小洋楼的小院子也还在,大门处还有一株几百年的老香椿树,掐下一片小叶,凑到鼻尖嗅闻,清香如故。

华南圭

四

不过,你若以为我们的胡同仅仅停留在此高度上,也未免太小觑外交部街了。为什么它能被称作"街"?是因为它关系着数百年甚至是中国近代史的际会风云呢!它与孙中山、袁世凯、傅作义、周恩来、陈毅、黄华……都有过交集呢!

1912年,它亲眼看到图谋称帝的窃国大盗袁世凯,满脸堆着虚伪的奸笑,不得不暂时躬下身来,恭恭敬敬地在这里迎迓孙中山。当时孙为遏制袁妄欲称帝的狼子野心,凛然将自己的第一任民国临时大总统位置让与了袁世凯。而袁世凯却玩出种种花招,就是不肯到南京履行仪式,并擅自于当年的3月10日,在北京的"总统府"宣誓就任中华民国第二任临时大总统,盗取了革命成果。

这"总统府"即今天的外交部街33号院。1907年清政府实行"新政"以后,为准备招待来华访问的德国皇太子,特命外务部在石大人胡同建迎宾馆,并聘请美国土木工程师学会会员詹美生负责将之修建成一座完全西洋式的建筑。该馆于1910年建成,成为清末所建最豪华、质量最好,也是最地道的西式风格建筑群。整座院子造型宏伟,楼宇全部是雅典神庙式屋顶,罗马大柱,维多利亚门、窗、卷帘、花饰……此外还"庭前碧柳垂阴,芳草宜人。浓阴深处,参列铜制鹿马数具,洵佳境也"。但是后来,计划中的德国皇太子的访问并未成行,迎宾馆也就没用上,倒是被袁世凯盯上了这块风水宝地。1911年,时任大清国内阁总理大臣的袁世凯将内阁设在迎宾馆内,还在这里谋划了南北议和以及逼迫清帝退位等大事件。

袁世凯就任民国大总统后,国内反对声浪迭起,尤其政府与国会屡起冲突,内阁不稳。在此情况下,诡计多端的袁世凯多次邀请孙中山入京,想借孙中山的威望巩固自己的势力。1912年8月18日,孙中山抱着疏通南北意见的良好愿望赴京。袁为表示礼让,将总统府迁往铁狮子胡同的陆军部,腾出迎宾馆作为孙中山的临时居所。孙在北京的25天里,共与袁世凯长谈13次,并在迎宾馆内接见了包括逊清王朝摄政王载沣在内的各界人士以及不少外宾。经过他的努力调解,组阁危机彻底化解,政局得以稳定,一时,社会上呈现出一派安定祥和的景象。

9月18日,孙中山离京后,袁世凯的内阁政府没搬回来,原在东堂子胡同的北洋政府外交部迁入迎宾馆,从此,"石大人胡同"更名为"外交部街"。著名外交家顾维钧曾在这里担任过外交总长。日伪时期,伪"临时政府"、伪"华北政务委员

外交部街胡同内,前清迎宾馆大门(摄影:韩方生)

会"设于此。抗战胜利后，这里又成为傅作义的北平警备总司令部……

新中国成立后，周恩来总理在几个备选的地点中，拍板将这个大院定为中华人民共和国外交部所在地，时兼任外长的周总理、后来的外交部长陈毅，都曾在这座大院里办公，直至1966年"文革"浩劫前外交部搬至东四大街新址。可是，在我儿时的记忆里，从没见过威风凛凛的车队、前呼后拥的武警在胡同里出现过。那时的司长、局长们，也都是坐公交车，然后步行到33号院上班。胡同里除了上下班时间人流有所增多外，并无异常。我只记得那些外交官们的穿着都比较好，深色西服比较多，也有少量大小格子的浅色西装，还有深色呢子大衣，一个个风度翩翩，跟他们的外交官身份特别般配。外交部搬走之后，33号大院即清寂下来，我们的胡同也随之安静了不少。

五

我们外交部街59号院（协和大院）虽然与老外交部33号院差着二十多号，但那只是从门牌编号上说的，实际上，协和大院的东边院落与外交部院西墙仅一墙之隔。据老人们说，这里原是老协和的篮球场，没有那道墙的时候，两个院落是连成一片的，呈现着开放的姿态。哦，这就是了，到现在我们东小院里还有一个罗马柱的残台座，大约有成人的一抱宽、一膝盖高，中间有碗大的一个圆孔，还能隐约看到一些雕刻的花纹——我小时可没少在它上面跳来跳去，对不起了，原来你也曾是有温度的历史文物啊！现在，同样的一个罗马柱残台座，在33号院的大门内不远，孤独地隐身在一群杂草中。

刚才说到双忠祠。这双忠祠尽管镶嵌在大清迎宾馆的西洋群体建筑之中，却是典型的中式风格。庙宇式的大屋顶，虽非故宫、祈年殿一般的黄金色，而是黑琉璃瓦的，但这是等级问题，不可僭越。歇山顶，四梁八柱，红窗彩绘，左右各带三间耳房，中式建筑的基本元素都在。别看今天双忠祠已经破落得就剩下一个门楼了，但在乾隆十六年（1751）刚落成时，还是非常有气势的：有红墙环绕护卫，有大门、左右门、二门，然后是三间正屋、走廊，还有一座碑亭。当初是为纪念乾隆眼中的两位忠烈而建，他们是都统、一等伯傅清和左都御史、一等伯拉布敦。我专门去查了史书，想弄清"一等伯"是什么官职，这两位有啥"英雄事迹"，可惜清朝的无数官职都带有女真部落的特点，竟然像退潮的海滩一样贝壳满地，繁密而复杂，把

原清朝双忠祠，现在仅剩下这个门楼了（摄影：韩方生）

我弄得都要吐血了还是一头雾水。书中只有几句语焉不详的话还有点儿用，是说初年为了大清国的开疆辟土，有一批骁勇善战的八旗官兵跟着后金部落首领、后来的开国皇帝努尔哈赤，浴血奋战，打下了大清的江山。想来这两位被树为楷模的"忠烈"，就是这样的贵族忠臣呗？算了吧，反正那两位在后世子孙眼里已经越来越不重要，双忠祠逐渐被大清的后世子孙所挤占、挪用，最后连袁世凯的总理衙门都冷落了它，变成北洋外交部的档案保管处——到现在还剩下这么个门楼趴在胡同里，好赖印证着一段历史，就已经算它福大、命大、造化大啦！

六

还是让我们回到今天吧，今天已然是21世纪，买东西都不用出门了，手机点个卯，"唰——"，钱就无影无踪了，当然不几天，货品也会稳稳地送到家来啦！

在双忠祠对面，是外交部街46号，独门独院。大门似也平常，也是一般百姓家的灰瓦屋顶，与周围居民院落的平房自然衔接，既不显得富丽堂皇，也并不鹤立鸡群。但退后几步，踮起脚尖儿看，就能看到院落里有一座三四层或者是四五层的独栋楼房，神秘气息间或从那总是紧闭着的大门里泻出来。这里最早也是一个大户人家的宅子，后来不知从何时开始，变成了赵镕将军的住宅。赵镕1923年参加国民革命，1927年加入中国共产党，参加过南昌起义和湘南起义，1930年参加红军，经历过长征、抗战、解放战争，在军中担任重要职务，1949年以后任华北军区后勤部副部长，1955年被授予中将军衔。可能就是那时吧，将军一家被安置在北京中心城区这座中西结合的院落中，享受着世外桃源的生活。

赵将军有一子两女三个孩子。其小女儿赵小妹是我外交部街中学的同班同学，当然也是"文革"中被强行"就近分配"进入这所中学的。她瘦瘦的，黄头发，尖下颏，一副弱不禁风的样子，平时为人很内敛，并无红二代的骄横与戾气，只是默默地独往独来，跟谁都不说话。对于我们经历过的筛土、脱砖坯、走远路、拔麦子……她也都坚持着熬了下来，既不积极争先，也不拖集体后腿，这对于羸弱的她来说是有很大难度的。更有难度的是她每天顽强地坚持着不吭声，其实她也正处于豆蔻年华，也是很需要友谊的阳光雨露的。后来有一段时间，她果然跟我们班上一位个性鲜明又智商超群的女生做了朋友，于是她的上学下学路上，也就终于有了一个伴儿。最后的结局不出窠臼，未等我们毕业，她也和当时的军干子弟一样去当了兵，听说是在一家军队医院当护士，之后就再无消息了……现在时光飞逝，想来她也已到花甲之年了，不知她这半辈子是怎么过来的？我祝愿她平平顺顺。只可惜今天的34号院门更是终日紧闭，连一点点风光也不肯泄露出来了。

在翻江倒海的大时代浪潮中，任何人想要自保，哪怕如中将之家的这位默默不语的小家碧玉，也都几乎是做不到的事。本来人生即艰难，一个人从呱呱坠地至福乐寿，再到驾鹤西去，很少听说有一帆风顺、事事皆顺的；而吾侪刚好又处于中国社会大剧变、大动荡、大革故鼎新的百年风云中，经历了反清——北洋政府——民国——军阀混战——抗日战争——两次世界大战——国共内战——新中国成立——多场政治运动——"文革"浩劫——改革开放……谁不是"雕栏玉砌应犹在，只是朱颜改"呢？

普通小百姓不足道，即如挥挥手就能影响时代进程的历史大人物，亦摆脱不了社会和命运的掌控！在我过去模糊的印象中，好像我们外交部街中学大门的正对面，曾有过一座巨大的影壁墙，得有北海公园九龙壁那么高，至少一半长，不记得其上有什么花饰浮雕，好像只是洋灰抹平之后又涂了一层赭红色而已。它的背后是什么，不清楚，应该只是一两个不起眼的小平房院落吧，因为直到今天也还是几家面向中小学生的小门脸零食店。却没想到，民俗学家王兰顺先生语出惊人，说那里曾是李鸿章李氏家族在北京的祠堂,号称"李公祠"!

李鸿章是何等人物?晚清四大洋务派权臣(另三位是曾国藩、张之洞、左宗棠)之领衔者,曾为清廷平剿太平天国,曾创建中国海军的第一支队伍北洋水师,曾与帝国主义列强签下一系列丧权辱国条约……中国近代史没有他就写不成。但他明明出身安徽合肥肥东,他家的祠堂怎么会修到北京外交部街来了呢?原来是不管这位李鸿章李中堂李大人有着多么震天响的"卖国贼"骂名,也不管有多少公开的弹劾和暗地的小报告,其对大清的忠心耿耿与累累贡献,慈禧太后还是心知肚明的,所以允许他在北京、天津、上海、南京等多处建立了李家祠堂,是有清一代唯一享此殊荣的汉人官吏。北京的这座李公祠,正门是在西总布胡同,祠堂一直绵延到外交部街胡同——原来我模糊记忆中的那块赭红色大墙,不是影壁墙而是祠堂的后山墙。祠堂内的规格之高令人咋舌,李鸿章挨了多少骂,他就得到了清廷的多少安抚与嘉奖,慈禧太后竟称赞他为"再造玄黄"之人,简直是拿他当作人间无二的救星了。在今天北京天坛公园的"百花园"内,有一座敦敦实实又极为精致的中式亭子,六角攒尖顶,六梁十柱,二层重檐,橙黄色宝顶。双重檐面均为米黄色和橙黄色琉璃瓦镶嵌,蓝色琉璃瓦镶边。檐角上站着一大牛首带三小兽,横梁彩绘,大柱红漆,下面由一圈红色坐栏蜿蜒连接。你道这是天坛亭?非也!这是从我们外交

北京李鸿章祠堂

部街李公祠搬去的李家亭，当时是在20世纪70年代末。

现如今，李鸿章灰飞烟灭，李公祠物非人非，一切都成为历史的下脚料。书写至此，着实令人唏嘘，使我想起两千多年前《诗经》就曾表达过的感慨：怆然天地间，人生一浮萍……

七

"斜阳草树，寻常巷陌，人道寄奴曾住"。影影幢幢的光阴，形形色色的人物，赫赫猎猎的风声，明明灭灭的烟云，"眼看他起朱楼，眼看他宴宾客，眼看他楼塌了！"

屈指，八百年过去了！今天的外交部街胡同，仍然是长不过721米、宽不过9米，但褪去了"金戈铁马，气吞万里如虎"的英雄气，显示出一派"醉里且贪欢笑"的市井碎片。

被路北一侧的收费停车位占去三分之一，胡同一下子显得那么狭小局促了。再夹杂着野草一般冒出来的小餐馆、小杂货店、小理发店、小按摩店、小洗衣店、小五金店、小手机店、小旅馆、小菜店……这些营造出了乡村集市特有的戏谑与喧闹，昔日老北京胡同的静雅文化风景，已不见踪影。就连交往的语言，也很少听到"北京话"而成为"南腔北调杂弹"。真正的老北京人、胡同里的老街坊，已越来越多地选择将自家小平房出租给外地人，然后拿着租金去住几环以外的单元楼。故此，真正的"老北京风"——包括谈吐、着装、吃食、生活习惯、卫生素养、嗓门音高、接人待物礼仪，以及约定俗成的"老理儿"等，也都加速度地"雾失楼台，月迷津渡，桃源望断无寻处"了……窃以为，这些物质的乃至非物质文化遗产，真到了必须加紧实行保护与传承的紧要关头了——不然，若"北京文化"在我们这一代消失，咱们可就成为愧对祖宗的不肖子孙啦！

话说着容易，可真要实施起来却很难。在我们这个星球上，这叫作"大城市病"，放眼纽约、巴黎、伦敦、罗马、雅典、马德里、里斯本、布鲁塞尔、阿姆斯特丹、悉尼等，无论是"超大级"还是"次大级"，哪个城市也没能解决贫穷、困顿、肮脏、混乱、丑陋、喧闹、充满犯罪和黑恶的"城中村"现象。甚至，许多欧美大城市还是穷人越聚越多，贫困区域越滚越大，使得富人和上层人士纷纷举家

"胜利大逃亡",舍城市而遁入小镇、乡村……

这回北京市政府是动真格的了!这几年,不仅疏解了大红门、动批、天意、秀水、神路街等处的散乱人口,而且步子紧着迈,对多年的沉疴,果断地全盘医治。甚至不惜采用"人盯人战术"落实到每一条街道和每一个胡同,铁了心也要除去一切病灶!譬如我们外交部街胡同,现在已经面貌大变,褪去了几十年强加在她身上的一块块褴褛补丁,露出了"胜却人间无数"的天然本色。

——哈,你好,多年未见了你这超模般的身材!

——嘿,你好,居然还能还原出你的青春靓笑!

——哇,你好,咱们支持政府的整治大行动,一定要让大北京给地球上的全体城市,作出个宇内第一的榜样来!

至此,有关外交部街的变迁故事,还远未说完。比如,还有7号院原中央合作银行金库北平分库的故事,有30号院元贞观旧有的历史风貌与华北文工团的故事,有36号院基督教圣公会道圣堂的故事,有38号院仁记洋行及其所起到的历史作用的故

胡同整治后,居民院门回归了老北京风格(摄影:韩方生)

事，有今天的西总布小学后门、昔日北京电车公司旧址里，曾发生的京师警察总长与北京电车公司之间的故事，有44号院原墨蝶林西餐厅的变迁故事……恨不能每一扇院门背后，都演绎着神秘莫测的电视连续剧；却原来每一个院落内部，都是一部繁复精彩的非虚构传奇。

而我最最熟悉的59号协和大院，更是住过中国近代、现代和当代医学史上很多位声名显赫的国之大医，他们的故事更是一部长长的连续剧。

（作者为中国作家协会全委会委员、东城作家协会主席）

大前门外三里河

刘孝存

当你走在曾经熟悉的纵横交错的古老胡同群中,房前屋后,你突然发现了小桥流水,芦苇在岸边摇曳,鱼儿在水中戏游……能不感到意外和惊讶吗?惊讶之余,你会不会恍入江南水乡梦境,而后又萌生出许多的诗情画意呢?

我看见的这般神奇——就在大前门外,在著名的鲜鱼口东边。我徜徉在亭桥流水人家之中,在长着芦苇的河岸边,想起青少年时期经常走过的北芦草园胡同、中芦草园胡同、南芦草园胡同。我念念有词,对随行的女儿说着胡同里的童年故事。忽有位坐在石凳上的游客问我这是什么地方。我梦吟一般地说:三里河。他又问,

三里河新貌(摄影:王彦高)

您小时候这里就是这个样子吗？我小时候……

我是在北京南城东部，也就是这儿附近的胡同里长大的。听惯了四合院上空传来的阵阵鸽哨声，沉迷过炎夏树梢上知了的鸣叫；初秋时，墙缝和花盆底下传出了蛐蛐儿的吟唱。我和小伙伴们在迷宫一般的胡同里捉迷藏，玩老鹰捉小鸡，跳房子，抖空竹，弹玻璃球，推铁环，或是举着线轴奔跑，迎风拉起用小线拴着的、用竹劈子糊报纸做的被我们叫作"屁股帘儿"的纸风筝。"当当当"的锣声响了，一个老头带着一只戴着帽子的小猴子来了，招来满胡同的人。木架子、布帘子搭成的小戏台上，扭动着背媳妇的猪八戒，后台传出的咿呀学语惹来阵阵笑声。捏面人的真是心灵手巧，一会儿捏出个手持金箍棒的孙悟空，一会儿捏出个身披战袍头戴花翎的穆桂英。风来了，雨来了；雁南飞，雁北归……我做着童年的梦，唱着少年的歌。

走出家门，穿过胡同，来到从珠市口向东延伸过来的大街，路边的23路公共汽车站的站牌上写着"三里河"三个字。少年时代，印象最深的，是三里河车站附近马路北侧临街的一家中药铺，药铺的东侧有一座已经住上许多人家的"铁山寺"。铁山寺一进门（好像已经没有门，或者有门也不开合），东侧，有户人家开了个小人书铺，那里当然是最吸引我的地方。一分钱看一本，但我不能常去，因我兜里并不是常有那一分或两分钱。马路对面，一间宽大的大门里是电话局，其西有一家理发店——之所以有印象，是因为它的名号叫"尽开颜"。

那时最让人挠心的事情就是在三里河大街遇上找"三里河"的外地来客。告诉他"这儿就是"。对方说："我去儿童医院……"明白了，他找的是阜成门外的"三里河"。那可是远了去了！那年头，路上见不到出租车，坐公共汽车需要七倒八倒，特别是太阳已经快要下山的时分。现在好了，2000年扩修"两广路"（广渠门至广安门），原来的那个"三里河"车站，改名叫"桥湾"站了。

那么，前门外的这条"三里河"起源在哪里，又流向哪里呢？

明末清初的学者孙承泽撰写的北京志书《天府广记》中说："三里河在城南，元时名文明河，接通惠河，为漕运道。"

老北京的前身，是莲花池一带的燕国的都城——"蓟城"。后来，它成为唐代的幽州。风云变幻，金朝将唐幽州、辽南京扩建为"中都"，其东郊、东北郊一带，也就是当今的前门外及其东南，湖沼多，苇塘多。蒙古军陷金中都，金王室宫殿遭兵火而残毁；元世祖忽必烈到燕京，住中都东北的金朝离宫大宁宫。后忽必烈下令，以琼华岛为中心修筑元大都。大都城的东、西墙，与后来的明、清北京城基本相合；其北城墙则在当今的北土城一线，其南城墙在当今的长安街一线。大都的南城墙，从东到西的三座城门为：文明门、丽正门、顺承门。文明门，应该在当今的东单附近；文明河，从文明门附近的大都城东水门流出，应该距当今的东单不远。

元代的文明河，是从大都的东水门流出，再流入通惠河的。通惠河，系元代郭守敬主持开凿的，其漕运从通州可直达大都城内积水潭（什刹海），但在明初淤废。其后，明代成化、正德、嘉靖及清代康熙、乾隆年间都曾修复，但因水量不足，其漕运都以北京城东南的大通桥为终点。由此，通惠河便有了"大通河"之称。大通桥，可视为漕运不进城的通惠河起始点。那么，孙承泽在《天府广记》中将"文明河"写为"古三里河"的前身，是值得我们重新审视研究的。我以为，这条"古三里河"与明代正阳门（俗称"前门"）外东侧护城河开凿的泄水渠——"三里河"，很可能是同名的另一条河。

清代朱一新的《京师坊巷志稿》下卷说："元世祖于文明门外东五里立苇场，岁收百万以蓑城。"所谓"蓑城"，即元大都的城墙，为土垒城墙，夏季需要以芦席、蓑草苫盖防雨。元大都的南城垣，在今长安街一线。那么"文明门外东五里"的苇场，按现今的东单向东五里推算，这苇场应该在建国门外永安里、大北窑一带。

由马芷庠著、张恨水审定、1935年出版的《北平旅行指南》中，以"文明河"为标题，称："崇文门外大街迤西，有三里河地方者，传系明时之文明河旧址。此河接连东便门外之通惠河（今护城河），为南北航运之起始，至今东便门外之元闸犹存焉……或云现在东便门外之通惠河，重修于明末，其三里河之河流，乃流向广渠门外之十里河，直流入通县南之运河，而流归天津入海。其遗迹由地名上尚可推考者，如崇文门外之东河槽、南河槽、北河槽、大石桥等处，略可想象其大概，其详情则不易考证矣。"据《北京地名表·河漕》记载："在崇文门外，有东、西、南、北河漕，这也是明代运河的一部分。"明永乐帝在元大都的基础上建北京城，并将原南城墙向南推移，那么大都的文明河的流行走向有所改变是有可能的。元大都的文明门取消了，明北京的崇文门出现了，那么文明河被官方或民间称为"三里河"，也是有可能的。2006年编纂的《北京胡同志》，有崇文门外"北河漕胡同"北起手帕胡同、南至广渠门内大街、长280米，"东河漕胡同"东南起天河巷、西北至珠营胡同、长300米的记载。据说当年东河漕的菜站在挖下水道时，曾挖出一座石桥的残迹，展示了这里曾是河道遗址。

我们能在文献上见到的大通桥，是在明代嘉靖年间在外城城墙东北部与内城城墙连接处朝北开的城门——东便门。它建有瓮城，其闸楼门洞外，有一座三孔联拱的大石桥，即著名的大通桥。昔日，北京内城护城河的水便通过这"大通闸"流入通惠河。

但我要说的，是前门外的这条三里河，也就是前不久辟建的"三里河公园"。

从有关文献及三里河流经地所留下的地理"痕迹"来看，正阳门外的三里河应该开凿于明代。明永乐帝迁都北京，原元大都北墙南移约五里，其南墙（大概在后来的长安街一线）向南推移到现今的正阳门（那时依旧以元大都的正南门"丽正门"为名）一线。当年的丽正门一线之南，属于郊野。

正统四年（1439年），建起城楼、箭楼、瓮城的"丽正门"更名为正阳门。正统五年（1440年）六月，京城大雨连绵，几处护城河漫堤横流，当局不得不在正阳门正阳桥东的护城河南岸低洼处破口修渠引水。这一引水渠，就是现今修建了小桥流水的"三里河"的前身。清代朱一新在其《京师坊巷志稿》中说："明史河渠志：言城南三里河无河源，正统间修城壕，恐雨多水溢，乃穿正阳门桥东南洼下地开壕口以泄之，始有三里河名。"

直到百余年后的嘉靖三十二年（1553年），因蒙古俺答部入犯京师，明世宗命筑建了北京外罗城。由此，这"三里河"便进入了北京城的城圈内。据说也曾有将三里河利用起来以利漕运的建议，但终因河道"势不易开"及议定再修通惠河而作罢。明末清初，三里河因水少渐浅，有些河道开始枯干，它也就成为一条断流河渠，时而有积水，时而河道裸露，有的地方甚至变成了道路。如从河沿到打磨厂，后来叫"北深沟胡同"的地方，在清乾隆年间还是泄水沟的一段，到了光绪年间，这段南高北低如沟状的地方，已经盖起了民房。外城居民日益增多，旧河道也就逐渐被填埋，变成了街巷胡同。

"三里河桥"，是在1953年修建三里河大街时在地下发现的——它是一座东西向的汉白玉石桥，其位置就在"尽开颜"理发馆的门前。清代于敏中等奉敕纂修的

《日下旧闻考》中载:"正阳门外东偏有古三里河一道。"三里河桥曾经重建,其碑记在桥西铁山寺内。

从河水流经地的"留名",我们知道,三里河的水从北京内城的护城河而来。它曾向南穿过了后来形成的"打磨厂",在"长巷头条"的西侧而过;再转向东南,流经岸边长着芦苇的"芦草园"——后又形成了"北芦草园""南芦草园""中芦草园",从"北桥湾"向南(有支流向东),淌过"三里河桥",流过南桥湾,汇入金代的"鱼藻池"(后来的"金鱼池");从鱼藻池出来,又途经后来称为"半步桥""虎坊桥"及"天桥"北、"天坛"南墙外的辽代"萧太后运粮河"。水道又从"天桥"东北角转向南,沿后来的"天坛"南墙外向东、向南、向东南,而后来到"龙潭湖"一带;然后从"十里河"向东南流,过"老君堂""水牛坊""马家湾""大鲁店",进入"胡家垈""台湖""田府""大高力庄",流向通州"张家湾"。

从后来形成的胡同看,当年的泄水渠("三里河")从北芦草园分了岔:一条向南拐,流向了北桥湾、南桥湾……一条继续向东流,与后来被称为"薛家湾"的西口连接了。这就是说,这里的向东南拐弯的弯曲河道,在水流弯弯的地方形成了后来的"薛家湾"。当年,在这无名的河湾处有一渡口,划摆渡船的船夫姓薛。长年累月,这块水流弯曲处就被人们叫作了"薛家湾"。薛家湾弯曲的北侧,则是从

整治前的三里河(摄影:王彦高)

西北向东南排列过来的草厂七条、八条、九条。

小时候，我住家的院子，在薛家湾西段的路南，斜对着草厂八条南口。"草厂"的头、二、三、四、五、六、七、八、九、十条，自西向东纵斜向排列。草厂头条，在明代叫"羊坊草厂一条"，因积草而得名。它不同于元代的"苇场"，因为明城墙已经由土墙变成了砖墙。雨季来临不用苫盖了，"草场"是用来养羊的。

薛家湾，最著名的院落是"钱氏宗祠"。钱氏祖先，为"五代十国"时期的吴越王钱镠。吴越王钱镠修筑海堤，治理太湖、西湖、鉴湖，开凿灌溉渠，奠定了杭嘉湖"粮仓"和苏杭美景的基础。其后世，选择了不战而"纳土归宋"，避免了百姓遭殃的兵焚战火。杭州百姓为纪念钱王的功绩，在西湖东岸建钱王祠，至今供人敬拜。清代，雍正帝在雍正二年赐封钱氏后人为"武肃王"，在薛家湾胡同建"钱氏宗祠"。

20世纪50年代，我哥与钱家行九的孩子是东八角小学的同班同学，由是我也常随哥哥去离家很近的草厂九条南口东侧路北39号的钱家。钱氏宗祠坐北朝南，为三进院落，进门东侧有一不大的小跨院。小跨院有两间倒座房，因为这家开了小人书店，因此也成为我喜欢去的地方。

钱氏宗祠的一进院内，北房是供祭钱氏祖先牌位的大殿，南边的一排倒座房是钱家的住房。院里没有东西厢房，高高的西墙下种植了挺拔的树一般的芭蕉。那是钱家老爷子笔下的描画物之一。老爷子师从国画大师齐白石，自是出手不凡。院中和东侧，铺有通往享殿和后院的甬道。我没进过后院，据哥哥说，二进院住着钱家的亲戚，再后边则是横长的小花园。去年夏天，我和女儿到薛家湾胡同回访了我当年的"童居"，也走到了钱氏宗祠门前，却见红漆发亮的两扇门由其下的地锁紧锁。向街旁的一位老者问话，老者告诉我，几年前钱家已经将房产卖掉搬走了。我说起小时候就住在这条胡同，而且跟钱家老九有来往。老者看了看我，相互都没有印象。但他告诉我，钱家的老七，也就是被我叫作"七哥"的已经过世。我听了，不免有些黯然。

我以前上的也是薛家湾胡同东头南侧东八角胡同里的东八角小学。我家住西头，所以每天上学往东走。后来我所在的班被整体转调到由老会馆改建的长巷四条小学。于是，我每天上学改为往西走——出薛家湾北侧的西口，过北芦草园，在其西口梅兰芳故居前向北拐，走青云大院，到长巷四条。我们的学校很大，应该是由昔日的老会馆改建的。我知道长巷头条曾有泾县会馆、南昌会馆、江右会馆、新城会馆、乐平会馆、上新会馆、黎川会馆和丰城会馆，但我不知道我们小学原先是哪个会馆。三里河旧河道附近，还曾有许多会馆，比如长巷二条的汀州会馆，长巷三条的长吴会馆、南城会馆、临江会馆、广丰会馆，北芦草园的京江会馆，三里河大街的徽州会馆，等等。如果连上草厂各条的会馆，足可汇聚成会馆历史文化群。

我上中学时放学从幸福大街那边回家，乘23路公共汽车在三里河站下车，然后向东走，拐进北侧的北桥湾。北桥湾的南半段，小店铺几乎一家挨一家；通向西边的南芦草园胡同东口外北侧，有前铺后厂的京城名点铺"正明斋"。早晚时分，正明斋店铺上板了，其门前的空地就成了小吃摊儿的场地。有豆腐脑、老豆腐，有炸糕、面茶、糖耳朵、熏鸡蛋串，好吃不贵，只不过我一个穷学生大多只能来个"饱眼福"。正明斋的北边有一条窄窄的死胡同，里边有一家澡堂子；再向北，是一家清真早点铺，有芝麻烧饼、豆浆、炸油饼、糖油饼、炸糕。澡堂胡同的斜对面是一家那时候算是很大的副食商场，卖蔬菜、鸡鸭鱼肉、油盐酱醋，逢年过节都会引来天不亮就来排队的人。商场北侧有一条不长也不宽的小胡同通薛家湾；北桥湾北端向西拐通往北芦草园，向东拐连通薛家湾西口。这是胡同，也是当年的河道。

当年的三里河汽车站，如今变成了"桥湾"站。铁山寺依旧在，住户都迁出

整治中的三里河（摄影：王彦高）

整治后的三里河（摄影：王彦高）　　　　　三里河新貌（摄影：王彦高）

了。我虽然在院门外，却见已整修的寺院焕然一新。旧貌变新颜，一个集小桥流水、老树人家为一体的"三里河公园"，在当年古三里河的源头附近现身了。

穿过四合院、三合院连片的古老胡同，我走在旧砖石铺就的石板路和木板甬道上，在路边的石凳上歇歇脚，或是在凉亭里看河岸芳草萋萋，看老旱柳的绿枝迎风摇曳，望丛丛芦苇将"芦草园"的风光洋溢。那五颜六色的锦鲤鱼，优哉游哉，令人联想起当年"鱼澡池"——"金鱼池"的旖旎景致。近600年的时光瞬间飘过，生活的新歌歌唱着诗情画意的家园。

（作者为中国作家协会会员、原东城作家协会理事）

"史家"言史 "花市"谈花

郝洪才

生为北京人,隐隐当中总有一种自豪,这种自豪源于北京厚重的历史和文化积淀。这种厚重充斥在北京的方方面面,哪怕是一街一巷都有说不尽道不完的钟灵毓秀和典故传说。

笔者这里所要介绍的就是东城区街巷的两朵奇葩:史家胡同和花市大街。这一街一巷位于东城区东侧,东西走向,南北相距不过2000米,虽然同在北京,却是特色鲜明、各有千秋。

下面花开两朵,各表一枝。

史家胡同

史家胡同历史悠久,最早可以溯源到元朝,只不过当时并不叫史家胡同。史家胡同的名称始于明代,也是自明以来名称最为稳定的老胡同之一,相传是由于胡同内居住过史可法而得名,史家胡同小学内还发现有史可法的祠堂,但是在明嘉靖年间的《京师五城坊巷胡同集》中"史家胡同"的名字就已出现了,而史可法是在明末抗清过程中才成为家喻户晓的民族英雄,所以史家胡同得名于史可法这一说法难以成立。也有人说史家胡同得名是由于在这里曾有一户史家大户居住,因而得名,不过,至今仍没有什么明确的证据,但按国人命名习惯当不是空穴来风。

所谓"山不在高,有仙则名",史家胡同之所以声名大噪是因为这里居住过众多赫赫有名的人物,在此不妨略举几位。

其中品级最高的当属清代乾隆年间索绰罗家族的德保与英和父子俩，他们都曾为从一品官，其宅邸为现在的史家胡同5号院，一座唯一门前有照壁的院落。

史家胡同51号是一座典型的官邸式四合院，在院子深深的门楼里有两扇厚厚的红漆大门。1960年，著名学者章士钊入住51号院。他辞世后，其养女章含之、乔冠华夫妇在此院居住。2011年，史家胡同51号被列为北京市级文物保护单位。

与51号院一墙之隔的邻居——53号院，据说是太监李莲英的外宅，华国锋从湖南调入北京到主持中央工作前的一段时期也曾居住于此，后来邓颖超、康克清等全国妇联领导在此办公，此后该院被改建成全国妇联的宾馆，邓颖超为宾馆题了"好园"的匾额。

史家胡同47号是荣毅仁故居。1959年荣毅仁调到北京任中华人民共和国纺织工业部副部长后，荣家一直住在北太平庄。1978年荣毅仁任全国政协副主席后，荣家迁居史家胡同47号，此后一直住在这里安度晚年。

史家胡同50号曾是共和国元帅徐向前夫妇的旧居。

史家胡同23号是傅作义将军1946年置办的官产，一直使用到1957年。

无须多言了，以上几位的威名怕是无人不知无人不晓吧。

在这条700多米长的胡同中，除了很多高官显宦和富商巨贾，还有不少社会名流和文人学士。

清朝末年中法银行董事长刘福成、名妓赛金花（傅彩云）都在此胡同有宅第，爱国将领周体仁、范汉杰，第一位驻波兰人民共和国大使彭明治和原外交部副部长王炳南，机械工程专家石志仁，医学界的内分泌学家刘士豪、同仁堂第十三代传人乐松生，以及艺术界的中国现代雕塑大师滑田友、著名作家杨朔、油画家罗工柳和山水画家邹雅都曾在这里居住。一条胡同里曾住过如此之多的社会名流，在国内也是不多见的。

1909年，清朝成立游美学务处。游美学务处起初设在北京东城的侯位胡同，后来迁到史家胡同。游美学务处在史家胡同招考赴美国留学生，考试地点即今史家胡同59号史家胡同小学。清华学堂成立前，三次甄别考试均在史家胡同考场举办。胡适、竺可桢等人就是1910年在此通过考试后赴美国留学。

史家胡同59号，原为史可法祠堂。清朝雍正二年（1724年），在这里建起"左翼宗学"，招收八旗左翼的镶黄旗、正白旗、镶白旗、正蓝旗子弟入学。1905年改为

"左翼八旗第五初等小学堂",1910年改为"左翼八旗中学堂",1912年改为"京师公立第二中学校",1939年第二中学校迁到史家胡同北侧的内务部街,此处又建史家胡同小学。1978年史家胡同小学被北京市政府确定为重点学校,京城子弟无不以能在此就读为荣。

胡同是北京城市布局中的重要组成部分,它承载着北京城的历史,蕴含着深厚的文化,散发着浓郁的生活气息。位于东城的史家胡同作为北京胡同的缩影,至今已经有400多年的历史。史家胡同可咏可叹之处不胜枚举,难怪有人说:这条胡同涵盖了中国的近现代史,是清末已降百多年历史的缩影。

当然,要想详细了解史家胡同的前世今生,还要到史家胡同博物馆一看究竟。

史家胡同博物馆位于史家胡同24号,原是凌叔华故居,2013年开馆。

凌叔华是民国时期著名的才女作家,与冰心齐名。1926年凌叔华与陈西滢结婚。陈西滢原名陈源,是民国时期的文学评论家、翻译家,西滢是他在《现代评论》担任主编、撰稿时使用的笔名。陈西滢曾被梁实秋誉为五四以来中国五大散文家之一(另外四位为胡适、周作人、鲁迅、徐志摩)。

24号院原是凌府的后花园,凌叔华出生于官宦世家,他的父亲是和康有为同榜的进士。凌叔华自小就得到他父亲凌福彭的喜爱,在她与陈西滢完婚后,他的父亲就将这个院落划到了她的名下,据推测,很可能这就是给她的结婚礼物。后凌叔华一家定居伦敦,院落曾被出租。在博物馆建立之前,这里曾是史家胡同幼儿园,现在,我们仍然可以在博物馆的东墙上看到幼儿园的壁画。

凌叔华的一些绘画作品在博物馆中也有展示。她的绘画轻描淡写,着墨不多,但传出来的意味却隽永深邃。她曾应邀在巴黎举办中国文人画与个人画展,广受好评。

尽管凌叔华在英国定居多年,但是"瘦马恋秋草,征人思故乡",她那颗赤子之心一直没有忘记养育她的祖国。20世纪七八十年代,凌叔华数次回国观光旅游,多次背着画夹到北京小胡同写生。1989年,耄耋之年的凌叔华让人抬着下了飞机,终于回到她热恋的故土。1990年,她在病榻上度过了90华诞。临终时,她已不能言语,想在纸上留点什么,结果是一堆横横竖竖的线条,这是她的"最后一片叶子"。有人说是字,也有人说是画。临终前几天,凌叔华由女儿和外孙用担架送回心心念念的家——史家胡同24号。此时,她的家已被改作幼儿园,孩子们捧着鲜花,唱着歌，欢迎这位陌生的老奶奶。凌叔华终于回家了。

现在博物馆中陈列着凌叔华躺在担架上最后一次回家情景的照片，从凌叔华的眼睛里不难看到那种对故园的眷恋、对往事的沉思，让观者无不动容。

陈西滢去世后，骨灰一直留存在英国。凌叔华去世后，陈小滢、秦乃瑞夫妇将他们两人合葬于江苏无锡的陈氏墓园，一对在海外漂泊多年的伉俪终于叶落归根了。

民国时期，文人们不定期聚会成为一种时尚，凌宅的大书房就是当时文人们聚会交流的热门场所之一，比30年代林徽因的"太太的客厅"早了近十年。与凌叔华交往过的文人不是学界耆宿就是艺坛巨擘，包括胡适、周作人、齐白石、陈师曾、陈半丁、姚茫父、萧俊贤等。在这些聚会中，最有影响的一次是1924年5月，凌叔华大书房设茶会招待泰戈尔。胡适、丁西林、徐志摩、林徽因、印度画家兰达·波士等二三十位当代名流齐聚一堂。至今，这次盛会已经过去将近一个世纪，站在庭院中，似乎还能感受到女主人的温文典雅和客人的翩翩风度，似乎还能听到当年的笑语欢歌和高谈宏论。

此次聚会以画会为名，泰戈尔也在这里挥毫作画，据悉，凌叔华珍藏的一幅泰戈尔绘画的印度少女，应该就是在这次聚会时所作。

史家胡同博物馆在很大程度上再现了凌家大院作为老北京民居的生活场景，比如后院有很多典型的老北京的花卉和绿植：玫瑰、牡丹、枣树、石榴树，还有一棵爬满架的藤萝。所有这些，都是依据凌叔华回忆的细节而布置的。想来，老人如果在天有灵，也应该会对这样的布置感到欣慰吧。

在静静参观这里丰富的展品时，忽然一阵阵叫卖声传入耳鼓，那声音悠长而熟悉，又有几分苍凉和凄楚，把人的思绪一下子带到了遥远的过去。是啊，现在除了满街风驰电掣的快递小哥，走街串巷、引车卖浆者流早已在京城绝迹，这让人顿生乡愁的叫卖声是北京人艺的保留节目，史家胡同博物馆把声音作为展品，通过声音表现过去北京市民的日常生活，让观者无不有一种身临其境之感。

史家胡同20号，也就是老门牌56号院可以说是北京人艺的摇篮。1952年，北京人民艺术剧院（现在惯称"老人艺"）话剧团与中央戏剧学院附属话剧团合并，在史家胡同56号院成立了如今的北京人民艺术剧院。在此居住和工作过的有焦菊隐、舒绣文、曹禺、欧阳山尊、刁光覃、梅阡、黄宗洛、于是之、叶子、英若诚、蓝天野、朱琳等人。

人艺的前身是华北人民文工团，1950年华北人民文工团改建为包括歌剧、话剧、舞蹈、管弦乐等综合性的文艺团体，定名为北京人民艺术剧院，也就是现在大家惯称的"老人艺"。史家胡同56号院也就是今天的20号院被辟为演员的集体宿舍。

人艺"四巨头"欧阳山尊、焦菊隐、曹禺和赵起扬，以及叶子、于是之、林连昆、蓝天野、舒绣文、英若诚等老一辈话剧艺术家都是从这个院里走出来的，现在他们的照片就悬挂在展厅中央。岁月匆匆，流年似水。当年台上的潇洒、英俊，恍然之间已变为无情的白发与老迈，让人不胜唏嘘。

东城区朝阳门街道办事处主持并筹备了史家胡同博物馆，在筹备期间，受到了社会各界的广泛关注和支援指导。凌叔华的后人陈小滢对于要将24号院改建为博物馆一事大力支持，其次是英国查尔斯王储基金会，他们出于对老建筑保护的初衷，查阅了大量文史资料，不仅出资为史家胡同修建了博物馆建筑，还力求原汁原味复原凌府的原貌，即"形式上要传统，功能上要现代"。同时，他们还协助筹备组联系各界专家、学者提出了宝贵的意见和建议，为博物馆的展览建设进行了指导。在各方面的通力合作下，终于将一座古香古色的四合院重现在世人面前。

史家胡同博物馆占地1000多平方米，有胡同之史、旗人居所、人艺初创、胡同名人、古韵叔华等十个展厅和一个多功能厅，各式各样的展品不仅描述了胡同的发展历史，还重现了当年丰富多彩的胡同生活。

比如这张《乾隆京城全图》的局部，就标明了史家胡同的位置，其中民居、宅院、房舍等亦有表示。全图的绘工十分精细，且以写真的手法显示主要建筑物的立体形状。通过这张图可以更形象地了解史家胡同在清代的规格布局。

当然，史家胡同的引人之处不在于这里曾经住过多少高官显贵，君不见，王侯将相皆粪土，风流总被雨打风吹去。它更引人入胜的是这里浓厚的人文气息，史家胡同博物馆的独特之处正在于此。

史家胡同博物馆自开馆以来，不仅受到北京市民的欢迎，很多外地游客也慕名而来，即使在国际上也受到了相当高的关注。英国剑桥公爵威廉王子、泰国副总理，匈牙利、奥地利、印度代表团等国际上重要的政治人物及团体将史家胡同博物馆作为访华文化交流的重要一站。博物馆也通过开展各种文化讲座、沙龙、演出、培训等活动，吸引了本地及社区居民对博物馆的持续性关注。

较之国内同类型的博物馆，史家胡同博物馆得到了如此高的关注度，一方面体

胡同时代记忆展厅

现了其代表的"雅"文化的价值,这里曾经是当时东西方思想、文化、艺术交流的重要场所,例如,凌叔华和陈西滢夫妇的"旧居",即勾勒和展现了那个时代文化名人的精神风貌。另一方面,史家胡同也代表了老北京的市民文化,作为一个社区博物馆,它带给参观者的不仅是胡同过去的历史文化记忆,还有当下胡同真实的环境以及生活在这里的居民鲜活的生活。其兼具"名人故居"和"社区博物馆"的双重"身份",备受关注也就不足为奇了。

史家胡同博物馆的落成凝聚了社会各界的努力,寄托着他们保存历史记忆、传承胡同文化、构筑社区精神家园的理想和情怀。胡同生活是老北京民俗生活的一个缩影,在博物馆的筹备过程中,史家胡同博物馆得到了这条胡同老居民的大力支持,他们纷纷捐赠出家中保留下来的各种生活、娱乐的老物件。这里有脸盆架、三屉桌、组合柜、9吋的黑白电视、带摩电灯的飞鸽自行车,还有小朋友喜欢的连环画、铁皮玩具等。随着社会的发展、居民生活水平的提高,这些老物件早已被更先进、美观的产品所代替,但是这些老物件却记载着几代人的过往,让人很难割舍。

胡同居民在大力支持的同时也表示,希望博物馆能成为社区居民

居民捐赠的老物件

的活动中心。博物馆根据居民这一需求，经常在多功能厅举办相应的社区活动。

北京现在保存较完好的胡同还有很多，史家胡同博物馆作为一家社区博物馆，为这一领域开拓出一条新的路径，希望能为北京的胡同保护起到一定的宣传带动作用，也让这座博物馆成为一座有生命、有灵魂的博物馆，一座能承载历史、延续文化的博物馆。

花市大街

无独有偶，在南城也有一座社区博物馆，那就是位于花市枣苑八、九号楼下的花市社区博物馆，这座博物馆占地1000多平方米，以展示花市地区特色工艺品为主，2008年9月2日对外开放。值得称道的是，花市社区博物馆充分利用了小区的地下空间，还辟有防震救灾展厅，让居民通过展览学习急救常识，同时博物馆还有社区活动室，为社区居民进行文化活动提供了场地。

说到花市大街的悠久历史，至少可以追溯到元大都时代。元大都城垣南面自西向东依次为顺承门、丽正门、文明门，丽正门为中央之门。当时，东南的文明门（即今崇文门外）一带是一片圹埌，人烟稀少，水草丰茂，自正西（今广安门方向）而来的金口河与穿宫城而过的通惠河汇于文明门下，而后向西南流去。

明洪武元年（1368年），明廷将元大都北城墙向南移了3公里，永乐十七年（1419年）又将南城墙向南延展0.8公里，嘉靖四十三年（1564年）又修建了外城。这三次大兴土木，使北京城重心南移，特别是修建外城之举，说明原文明门外的居民稠密程度，已远非元时可比。明代是南城开始走向繁荣的时期，此时南移的文明门已改称崇文门。城门以东到东便门这道城墙往南至广渠门内大街称为崇北坊。横亘于坊内的大街称神木厂大街，它西起今花市西口，东至广渠门外，成为花市大街的最初面貌。

与史家胡同截然不同的是，花市地处崇文门外，是一条五行八作、商贩云集的商业街。而其得名，是由于明末清初时，这里聚集了许多以做纸花、绢花为业的家庭小手工艺者。当时有诗赞曰："梅白桃红借草濡，四时插鬓艳堪娱，人工只欠回香手，除却京师到处无。"这首竹枝词咏的就是北京城花市制花匠人制作妇女头饰花之事。

清代的《天咫偶闻》中曾记载：花市"每逢四有市，其北四条胡同，则皆闺阁装饰所需，假花义鬈之属，累累肆间"。这说的就是老北京的花市每逢农历初四、十四、二十四日必开集市。民国时期，花市集曾改按公历举办，因当时"花市集"依然像明清时期一样旺盛，使得市集成为民国时期老北京的五大庙会之一。

每逢集日，这里的商摊、小吃摊贩云集，除了街两侧摆满了各种饰花、绢花、纸花、绒花外，还有众多日用杂货摊、农具摊，火神庙前还有很多卖香烛供品和各种传统小吃的商摊，那时来这里逛集市的人摩肩接踵、热闹非凡。

清末以来，东花市大街一直是假花生产、销售的中心地点。大多经营此业的，都前设门市售卖，后设作坊制造。东花市一带，北从小市口两侧，中下头、二、三、四条直至虎伯劳口，南从南小市口两侧上下堂子、上下宝庆、上下锅腔、上下唐刀直至元宝市，多数家庭都从事这种假花的生产。1935年《旧都文物略》记载："崇外花市一带，自东便门起，住户多以造花为业。最近统计各街市花庄及住家营花业者，约在一千家以上。"此外，东花市一带，以灶君庙为中心，仅这半条街就设有接待花行客商的旅店十几家，每家都标明专业，如泰和花店、德兴花店等，招徕四方，安寓客商。

出售假花者，多在东花市以灶君庙为中心摆摊，大街两侧密密麻麻的都是大大小小的摊位，红花绿叶，姹紫嫣红，琳琅满目。买花者、闲逛者，熙熙攘攘，很是热闹。今日看来，促成花市繁荣起来的因素大致有：家庭手工业的发展、庙会和集市。

1949年后，北京制花业作坊联合成立了北京绢花厂，并在西花市东口开设绢花门市部，继续出售绢花、绒花、纸花等商品。如今，随着时代变迁、生活富足，返璞归真、崇尚自然成了当代人的追求，假花在很多场合已淡出人们的视野。但是，东花市地区，拥有深厚的历史文化底蕴，有明城墙、袁崇焕祠、隆安寺、蟠桃宫等文物古迹或遗址，有"京花"、绒鸟、"葡萄常""花儿金"等传统手工艺品。充分发挥历史文化资源优势，加强非物质文化遗产保护，大力扶持发展民族民间文化精品，以增强社区居民的归属感、自豪感和凝聚力是街道工作的一个重要课题。

花市社区博物馆的出现正是迎合了这种需要，他们以"非遗"立馆，举凡风土人情、传统文化、老手工艺品都搬进了博物馆，可谓琳琅满目、丰富多彩。

明清以来，北京就是假花制作中心，以至于老话说"天下绢花出北京，北京绢花出花市"。花市的花，首先当推绢花。这源于当年北京城里，上至宫廷下至民间，不管是老妪还是少女都喜欢戴花的习俗。

这个习俗有着千余年历史。据说，唐玄宗李隆基的宠妃杨贵妃左鬓角上有块伤疤，每天都要让宫女们采摘鲜花戴在鬓角上。但是，到了冬天，鲜花凋谢，杨贵妃无花可戴。一个心灵手巧的宫女用绫、绸做成绢花供她佩戴。后来，这种"头饰花"传到民间，盛行一时。并逐渐发展演变为今日的"京花"。虽然这种说法的真假无从考证，但它为装饰花的来源增添了许多浪漫色彩。

京花的制作工艺精湛、巧夺天工，虽是假的，其鲜艳绮丽甚于真花。在诸多制作绢花的名家中，"花儿金"影响最大，手艺最为精湛。现在"花儿金"已传承到第五代金铁铃手中。"花儿金"擅长制作绢制盆花，其特点是追真仿鲜，从干、茎、叶到花蕾、花叶、花朵，造型灵巧、惟妙惟肖。可以这样说，真假两盆花让人远观，往往是假花足以乱真，真花反倒被人误以为是假花呢。究竟这"京花"真到什么程度，还是到花市社区博物馆一看究竟吧，保证让你惊叹不止。

2008年，北京绢花被评为国家级非物质文化遗产。

伴随绢花产生的还有巧夺天工的北京绢人。

绢塑，俗称为"绢人"，是以金属丝为骨架、棉花为肌肉、纱绢为肌肤、真丝为头发、绸帛为衣而制作的人形艺术品。因其从头到脚、从里到外都采用中国特产的绢纱绸丝来制作，又最早恢复于北京，故习称为"北京绢人"。北京绢人风格绚烂富丽，造型生动写实。工艺美术大师们以他们的高超技艺，赋丝绢以生命，凝动态于瞬间，给予北京绢人永恒的艺术光辉。

博物馆内摆放的金陵12钗绢人，12个人物因其性格、身份不同，神态各异，一颦一笑都有特定内容，真有一种呼之欲出的感觉。

花市社区博物馆另一镇馆之宝当属"葡萄常"的葡萄。

"葡萄常"最大的特色，是葡萄珠全部吹制成型，薄如蝉翼、肉质感强，迥异街头一般料器葡萄沉重的实心料珠，叶片枝梗须脉则类似绢花的做法。吹制的空心料珠经插梗、调色上色、蘸蜡、挂霜等一系列复杂工序，做出的葡萄珠白霜紫肉、虫食疤点具备，足以乱真，最后与枝叶须梗等散件拼成整活，就是轻盈灵动、巧夺天工的"葡萄常"。

说起葡萄常的由来，有这么一则轶闻：

清光绪二十年（1894）阴历十月初十是慈禧太后60大寿。当时慈禧太后到大戏楼听戏时，忽然看见一架葡萄，只见这架葡萄果实累累，晶莹剔透。这让她深感惊讶，心想："这个月份还有这么鲜灵的葡萄？"遂传旨采摘食用。太监忙回禀"那是假的"，慈禧大为惊讶，忙问是何人所做，经查知是韩其哈日布及其妻所作，大喜，遂召见韩其哈日布当面封赏，赏其妻为"富贵常在"，又赐亲笔"天义常"匾额一方。从此北京城花市就有了家"御笔字号"的常氏玻璃葡萄买卖。日子久了，人们顺口叫成"葡萄常"，这一叫就是一百多年。

曾任《人民日报》社长的邓拓在"画春堂"词中写道："常家两代守清寒，百年绝艺相传。葡萄色紫损红颜，旧梦知烟！合作别开生面，人工巧胜天然。从今技术任参观，比个嫱妍。"

"文革"中"葡萄常"一度绝迹，直到21世纪初，几度浮沉的"葡萄常"绝技终于由常弘、常燕姐妹俩继承下来，再现于世。2011年"葡萄常"被列入国家级非物质文化遗产，独门绝技终于大放光彩。

说起花市的花，还有一种花同样精美绝伦，那就是"料器花"。料器，古称"琉璃"，是在中国传统琉璃工艺基础上发展起来的特种工艺美术品。料器的原材料是由天然的琉璃矿石经人工提取合成的，因其中金属含量不同，使琉璃呈现不同色彩。制作料器花时，首先将料放在900度的火焰下进行烧制，待料棍逐渐软化，艺人们用镊子手工捏塑造型，所以又称"料器"为"火中的雕塑"。透过细腻娴熟的手工技艺，再加入创作者的巧思设计，传达中国深邃的文化底蕴，充分发挥琉璃材质的光泽、多彩、柔媚、神秘的特性，而纯手工的制作工艺不仅充分体现了料器艺人极高的艺术修养和精湛技艺，也使每一件作品都具有独一性，更加成就了它的珍贵。

现在花市博物馆中摆放的仿玉料器制品，足以乱真；料器花更是一枝一叶栩栩如生，与真花无异，而且这种花永不褪色。其花蕊、花叶、花瓣都用铅丝固定，开合自如，易于运输和收藏。料器制品凭借其独特性、艺术性以及珍贵的价值，因其高难度的手工制作，也让这种工艺品日渐稀少，因此北京料器现已被国家列入非物质文化遗产保护项目。

在花市社区博物馆内除了绢花、料器、"葡萄常"外，还有绒花、玉器、竹刻、插花等展品，作为一个社区博物馆，这样的馆藏应该说非常丰富了。何况每一件作品都美轮美奂，让人叹为观止，在赞扬作者娴熟的技艺和丰富的想象力的同时，还应该感谢动议建造这座博物馆的有心人，更应该感谢那些创造美好生活的传承人，他们用灵巧的双手，为这个世界增光添彩，为人们的生活增添一抹亮色。

值得一提的是，在这个博物馆里，有一个展厅陈列着一位民间红色收藏家的展品，这个人就是金铁华，中国收藏协会会员，其父就是北京著名老艺人"花儿金"金玉林。

金铁华收藏的"红色收藏品"非常多，从马克思主义在中国传播的相关文献资料，到五四运动的资料、毛泽东各种版本的著作，以及抗日战争、解放战争、新中国成立的相关文史资料，总计有几万件。

从1992年起，金铁华的心思就扑在他的"红色"事业上，他平日除努力工作外，把全部业余时间都用来搜罗红色收藏。他的身影经常出现在潘家园、报国寺文化市场，有时候为了买一件藏品，徒步几公里才"淘换"到是常有的事。

一些"古董"级的藏品价格很贵，可是只要发现有价值，金铁华就算吃一个月的面条，也要省吃俭用把它买下。对于金铁华的行为，亲朋好友都不能理解。可是，金铁华依然坚持如故，看到藏品就买，钱不够了就攒，攒够了再买。

金铁华的红色收藏受到了社会的关注。2009年，东花市街道与金铁华合作举办"辉煌红色记忆"收藏展，展现了中国共产党的辉煌历程，同时决定将此展厅长期保留并对外开放，因为金铁华的藏品很多，博物馆就按主题分批次、轮流展出，收到了很好的社会效果。

2015年，东花市街道举办了"勿忘国耻，圆梦中华"红色收藏展，金铁华毫不犹豫地把自己收藏多年的藏品拿到街道，在花市社区博物馆展出，让辖区居民、中小学生重温抗战时期的历史，感受当年的峥嵘岁月，激发爱党、爱国的热情。

金铁华总说，他的藏品对教育下一代作用非常大。如何把老一辈革命家那种"红色"精神继续发扬光大是当务之急。比方说，将"红色"藏品影印件收入中小学的课本，或者定期为这些藏品举办展览，都不失为传播"红色"精神的好方法。什么时候这些革命文物不再局限于收藏范畴，而能真正起到传承"红色"精神的桥梁作用，这些藏品的价值才算真正得以体现。

目前，随着北京城市的快速发展，一些街道、胡同、四合院，乃至历史遗迹正在减少和消失。老社区承载着先人的魂魄和祖宗的血脉，建设社区博物馆不只是搜寻奇闻趣事,更是要向全社会传播地区的历史文化,丰富社区居民的精神文化生活。

以"花"为源,追溯历史,保护和传承"京花"等传统手工艺,为社区提供丰富的精神食粮;以"花"为媒,架构桥梁,彰显区域文化特色,展现新花市面貌,创建和谐宜居的东花市社区;以"花"为伴,形成东花市文化品牌,让绢花、鲜花连接起历史与现代社区的文脉关系,提升社区文化品位。这就是创建花市社区博物馆的初衷。

花市社区博物馆已成为东花市地区居民的精神家园,也为辖区内学校的校本课程提供了教材资源。它把传统文化教育与中华传统美德教育以及爱国主义教育融入学校教育,全面提高学生的人文素养和综合实践能力,让"京花文化"成为富有地域色彩的教材,为学校授课内容增添了"新鲜血液",拓宽了学校教育的内容和途径,全面提升了社区教育和学校教育的整体水准,推进了和谐社区建设。

行文至此,想到史家胡同与花市大街,虽然同处京城,但其居民、文化、习俗、生活方式却迥然不同,这一切反映了社会的多元化,丰富性。正像人之双臂、鸟之两翼,在互动中形成完美的组合。一边是高雅,一边是世俗,而这才是生活的全部。

(作者为东城作家协会理事)

中轴线
——北京历史文化的承载

李俊玲

中轴线是中国古代社会皇权至高无上的思想理念在都城建筑上的体现，不管是夏商的偃师，还是秦汉的长安城、汉魏的洛阳、隋唐时的长安，直至北京的燕下都、金中都、元大都和明清北京城，一直发展到1949年后的北京城建设，都没有离开以一条轴线为中心对称的格局。

一、中轴线是北京历史演变中的生命线

记得小时候曾猜过一个谜语："四四方方一座城，里面住着百万兵。"可见，四四方方的对称城池一直就是中国城的规范建制，元大都的平面图所表现的也正是这样的"四四方方"，而其中最有特色的便是贯穿都城的中心轴线。北京城几经改扩建，虽然这"四四方方"略有变化，但一条贯穿北京南北的中轴线却一直存在，它就像北京城的命脉，伴随并见证了北京城市格局的变迁。

中轴线的最初确立是在元朝建设都城时，将积水潭的东北岸的一点设为中心，这里还曾有"中心之台"石碑，《析津志辑佚》中有记载："中心台，在中心阁西十五步。其台方幅一亩，以墙缭绕。正南有石碑，刻曰：中心之台，寔都中东、南、西、北四方之中也。"中心台是元大都的规划中心点，确定了北京都城的中心位置，在中国古代的都城建设史上，是一个辉煌的里程碑。同时都城建设也以此为中心向南北延伸，形成了北京城的中轴线，只是宫城的实际中轴线却向东偏离了这

一中轴线的最北端，正对着的是中心台向东15步的中心阁，由此为轴线的最北端，贯穿宫城至元大都城的最南端丽正门。这条中轴线继承了前代中轴线的建设理念，也为此后明清时期北京中轴线的进一步发展和完善奠定了基础。

明代永乐朝迁都北京，在元大都旧址上营建宫殿。而且以中心阁所在位置建鼓楼，其北建钟楼，形成了现在人们所见到的北京中轴线上的最北端——钟鼓楼。由于整个都城南移的原因，使明北京城南的丽正门（明正统年间改名为正阳门）南移，中轴线的南端也就向南延伸了。明嘉靖三十二年（1553），朝廷拟在都城外修建廓城，虽因经费原因，只修建了南面一部分，却使北京的中轴线又向南延伸到永定门，一条7.8公里的北京中轴线保留至今。

由于战乱、自然坍塌和城市发展中的道路改建，北京的城墙大多已不复存在，但北面的钟鼓楼一直坚守，确定着中轴线的最北端。然而，1957年永定门城楼被彻底拆除后，北京中轴线处于不完整状态，也成为北京旧城无法弥补的缺憾。

2001年北京申奥成功促成了永定门城楼的复建。作为北京实施"人文奥运文物保护规划"中重要的一部分，也是中轴线景观整治最主要的工程，2004年3月永定门城楼复建工程开始动工。2005年9月复建工程全部竣工，消失了半个世纪的永定门城楼，重新屹立在北京中轴线的南端，一条完整的北京中轴线又呈现在北京城市版图上。

这条中轴线从北到南分布着鼓楼大街、地安门大街、千步廊、前门大街、永定

永定门远眺

门内大街，这些街名是北京人再熟悉不过的了。尤其是前门大街到永定门内大街，明清两朝皇帝不论是去郊外，还是到天坛祭祀，都会经过，故称之为御道，这已经被在南中轴路改造中发现的200米石板路而证实。而前门大街也是极为热闹的繁华街市。自明朝扩建了外城以后，这里便成为北京城里的寸土寸金之地，人来货往，商贾云集，热热闹闹地延续了几百年。前人描写前门商业繁华的盛况时这样写道："五色迷离眼欲盲，万方货物列纵横。举头天不分晴晦，路窄人皆接踵行。"

二、中轴线是一曲用建筑演绎的华美乐章

明北京城完善了7.8公里长南北中轴线，永定门、正阳门……一直到钟鼓楼，建筑一座接着一座，不偏不倚，坐北朝南居于中轴线上，有路、有街、有合围空间、有楼、有桥，还有宫殿。随时代更替这些建筑也发生了一些变化，但标志性的建筑一直都雄居于此。

在中轴路的最南端，是北京城的标志性建筑——永定门。它是在"明嘉靖三十二年（1553），筑重城，包京城之南"时修建的七门之一。嘉靖四十一年（1562），永定等七门添筑瓮城。清乾隆三十一年（1766）重新修复了受战乱破坏的永定门城楼，不仅提升了城楼的规制，还增建了箭楼。至此，永定门成为前有箭楼、后有城楼、中间是瓮城的一组完整建筑。城楼为三层，顶起脊，廊面宽七间，

20世纪20年代初从南向北拍摄的永定门全景

通高26米；箭楼有箭窗两层，每层七孔，面宽12.8米；瓮城宽阔，成为外城七门中最大、最重要的城门。但这组建筑已于1949年以后陆续拆除。现在屹立在中轴路最南端的永定门城楼是2004年9月复建的，它以1937年的永定门城楼实测图为基础，遵循"原汁原味"的修缮原则，根据20世纪初对永定门测绘的数据和图样，在原来的位置，按照原来的形制、原来的结构，使用原来的工艺，采用原级别的材料施工，使其保持了永定门城楼的原有风貌。巧合的是，2003年在先农坛古建博物馆门口的一棵古柏树下，发现了明嘉靖三十二年（1553）始建永定门时的石匾原件，上面楷书的"永定门"三字苍劲有力。复建后，永定门洞上方所嵌"永定门"石匾就是依此仿刻的。永定门城楼的复建为全长7.8公里的中轴线画上了完美的一笔。

正阳门，元大都时称之为丽正门。它既是明清皇帝出入内城与紫禁城的专用通道，也是最平民化的地方，因为在中轴线上，只有这里有俗名，老百姓管这里叫作"前门"，它是正阳门城楼、箭楼、瓮城、正阳桥、五牌楼的总称，所谓"四门三桥五牌楼"就是对这组建筑的形象描述。明正统元年（1436）十月，"率军夫数万人修京师九门城楼"。工程从正统二年开工，至正统四年（1439）四月竣工。在"京师九门"中，正阳门与其他九门一样修建了城楼、箭楼、石桥、牌楼等，但其规制最高，占据着京城九门之首的地位，成为北京城的标志。如果把北京城比作八臂哪吒，前门就是哪吒头。

由于正阳门的重要地理位置，它也饱受磨难，曾多次毁于大火，又多次被修

清末的正阳门城楼、箭楼、瓮城及东西闸楼

复。据史料记载，较大的几次火灾有：明万历三十八年（1610）箭楼失火，从傍晚一直烧到次日辰时；清道光二十九年（1849），箭楼失火；最大的一次火灾，是光绪二十六年（1900）的庚子之变时，义和团在前门大栅栏火烧了专卖洋药的老德记药房，这把火，不仅毁了大栅栏一条街，也殃及了前门箭楼。同年，八国联军向北京发起了猛烈进攻，慈禧太后仓皇出逃，联军在天坛里架起了大炮，向前门楼子轰击，轰塌了箭楼和城楼，八国联军攻进了北京城。直到一年后，清政府与侵略者签订了《辛丑条约》，慈禧太后和光绪皇帝才得以回京。但被烧毁的前门实在有碍观瞻，不得已，当时的直隶总督府用银万两，请棚匠用杉篙、苇席，再绕以彩绸，在城楼和箭楼上搭起了彩子，以充门面。据《梦蕉亭杂记》载："庚子京师拳匪之乱，正阳门城楼化为灰烬。辛丑两宫回銮有期，余奉命承修跸路工程，以规制崇闳，段向外洋办木料，一时不能兴工。不得已，命厂商先搭席棚。以五色绸绫，一切如门楼之式。以备驾到时，藉壮观瞻。"迫于当时的政治形势，在这段记录中，把正阳门被毁归于"京师拳匪之乱"是有悖史实的。

中轴线上的门也是重要的建筑组成部分，除了因城市道路扩建需要而消失的中华门、地安门和北上门外，天安门、端门、午门、太和门、乾清门、坤宁门、天一门、顺贞门、神武门都属于宫城（紫禁城），是皇家的专属。

中华门始建于明代，当时称为"大明门"，上有门联"日月光天德，山河壮帝居"，说明进了这道门就是皇帝居住的地方了。大明门后是天街，也就是被老百姓称作"棋盘街"的政府办公地。清朝入主北京后，这座门改称"大清门"，民国时又改为"中华门"，1957年修天安门广场时被拆除。

天安门是皇城的正门，也称为国门，明时称为承天门，即"承天之门"，清改称"天安门"，意为"天安之门"，表现为"奉天承运""受命于天""内和外安"。每当皇帝颁诏，都要从这里送出，所以才有了戏文里那句"奉天承运，皇帝诏曰"。1949年以后，天安门成为全中国人民向往的地方，每当国家有重大庆典，国家领导人都在这里与人民共同庆祝，阅兵式、各行各业的成果展示花车在天安门前行进，向全世界展示着中华人民共和国的国威。

在都城的规制中历来就有"天子五门"之说，明代五门为大明门、承天门、端门、午门和太和门，清朝五门为天安门、端门、午门、太和门和乾清门。比较有意思的是午门的建筑，它正中开三门，两侧各有一门，从南面望过去是三个方形的

紫禁城角楼

门洞,而从北面看午门又是五个圆形的门洞,这是中国古代建筑中的"明三暗五"和"方圆结合"手法的巧妙运用。午门城台上的城楼是九开间的大殿,与城台五个门洞形成了"九五之尊"的格局。如燕翅一般的两翼各有廊庑13间,有人说这象征着"十三太保",也有说它象征着佛教的最高境界。常听戏剧里说的"推出午门斩首"并不是在午门外或午门外的广场斩首,而是到皇城外斩首。

因为午门的特殊建筑格局,它获得了另一个称呼——"午门燕翅楼",2015年10月向社会开放后,利用楼上空间办了一系列中国传统文化展。2019年,作为"故宫过大年"系列活动之一,这里举办了以"祈福迎祥、祭祖行孝、敦亲睦族、勤政亲贤、游艺行乐、欢天喜地"为主题的展览,既可以登上燕翅楼了解清代宫廷的过年习俗,还可以沿宫城的城墙一直走到神武门,领略皇宫全貌。这年正月初八,北京迎来了一场大雪,我特意进宫,沿着宫墙漫步观雪,纷纷而落的雪花为黄色的琉璃瓦披上了一层薄薄的衣被,其景醉人,心中暗忖,故宫平民化了。

神武门,明代这个门称作"玄武门",与午门的燕翅楼形成了南朱雀、北玄武的中国传统建筑格局。清朝时为避讳"玄烨"而改为"神武门"。这座门也可以看作后宫之门,一切后宫之事均走此门。

值得一提的还有中轴线上的制高点——景山,它是用修筑紫禁城护城河(北京人称之为筒子河)时挖掘出的泥土与拆除元代宫城时的渣土堆积起来的,形成了皇宫有山可倚的阵式，有"镇山"之功，被称为"万岁山"，成为皇宫后苑。然而这座"万岁山"并没有让大明江山万岁，崇祯皇帝在这里自缢，宣告了明朝的灭亡。

清朝将这座万岁山更名为"景山"，其含义是"日下的京城"，这也是后来北京也被称为"日下"的缘由。清朝为景山增添了楼、亭、殿的建筑。山前的绮望楼，五座山峰上修建的"观妙""周赏""万春""富览""辑芳"五座山亭，山后的寿皇殿都是清朝为景山增添的精妙之作。

1949年后，政府对景山进行了全面整理，修缮了古建筑物，重铺了山道、园路，栽种了花木。尤其是园内种植了大面积的牡丹，每到4月，牡丹花盛开，吸引众多北京市民和国内外游人前来观赏。

景山公园最北面的寿皇殿始建于明万历年间，原是供奉皇室祖先的场所。清乾隆十五年（1750），寿皇殿被调整到了现在的位置，其建筑格局与明代大不相同，气势更加宏伟、辉煌。1956年在这里成立了北京市少年宫，1957年又成立了北京市青少年科技馆，是北京少年儿童课余活动的地方。2013年，少年宫和科技馆迁出后，这里进行了古建修缮，基本还原了寿皇殿的建筑格局，让北京中轴线上又回归一片建筑群。

登上景山的最高峰，站在"万春亭"上可观整个北京城，从这里可以看到北京70年来的发展与变化。东望CBD现代化的建筑，西望三海，南望皇城，北望可见中轴

从万春亭望北中轴线

线最北端的鼓楼和钟楼。

钟、鼓二楼是明永乐十八年（1420）所建，履行着计时和报告岁时的功能，由于楼下是四米的砖台，使三层重檐式的鼓楼在中轴线上显得宏伟壮观。1900年，内部的鼓虽都遭八国联军毁坏，但主体建筑没有损坏。最初，钟楼是木结构，在建成后曾因大火毁坏，清乾隆年间重建为砖石结构，钟楼内用于报时的铁钟现存于大钟寺。钟楼报时的时候，是"紧十八、慢十八、不紧不慢又十八"，早先，北京是胡同四合院，钟鼓之声可以传遍整个京城。现在高楼多了，现代化的报时设备也多种多样，钟鼓楼的功能从报时转变为宣传传统文化了。

纵观整条中轴线上的建筑，有高有低，起伏呼应，色彩斑斓，如演绎出一曲华美的乐章。

三、中轴线是中华民族思想体系的重要组成

我们现在居住的北京城是元朝所建，它的建成有赖于一个伟大的设计者——刘秉忠。他学识渊博，精通儒、释、道三教，将自己对都城的理解，在一片平地上建造了一座儒、释、道思想体系大融合的完美都城，其主要格局一直延续至今。其中心的这条轴线所反映的中国古代思想和智慧极为丰富，除了皇权至上的政治主题之外，较为突出的文化主题有阴阳五行不断运行的宇宙观念和适中的哲学观念等。

中国的都城建设是以《周礼·考工记》为依据，北京城的建设也如此。在空间分布上以中轴为基准，"辨方正位""择中而立""四方五形""五方一体"确定了北京城的形制格局，并按照古代"象天法地"的风水理论，上对应天，下对应人，形成了天地相应、人神一体、天人合一的城市设计理念。再按照儒家"以政为德，譬如北辰，居其所而众星共（拱）之"的理论，构建了一个等级森严的宫城建制。

中轴线的南北划定，对应的是子午线，子位是正北，午位是正南，意喻着自然界天辰万物的运行有着内在的规律，即"天道"。在中国古代社会中，帝王作为统治者把自己的统治看作是"人道"，正所谓天不变，道亦不变。

明代诗人盛时泰曾作《北京赋》："列御道以中敞，纷左右以为墀；太庙斋，对联社稷；列六卿于左省，建五军于右隅；前列其奇，后峙以偶；左右并联，各互

为耦。"从中可见北京城的空间分布特点，即左右对称的建筑形制，这也是中国传统的"以礼治国"文治国策的体现。这也来自于《周礼·考工记》中的王城之制，"惟王建国，方九里，旁三门，国中九经九纬，经涂九轨，左祖右社，前朝后市"，因而出现了分布在中轴线两侧的"左祖右社"——太庙和社稷坛，"文东武西"——皇宫中有东文华、西英武，棋盘街上有左（东）六部、右（西）五军，以及郊坛祭祀——东有天坛、西有先农。

北京中轴线的南端东侧是世界文化遗产——天坛，它始建于明永乐十八年（1420），又经嘉靖九年增建和清乾隆时期全面的改建、扩建逐步形成了我们现在所看到的风貌。想当初皇上的大驾卤簿出前门，浩浩荡荡来到这里，行"冬至"祭天、"孟春"祈谷和"孟夏"祈雨的仪式，算得上是皇家最隆重的礼仪盛典了，明清两代有22位皇帝在这里举行大典达654次之多。天坛在选位、规划和设计中，运用了"阴阳""五行""八卦""九宫""天圆地方""天青地黄""天文历法"等中国古代哲学理论。

天坛建筑以其宏伟著称，又以奇特传世，而且寓意极深，是中华民族文化精髓的体现。在中国古代，人们认为"地"是实实在在的，看得见摸得到，而"天"则是高远莫测，可望而不可即的。因此人们的潜意识中就有了敬天、畏天、唯天为大的心理。另一点，在中国古老的文化中，"九"是用来表达无限大的极数，所以在天坛的建筑中，不论是建筑尺寸，还是用材数量，九或九的倍数随处可见。如此地对"九"垂青，是因为"九"这个数字里表现出了上天那种至高无上的权威，足以体现出人们对上天的敬畏、崇拜之情。

"九"是至高无上的，是皇权的象征，也是道教的阴阳学说在皇家建筑中的应用。在中国传统文化中，奇数为阳，偶数为阴，在中轴线上的皇家建筑里随处可见。我们现在所见的天安门城楼是清朝重建的，它由明朝时的面宽五开间改为九开间，进深由三开间改为五开间，特别突出了帝王大门"九五之尊"的气派，城楼门洞每扇朱漆大门上的鎏金门丁，也是九九八十一个，依然是最高的阳数。由这种阴阳学说推理，就不难明白正阳门的规制为什么最高了。

安定、和谐是中国的文化传统，这种文化理念在中轴线上的表现形式就是在主要建筑上冠以"和""安""宁""定"等，如紫禁城的三大殿太和殿、中和殿、保和殿，在中国的传统文化中，"太和"是一种很高的境界，指阴阳相会的和谐，其另一种解释是"天下太平"。中轴线的城门建制上也有"天安""地安""左安"和"右安"之名。

中轴线上的和谐从皇宫内部建置也可以看出来，以太和殿为例，皇帝的宝座是建在高高的台子上的，宝座上方天花正中安有形若伞盖向上隆起的藻井，正中雕有蟠卧的巨龙，龙头下探，口衔宝珠，它与方形的殿顶组成上圆下方的造型，上为天，下为地，表示着天圆地方，再加上皇帝的宝座，组合成天地人三才的中心，也可以理解为天地人合。

一条中轴线既是龙脉，也是人脉，更是文脉，它是中国古典建筑体系的集中代表，蕴含着博大精深的中国传统文化。当你站在景山的万春亭上环顾四方，北京的魂就在脚下，北京的文化遗产就在脚下。

（作者为东城作家协会理事、副秘书长）

写字楼里的非遗大家庭

赵李红

走进肃静雅致的北京市东城区非遗博物馆,仿佛走进昔日老北京的生活场景——一个个排列有序的展柜在射灯的映衬下透着一丝丝神秘。驻足其间,凝思它们的前世今生,恍若穿越了时空,瞬间都有了生命。它们从历史的深处走来,从遥远的地方走来,争先恐后地向我诉说老北京的衣食住行和娱乐休闲的方方面面——件件心血之凝结,浩浩乾坤之浓缩,与其说看非遗作品,不如说看华夏文明的"家史",看工匠手里的"中国"。

读懂前辈的审美与初心

无论如何也想不到,在闹市区的现代化写字楼里还建有一个非遗博物馆。

走进崇文门外大街正仁大厦东城区第二文化馆四层,迈出电梯那一刻依然怀疑是否找错地方时,却抬头看见走廊门上方由民俗专家赵书题写馆名的"东城区非遗博物馆"。就是这儿!在电梯口填写了身份证号后,便移步换景,眼前一亮。嚯,红漆双扇大门、彩绘门楣大石墩,给足了老北京味道。迎门的大红雕漆屏风和一套三件的大红雕漆圈椅分外亮眼,立马感觉进家了。

作为北京特种工艺"四大名旦"之一的雕漆,始于唐,盛于明清,2006年被列入国家级非物质文化遗产保护名录。这件高1.9米、宽2.5米的《仙山楼阁图》雕漆屏风共有五扇,以山水建筑、风景为主体,华丽宫殿,小桥流水,游人观景,若隐若现。作者殷秀云为国家级非遗项目代表性传承人。此作品耗时一年半。

屏风前面的一套三件的《剔红龙纹圈椅》甚为精美考究，是摘得2012年中国工艺美术大师精品展金奖之作。漆面雕以龙纹、祥云图案，万不断花纹寓意万福不断。精湛的雕刻技法充分体现宫廷雕漆技艺的风格，作者李志刚是中国工艺美术大师，国家级非遗项目代表传承人。2017年在北京举办的"一带一路"国际合作高峰论坛中，李志刚参与制作的《丝路绽放》雕漆赏盘、《和合之美》捧合套装及《梦和天下》首饰盒套装，被用作送给各国元首及配偶的雕漆礼品。

进门右手处的墙上，悬挂着市级非遗代表性传承人崔洁制作的北京补花作品《清明上河图》。作品由挑花、补花、刺绣三种工艺组成，细致到人物的表情也生动传神。而"葡萄常"的第五代传人常弘制作的惟妙惟肖的葡萄，更以假乱真，生动再现了这种北京独有的工艺技艺。

在补花《清明上河图》前凝视，仿佛走进了张择端笔下的场景，仿佛作品中的人物都有了生命，他们从历史的深处走来，从遥远的地方走来，争先恐后地向我诉说老北京的衣食住行和文化娱乐的方方面面……

曾在明清时期盛极一时、开创了中华传统工艺高峰的代表宫廷艺术的"燕京八绝"——景泰蓝、玉雕、牙雕、雕漆、金漆镶嵌、花丝镶嵌、宫毯、京绣让你目不暇接，美不胜收；鼻烟壶内画、绢人、棕人、毛猴、葫芦和"鬃人白""面人汤""泥人张"等绚丽多彩的民间工艺品，出自一位位北京民间技艺的国家级、市级和区级传承人之手。丰富的感召力立马勾起你童年的丝丝记忆。

市级非遗代表性传承人崔洁制作的北京补花《清明上河图》

北京绒鸟

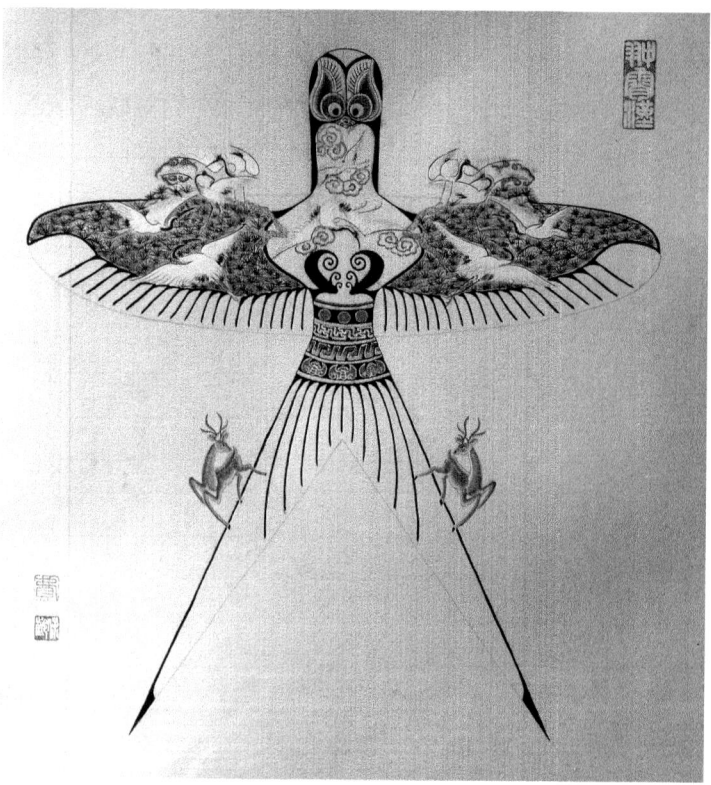

鹤鹿同春（北京扎燕风筝）

展品开口说非遗"家史"

造访一座城,先去看它的博物馆,已经成为不少旅人的第一选择。如今,外地游客到北京已不满足于游长城、吃烤鸭、逛胡同的旅游需求,而是主动去探求北京的历史文化内涵。同样,居住在北京的市民也需要寄托饱含着乡愁的老北京情结。到哪里能多角度、全方位地感知文化的北京,历史的北京?

2015年6月10日,北京市首家以非物质文化遗产为主题的博物馆——东城非遗博物馆正式开馆,这让许多形单影只的身怀传统技艺却散落民间的手艺人的劳作聚沙成塔,游子回家。观众也可以"一日看遍长安花",系统地看非遗。别看博物馆的建筑面积仅有950平方米,藏品300余件,但每一个门类、每一件展品都与老北京的生活息息相关。截至2018年,东城区共有188个项目入选区级非遗名录。其中,31个项目入选国家级非遗名录,61个项目入选北京市级非遗名录。截至2018年,东城区命名了区级非物质文化遗产代表性传承人271名。其中,有49人被命名为国家级代表性传承人,有87人被命名为市级代表性传承人。传承人队伍建设初步完善。

泥人张传承人姚晓静在非遗博物馆中为来自西藏的中小学生传授技艺

东城区非遗负责人杨建业在"心手相传"活动启动仪式上

东城区非遗负责人杨建业同志介绍说,过去,东城区也设有非遗展厅,是一间不到40平方米的普通办公用房。征集的非遗作品没几件,展厅还显得空落落的。随着作品越来越多,展厅开始显得狭小局促,雕漆等大件作品无处展示,多用布遮盖起来挡灰,小件作品大多放在盒子里珍藏,整个房间满满当当。参观者不能一睹风采,作品也容易受潮落灰,于是,建设一个非遗博物馆的计划开始实施——

2007年,推出北京市第一个区级非遗文化名录。

2007年,区文化委被评为文化部非物质文化遗产保护工作先进集体。

2008年,出台东城区政府非遗名录项目的奖励机制。对进入国家级、市级和区级名录的项目,分别给予20万、10万和5万元的一次性奖励,这在北京市是第一家。

2008年,东城区被评为"中国民间文化艺术之乡",成立北京市第一家区级非遗保护中心。

2009年,在北京市委组织部的支持和资助下,东城区开办了北京市第一个"非物质文化遗产管理人才和传承人研修班"。78名传承人和非遗管理人才参加了学习。与此同时,对传承人的史料也在精心搜集整理中。

听着杨建业如数家珍的介绍,我的目光停留在几个玻璃柜里一溜排的书籍、光盘上。它们虽不像展品那样鲜活养眼,但却详尽地记载了非遗大家庭每位成员的"档案"——《景泰蓝》《象牙雕刻》《北京玉雕》《雕漆技艺》《北京扎燕风筝》等多部非遗图书，记录了非遗的发展历史。

历时三年整理、于2013年初正式出版的《东城区非物质文化遗产代表性传承人谱系大典（2012版）》，通过代表性传承人的口述实录，详细收录了传承人的相关信息、从艺历程和具有代表性的个人成就。126位代表性传承人都留有录音、录像资料——工程可谓浩大！

2015年正式出版的《东城瑰宝——北京市东城区非物质文化遗产项目汇编》，收集了非物质文化遗产照片资料8000多张，采访音频文献400多件，拍摄视频资料200多件，刻录光盘近500件。保护单位完成代表性作品1万多件。随着一些代表性传承人的故去，一些材料已经成为绝版——功莫大焉！

眼下的北京市东城区是在2010年由原东城区和崇文区合并而成，面积41.84平方公里，常住人口82.2万（2018年），是北京皇城文化和京味文化最具代表性的区域。区域内历史遗存众多，文化底蕴深厚。东城区政府把历史文化名城的保护与发展作为首要任务，高度重视对非物质文化遗产的保护、传承与发展，通过政策引导、组织建设、资金倾斜和积极广泛的宣传推广，为传承人提供适宜的生存空间，使非物质文化遗产成为展示中国优秀传统文化的重要窗口和文化创新的丰沛源头。

非遗"家族"亮相高新舞台

与许多博物馆的高大雄伟不同，东城区非遗博物馆没有华丽、森严的建筑，却以亲切、随和示众，它甚至是充满家庭生活氛围的，充满童趣、天真、好玩、养眼。老北京的衣食住行、看病就医、民间文学、传统音乐、传统美术、传统技艺、传统民俗、节庆、杂技舞蹈……东城区非遗博物馆全面呈现原汁原味的皇城文化和老北京生活场景。

作为"中国符号"，近年来东城区还多次组织非物质文化遗产走出国门，与英国、德国、瑞士、日本等多个国家和地区进行文化交流，使世界了解中国非物质文化遗产的魅力。在向世界展示和传播深厚精彩的中国传统文化的高新大舞台上，非遗传承人和他们的艺术精品纷纷亮相——

参加2014年APEC国家大剧院非遗展的东城区非遗项目有：北京风筝制作技艺、"泥人张"彩塑（北京支）、北京宫灯……

参加2014年APEC人民大会堂非遗展的东城区非遗项目有：雕漆技艺、北京剪纸、景泰蓝制作技艺……

参加2014年APEC中国大饭店非遗展的东城区非遗项目有："厨子舍"清真菜民间宴席制作技艺……

在APEC会议的会场上，有三件雕漆屏风是中国工艺美术大师、国家级非物质文化遗产雕漆技艺代表性传承人文乾刚的作品，六件北京玉雕作品入选APEC会议主会场进行展示，约有40件景泰蓝陈设作品，均由北京市珐琅厂制作而成。

在APEC高官会期间进行展览展示的东城区非遗项目有：全聚德挂炉烤鸭技艺、便宜坊焖炉烤鸭技艺、盛锡福皮帽制作技艺、龙顺成京作硬木家具制作技艺、红都中山装制作技艺、同仁堂的中医药文化、吴裕泰茉莉花茶制作技艺、都一处烧麦制作技艺、金漆镶嵌的髹饰技艺、景泰蓝制作技艺、东来顺涮羊肉制作技艺、壹条龙清真涮肉制作技艺、月盛斋酱烧牛羊肉制作技艺……

精彩并不就此停歇，它走出展馆，走进大众视野，向世界展示中国的悠久文脉和非遗焕发出的生机和活力。

百姓舌尖上的非遗

形态逼真的便宜坊烤鸭，花花绿绿包装的月盛斋五香、酱烧牛羊肉，黄白诱人的都一处烧麦、炸三角，锦芳小吃元宵，吴裕泰茉莉花花茶，东来顺的景泰蓝，紫铜火锅涮肉……这些生活中司空见惯的食品，居然也是"非物质文化遗产"。

景泰蓝火锅

原来，2007年，锦芳元宵制作技艺就入选了东城区非物质文化遗产名录。每年元宵节前，锦芳小吃店门前排的长队，至今还是京城佳节一景。锦芳小吃店原名"荣祥成"，由山东人满乐亭创办。民国15年（1926），满乐亭在家人的资助下投资8000元，在崇外大街路东花市二条把口处，创办了"荣祥成"肉铺，后专营各色清真京味小吃。满乐亭的侄子满开新主持制作的元宵等小吃，以做工精细、用料讲究、口味纯正受到市民的喜爱。1956年，荣祥成完成公私合营,之后改名"锦芳回民小吃店",历经几代。虽然在城市改造和建设中锦芳的经营场地曾几度迁移,但对如今的北京人来说,也是常常念及的那一口。

精美华丽的北京真丝手绘汉服作品《国色天香》格外打眼,这款式设计灵感来源于宋代妇女平常穿的背子的衣襟部分:时常敞开,两边不用纽扣或绳带系连,任其露出里衣。在图案设计的细节上,运用中国传统工笔重彩绘画技法,体现了图案最基本的点、线、面的表现形式。作者续清、潘宁在真丝面料上使用特殊颜料进行绘画创作,将中国传统绘画艺术与纺织术、染料技术完美结合,体现了独特的文化价值和艺术欣赏价值。

荷梦系列(景泰蓝)

续清出身绘画世家,父亲续永康是中国工笔花鸟绘画大师田世光的入室弟子。续清耳濡目染,将所学临摹、复制古画的功力,运用到丝绸手绘技艺创作当中,传承并发展了独具特色的丝绸手绘技艺。

在《国色天香》不远处的展柜里,小巧精美的北京火绘葫芦作品《福禄鸟儿》煞是可爱。中国人对葫芦情有独钟,因葫芦和"福禄"谐音,赋予它吉祥如意、长寿健康和富贵吉祥的寓意。

火绘葫芦顾名思义,即在葫芦上烙画。葫芦烙画古称火画葫芦,据史料记载,烙画源于西汉、盛于东汉,后由于连年灾荒战乱,曾一度失传,直到光绪三年,才被一赵姓的民间艺人重新发现整理,流传至今。早年间葫芦烙画艺人以铁针为工具,在香里插入钢针进行烙绘,主要烙制葫芦上的装饰。后来,制作工艺和工具不断改革,出现了专用的烙画笔,烙画笔可以随意调温,配有多种特制笔头,从而使这一古老的创作方式具备了前所未有的表现能力。

作品《声声入耳》是两个用葫芦做的蝈蝈罐。画面古朴典雅、清晰秀丽。过去的北京人喜欢养蝈蝈的很多,人们爱听蝈蝈"官、官、官"的叫声,有官运亨通的寓意。声声入耳巧妙地呈现了这一民俗,别具一格。作者季顺与续清是一对夫妇,他们都是东城区非遗传承人。

流连馆中，惊叹一件件作品之精美时，突然被展柜里的北京鸽哨吸引，两组二十余种形态各异的鸽哨，让我欣喜和浮想联翩。真不知道，鸽哨原来还有这么多讲究：有六响二筒、八响截口二筒、五联、三联、十三星、十一眼……

小时候住在四合院的时候，就有一家养鸽子的街坊，我们都喜欢看他放鸽子、给鸽子戴鸽哨。大收藏家王世襄先生在《京华忆往》里，对鸽哨有一段生动描述："在京城，曾有多少个清晨，人们会听到从空中传来央央朗朗之声，它时宏时细，忽远忽近，亦低亦昂。倏疾倏徐，悠扬回荡，恍若钧天妙乐，使人心旷神怡……不知底细的人，可能想不到，这空中音乐，竟来自系佩在鸽子尾巴上的鸽哨。"

鸽哨被人们誉为北京的声音。它与红墙、古树、胡同、四合院相互映衬，构成一幅吉祥、和谐、幸福、平安的画面，是老北京特有的标志。但现在，随着社会的发展和城市管理的需求变化，鸽哨已渐渐淡出了我们的生活。2014年，北京鸽哨制作技艺入选北京市级非物质文化遗产名录。

北京市级非遗项目北京鸽哨制作技艺代表性传承人何永江制作的鸽哨

前段时间，已定居国外的同学发来微信，说她的女儿和英国女婿想到北京胡同租套民宿住一住，体验一下葡萄架下乘凉、四合院里吃饭的风情。我连忙拍下这组老物件发她怀旧。

她回复说：见到鸽哨，忽然想起在电影里看到过少先队员仰望红旗敬队礼、国庆节时天安门放飞白鸽的画面。好想回到小时候，回到北京……后缀是几个掩面而泣的表情。

随即，我告诉她，我曾结识一位北京市级非遗项目北京鸽哨制作技艺代表性传承人何永江，1949年出生，与共和国同龄，是北京鸽哨永字门第四代传人。为了传承鸽哨的制作技艺，何永江还在继续坚持用原始的工具手工制作。何永江夫妇两人退休工资加起来只有五千多元，在儿子的帮助下，盖起了一个50平方米的展室进行鸽哨陈列，以便让更多的人怀旧和了解老北京文化。

为了迎接新中国成立70周年大庆，何永江在过去的三年时间里日夜赶工，制成700把鸽哨，想要无偿地献给新中国的生日大典。

我告诉同学：咱们一起期待吧，在即将到来的新中国70华诞，或许会有鸽哨响彻云天的壮观景象……

（作者为北京作家协会理事、东城作家协会理事）

北京二中的两位文学家

李培禹

一、大运河之子刘绍棠

大运河之子刘绍棠,中国著名乡土文学作家,"荷花淀派"的代表作家之一,"大运河乡土文学体系"的创立者。

与沈从文、孙犁一脉相承的中国当代文坛乡土文学大家刘绍棠辞世22年了。这些年来,读者与亲朋对他的怀念之情日深。而今,随着北京城市副中心的建设,刘绍棠生前心心念念的古老通州大运河以更靓丽的面貌展现在世人眼前。这使我想起英年早逝的这位作家说过的那句话:"如果我的名字与大运河相连,也就不虚此生了。"

本文拾掇了刘绍棠生前、逝后鲜为人知的一些片段,以志纪念。

2018年10月,我接到曾彩美老师的电话,她兴奋地告诉我,20卷本的《刘绍棠文集——大运河乡土文学书系》终于出版了。出版研讨会那天,我早早地赶到会场,不想,曾老师已先到了。离开刘绍棠多年的她,一肩担起整理、编纂刘绍棠全部文稿的重任,其间的艰辛

1987年冬,刘绍棠在天安门城楼上

甘苦谁人能知？看上去，已过了80岁的曾老师除了头发花白，身体、精神都很好，还是那么温文尔雅。她迎面微笑着伸出了手，我则上前拥抱了大姐，对她的敬重，对绍棠学长的思念，尽在不言中。

刘绍棠的生命只有61年，他一生勤奋耕耘，发表长、中、短篇小说等各类作品600余万字，艺术地再现了家乡——京东运河平原不同历史时期的风土人情和社会风貌，描绘充满诗情画意的乡风、水色、世俗人情，讴歌走在时代前列美好的人，挖掘代表时代前进方向与主流的美好事物。在刘绍棠离世20多年后出版的这套丛书，

作者李培禹参加刘绍棠作品研讨会

彰显了文学评论界对他作品的定位，即"中国气派、民族风格、地方特色、乡土题材"。

研讨会上发言热烈，我却时常走神，其实是陷入了对刘绍棠这位好作家、好学长、好老师绵长的思念中……

北京二中

我和刘绍棠都是在北京二中上的中学，只是我晚他20年，刘绍棠一直称我"学弟"。

与绍棠聊天，确切地说是你听他说，滔滔不绝地说，真是一件快事。

在他有恙之前十几年，我有幸和他同乘"大红旗"轿车，到一个单位去参观作客。一路上，年富力强的刘绍棠谈笑风生，上至天文，下至地理，远至上古传奇，近至两伊战争，可谓无不涉猎。妙语、警句、精彩论断时而爆出。身材魁梧的刘绍棠身着中山装，鼻梁上架着一副黑色宽边近视镜，端坐在前排右首，偶尔微笑着向欢迎他的同志们挥挥手。我戏言道："绍棠颇有'金（日成）将军'的风范。"大家都笑了。绍棠没有嗔怪我，反倒接过话题，纵论起朝鲜半岛局势、中朝关系等，

刘绍棠与北京二中老校长郭柏年在一起

稍加整理就是一篇见解独到的国际新闻述评,若拿给报纸国际副刊发表,该不成问题。

然而,这般畅快的日子不可多得。绍棠太忙了。他恢复"青春"后的十几年里,创作丰收,屡屡获奖。"一亩三分地主,五车八斗人家。"这是一位朋友送给刘绍棠的条幅。所谓"一亩三分地",是指京郊大运河边的通县儒林村。刘绍棠生于斯、长于斯,40多年来他抱住这块沃土不放,走他的乡土文学之路。"五车八斗",是说他高产,那几年接连出版了11部长篇小说、8部中篇小说集及多部散文随笔集,其中浸透着一个中年作家拼搏的心血。他偶尔得宽余,走出书房透透气,和朋友们聊聊天,大发一通感慨、高论或"谬论",在他自己,也是一件快事吧!

和他见面时,常听他讲起京东大运河,讲起他的故乡通县儒林村。他对那片土地赤子般的热爱,他要终生回报父老乡亲的拳拳之心,深深感染着我。我曾惊讶他笔下的运河两岸的田园,怎么那么迷人,我曾感叹他文字里传出的运河桨声,是何等动听!绍棠的多部大部头作品曾获奖,影响很大,但他却把中篇小说《夏天》看得很重,甚至对采访者坦言,那是他的最爱。你看,他写道:

清晨,太阳还没有升起来,村庄也还没有睡醒,雨后的运河滩寂静,沉默的布谷鸟送走消失的星星和远去的月亮,叫出悠长的第一声,长久地回旋在青纱帐上,而且在河心得到更悠长的回声。渡口处小船拴在弯弯的河流上静静摇荡,管车老张还睡在梦乡里,布谷鸟歌唱的回音惊醒河边的水鸟,它们的首领第一个尖声地叫着,于是一阵响,水鸟从地面升到淡蓝的天空。

这，就是大运河的夏天，好美啊！

绍棠更没有忘记，运河环绕着的儒林村，是他"落难"后躲避凄风苦雨的港湾。他1957年被划为"右派"回乡，儒林村的父老乡亲不仅没有嫌弃他，还热情地接纳他、帮助他、保护他。绍棠说，他如同"一个颠沛流离多年的游子，终于投到了慈母的怀里"。乡亲们给予绍棠的温暖，很快融化了他心中厚厚的坚冰，鼓起了他生活的勇气。在儒林村的寒舍里，他写下了这样一首五言诗：

> 狂飙从天落，三十归故园；迈步从头越，桃源学耕田。曙色牵牛去，夕烟荷锄归，蓬荜陋室窄，柴灶自为炊。深更一灯火，午夜人不眠；学而时习之，孜孜不知倦。席卧难入梦，皓月窗外明；浮想联翩起，枕畔风雷声。

在故乡22年的坎坷岁月里，他始终没有沉沦，通过精心构思，完成了《地火》《春草》《狼烟》三部长篇小说的撰写。他对乡亲和乡土的感念之情与日俱增，并把这种挚爱如滚滚的运河水倾泻于笔端。他动情地表示，他要以全部心血和笔墨，描绘京东北运河农村的20世纪风貌，为21世纪的北运河儿女，留下一幅20世纪家乡的历史、景观、民俗和社会学的多彩画卷。"这便是我今生的最大心愿。"

最后一面

1995年底，北京日报报社调我到《新闻与写作》杂志编辑部工作，担任执行主编。为办好刊物偶尔打扰他，他总是大嗓门儿在电话里回一声"你来吧"，并曾抱病约我长谈，给了很多关注和支持。他的大作《中国人点头才算数》刚发出不久，我去和平门他的寓所探望。不想，这竟成了我们最后一次见面畅谈。这次拜访前，一位编辑朋友来电话约我写篇刘绍棠的稿子，并询问："最近听说刘绍棠出任北京市足协副主席啦，怎么回事儿？"

这消息着实让人吃惊，那几年一直需坐在轮椅上才能"行走"的大作家刘绍棠，怎么会与总跟"奔跑"联系在一起的足球结下缘分呢？我往刘绍棠家拨电话，单刀直入："听说你要当足协副主席？""我已经当了，不是要当，哈哈……"快人快语的刘绍棠朗声笑起来，约我第二天去他家细聊。

熟识绍棠的人都知道，1988年，由于他没有节制地拼命写作，积劳成疾，糖尿病和冠心病并发，导致偏瘫，整个左半身失灵，用他自己的话说是失去了"半壁江山"。"大难不死"后，医生严格控制他的作息时间，他只有唯命是从。我来到他居住的文联宿舍楼"红帽子寓所"时，又见到门上他亲笔书写的"告示牌"：

敬启

政府已向本室主人颁发残疾人证，受到《残疾人权益保障法》保护。

本室主人年届六旬，受到《老年人权益保障法》保护。

老弱病残 四类俱全 伏枥卧槽 非比当年 整理文集 刻不容缓 下午会客 四时过半 谈话时间 尽量缩短

本室主人叩

看看手表，刚好4时过半，我便叩响了房门。曾彩美笑着将我迎进去。宽敞的客厅里，最醒目的便是一块金光闪烁的铜匾，上书"人民作家，光耀乡土"八个大字。这是他的家乡——通县人民政府在刘绍棠文库揭幕仪式上授予他的。拥有一大堆获奖证书的刘绍棠，把家乡父老乡亲送他的这块铜匾，看得比什么都荣耀。

走进绍棠的书房，我一眼看见书柜上方，端放着一个黑白相间的足球，上面签着北京国安足球队一员员虎将的名字。玻璃镜框里，是一张时任主教练金志扬与刘绍棠的彩色合影照。看来，他这个轮椅上的足协副主席还真的进入角色了。

"你也是足球迷吧？"我问。

"我算不上球迷。"

"你年轻时爱踢足球？"

"特臭。"

我们不禁哈哈大笑。原来，对国内外各种信息兼收并蓄的刘绍棠，频频被足球小伙的拼搏精神所打动。他觉得，文化人也很需要这种拼搏精神，文体不该分家。另外，运动员也应该不断提高文化素质，体力、知识应该结合起来。新一届北京市足协成立时，绍棠作为连续四届北京市人大常委，也愿意为推动足球运动的发展尽一份心。在金志扬等朋友的促成下，刘绍棠坐着轮椅"出征"，受到热烈欢迎，经过选举当选为北京市足协副主席。那天，大家兴高采烈，绍棠也仿佛年轻了20岁。

那天归来，刘绍棠累得够呛，夫人曾彩美赶快照顾他服药、休息，绍棠却连呼："痛快！痛快！"

刘绍棠的真正身份还是作家，他谈到当时正抓紧整理的《刘绍棠文集——大运河乡土文学书系》，谈到他刚出版的杂文集《红帽子随笔》，还特别提及呕心沥血终于创作完成的长篇小说《村妇》。这部21岁就曾写成初稿，但因手稿被毁，直到1996年才重新写就的小说，展现作家生于斯、长于斯的北运河20世纪变迁的历史画卷，融入了刘绍棠几十年的人生感悟和对父老乡亲们全部的挚爱。"我顶着高粱花儿走向文坛，历经几十年风风雨雨，我的一个最美的梦，终于要圆了。"

我听他"大侃"的，几乎全部是《村妇》里的动人故事。时而他眼里充盈着泪花，时而我不禁为书中的人物命运扼腕叹息，不知不觉中，夜幕已拢上窗来……

魂归故里

随着北京城市副中心的建设，古老的通州大运河以美丽而崭新的面貌展现在世人眼前，刘绍棠学长生前说过的那句"如果我的名字与大运河相连，也就不虚此生了"，此时更时常回响在深念他的人们耳旁。

大运河不会忘记他，大运河畔儒林村的父老乡亲不会忘记他。他曾用40多年的创作抱住这块沃土不放，年仅61岁的璀璨人生，全部融入了大运河日夜不息的涛声中。

通州区在建设、打造北京城市副中心的同时，十分重视挖掘大运河源头，即通州北运河的丰厚的人文底蕴。作为当年唯一在场的媒体人，我越发觉得有义务、有责任把20年前刘绍棠骨灰安放的情景再现给今天的建设者们和千千万万和我一样深切怀念他的人们。

那是1998年4月12日，刘绍棠的骨灰悄然安葬在他的故乡——京郊通州区北运河畔。

绍棠学长的骨灰安葬地选在紧临大运河端头的一处土坡上。这里，远可望见作家生身之地儒林村的袅袅炊烟，近能听到大运河流淌不息的水声。通县人民政府曾于1992年为他设立刘绍棠文库，因肝硬化抢救无效、没有来得及留下任何遗言的刘绍棠长眠于此，当是魂归故里了。

当日中午12时45分，几辆小车驶近。身着黑色服装的曾彩美走下车来。这是一个没有任何官方色彩的仪式，甚至没有告知与刘绍棠交往甚深的众多朋友。然而，依然有不少人早已等候，为他送行。

曾彩美缓步登上北运河畔土坡，这里依稀可见河东岸的农舍。脚下这熟悉的土地，她曾随丈夫无数次走过，绍棠瘫痪后，她还用轮椅推着他来探望大运河和乡亲。是日，绍棠将留下不走了。

黄土坡上，亲属们已挖好了一个一米见方、约两米深的坑穴。刘绍棠的三弟刘绍振等人跳下坑，他们先把一个用水泥筑成的石匣正面朝东南放好，然后准备把黄绸覆盖着的骨灰盒放进去。这时，曾彩美已泪流满面，她把绍棠的骨灰盒紧紧地抱在胸前，哽咽得难以成言。绍棠的儿媳玲玲拿出了随葬物品：三本新出版的还散发着油墨气息的《刘绍棠文集》，父亲生前喜爱的两瓶茅台酒、一枝粗杆蘸水钢笔和几个备用的笔尖。小女儿刘松苎悲痛欲绝地呼唤着："爸呀……"下午1时30分，水泥匣盖封死了，刘绍棠的长子刘松萝按照通县农村的"老礼儿"，第一个捧起泥土撒下去……刘绍棠的骨灰盒，被亲友们一捧一捧和着泪水的泥土覆盖了。

安葬刘绍棠骨灰的地点不是公墓区，不能立碑，曾彩美率儿孙们种下了一棵常青的松树。人们纷纷把带来的鲜花一束束、一瓣瓣地撒在安葬着作家的土地上……

一位用600多万字作品来浇筑书中乡土的作家走了，一个如此热爱生活，热爱故土，热爱文学、足球和侃大山的人走了。没有墓碑，没有铭文，然而，他魂归故里，得以安息，他应该是幸福的。

近几年，我曾和几位二中校友去故地寻访，已不得见墓地。后来得知，因工程建设需用地，刘绍棠学长的墓已迁往运河大堤路西侧约一公里处。没有关系，安眠在这里，大运河的汩汩流淌，尤其是那动人的桨声，他是一定可以听到的。

绍棠，大运河永远流淌着你的名字！

二、温婉多彩的散文家韩少华

韩少华老师是北京二中的老师，他离开我们快十年了，我很想他。

那是2010年北京春天的一个下午，我给作家韩晓征打电话，本想约她为我们《北京日报》副刊的"人物版"写篇稿子，不想话筒那边传来她哽咽的声音："我正要给您打电话呢……我父亲,今天凌晨去世了……"就这样,我无意中成了最早知道韩少华老师去世这一噩耗的人之一,也因此最早承受着痛失我师的悲痛。

心里难受,下午的工作根本干不下去了,新闻工作职业的本能提醒我,著名散文家韩少华辞世的消息应该见报,因为他不仅是我一个人的老师,他培养的文学作者该有多少啊!况且,他是我供职的报社副刊的主要作者之一。近几年,大病初愈后,半身不遂的他坚持用左手给我们写了不少作品。就在2009年新中国成立60周年之际,他还高兴地担任了《北京日报》"我从天安门前走过"文学作品征文的评委。我想,把这讣告式的文章发在韩老师生前喜爱的日报、晚报上,既是代他向他始终热爱着的读者朋友们做最后的告别,也是我——他的一个热爱写作的学生,用心去为一位散文大家写一篇散文,代万千读者为敬爱的韩少华先生送行。

在报社工作多年,我不知编过、写过多少文章,而此刻,我竟呆呆地不知该如何下笔。我要求自己冷静下来,先写下了标题"著名散文家韩少华去世"。由于非常熟悉,我平静地写出了他的主要生平:

左起:韩少华、臧克家、李培禹

著名作家韩少华于4月7日凌晨因肺心病去世,享年76岁。

韩少华以散文著称,1961年在《人民日报》发表并引起文坛关注的散文《序曲》,是其成名作。新时期以来,创作以散文为主,兼及报告文学和小说。报告文学曾连获全国第一、二届优秀报告文学奖。还曾获得散文、儿童文学、小说和讽刺小品等多项创作奖。出版有《韩少华散文选》《暖情》《碧水悠悠》《遛弯儿》《万春亭远眺》等。2009年9月,中国作协表彰从事文学创作60年的中国作家协会会员,韩少华获此殊荣。此外,因多篇作品被选入中学语文教材和多年在北京二中、北京教育学院执教并教研成绩斐然,韩先生被公认为中学语文教学的一代名师。

写完以上文字,我的心再也难以平静,和韩老师相识、相知,得益于他的一幕幕往事,潮水般涌进我的脑海……

1971年,我在北京二中初中毕业。这时,北京市恢复了高中,我的初中班主任老师贾作人费尽心力让我上了高中。偏爱我的贾老师,特意把我"交"给了教高中语文的赵庆培老师。在二中这样一所名校,我又遇到了贾作人、赵庆培这样的高师、严师,很感庆幸。但我发现,在二位优秀语文老师的眼中,竟还有一位令他们敬重的语文教学名师。他,就是当时已调至市教育局的著名作家韩少华。记得是高一下学期的时候,我的作文《晚霞》被选入了东城区教育局编的《中学生作文选》。这已是我的习作第二次印成铅字,赵老师很高兴,下课后他对我说:"现在,可以让你见韩少华老师了。你晚上到我家来吧,我约了韩少华。"

这天晚上我认识了韩少华老师。

我的"认识",不知给当时已很忙的韩老师又添了多少忙!每完成一篇习作,我都想听到他的指教,我的"足迹"追随着他从西石槽胡同的小平房,到安外兴化路的新楼房,每次推开房门,都能听到韩老师那亲切的招呼声,我甚至多次吃过韩老师亲手做的饭菜。韩老师的一生,是写作、教书俱佳的一生,他洒在许许多多学生身上的心血,文章中不能不写,但又只能简略,一笔带过:

韩少华无论创作旺期还是患病以后,始终热心扶植文学后人。1991年他赴外地为文学青年讲课途中病倒,后用左手逐渐恢复写作,今年1月刚发表了散文《我和袁鹰先生》。

接着，我控制着自己的感情写道：

> 近日阴冷的天气中他感到不适，曾到天坛医院救治。4月7日早晨6点，在床边守候一夜的妻子再一次呼唤他的时候，却没有了回应——他在睡梦中安详地走了。

我不知该怎样往下写了，文章字数不能太多，否则版面安排上会有困难。如何用最简短、最准确的语言来概括、评价他的文学人生，我在思索，反复推敲着……不知不觉中，我已在电脑前坐到了凌晨！这时，像是老天助我，韩老师的生前好友、著名作家刘恒的短信，发到了我的手机上。短短几句，准确、凝练地表达了他作为北京作家协会主席，对韩少华文学成就与人格魅力的高度评价，也充溢着他对北京文坛失去一位好作家、好朋友的哀悼之情。我把刘恒的短信内容，编写进稿件中：

> 惊悉他辞世的消息，著名作家、北京作家协会主席刘恒说："韩公是淡泊而潇洒的人，文章漂亮之至，恰如其貌。人品也好，既与人为善又与世无争，是个优雅而纯粹的文人。此去黄泉，我们祝他路顺，并将永记他宁静的背影。"

至此，文章基本完成了。我却觉得有些话如鲠在喉，一种永远失去恩师的悲痛袭上心头，没有能宣泄表达出来。看看表，已是早上8点多钟了，当天的晚报已开始定稿拼版了。我把这篇稿件通过邮件发给了《北京晚报》文化部主任王晓阳。同时，给她发了短信，提醒她及时查看这篇稿件，尽可能当天安排。很快，晓阳的电话打了过来，说："马上安排，放心。"她非常理解地又说："你还能补充点东西吗？可以多写点。不过要快！我让版面编辑等着……"于是我很快补充了这样一段文字：

> 昨天，他的女儿、作家韩晓征说："父亲是在家里睡过去的，很安

详。没有留下遗言。我和母亲不断接到深情悼念的短信、电话，人们引用父亲文章里的句子，称赞他温婉多彩的文学人生'就像积蓄了一夜的露珠在晨光中闪烁'。没想到他有那么多的作家朋友、学生都因他的离去而悲痛，父亲可以安息了。"

韩少华老师可以安息了，细心的读者不难感悟到，我是通过客观叙述——晓征的话，充分表述我自己对韩少华老师的深厚感情！

4月8日下午，《著名散文家韩少华去世》的消息在《北京晚报》刊出，立即被多家网站转发。4月9日，《北京日报》也发出了这篇消息，还配发了一张韩少华老师晚年潇洒、儒雅的照片。没想到这篇只有六百字的短文，在不少读者、朋友中引起共鸣，北京的一些作家朋友曾对我说，看到这篇文字就被打动了，看似平淡无奇的语句后面，却藏不住作者对老师的一片深情！

2010年4月9日清晨，东郊殡仪馆，摆满了花圈、挽联的告别大厅里，哀乐低

20世纪80年代，作者与韩少华和女儿韩晓征在著名诗人臧克家先生寓所作客

回。我看到中国作协、北京作协、北京日报社、中国教育报社等单位和王蒙、陈建功、史铁生、刘恒、陈祖芬、刘庆邦等众多作家好友,都送来了花圈。我排在长长的告别队列里,迈着沉重的脚步走向韩老师,我含着泪水向恩师三鞠躬,心里默默地告慰他:韩老师,您安息吧!我已代您向您的读者告别了,我也代喜爱您的万千读者和您教过的一届又一届的学生,为您送行了……

"清明"又近,我的、我们的韩少华老师,您在天国还好吧?

（作者为中国作家协会会员、东城作家协会副主席）

第二辑
新兴旗舰

先生在上，再看看您的龙须沟吧
——龙须沟与剧作家的70年

胡 健

一

应该说，北京的龙须沟在我懂事之前就已经成为新中国新北京的一个象征。不仅仅是它曾经的臭、曾经的污浊，也不仅仅是它的被改变，况且新中国成立之初百废待兴，全国各地都在做这样翻天覆地的建设，龙须沟改造只是其中之一。龙须沟的名扬天下，皆因为著名作家老舍先生写出了一部感天恸地、震撼人心的史诗——话剧《龙须沟》。其主角不是伟大的救世主普罗米修斯、阿波罗，而是一群居于北京南城逼仄空间里的小人物，他写出了他们的遭际以及他们的向往，他们就是世世代代中国城市劳动人民的群像。

三幕话剧《龙须沟》以住在龙须沟的一个小杂院里的几户老百姓的凄惨故事为主线，反映了他们遭受恶劣的自然条件和国民党黑暗统治的双重摧残，以及新中国带给他们的新生活。1951年，话剧《龙须沟》的演出得到了广大观众的共鸣，也得到了政府的奖励，尤其是电影《龙须沟》的放映，更是在全国引起了广泛轰动。老舍先生由此获得了"人民艺术家"的荣誉。

2019年4月，正是春意渐浓、桃红柳绿、姹紫嫣黄之时，金鱼池小区的春光与别家小区几无二致，只是有心人如我，一步一步走在其中，深知脚下就有那条神秘的龙须沟，心里不知有多么感慨。直到在社区中区不大的水池前，我看到了一座小小的铜像，一个扎着马尾辫的小女孩小心地捧着一个小鱼缸，望着远方；她的身后是

金鱼池社区里的小妞子雕像

一块巨石、一片竹林，再往后，是几座居民楼围拢着她。我认得她，她是老舍先生虚构的孩子，那位在一个大雨滂沱的日子里被龙须沟吞没了的小妞子，70年来却一直活在人们中间。

一个人，或一件事，或一个地方，若要被人们念念不忘，需要具备几个条件：它的无与伦比的独特性，它影响广泛波及众多的代表性，它的强大力量（无论是护佑还是伤害）带来的震撼性，它介入人生之深远性；最最可遇而不可求的是，如果有一部高尚的艺术作品的加持，一首歌，一幅画，一出戏剧，一部电影……就更能使其魅力隽永，常葆青春，甚至流芳百世。

1950年，当刚刚从美国赶回来参加新中国建设的老舍先生决定要以龙须沟的剧变为题材写一个话剧之后，他来到了龙须沟，实地采访，搜集素材。后来他由于腿脚的原因，就依靠助手年轻作家林斤澜的再次采访，构思剧本。老舍先生的构思长达半个月，又用了不到一个月时间，写出了三幕话剧《龙须沟》。

我们没有机会亲见龙须沟当年的悲惨破败，那就以老舍先生的话剧《龙须沟》的开头作简短的介绍吧：

> 这是北京天桥东边的一条有名的臭沟，沟里全是红红绿绿的稠泥浆，夹杂着垃圾、破布、死老鼠、死猫、死狗和偶尔发现的死孩子。附近硝皮作坊、染坊所排出的臭水和久不清除的粪便，都聚在这里一齐发霉，不但沟水的颜色变成红红绿绿，而且气味也教人从老远闻见就要作呕，所以这一带才俗称为"臭沟沿"。沟的两岸，密密层层地住满了卖力气的、耍手艺的、各色穷苦劳动人民。他们终日终年乃至终生，都挣扎在那腌脏腥臭的空气里。他们的房屋随时有倒塌的危险，院中大多数没有厕所，更谈不到厨房中没有分开自来水，只能喝又苦又咸又发土腥味的井水；到处是成群的跳蚤、打成团的蚊子和数不过来的臭虫，黑压压成片的苍蝇，传染着疾病。每逢下雨，不但街道整个地变成泥塘，而且臭沟的水就漾出槽来，带着粪便和大尾巴蛆，流进居民们比街道还低的院内、屋里，淹湿了一切的东西。遇到6月下连阴雨的时候，臭水甚至带着死猫、死狗、死孩子冲到土炕上面，大蛆在满屋里蠕动着，人就仿佛是其中的一个蛆虫，也凄惨地蠕动着。

我心惊肉跳地读完上述文字，身上禁不住地打起寒战。刚刚从美国返回祖国的老舍先生，一见之下应该也是触目惊心的吧。

老舍先生说："我就抓住臭沟不放，要达到对人民政府修沟的歌颂。哪怕自己还不成熟，我也要反映它。"

他说："龙须沟上并没有一个小杂院，恰好住着上述的那些人：跟我写的一模一样。他们是通过我的想象而住在一块儿的。""在龙须沟，我访问过一位积极分子。他是一位70来岁的健壮老人，是那一区的治安委员。……想来想去，我把他的积极与委员身份都放在（剧中的）赵老头儿身上。"

老舍先生塑造了程疯子、丁四嫂、王大妈、赵老头儿、程娘子等众多遭际不同、性格各异的小人物：他们中间有的是曲艺艺人，被恶霸恐吓变疯；有的是三轮

金鱼池社区外老舍先生雕像

车工人,被兵痞欺负,致家里人断了口粮;有的是"两面人",嘴很野,可是心地好。"她(丁四嫂)的毛病是被穷困所折磨出来的,"老舍先生说,"这也就是我创造这个人的出发点——明白了穷人心中的委屈,才能明白他们说话行事的矛盾。"老舍先生通过他们既相同又不同的人生遭遇,反映了新旧社会的巨大变化。其中就有那位人见人怜的女孩儿小妞子,她的戏份虽然不多,却牵动了广大老百姓的慈悲心肠,留下了千古话题。

2019年4月8日这一天,阳光灿烂,微风和煦,要在明媚的春光里认真寻一寻那著名的约有千米的龙须沟,应该不是一件难事。我选择的路线是以金鱼池社区外老舍先生的立体浮雕像为起点,从金鱼池小区步行向东,沿着天坛公园北门的天坛路北侧,直到尽东边南北向的磁器口大街为止。

一位当地居民跺了跺脚,告诉我龙须沟的位置,说:"就是脚下,四米宽呐。"哦,天坛路北侧的人行道下大约真的就是龙须沟了。像北京其他繁华的街道一样,天坛路北侧已经布满各种店铺,饭馆居多,有医院,有超市,有修理铺,有中医堂,有北京名头最大的北京市房地产交易中心。在一所宽大的红框绿棱的公共厕所前面，我停下脚步，这就是了，到了我事先做功课查资料寻找的龙须沟原址了。

南北向的西园子二巷巷口，横贯着一条东西向的无名小胡同。居民说，这才是真正的龙须沟，是当年龙须沟的北沟沿。这条无名小胡同仅容一人通行，间有老树亘厌其中，也有住家的花儿在盛开。它与外面的街道高低相差有两米左右，有后来专门修的坡道或台阶相通。而龙须沟的南沟沿早已经被填埋，变成了大马路。北沟沿留下的几十户人家，也多是后来搬过来的。其中一位"老北京"还提到，20世纪70年代挖防空洞的时候，也挖到了龙须沟。龙须沟一带的地质很差，地面是由垃圾垫起来的，5米以下才见原始地面，但60厘米以下就有地下水。为了防止渗水，里面用的都是来自崇文门城墙的上好城砖。他是50年代跟着大人搬过来的。他的居室面积只有15平方米，住两口人。又问，最多住过几口人，他没说。再问他，这里的条件并不好，为什么搬这里来？他满足地说，这里多好啊，逛公园，买东西，上医院，哪哪儿都方便啊。

1950年5月16日，龙须沟改造正式开始。那时候，龙须沟工程的概算为693.4万斤小米，约占全市预算支出总额的2.25%；到1950年7月31日，龙须沟一期工程明沟改

西园子二巷巷口

原龙须沟北沟沿窄巷　　　　　　　　　天坛北路就是在原龙须沟之上铺就的

为暗沟任务竣工。据中共北京市委党史研究室瞿宛林的资料："基本上解决了龙须沟地区的积水问题。几个月后,龙须沟铺设了下水管线,沟上铺了柏油路,马路两边树起了路灯,居民们从此用上了电灯、自来水。"

在话剧《龙须沟》的第三幕里,龙须沟的新沟已经落成,修了马路。老舍先生是这样描写的:

> 杂院已经十分清洁,破墙修补好了,垃圾清除净尽了,花架子上爬满了红的紫的牵牛花。赵老头的门前,水缸上,摆着鲜花。丁四的窗下也添了一口新缸。满院子被阳光照耀着。

千米龙须沟,走到天坛路与磁器口大街相接的路口,算告一段落了。自龙须沟被填埋以后,龙须沟地区遂改称金鱼池地区了。渐渐地,龙须沟的故事已经被人看成是老话儿,几乎在人们的话题中消失了。

十多年后,老舍先生也不幸去世了。

然而,故事还没有完。

二

改革开放以后,北京的话剧舞台上佳作频出,百花盛开。其中,有三部话剧渐渐地显露出那么一点儿的不同寻常——1979年荣获建国30周年优秀剧作奖的四幕话剧《有这样一个小院》，荣获建国40周年创作奖一等奖的五幕话剧《小井胡同》，荣获建国55周年创作奖一等奖的十场话剧《万家灯火》。它们都有一个共同点，写的都是北京市的市民生活：范围缩小一点儿，它们在区域上都是南城；再集中一点儿，它们的故事还都发生在南城的金鱼池！就是说，都是在原先的龙须沟地区。

老舍先生，您看见了吗？——又是您的龙须沟！

这几部话剧还有一个共同点，即它们的作者是同一位剧作家——国家一级编剧李龙云。

著名剧作家李龙云，1946年9月，呱呱落地在与龙须沟近在咫尺的西园子一巷的罗圈胡同8号，可以说，他也是龙须沟的孩子。话剧《龙须沟》1951年问世的时候，李龙云刚刚五岁，正蹒跚学步，牙牙学语。在逐渐长大的过程中，他无数次地穿行在生他养他的这片土地上，深得南城老北京文化的熏陶。

评论家童道明写道：李龙云是"一个非常重要的剧作家，从《小井胡同》到《万家灯火》，他是老舍之后第二个写北京市民生活的剧作家"。

剧作家郭启宏说："李龙云的京味儿是骨子里的，这是我们在北京生活过多年的外地人所不能企及的。"

四幕话剧《有这样一个小院》于1978年由中国儿童艺术剧院演出，描写了在周总理逝世后的日子里北京市民们悼念周总理，与"四人帮"作斗争的故事，被誉为是话剧《于无声处》的第二梯队。

三年以后，1981年春天，五幕话剧《小井胡同》又横空出世，1982年由北京人民艺术剧院公演时曾引起极大反响。这部话剧大跨度地反映了从20世纪50年代到70年代北京南城一条胡同里的历史变迁和居民的命运。小井胡同住的仍然是一群普通百姓：电车司机刘家祥夫妇，面铺掌柜老石夫妇，国民党军队的伙夫，当过巡警的鞋匠，袜子铺小业主许六和刚接回家做妻子的从良妓女，算卦的、卖艺的、卖假药的……来自农村的小媳妇出场比较晚，却由于她的"造反派"身份而成为剧中的一个突出的不和谐音。

"老北京的胡同文化包括杂院文化，主要体现在和谐上。狭小的空间，居住着五行八作各色人等，穷的富的各有各的谋生手段，你过你的，我过我的，大家彼此尊敬、宽容，甚至还很热情，同时还把握住了交往的尺度，大家相安无事，"时论认为，"这里阶级的概念小于街坊概念。"在以小媳妇儿为代表的造反派面前，老街坊们互相保护，互相扶持。剧作家的深刻在于，时代和社会的进步，不能取决于某个群体生存权的被剥夺。

在长达30多年的时间里，几十位普通市民命运的变迁，勾勒出一幅幅引人深思的历史画卷。老百姓各自不同的命运，他们的喜怒哀乐又一次震动了话剧舞台。小井胡同几度变迁，演尽了30载人生悲喜。

李龙云父亲的家就在东晓市大街里边，现在是他的弟弟李来敏住着，这里也曾是李龙云夫妇早年住过的地方。李来敏说，二哥最喜欢走这片地方的胡同，有空就叫上他，一走就是几里地、几个小时。诸如草厂胡同、余叔岩的宅子、南半截胡同的戏曲博物馆、绍兴胡同的绍兴会馆、附近的湖南会馆、袁崇焕祠、马连良扫过马路的前门广和剧场……李龙云熟悉南城，眷恋南城。单位分了北三环的房子，他还巴巴地搬回南城，他说："南城有沧桑感。"

兄弟俩走着，走着，耳边就响起老街坊们的问候声。这里曾经都住的是小买卖人，炸丸子的、炸蚕豆的、煮馄饨的、卖半空落花生的……李龙云对他们非常熟悉。比如炸丸子的大叔，炸丸子前都洗干净胳膊，他喜欢唱戏，甚至求路过的小孩子听他唱戏："你听我唱一出《甘露寺》，听完就给你丸子吃！"还记得小时候，有一次雨天傍晚，只听卖馄饨的老两口在胡同里央告："老街坊们，过不了

金鱼池社区老舍先生的三部书雕像

喽，过不了喽，分着来点呗。"原来他们是一天没开张了。街坊们就纷纷出来，一家买一碗，帮老两口解决困难。那时候的小买卖挣的仅仅是够当天吃的，第二天再说第二天的。还记得三年饥荒的时候，父亲背了十几斤粮食，去乡下探望77岁的爷爷，兄弟几个一起目送父亲的背影远去。听说爷爷喝了半碗粥就坐起来了。李龙云说："一想到爷爷，我心里永远就是父亲的这个背影。"不久就传来爷爷去世的消息。一天，李龙云见父亲吃着吃着饭就出去了，挨着院里的影壁默默地站着。他跟过去，问父亲怎么了，父亲抹掉眼泪，说："我想你爷爷了！"李龙云对来敏说："想人的滋味，就是这样。"

这就是一个作家的血脉，他的出生地的文化对他的塑造。对民间疾苦的深刻感受，老街坊们为人处世的习惯，他们生动的语言，时时刻刻陶冶着剧作家李龙云的灵魂，所以在他的剧作里，哪怕像《小井胡同》里洋洋几十个人物，都各有各自不同的性格、不同的语言特点和不同的行事作风。

三

记得老舍先生在《龙须沟》里让程疯子在最后一幕说了几句话："咱们这儿，还得来个公园。二嘎子提议，把金鱼池改作公园，周围种上树，还有游泳池，修上几座亭子，该有多么好啊……"

真心佩服老舍先生的预见性，他就知道龙须沟这片的老百姓生活会越来越好。

20世纪60年代中期，金鱼池地区进行了第二次改造。蜗居在棚户中的老百姓住进了楼房。由于条件有限，楼房是那个时代特有的简易楼，既没有各户单独的厨房、卫生间，上下水、电也都是公用的。

40年后，改革开放后的2001年4月，金鱼池危改工程启动。这是北京市当年规模最大的成片简易楼改造项目，其中危改区占地面积10.27公顷，有危改楼55栋，平房492间，居民7828人。新金鱼池小区分东区、中区和西区三部分，新建41栋住宅楼。

新小区不仅绿化率在40%以上，还将有不规则的水面从中部流过，恢复了历史上的"金鱼池"水景。新区的服务中心、医疗机构、停车场和商业服务设施也一应俱全。市政府将其列为"房改带危改"的五个试点项目之一和60件实事之一，并先后投资数千万元。

于是,话剧《万家灯火》应运而生。

著名剧作家李龙云有日记记录了这一创作过程。摘录几段,以飨读者。

2002年7月18日　礼拜四　晴

下午,北京人艺书记马欣来电话,大意谓:(一)市领导召见了人艺领导。(二)点了三个人去搞戏——李龙云写戏,林兆华导戏,濮存昕等演戏。(三)但写作时间仅有八月这一个月,国庆节前要演出。(四)林兆华的态度为:"龙云来我就来。"(五)马要到国家话剧院代我请假。

最后约定礼拜一上午与马、林见面。

2002年7月19日

晚,为写戏(即后来之《万家灯火》)事,只身到南城金鱼池沿晓市大街东口蹓蹓西行。余少时在清华寺街小学、鞭子巷小学读过书。文利栈、药王庙、金台书院……四十多年前之故人故事刹那间涌进脑海,心里一热……

2002年7月20日　礼拜六　晴

今天是7月20号。三十四年前的今天,我夹杂在几十万年轻人中间,走出山海关,到北大荒落户。全家逢此遭际者共五人:大嫂、我与新民及三弟夫妇。韶光易逝,转眼五人均已年过半百。我与三弟下乡期间,大哥大姐在干校,五弟在京畿,一家人各处飘零。北京偌大个家,全靠四弟支撑。父母当时就是我现在这个年龄,他们当时的心绪、个中的孤独与无助,我年过四十才有痛彻的理解。听四弟讲,母亲经常半夜对父亲讲有人敲门,疑是子女们有人归来。父亲打开街门,门外空荡荡的……

2002年7月21日　礼拜日　晴

夜,只身再到晓市大街。

剧本的第一场景,当在晓市大街几处南城古文化荟萃之地,药王庙、金台书院、鲁班馆。我一直认为，艺术创作的思维方式中存在着一种戏剧思维，人物的活动是连带着场景的。

我从晓市大街东口起步，往西一箭之地，就是罗圈胡同。五十年前，我出生在这条胡同的八号——一座坐东朝西的小院。罗圈胡同是一条南北小巷，北口是晓市大街；南口原名狗尾巴胡同，后借谐音改为高谊胡同。记得鲁迅曾于《华盖集》中激烈抨击过这类改动。

再往西就是药王庙了。

药王庙正对着的胡同叫受禄街。1927年，父亲十二岁，由河北诗经村来这里学徒，学做眼镜。父亲生前曾指着胡同路西的一个青砖院落告诉我："这是我们掌柜的家……"

……

更何况，这里不久都要拆迁了，所有儿时可以流连回忆的故地，都将彻底消失，而我，则要就这一事件写一部戏……心绪之复杂可见一斑。故宅的陋巷穷街固然破旧，但"狗不嫌家贫"。足见，社会文明迫使人们不得不摒弃掉很多东西，但摒弃掉的并不都是糟粕，特别是在人的情感世界里。但人却不得不面对这一摒弃，接受这一摒弃……这种情绪似乎可以成为全剧的结尾。

2002年7月23日　礼拜二　热

……

剧本十分重要的一个方面在于它的文化内涵。这种内涵既来自环境，更重要的应体现在人物的语言、习俗与精神面貌中。

至此，剧本的人物，包括人数已大致定下，戏的场景也已定下。唯剧中人生活的时间范畴未定，或由此上溯十年至90年代初，或上溯二十年至70年代末。

所有人物均与生存环境的艰难相联系……尽管有了上述一切，但工作起来仍会艰苦备尝。

2002年8月3日　礼拜六　闷热

下午三时，领林兆华、易立铭、牟森三人到天坛、金鱼池一走，向他们交代心目中的几处场景。四人于天坛南门集中。

由南门直趋北二门里侧之坛墙处。古坛巍峨斑驳，墙头衰草摇曳。日后的舞台将取一横断面，令剧中人物于盛夏三伏突然停电之夜于此栖身。

我此前夜晚来天坛，常于此处听到长廊深处有一京胡在独奏。剧中那夜，所奏曲目当为《夜深沉》。

老林对此景深以为许，易立铭拍了不少照片。旋出北门，往北经过已拆民房的废墟直奔晓市大街。我将计划中的金台书院左近那场场景向林、易详述一过。并走进金台书院，向他们三位介绍几处文化遗存之来龙去脉。归时已汗流浃背。

2002年8月4日　礼拜日　宽沟　热

……

二十二年前，我已转至南京大学读书，师从于（陈）白尘老师。是年冬写《小井胡同》，写作环境同样艰苦。所幸的是，《小井》手稿对每幕的写作时间及写作地点均有记载。或某日黄昏于北平房教室，或某日清晨于南大操场看台，或某日深夜于中文系党总支办公室……尽管如此，《小井》仍有一定质量。足见古人讲的是对的："生于忧患，死于安乐。"我得珍惜这一环境。

写《小院》《小井》时那般刻苦。现在想来，一是年轻，二是那种创作十分自觉，笔下的一切均是极想流注笔端的。

《万家灯火》的创作虽不同于前者，但应该说也是需要写的。更何况从内容上讲，人物极熟悉，几呼之欲出。我喜欢那些人物……

傅雷说：绝大多数的艺术家是靠回忆和想象来实现他们的情感生活的，因为他们头脑在天上，双脚却站在人间。

2002年8月18日　礼拜日　晴　北京

……

稍事休息之后，只身到天坛写戏。手里几张硬卡片，一支圆珠笔。居然在第五场为派出所老田写了一段算账时的台词："西院的春饼、北院的涮锅子、南院挑顶子……"在我心目中，老田极风趣，极像我儿时所见的片儿警大丁舅。

老田居然将手枪、卤虾油、粉丝、冻豆腐置于同一想象中的柜台上。写到此，不禁哑然失笑。写戏是我最快活的时候。在一部话剧由文本创作到演出的全过程中，我的快乐仅在写作这一段，其他环节均连带着痛苦与烦躁。

写戏并不难，至少不像一些人所渲染得那样难。难在舞台实践这一过程。80年代初，为了使《小井胡同》搬上舞台，我先后改写过两个第一幕、三个第五幕。那段经历，至今回想起来仍令我痛苦不已。

绝大多数剧作家的处境是被动的，实现舞台实践有时往往需要扭曲自己。

……记不清是林斤澜与汪曾祺他们二位之中哪位说的了："语言就是本质。不单单是作品的形式与外衣。"这一提法是那样生动，那样令人刮目相看，那样值得重视。

2002年9月4日 礼拜三 小雨
上午写就尾声。
下午剧本所有遗留问题悉数解决。
至此，《万家灯火》第一稿杀青。
（完）

我爱看剧作家的创作日记，它既是作家写作进度的纪录，又是通向他的心灵之路。北京市委宣传部领导当初之所以指定李龙云写剧本的来龙去脉已不可考，但是在戏剧界，以他往日创作的名声、他的南城背景、他丰厚的生活积累，无论是作家还是演员，都把目光对准了他，几乎都认为这是最恰当的选择。

话剧《万家灯火》以金鱼池地区危房改造为背景，以一个南城人家近十年的生活变迁为主线，完整地再现了北京老城居民的生活环境和生活状态。

至于当时金鱼池地区的概况，用话剧《万家灯火》第一幕退休民警老田的话说，"金鱼池原来也是一片水泡子"。他说："大伙儿都看见了，这儿叫晓市大街。……街南边（手往观众席一指）去了河沟子就是水洼子。直到现在那些地名，像什么水道子、三里河、桥弯儿……都还是打那阵儿留下来的。"

剧中，一位39岁守寡的历经沧桑又好强风趣的何老太太独自拉扯大了几个孩子。她的三儿子是个身居陋室却整天都在思考一些全人类的事情，诸如人口控制、沙漠治理、能源短缺……并为此而四处奔波，连自己老婆跟别人跑了都浑然不知。二儿子倒腾古玩，终日沉迷于鱼市、鸟市、旧货市场，哪怕妻离子散也不回头，最后成为有名的收藏家。另外还有弄保险丝给鸟掬油的肉轱辘、去东欧把自己卖了的贾明等众多人物，剧作家从容地将京城百姓在日常生活中的快乐与辛酸娓娓道来，塑造了一群平民百姓的鲜活形象，以写实的笔触真实再现了人民政府为解决京城百姓的住房等问题所作出的真实业绩，被誉为"好看的主旋律话剧"。观众们在笑声中仿佛看到了自己身边的街坊邻居。

2002年11月11日北京人民艺术剧院话剧《万家灯火》的首场演出，除了著名导演林兆华，还汇聚了宋丹丹、濮存昕、杨立新、何冰等一大批名角，演出赢得了满堂彩，好评如潮，被媒体"打了满分"，称其为"星光灿烂的平民戏剧"。该剧在一年之内演出了100场，赢得了广大观众的赞誉。剧作家李龙云的戏剧语言功力和对于南城市井生活的熟谙，使得整部剧作生动亲切而又意味深长。

话剧《万家灯火》剧照

70年北京东城足迹——《东城故事》2019年

导演林兆华为了这出现实主义的大作,照原样复制了金鱼池地区的东晓市的胡同,几间金鱼池居民过去住的木板棚和里边摆放的家具也都保留了生活的原汁原味。他最后决定找一批回迁金鱼池的居民上台当群众演员。让他们在人艺舞台上也一展才华。比如剧中夏天在天坛根儿乘凉、在街边跳交谊舞、停电时的骚乱,都由这些群众演员完成,可谓再现了原汁原味的金鱼池生活。

今年春天,我在南城一个文化活动中心的舞台上见到了李龙云先生的夫人王新民。她正在演出京剧《秦香莲》的折子戏。她饰演的秦香莲身材娇小,扮相甜美,虽已年过60,却声音洪亮,底气十足,她还拥有自己稳定的粉丝群。据说,李龙云从北京人艺调到国家话剧院以后,曾经准备写一部有关京剧行的话剧,一对师徒,一对父子,一对兄弟的故事,也是受到了妻子在梨园界活动的启发。当时,著名演员赵有亮一听之下激动异常,拍着胸脯说,好!你来写,我来演!

令人万分惋惜的是,著名剧作家李龙云先生不幸于2012年8月6日在北京因病逝世,享年64岁。就在话剧《小井胡同》问世30周年、话剧《万家灯火》问世十周年之际,李龙云先生永远地离开了他热爱的这片土地,离开了他倾注了大量心血的龙须沟。

王新民说,李龙云深深地敬佩老舍先生,觉得自己与老舍先生息息相通。老舍先生的《茶馆》他读了很多遍。他很早就动手改编了老舍先生未完成的长篇小说《正红旗下》,他经常说,老舍先生真正想写的是什么,我明白。他为什么半路就放下了,我也明白。——就是如此息息相通。2000年12月28日,上海话剧艺术中心上演了李龙云根据老舍先生同名小说《正红旗下》改编的话剧,并获得2001年9月第十四届中国曹禺戏剧文学奖剧本奖和2002年10月第二届老舍文学奖优秀戏剧剧本奖。在他的身后,是著作等身——从20世纪70年代开始他先后创作出数十部优秀戏剧作品,其中有多部作品获得了国家级、省部级大奖。

2017年11月,香港戏剧协会组织演出了七场粤语版话剧《小井胡同》,王新民为此特地送了花篮,并委托外甥女替她出席。新中国成立70周年之际,2019年3月2日,北京人艺公益活动"剧本朗读"的开年第一期,首期剧本朗读就选择了《万家灯火》,为的是"找寻京味儿记忆",艺术家和观众们一样,都是持续在向优秀剧作致敬。2019年4月14日,国家大剧院再次演出《小井胡同》。王新民在朋友圈里说:"再看小井胡同,再听龙云讲故事,真的好想他……"见字落泪,如在眼前。

5月,立夏了。金鱼池社区更美了。龙须沟之上仍然大有可为,也期望再有新一代的剧作家们来续写它的新历程、新篇章。

(作者为中国作家协会会员、东城作家协会副主席)

百年协和百年路

韩小蕙

一

先讲一则好故事：1938年3月28日下午1时许，一个车队行至北平米市大街的煤渣胡同附近，突然间，只见路边的一个人摘下帽子，说时迟，那时快，几支枪组成的一个火力网瞬间射向车队。中间的一辆汽车被打成了筛子，车里的人全部被击倒。这是国民党军统特务奉蒋介石亲命，暗杀大汉奸王克敏的一次突袭行动。可惜王没被打死，死的只是日本顾问山本荣治。王克敏绰号"王瞎子"，时任日本

当年的北京协和医学院外景

傀儡伪中华民国临时政府行政委员会委员长,本来日本侵略者看中的伪政府头目不是他,而是靳云鹏、吴佩孚、曹汝霖三人,但三人均予拒绝。王克敏却主动投怀送抱,纠结了一帮汉奸,于1937年底在中南海怀仁堂宣布"临时政府"成立,颁布了卖国宣言,并公布以五色旗为"国旗",以卿云歌为"国歌",等等,他自此戴上了"华北第一号汉奸"的帽子。1945年日本宣布无条件投降后,王克敏惶惶不可终日,10月5日,他接到戴笠的请柬,要他次日到离米市大街不远的兵马司胡同1号汪时璟的家里赴宴。同时接到请柬的,还有在伪华北政府里任过职务的大小汉奸50多人。王明知道这是"鸿门宴"但不敢不去,战战兢兢地,一进院子就见内外军警戒备森严,让汉奸们产生了不祥之感。当戴笠宣布汉奸名单时,第一个名字就是王克敏,随即将他同其他汉奸一起押往北城炮局监狱。最后王在监狱内服毒自杀身亡,这就是汉奸的下场。

这段故事中提到的煤渣胡同,就是今天协和医院急诊部的所在,胡同西口即金街王府井的新东安市场,胡同东口是坐落在银街东单北大街上的米市大街。"米市大街"形成于明代,当时的朝阳门内有九大粮食仓库,官府和京城百姓的口粮基本存放于此,如今的"禄米仓""海运仓""新太仓"等地名,都是那时存放官粮的仓库名字。时移世变,清末修了铁路,南方来的粮食改为铁路运输,从马家堡走正阳门,千年漕运的"南粮北运"就此消失,"米市大街"只剩下一个徒有的虚名。不过这条大街的旧称历经明、清、民国、新中国,一直到今天还在用,比如经过那里的106路、108路、124路、128路、110路、684路等公交车,就都还有"米市大街"这一站。而离它不远的"猪市大街"的旧称,可能是因为不太好听吧,今已完全废除而消失,叫作"东四西大街"了。

整个米市大街旧界内,虽然有王府井,有东单菜市场,有北京青年艺术剧院、大华电影院、红星电影院,有和平宾馆、那家花园……但最吸人眼球的还属协和医院。它那旧时14栋绿色琉璃瓦大屋顶的宫殿式建筑群,简直就像是天外飞来、由外星人打造的,与周围的灰色民房迥然不同,也与距此不远的黄澄澄的紫禁城拉开了视觉的距离。不过说实在的,这些绿色的大屋顶,在20世纪20年代刚建成时还能用"壮观"来形容,到了60年代,在我小时候的印象里,协和(北京人习惯称"协和"而省略"医院"二字)就已经变得非常拥挤了,很多科室是在地窖子的楼道里,我就坐在那里的长排椅子上候过诊。当然,那长排椅子棒极了,纯木的、咖啡

1921年，在北京协和医学院落成典礼上全体嘉宾合影

当年北京协和医学院远景

色，闪着经年累月才有的锃亮的油光，还有花枝形状的黑色铸铁条支撑着它，显得特别"贵族"，搁今天全是文物级——当年洛克菲勒家族建协和的标准是"最好的"。到1966年"文革"前，老协和的每一位医生、护士，也都是最好的，他们具有极崇高的职业自豪感，就像我们老新闻工作者都具有职业道德感一样，他们的职业道德就四个字——"白衣天使"，每个人都自觉地把"天使的爱"撒播到患者身上。老协和的管理也是最好的，极其科学、极其严密、极其严格，每一个人，哪怕是一个清洁工、洗衣工、厨师，都知道自己的行业标准是什么，都必须把自己的工作做到"精益求精"。

二

改革开放以后，国家两次投资给协和医院盖大楼。我记得第一次是在20世纪70—80年代，不算拆迁的艰难，七层的门诊楼盖了七八年之久，那时国家还没有多少钱，盖了一座只重使用功能还顾不上美学观瞻的方方正正的火柴盒，能尽可能多地把人装进去就好。记得落成启用那天，时任共和国总理李鹏都到院祝贺，足见这不仅是对协和，而且对共和国来说也是一件喜事。当然，刚盖成就不够用了，几个大夫挤在一个小小诊室里，旁边围着数位病人，常常密不透风，你想这样的空气还能让大夫们保持清醒的头脑吗？

犹记得汶川地震三年后，我曾前往采访，看到上海援建的新汶川医院，简直让人震惊！但见阔大如北京站大厅般的医院一层，能照见人影的花岗石地面，遥遥上升的电子扶梯，闪烁着五颜六色信息的LED大屏幕，一水儿的计算机挂号、收费、发药。其中最让我羡慕的，还是在宽阔的大厅里，这一片，那一片，每片区域都摆放着许多椅子，走累了和走不动的患者可随时坐下来休息……当时我太感慨了，对陪访的当地领导人说："震后的汶川人民真是有福了，这么棒的医院硬件设施，真是超过北京协和医院几倍了！"

真正让人从心里点"赞"的北京协和医院，终于盼来了今日之协和门诊大楼：后现代大玻璃幕墙，从外面看像一座气派的博物馆，从里面看则无论哪个方向都透亮、明亮、风景这边独好。副教授以上医师终于都有了自己独立的诊室，我猜大夫们的好心情可以油然增加20分吧？尽管空间和椅子还是严重不足，但面对全国汹涌而来的患者大军，就是把整个天安门广场都腾给他们也不够，这可能是协和永远都解决不了的宿命。那栋当年李鹏道贺的火柴盒大楼已经彻底拆没了——是呀，国家现在有钱了，北京是应该有几座现代化的、能体现出世界经济总量第二的国家级大医院了！

所以，现在从当年暗杀汉奸王克敏的煤渣胡同以南，到东单三条胡同往北，东起米市大街，西至王府井金街的那一大片街区，全部都成为中国医学科学院及其附属医院——北京协和医院的了，这在比寸土寸金还贵的北京一环以里，真可说除了故宫就是它了！在地面上连成方圆N平方公里的"协和城"里，有门诊楼、外科楼、住院楼、高干病房、外宾门诊、礼堂、协和会堂（博物馆），加上那14栋绿色琉璃瓦大屋顶的老协和宫殿式建筑群，今天的北京协和医院真可谓高大上了。连续多年，协和年年在全国的医院中排名第一，其中软件当然是首位因素，然而硬件也确实过硬了！

三

这又勾起了我的亲切感：过去，我小时候经常去协和医院的小花园里玩儿，去协和护校和医科院食堂吃饭，还去机关浴室洗浴。家就在马路对面，甚至去趟王府井都会抄个近路，从协和地窨子穿过去，走过洗衣房、小浴室，往右手一拐，就是一条大直道，直通协和西门，走两分钟，出了宫殿式环形地窨子西门，就已经是帅府园，出去就是王府井全聚德烤鸭店。原来的胡同口有著名的"新中国少年儿童用品商店"，是我们小时候特别爱去的商店，因为那里专卖14岁以下孩子的衣物

北京协和医院小花园，我小时候经常去玩儿，这里的蚂蚱特别大

用品。

老协和虽远不及今天的地界大，但那14栋绿色琉璃瓦大屋顶宫殿式大楼，依然还是最亮眼的核心，也依然总是迷宫——小时候但凡听家里大人说"十楼一（10号楼一层）""八楼二（8号楼二层）""七楼三（7号楼三层）"，都觉得神秘极了，就像是阿里巴巴与四十大盗宝库里的密码。更让人难忘的是"五楼二"，1925年1月26日下午3时，孙中山先生住进了协和五号楼二层的209房间。

此时，孙先生已有数月持续加重的肝痛，脸色蜡黄，浑身无力，入院前已不能进食，反复呕吐。当时的外科专家兼协和医院代理院长刘瑞恒跟病人家属商量后，决定开腹探查，在手术协议书上签字的是宋庆龄。时间一分一秒都是无比宝贵的，当天下午6时，由刘瑞恒医生主刀施行开腹探查术，腹腔打开后，在场医生们都大吃一惊，只见其肝脏表面布满了大大小小的黄白色结节，整个腹腔脏器已经粘连了。刘大夫在肝脏表面切下几小块组织，送病理检查，活检号为S-6825，几小时后报告结果出来了，癌魔确诊无疑。病理检查大夫是著名的病理学家胡正详，他在我们协和大院42号楼住过多年，也是在那里走完了生命的最后一天。

2月3日，经过各方商议确定，医生将病情报告了孙先生本人，"孙先生听之甚为安静，而精神倍增勇敢"。2月17日，刘瑞恒代表院方给宋庆龄发了病危通知书。2月18日，鉴于西医的镭锭治疗效果甚微，孙中山从协和医院搬到位于铁狮子胡同的顾维钧家里，尝试用中药治疗。3月12日上午孙中山先生过世。3月13日，由时任协和医院病理系主任的詹姆斯·卡什负责，对孙中山进行了胸腔和腹腔位置的尸体解剖，最后报告为："胆囊腺癌。癌细胞侵入肝体后阻塞了胆管，并向肺、腹膜和肠等广泛性转移。"可恨的是，抗日战争期间，1942年，盘踞在北京的日本强盗强行进入协和医院，把存放在该院的孙中山病理检查标本、肝脏检查的一个标本一并拿走，从此再没还回，至今下落不明。

四

都知道老协和是洛克菲勒财团花了12.5万两白银买下豫亲王府，于1921年盖起来的。其实并不完全准确，洛氏是先行收购了"北京协和医学堂"，当时它属于伦敦宣教会、美国海外传教部总会等的联合组织"华北教育联合会"，那是在"辛亥革命"胜利四年后的1915年。

洛氏以20万美元价格收购协和医学堂后，连它的部分医护人员一起纳入后来的协和医学院。但包括预科学校和南北宿舍楼，协和医学堂占地只有25亩，对于想建"亚洲最好的医院"来说，面积显然太小，无法施展开。为此，洛氏基金会决定再买些地皮，眼光就盯上了旁边的豫亲王府。

北京协和医院的前身

豫亲王第一代是清太祖努尔哈赤的第十五子多铎，此人秉性刚毅，能征善战，为大清建国立下大功，此后世代绵延有13个王承袭豫亲王爵位。豫亲王府建于顺治朝，前身为明代诸王馆址。在豫王府的最鼎盛时期，占地从东单三条到干面胡同，囊括了今天的东帅府胡同、煤渣胡同、金鱼胡同、西堂子胡同所挟带的一大片区域，内有房屋500多间，中轴线的大殿和后寝部分，是仿照紫禁城的外朝与内廷而修建的，还有亭、台、楼、阁、山石、林木、曲径、回廊……以及数不清的奇珍异宝，可见统治阶级占有的社会财富是多么惊人！然而传到最后一代豫亲王端镇时，清朝败亡，民国建立，昔日的皇亲国戚纷纷家道中落，豫王府也小多了，主要建筑还剩下面阔5间的正门、面阔5间的大殿及丹墀（宫殿的赤色台阶）、各面阔5间的东西翼楼、面阔3间的后殿、面阔7间的后寝和面阔13间的后罩排房，大殿两侧各有三进院落的东、西跨院。"瘦死的骆驼比马大"，对于待建的协和医学院来说，地盘也足够用了。不过尽管洛氏集团财大气粗，又是洋人，但端镇亲王不肯出让，理由是祖宗产业不能卖。于是，洛克菲勒基金会就去找当时的北洋军阀政府向豫王府施压，逼迫端镇在其王府宅旁划出一块地盘，让给洛氏作为举办慈善事业的基地。端镇不想答应，无奈当时豫王府的巨大开销难以维持下去，洛氏乘机馈赠巨额银两，又借给大额优惠利率的贷款，用这种方法做诱饵，使得走投无路的端镇背上了沉重的债务。最终，1916年7月，端镇将豫王府的老宅抵押给了洛氏，最后全部产业作价24万银元。除去门口的两个卧狮和王府门外的摆设外，美国人将豫王府拆了个干干净净。加上协和医学堂纳入的范围，洛克菲勒基金会聘请中美建筑专家共同设计、施工，终于用时四年，修造起中西合璧的协和医学院及附属医院。都传说拆除豫王府的时候，曾经挖出大量历代豫亲王藏于地下的金银财宝。有说协和医院用这些财宝购置了最先进的医疗设备；有说盖新楼时，将挖出来的白银埋在每栋楼的中央和四角奠基的；还有遗老遗少跺着脚连呼"败家子"的，叹息仅豫王府大殿的八根金丝楠木大柱子，也不止价值12万雪花银……真正是"旧时王谢堂前燕，飞入寻常百姓家"。

这样，坐落在北京心脏地区的"协和医学院"总面积达到了25英亩（150亩）。为了实现洛克菲勒基金会的"宏图大志"，规定在建设过程中，协和医学院的一切材料、设备、工艺等诸方面，都必须是当时世界上最好的。1921年，北京协和医学院落成，共计拥有：14座绿色琉璃瓦大屋顶的宫殿式新楼，其他附属楼和一些保留下来的建筑59座，包括解剖教学楼、生理和药理教学楼、化学楼、病理楼，225张教学床位和30间私人病房的协和医院，一所护士学校，一个大型门诊部，包括多处住院医生和实习医师休息间的医院管理部，一座礼堂，一个动物房，两个有围墙的学生和教师宿舍区，还为所有建筑都安装了保证后勤供应顺利运行的设备。本来新学校的命名是准备依照西方人惯例，用创办人的名字命名的；但对中国文化有比较深入了解的美籍学者顾林提出，"洛克菲勒"这个名字对中国人来说过长，拗口，也太陌生。当时很多中国人，包括媒体对其的称呼，都是简洁好记的"美国石油大王"，因此他建议最好保留"协和"二字。顾林是当时在北京的"中华文化教育基金董事会"五位美国籍董事之一，这个董事会是专门管理美国"庚子赔款"用于中国文化教育方面投入的机构。中国董事有十名，均为当时中国文化教育界的知名人士，为颜惠庆、张伯苓、郭秉文、蒋梦麟、范源廉、黄炎培、顾维钧、周诒春、施肇基、丁文江。时任洛氏集团掌门人的戴维·洛克菲勒采纳了顾林的建议，将新校名定为"北京协和医学院"。

五

那么，洛克菲勒为什么要不惜巨额家资，在中国建起协和医学院呢？按照"文革"时的说法，是"美帝国主义的文化侵略"，所以，1966年的风暴中，狂热的"造反派"冲击了协和医院，将它的老牌子摘下，砸烂，挂上了"反帝医院"的牌子，指向性相当明显。当时依照同样的逻辑，将一大批20世纪40年代末、50年代初从美国、欧洲以及其他海外地区，冲破重重阻力回到新中国，参加社会主义建设的"海归"医生们，视为"特务"而加以审查、批斗，理由是："不然，他们放着国外挣大钱的工作，以及牛奶、面包不享受，千辛万苦到中国来苦干，是为什么？"天哪，这些愚昧的"造反派"真心相信"无利不起早"的市侩格言，真心认为地主、资本家全是黑心肠的周扒皮、黄世仁和刘文彩。"造反派"们是真的不知道，美国文化中有慈善捐款的传统，老洛克菲勒在他16岁时获得第一份工作——一家小公司的临时会计助手，拿到平生第一份薪水6美元时，他就把其中的6%，即36美分捐给慈善机构，再把10美分捐给了教堂里的穷人，并不是他钱多，相反，他是家里的长子，父亲弃家而去，他是要帮助靠辛苦劳动挣钱的母亲养活四个弟弟妹妹的。

石油大王洛克菲勒家族除了在中国建起协和医学院、清华学堂等，老约翰·洛克菲勒还放弃了很多可以聚财的项目，把大部分精力转移到了慈善事业上来，在全世界捐建了很多医院和学校，成为美国历史上最大的慈善家。而洛氏集团二代掌门人小洛克菲勒，出巨资保护了全世界许多的名胜古迹，比如英国的威廉斯古堡和法国的凡尔赛宫，不然人类今天就看不到这些标示着世界文明高度的古迹了！当然小洛克菲勒捐给美国的更多，他把自己出生时住的九层住宅楼，时称纽约最大的私人住宅，改造成"纽约艺术博物馆"供市民参观；他把占地大约400万平方米的"海豹湾"私人房产捐出去，使其成为阿卡迪亚国家公园的一部分。2005年，90岁高龄的小洛克菲勒，又向纽约国家现代艺术博物馆和洛克菲勒大学分别捐助了1亿美元，同年再给母校哈佛大学捐赠了1000万美元。除了捐钱，这位身为世界级大资本家的慈善家，还出资成立医学研究院，在亚洲、非洲、美洲等广设学校和医院，其慈善行为遍布世界每个角落。在他们的有生之年，老洛克菲勒一生中直接捐献出5.3亿美元，小洛克菲勒捐赠5.37亿美元，第三代族长大卫·洛克菲勒一生花在慈善捐献上的精力和时间，比经营自己家族产业的投入还要多。据统计，洛克菲勒家族成员已向全世界捐献了近20亿美元。

如果我们再按"造反派"们的逻辑看，有这么多钱的大资本家，生活一定是奢侈糜烂、纸醉金迷得不成样子吧？非也，美国人形容老洛克菲勒是一个"惜金如命"的"老抠门"，他送给相守了一生的妻子的结婚戒指才15.75美金；他唯一的儿子八岁前穿的是姐姐们的旧裙子；他的儿女们都要自己做家务挣零花钱，每拔出菜地里10根杂草才能挣1分钱，劈柴的报酬是每小时15分钱……比起咱们中国的众多家长，比起咱们培养出的众多"小皇帝"，这位大资本家的花钱方式真是值得我们好好思索的！1937年老约翰·戴维森·洛克菲勒以97岁高龄离世，1960年第二代掌门人小约翰·戴维·洛克菲勒86岁寿终正寝，2017年洛氏集团的第三代族长大卫·洛克菲勒以101岁高龄安然西驾，按老话说，"人在做，天在看"，三个人的慈善之举，最终使他们

洛克菲勒家族第一代创始人老洛克菲勒

都修成了正果。

当然，我们也用不着美化洛氏。据说石油大王刚开始做巨额慈善时，动机里也是掺杂着商人的精明算计：那时已到了20世纪初，老约翰·洛克菲勒已成为全世界最富有的人，同时也成为很多人指责的对象。后来，一位颇有远见的顾问盖茨先生建议老约翰将精力转移到慈善业，成立慈善基金会。为什么呢？因为依照美国的有关法律，投入慈善的钱可以减免企业利润的纳税额，使其总收入未减少却又赢得乐善好施的好名声。老约翰·洛克菲勒不傻，立刻同意着手做，幸运的是，他援助的最大一笔海外资金就是中国的协和项目。

说回到北京协和医学院的历史：1913年的老约翰·戴维森·洛克菲勒及其家族开始在全球考察，准备建立一批慈善援助项目。第二年便派出了中国考察团，其成员都是美国顶尖的医学教育专家，比如霍普金斯医学院院长韦尔奇、洛氏医学研究所所长阿·富列斯内等，对中国的社会状况、教育、卫生、医学校、医院等进行了全方位考察。三次考察的结果令人惊骇，这个刚从几千年皇权挣脱出来的古老国家，其医疗水平、设备和人员素质之差，简直到了令人无法相信的地步。老洛克菲勒拍板，决定在北京创办一所集教学、临床、科研于一体的高标准医学院，并立即成立了"中国医学委员会"着手负责建院工作。起初，这个项目的建造预算是100万美元，但最后，仅建校费用就高达750万美元，之所以超出7.5倍之多，个中原因是为了"最好的"而"不惜代价"。

四年后，1921年9月16日，北京协和医学院正式落成。共新建14座绿色琉璃瓦大屋顶楼房，雕梁画栋，大气磅礴，犹如宫殿一般，整体建筑质量达当时世界最高级别。小洛克菲勒夫妇乘坐轮船，在海上航行了一个多月，亲自到北京出席落成典礼。在代表洛氏基金会致词时，他宣读了老洛克菲勒的贺电，还表述了父亲希望"有朝一日将这所学校交给中国人接管"的愿望。当时盛况空前，许多政府要员、社会名流、各界代表参加，全国各大报纸均做了大篇幅报道。这之后，为保证北京协和医学院的优质生源，洛克菲勒基金会还捐助过中国13所综

第二代小洛克菲勒

1921年,小洛克菲勒乘坐轮船,在海上航行了一个多月,亲自到北京出席北京协和医学院的落成典礼

合性大学,有上海圣约翰大学、金陵学院、南京大学、湘雅医学院、东南大学、清华学校、南开大学、燕京大学……使中国成为美国之外受惠洛氏集团捐赠最多的国家。

据美国《时代周刊》记载:"从1913年5月开始的十年内,洛克菲勒基金会花费了将近8000万美元,其中最大的一笔礼物是给了北京协和医学院。截至那时,用于协和的费用共计1000万美元,比用于约翰·霍普金斯大学的700万美元还多很多。据1956年统计,最终,基金会为打造北京协和医学院及协和医院的总计投入超过了4800万美元。"这也是洛氏基金会在海外单项拨款中数目最大、延续时间最长的慈善援助项目。

难以想象的是,1949年以后、1976年以后,直到今天,洛氏集团还一直在拨款给协和,用于医院的一些科研与基础维修项目。托此福祉,我们协和大院宿舍的几次维修也沾了光。

六

2017年，也即当年北京协和医学院奠基开工整整100年后，我在协和医院发了一次脾气：

那天，一位女友在协和医院二楼门诊部输液，做化疗。过去，癌症病人做化疗都是要住一到两天院的，在病房输液，因为一是静脉输液带有一定的危险性，二是化疗的过程很痛苦，对于病人来说犹如上刑，在病房里躺着输液，多少会减轻一些痛苦。可是现在病人越来越多，病房实在容纳不了了，只好改成在门诊治疗室里进行。当然没有床，癌症病人们一人一张躺椅，差强人意，这也是没有办法的办法。

在这种硬件设施不足的情况下，护士们更应该多付出一些温情，以慰藉病人的苦痛。可是我发现，陪床家属连个小凳子也没有，大家都站着，即使旁边有护士的工作椅空着也不准坐。更可气的是，护士怕病人们在她们下班前输液输不完，就把所有病人的输液速度调得很快，有的病人因此不舒服，唤她们调整一下也不理。我那女友就觉得心跳加快，心慌得难受，有点坐不住、躺不住的。我有些医学常识，知道这样容易出问题，就再次去请护士。一位年轻护士来了，很不耐烦，用很大声音说："快什么快，这还快吗？"我赔着笑说："病人心脏很不舒服，就请你给调慢一点吧？"那护士扒拉了一下，并没有实际操作就说"行了"，拔腿就要走。我拦住她，仍然赔着笑求她，就仿佛自己是个乞丐。她却一眼看到我坐的是那张空着的护士椅，借机发作起来，劈头盖脸，毫不客气，就像奶奶训孙子一样。我的怒火终于爆发了，也开始不客气地教训她：

"请你别给协和丢脸了，你看看你身上还有协和的优点吗？过去的协和都是白衣天使，你们今天变成什么了，是治病还是给人添病？老协和的传统都让你们给丢到哪儿去了？……"

毕竟还是协和，那护士不敢跟我回嘴，但人家一扭身走了，输液速度就是不给降下来。后来，当我把这事告诉女友的主管医生潘凌亚大夫时，她马上就接受了批评，并说"怎么能这样？那我可得去提醒她们一声……"

当然，我不是在唱"今不如昔"的调子，绝不是说今天的协和就没有好医生、好护士了。比如这位潘大夫就是一位有大爱之心的天使医生，病人们口口相传都叫她"潘菩萨"。

我18年前做了潘凌亚大夫的病人,当时对她印象最深的有两点:一是她漆黑的头发烫成大波浪形状,一直披到双肩上,无比美丽;二是这位大夫具有强烈的正义感,爱憎分明且为人直率,对病人一副古道热肠,不遮遮掩掩,更不敷衍。我病愈离开协和后,因为佩服与崇敬,一直与潘大夫保持着联系。岁月如风一般吹过,18年筚路蓝缕,18年殚心竭虑,18年呕心沥血,潘凌亚大夫已成为医术高超的一代名医,掌握了精湛的治疗妇产科,特别是妇科肿瘤的临床经验和手术技巧;她致力的妇科肿瘤、卵巢癌的应用基础研究,先后承担了国家自然科学基金项目7项,国家卫生部基金项目1项,北京协和医院重点基金项目1项,获得国家知识产权局颁发的专利2项;指导博士和硕士研究生20余名;作为第一作者或通讯作者发表文章和专著数百篇……然而最重要也最让人尊敬的,是她秉承了"老协和"的施爱传统,像父母爱孩子一样从心里"爱病人",对她们抱以深切的同情,处处从病人的角度出发,为她们着想。看她的出诊令人感动:下午半天门诊,每次都要看五六十名病人,经常要看到晚上八九点,而第二天一大早就要开始做数台手术!但即使这样,她也要求自己保持态度上的和蔼耐心,宁愿自己累得说不出话来,也要对一个个病人交代清楚;特别是对来自农村边远地区的弱势病人,更是格外和善,细致周到,尽可能帮助她们摆脱对恶疾的恐惧……说来,医生们也都是血肉之身,也都有头疼脑热,

潘凌亚,妇科肿瘤专家,中国女医师协会妇产科专业委员会副主任委员

潘大夫除了病人和工作之外,还上有老、中有夫、下有小乃至小小,都需要她的照拂,听说她每天也就睡五个小时,真是在以己命搏吾侪命啊!仅在2018年上半年,潘大夫就有70次出诊,为遍及全国30个省和海外两个国家的1504名患者,提供了2247次医疗服务,其中年龄最大的病人97岁、最小的7岁,开具了567张处方,进行了5次会诊,完成了380台手术,在她生日那天还为55位患者进行了诊疗,她的科室共收到26封表扬信、89面锦旗……

协和之幸不仅有潘凌亚。2017年有一次我膝盖疼,在协和APP上挂骨科号,谁也不认识,看到有冯宾副教授的号就挂了。初诊时见到这

是位40岁不到的中青年大夫,听了他的诊断,回家遵医嘱认真吃了药。过了两个月再去复诊,一件令我完全没想到的事情发生了:当冯大夫听说我膝盖已经不疼了时,竟然一脸灿烂地笑了,就好像为他的亲人一般发自内心地高兴。当时我特别想对他说:"冯大夫,你笑起来真好看!"我的意思是说,医爱就是药,病人能遇到这样的真心为你好的善良大夫,真是一种幸福呀。

北京协和医院就诊卡

看过很多次新闻报道,全国医院评比,协和医院每年都是排名第一。协和医院不仅医疗水平顶尖,医生护士们的服务也的确比别家医院都要好,老协和的传统尚在。但是,随着被一些社会不良风气所侵蚀,协和也不再都是净土了,某年,我好不容易挂上一位权威的号,据说她在某学术领域内是全科第一。谁知刚一来到她面前,就感觉阴森森的,她不仅一脸冰霜,还逼迫我在病例本上签字,说她也不会治我的症状,只能试着给药,若吃出毛病来要我自己负责……哎哟喂,这是治病的医生呀还是催命的阎王爷?这位"冰霜大夫"的所作所为要是在过去,李宗恩院长不立刻开了她,才怪呢!

是呀,"老协和的传统呢,都到哪儿去了?"

都说老协和医院"牛",她究竟"牛"在何处呢?

还在几位老人在世的时候,我就此问过劳远琇、胡懋华、池之盛、朱预等协和大医,我也问过今天新一代权威专家如边旭明、潘凌亚大夫等,我还一直在查阅各种资料,孜孜矻矻,想要得到一个最正确的答案。

——是她的名医最多吗?非也,名医全国哪个省都有。

——是她的医疗水平最高吗?也不全是,协和有几个科比如乳腺外科、妇科肿瘤、皮肤科、风湿免疫科……是全国最好的,但也并非各科都是翘楚。

——是她最有名吗?那北京医院、同仁医院、三〇一医院、上海瑞金医院、湖南湘雅医院、四川华西医院……同样也都大名鼎鼎。

老协和百年不倒的优势,究竟在哪里?

七

对老协和百年不倒的优势,众说纷纭。我采集了一些权威人士的意见,又加以对资料的研究,归纳如下:

"底事昆仑倾砥柱",天佑协和的主要是"两个方面"和"五个宝"。

第一方面:最高标准在老洛克菲勒定下"最好的"调子之后,协和医院和协和医学院把自己的标准定到"最高级"。

从硬件上来说,无论是14座绿色琉璃瓦大屋顶的宫殿式建筑,还是43栋美国乡村式别墅洋楼,其用材均极其讲究。大屋顶的楼面一律用的是青砖,水磨对缝,因此还为咱们汉语宝库贡献了一个新词——"磨洋工"。这个词凡中国人都十分熟悉,过去我也一直以为,它是从咱们源远流长的华夏文化大树上生长起来的小叶子。谁知它竟然是个现代词,居然是源于北京协和医院的兴建:老洛克菲勒的要求不是"最好的"吗?那好,洋人监工的要求极为严格,14座主楼都是多层建筑,为使墙体严丝合缝,所有砖块和石料都必须经过细细研磨,所以磨工工序十分浩繁,把中国工人烦得不行,嘲弄地起了个"磨洋工"的外号。请注意,建协和那会儿,这个词可是中性词,后来不知被谁"歪用"去,才被延伸为"怠工、拖延、偷懒"

今天修葺一新的北京协和医学院大门

的含义，变成了贬义词。协和大院的别墅楼和围墙，倒没有用青砖磨砖对缝，而是依当时美国本土最流行的住宅建筑风格，用的是红色烧结耐火砖，时称"钢砖"。两种楼、两种砖各得其所，皆辅之以泰国稻米灌浆，其门窗、楼梯、地板等所用木料均系沉重、坚硬、不易变形的菲律宾硬木，异常坚固，抗震级别能达到9—10级。

协和医院还建起独立的动力设备和机械设备，包括发电厂、高压锅炉房、制冰厂、笑气厂、煤气厂、汽车房、洗衣房、缝纫室、印字室、电话房、机修厂、电工厂和制图室。据说有许多高级技工参加了建造，包括曾在大清宫廷里干活的老匠人。而在中国宫殿式建筑的内里，在"大屋顶"的覆盖下，则是一水儿的西洋货，病房、教室、实验室里，都是当时世界上最先进的医疗设备和设施，最考究的是连水汀管、门把手、门锁、抽水马桶……都是从美国运来的——哦，我记起来了，那些门把手、锁和钥匙，都是黄铜材质，黄澄澄的，比金子还光亮，能照得见人，而且特别厚、重，拿在手里沉甸甸的，一把钥匙都觉得很有分量，直到现在，一百年过去了，我们家的门锁和钥匙还是它们。

从软件上来说，更不得了，协和医学院坚持实行精英教育，培养出来的是最好的医生。该院学制长达八年，先要读三年预科，每年一共就招几十名学生（一直到当今还是，即使别的医学院扩招到数千人，协和医学院还是每年只招90人），可说是尖子中的尖子、学霸里的学霸。当年的考题之难，简直是今天各大学名校都绝对不敢想象的，比如1949年的英语考试，其中的一道大题，是要求用英文写出《桃花源记》，既考了古文底子，你首先得会背啊，又考了快速译成英文的能力，天哪，这中文、英文都得好到什么程度才能做到啊！

三年预科读下来，从数、理、化、文、史、音乐、美术、书法诸方面的知识积累，到树立起"患者至上"与"奉献"的医学观念，再到心理学上的适应与认可，大约就只有三分之二的学生能够转升到医学院本部，开始进入医学专业的学习。这回是全英文教学了，像在美国大学的课堂上一样严格，直到1950年以后才改为国语教学，就此拉开了"老协和人"与"新协和人"的距离——曾有一位年轻医生讲述跟随林巧稚查房的所见：当初以"完全英语"受教的林大夫，面对着一群用"完全汉语"教出来的年轻医生，总是有一种挫折感，因此最能让她高兴的，是陪同查房的高级医师英语很好，能准确地把林的英语名词转换成汉语，又把她用汉语表达不出的意思精确地讲给年轻大夫们听。

1949年以前的协和医学院"老毕业生"同时获得美国纽约州立大学的医学博士学位,协和护校毕业的"老护士"们拥有美国注册护士资格。1924年,协和医学院的第一届学生毕业,入学时招收的是九人,毕业时只剩下三位:刘绍光、侯祥川、梁宝平。协和追求的就是"小、精、尖"的育人体制,实行的就是残酷的逐年级淘汰制度,为建立起中国培养现代医学人才体系趟出了一条路。

从1924年到1943年的20年间,协和医学院总共只毕业了311人,平均每届15.5人,数量少得"可怜"。质量却高得"可怕",从这里走出了张孝骞、林巧稚、黄家驷、吴英恺、曾宪九、吴阶平、诸福堂等一批医学大神。就是他们,日后在全中国各地创办医院,培养学生,为中国现代医学的发展作出了"筋骨"性的贡献。

第二方面:崇高的医学观念。1928年6月,冯玉祥送给北京协和医院一块匾额,上面有冯将军亲笔题写的大字"在国家种族之上是人道"。旁边附有小字说明,其大意为,冯玉祥发动"北京政变"后的三年里,在国民革命军与各军阀屡次作战中,有数千将士受伤,幸亏得到协和医院的热忱援助,所有医护人员皆尽心尽力、亲切耐心、医术精湛,令部队将士感念其"再生之德"。这只是协和百年行医中的一朵浪花,正如笔者前面所述,老协和的医疗观念是"患者至上",其使用频率最高的字眼,为"白衣天使""大爱""一切为了病人""人道主义"等。

吴阶平曾说:"我认为做一个好医生要不断从三方面努力。一是全心全意为人民服务,有高尚的医德;二是有精湛的医术,能解除病者的疾苦;三是有服务的艺术,取得患者的信任。关于第三点一般人并不很重视,不认为其中大有学问。我感到有经验医生的突出之处就在这第三点上。"

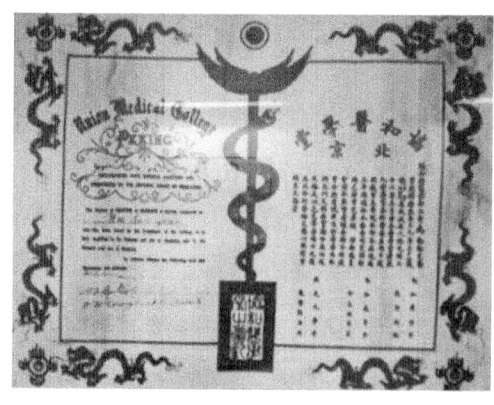

当年北京协和医学院的毕业证书

当年参加毕业典礼的北京协和医学院毕业生

这三点，从大医生林巧稚、吴阶平所代表的医生教授们，到以聂毓禅、王琇瑛为代表的老协和护士们，在1966年以前，全都做到了，这是百年协和能够百年不倒的不二法门。这里似乎不用再展开详述，只再复习一遍林巧稚是如何被协和医学院录取的吧：

> 1921年夏，林巧稚从鼓浪屿动身，赴上海报考协和的医预科，那届只招25名学生。最后一场英语笔试时，一位女生突然中暑被抬出考场。林巧稚放下试卷就跑过去急救，结果她原本最有把握考好的英语却没有考完，以为自己这回必定落榜了。可是一个月后，她却收到了协和医学院的录取通知书。原来，监考老师给协和医学院写了一份报告，称她乐于助人，处理问题沉着，表现出了优秀的品行。协和校方看了报告，认真研究了她的考试成绩，认为她的其他各科成绩都不错，于是决定录取她。

协和医院的院训是：严谨、求精、勤奋、奉献。
协和医学院的校训是：严谨、博精、创新、奉献。
百年协和，百年践行，百年崇高，百年盛名，百年辉煌！

五个宝，传统说法是协和有"三宝"，我认为不够，至少是"五宝"，即：名教授、病案室、图书馆、内科大查房、八年制教育+住院医师培养制度。

第一宝：名教授。有人这样说："协和之宝有多种版本，但为首的总是图书馆。"对此，我不能同意，而且坚决认为，为首的应该是"名教授"——人什么时候都是第一位的，有了人才能有一切，没有人就没有一切。"老协和传统"能薪火相传到今天，靠的是百年来有奉献精神的"协和人"。

例如著名内科专家、医学教育家、中国消化病学的奠基人，长期担任协和内科主任的张孝骞教授身上，就发生过太多故事。作为杰出的临床医学家，他从1921年7月开始看病，到1986年7月看完最后一个病人，在整整65年的临床诊断中，显示出极为高超的技术，拯救了无数危重病人，甚至真的妙手回春，使很多病人"起死回生"。有的病例在世界上只发现过几例。1977年10月，张教授确诊了一例间叶瘤合并抗维生素D的低血磷软骨病，这种病在世界上极为罕见，这一例报道是全球第八

70年北京东城足迹——《东城故事》2019年

张孝骞（1897—1987），内科专家、医学教育家、中国消化病学的奠基人。毕生致力于临床医学、医学科学研究和医学教育工作。对人体血容量、胃分泌功能、消化系溃疡、腹腔结核、阿米巴痢疾和溃疡性结肠炎等有较深入的研究。在医学教育方面有他独到的见解，培养了很多骨干人才。左图为张孝骞大夫在工作中，右图为张孝骞纪念邮票

例。这个男性患者多次发生病理性骨折，站立困难，被诊断为腰肌劳损、风湿性关节炎，服用大量维生素D和钙剂均无效，长期医治不愈。张教授仔细研究临床记录，又检查到病人右侧腹股沟有一个小肿物，立即想到这肿物可能分泌某种激素物质导致钙磷代谢异常。手术切除后患者钙磷代谢恢复正常，症状很快消失，一年后随诊无复发……

前面讲到老协和的学子们都是学霸中的学霸、精英里的精英，对，没错，此话不虚。而他们的老师，高徒的名师们，你想，更得厉害到什么程度？答案是无以复加！

再举一例：张鋆教授的课只要上过一次，就会终生不忘。这位著名解剖学家就是我们协和大院36号楼的"张老爷子"，我见到他的时候他已经上了年岁，瘦、高、严峻，腰杆老是挺着，像一块行走的木板，头发花白，已见稀疏，但梳得一丝不乱，走在大院里，既不快，也不慢，从不跟人打招呼，只按照他自己的节奏行事。据说他给学生上课时也是不苟言笑、不怒自威、令人生畏，不但学生怕他，就连助教们也都诺诺。但他语言逻辑严谨，没有废话，又精通中、日、德、英四国语言，讲课时不仅表达自如，而且旁征博引，深入浅出，把十分枯燥的解剖学等课程讲得妙不可言。最惊倒学生的是他授课时不用带挂图，讲到什么地方需要图像演示时，马上就在黑板上画，有时两手各持一根粉笔，同时发力，左右开弓，瞬间就画

出来了，真是胸有成"图"——要知道，那是德国著名解剖学家索波塔编写的国际通用教材《人体解剖图》，三大卷彩色图谱，全部清晰地"存"在他心中，真是大神啊！

无独有偶，在生物学界享有盛名的胡经甫教授，在讲无脊椎动物时，要求学生全神贯注地听讲，不许记笔记。他也是一边嘴里说，一边动手画，既条理清楚又引人入胜。

听过吴蔚然教授课的学生也会念念不忘，说他讲肛肠疾病，从直肠齿状线开始，讲到肛瘘的形成，从解剖到临床，循循善诱、深入浅出。虽然这些专业医学名词咱们不懂，但内里那种叫"气质"的东西，外行人还是能感悟到的，顿觉有一个种感动袭上心头。

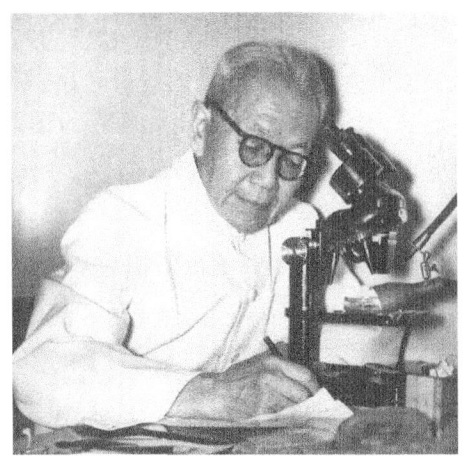

胡经甫（1896—1972），著名昆虫学家、教育家，中国昆虫学奠基人之一

更让人感动的是，教授们不仅教医学知识，还教应该怎么做医生。协和医院原外科钟守先主任回忆说："有一次，我们正在查房，一名护士跑过来说，隔壁病房有一个病人突然不行了。曾主任带着我们迅速赶过去，这时病人已经停止了呼吸，曾主任一个箭步冲上前，毫不犹豫地为病人做口对口的人工呼吸，这一动作激励了周围所有的人，大家争相上前交替参加抢救，最终使病人脱离危险。原来这是一位肝硬化门脉高压行分流术后的病人，因肺动脉栓塞而突发呼吸骤停。"他说的这位曾主任，乃是著名外科学家、我国现代基本外科奠基人之一的曾宪九教授。

类似这样的事，在老协和，在协和老教授们身上，多多矣！面对这样

曾宪九（1914—1985），中国外科专家。1940年毕业于北平协和医学院，获美国纽约州立大学医学博士学位，留校任外科医师。他培养了许多优秀的外科医师，主编《医学百科全书·腹部外科分册》。图为曾宪九教授在指导学生

崇高的"协和第一宝",谁能不为之动容!

第二宝:病案室。协和医院在创建时复制了约翰·霍普金斯的病历系统,从1921—1951年的全部住院病人的10万份病历,以及门诊病人的55万份病历,都是用英文写成的。从1921年建院至今,保存着近300万册患者的病案,其中有孙中山、梁启超、蒋介石、冯玉祥、张学良、宋氏三姐妹、林徽因、溥仪、斯诺等许多名人病案,还有一些记载世界、中国首例疑难重症及罕见病例的珍贵病案。

老协和非常注重对病案的系统管理,也非常重视培养医学生采集病史、写好病案的训练,因为这些历史性的病案,对疾病的治疗和科研起到了重要作用。比如在一次考试中,林巧稚教授要求学生们观察孕妇的分娩过程,然后写出一份病历记录,以此来评定他们的临床能力。结果只有一份病历被评为"优",其他均不及格。学生们惭愧不已,自我检讨,但左思右想,不得其解。林教授严肃地说:"你们的记录没有错误,但不完整,漏掉了非常重要的东西。""漏掉了什么呢?"学生们反复查看,实在想不出漏掉了什么,便去研究那份"优秀"病历。结果他们发现,各项记录都没有区别,只是那份优秀病历里多了一句话:"产妇的额头有豆大的汗珠……"原来在林教授眼里,这就是"优秀"与"不及格"之间的距离。

张孝骞教授对下级医生的病历书写,也是要求极为严格的:"不仅内容要准确齐全,而且单位要标准化,字迹不得潦草,绝对禁止自编的简化字和缩写。要求忠于事实,在重要的地方还要做分析,不能写成流水账。"

确然,老协和的病例皆观察仔细,记录详实,有的叙述中还带有文学笔法的描写,非常引人入胜,因而留下不少好故事。比如1972年,协和医院来了一位特殊的客人,这是跟随尼克松总统访华的一位女士。不经意间,她说出自己是1949年在北京协和医院出生的,中国友人就建议她到协和医院去找找当年的出生记录。协和真的给了她一个大大的惊喜,医务人员很快就找到了她当年的病例,里面还有她出生时的小脚印……

我知道这个故事一定是真的,因为2000年我因病住进协和医院,我也看到了自己从20世纪50年代在协和出生后的全部病例,上面也有我出生时候的小脚印。我饶有兴趣地一页页翻着我那厚厚的病案,里面还有一段我小时候把一粒扣子塞进耳朵里的记载,医生的记述简直用的就是美国著名小说家欧·亨利的笔法,从我被送进医院,到手术掏出扣子,环环相扣,层层叠加,最后一句是"掏出来一看,原来是一枚纽扣"。哈,看得我都笑了出来——不过,越看到后面就越笑不起来了,因为自从"文革"浩劫之后,病例的书写就越来越简单和潦草,有的字体变成了"天书",跟老一辈"协和人"的书写真有"优秀"与"不及格"之别,甚至还出现了致命的错误,比如把"浅浸润层"写成"深浸润层",据说是"实习大夫给抄错了"——想想,如果这种事发生在旧时,还不闹翻了天,老协和医学院曾有一个学生在考试中答错了用药剂量,结果,竟然被留级一年!

一百年来,协和医院病案室的命运随时代沉沉浮浮,这数百万册病案能完整保存,实属万幸,堪称奇迹!据说在1949年以前,唯一失窃的病案是孙中山的。那是在抗日时期,日寇进占北平后,到协和医学院大肆劫掠实验和医疗设备,还扬言要烧毁所有病案。时任病案室主任王贤星坚决反对,全力护持,并劝日军说这些病案即使对他们也有用处。"幸运"的是,或者是"天佑协和",日本少佐松桥堡战前曾在协和医学院进修,了解病案的价值,所以最终放过了这批珍宝,但鬼子仍以"借阅"之名,把孙中山的病理检查标本、肝脏检查标本都强行拿走了。

在其后年月的多次政治运动中,协和病历还经历了好几次濒临销毁的危机:20世纪60年代国家经济困难,缺乏纸张,曾有人提出将部分老病案送去造纸厂。"文革"浩劫中,病历被斥为"一堆废纸",病案室被某一造反组织掠为办公室,摆满病案的高大木架全从病案室搬到走廊上,一摞摞病历袋上落满灰尘,没人看管,无

当年北京协和医院的病案室

人过问，有的病案掉落在地，上面布满踩踏过的鞋印。造反派头头曾提出，病历积存太多，占地方，是累赘，要卖到造纸厂化浆处理，病案室主任赶到军管会据理力争，才保下了这一大笔珍贵的医学财富。

第三宝：图书馆。泡图书馆，是每个学子的美好记忆。但几乎每所大学图书馆的自习室，都有着供不应求的巨大压力，比如我的母校南开大学，我在1978—1982年读书时，每天得在大清早开门前就去大门外等着，7点钟一开门，要一下冲进去，然后以百米的速度冲上六层，不然晚了就没有座位了——幸亏那时年轻，天天冲锋也没觉得累过。不知今日之南开，是否还有如此盛景？

协和医学院的图书馆，大概没有这种尴尬？她曾被誉为"亚洲第一医学图书馆"，当年馆藏的外文原版书刊数不胜数，许多难得一见的西方医学专著、图谱和千余部珍贵的中医古籍，均被妥善保管。比如自1824年创刊到今天的每一期《柳叶刀》杂志，在馆里全都能找到。想一想，已经快二百年了，远隔着千山万水，穿越了夹枪带棒的多个历史阶段，一直被完整地保存下来，不啻奇迹！

在一百年前的时代，知识容量有限，通信手段缓慢，医生们只能倚重图书馆来学习更新，提高自己的医疗水平。百年前的协和人，只需来到协和图书馆，足不出户，便可接触到世界最前沿的医学知识，由此看来，老协和的缔造者们为了让协和成为医学领跑者所做的努力，可谓高瞻远瞩、功德无量。

当年北京协和医学院的图书馆

在当今的互联网时代，世界医学知识的膨胀速度堪比爆炸，藏书数量的多寡，已经不再与知识更新的速度挂钩，临床医生们更多依赖于网络医学数据库了，协和图书馆也紧跟时代的步伐，融入大数据潮流，还定期开办文献检索与数据库使用讲座，使得优秀资源不断指引着医生们的临床决策，协和图书馆依然是超一流的。

第四宝：内科大查房。说是内科"大查房"，其实差不多是牵一发而动全身的全院大医学行动，每次都撩拨着全院各科医生们的神经。请看有关资料的介绍：

"大查房"最早称为"大巡诊"。那时医生人数少，病房即可容纳全部医生的巡诊。后来，协和内科医生越来越多，内科大查房的地点从病房转移到了能容纳百余人的老楼10号楼223阶梯教室。到了今天，内科大查房场面更加壮观。内科各专科医生几乎全部到场，同时还会邀请放射科、病理科、检验科、外科等科室医生参加，有时还有基础学科同仁和外院医生出现，各病房的护士长和护士也会参加。查房一般持续两小时，参加人数多在百人以上。每周三下午3点，内科的医生们从各个病房赶往会场，如果晚到可能就没了座位。

大查房的第一步是选择病例，先行公布。所选的病例是较复杂疑难或是罕见的，或在诊断和治疗中有不易解决的问题，或有某种新的经验教训值得总结。大查房时，病人被带到大查房现场，医生现场对病人进行体检和病史询问。随后进入自由讨论阶段，这是大查房最精彩的部分。申请大查房的专科医生先发表自己的看法，其他科室医生就相关问题作出解答，发表意见。最后是大内科或专科主任总结性发言，并指示下一步的诊治措施。未尽的问题留作进一步观察、检查，或等待外科手术的发现。如病人不幸死亡，则可能从尸检中得到答案。如有新的资料，在以后的大查房时做追随报告。大查房洋溢着学术自由的空气，方圻教授回忆，常常是病历摘要一下来，很多教授就跑图书馆，然后在会上争论交锋。年轻人也有发言的机会，主任们会随时站起来点名让年轻医生发言，同时也鼓励大家提问题。

大查房对总住院医师提高现场组织学术活动的能力、提高住院医师掌握病情、文字书写和口头报告能力，都是很好的锻炼，对做中心发言的主

当年北京协和医院的内科大查房

治医师也是很好的培养方式。一次成功的大查房，会给参加者留下深刻印象。科主任的赞许，往往激励年轻医师奋发努力。如果在大查房中被指出不该发生的遗漏或错误，教训也令人终生难忘。

近年来，随着协和医院与美国加州大学旧金山分校住院医师交换培训项目的进行，国外各级内科医师不断受邀来北京协和医院访问，他们出席"内科大查房"后无不惊讶与赞许，因为在美国也很少见到如此高水平、如此热烈的临床病例讨论景象。

第五宝：八年制教育 + 住院医师培养制度。一代代"协和人"留下了独特而厚重的遗产，其中有一项即协和医学院的八年制教育，"三年医学预科再加五年临床教学及研究"是协和教育的核心。而当一个协和的毕业生来到患者面前时，他的医疗人生只不过才刚刚走了一小步，前面还有千山万水等待他（她）努力跋涉，一辈子！

已然经历了一百年"也无风雨也无晴"的协和医学院，可以说是中国现代医学教育体系的奠基者和推动者，它开创了中国无数的"第一个"：

第一个八年制临床医学教育体系，

第一个高等护理教育体系，

第一个住院医师培养体系，

第一个公共卫生教育和实践制度，

第一个医学研究生教育体系，

第一个"MD+PHD"双博士培养制度，

……

百年来，虽然经历了三次停办与复校，协和人却始终坚持这个办学理念，并不断加以总结完善，形成了协和的育人特点。从协和源源不断走出的学科奠基人和名医大家不胜枚举，证明了八年制医学教育体系是科学的、成功的、正确的。

协和对维持其顶尖地位的"八年制"极为珍视，在长达25年的时间里，协和医学院拒绝了扩招，拒绝了三到五年制的课程设置，同时也付出了巨大代价。原中国医学科学院黄家驷院长、张孝骞副院长一直是八年学制的坚定维护者，在协和医学院三度停办后，他们不顾个人安危与得失，上书党中央，在医学界呼吁，为恢复协和的长学制医学教育奔走操劳。1965年，黄家驷被下放农村，对他的指控之一就是"一直对八年制教育念念不忘"；"文革"中，张孝骞被戴上"反动学术权威"和"特务"帽子，打入"牛棚"，直到1972年经周恩来总理亲自过问，才被"解放"，恢复待遇，搬进红霞公寓。

"文革"后再次恢复协和八年制教育，黄家驷和张孝骞仍然痴心不改，坚持做积极践行者。1979年国家批示，恢复协和医学院，改名为"中国首都医科大学"，设医学专业，学制八年，医预科三年在北京大学就读（现已改为清华大学）。1985年后改为"中国协和医科大学"，恢复高级护理教育。这一回"复苏"的时间最长，悠悠然已经过去了39年，黄、张两位院长都"走了"，幸好两位前辈都是看着八年学制顺利实施而含笑九泉的。

那么，八年学制为什么这么重要呢？它到底好在哪里呢？请看吴阶平副委员长回忆自己在协和医学院做学生时的状况：

> 早8点从宿舍到学校，12点过后下课，赶回宿舍午餐，午休不超过半小时又赶回学校。下午2点开始实验课，规定5点结束，有时却拖得很晚，有一次直到午夜1点做出实验结果才罢手。6点晚餐，饭后到图书馆自习，晚10点图书馆闭馆，回到宿舍继续学习，到12点以后才休息。考试前更是紧

张，有的同学通宵达旦复习功课。由于学习过分紧张，同学们的健康状况普遍下降，还有的得了结核病，学校方面为此提高了伙食标准，并补贴了伙食费。

老协和实行"残酷"的逐级淘汰制：一门必修课不及格必须补考，两门不及格留级，三门不及格就要被开除，而那里的及格线不是普天之下的60分，而是协和"霸道"的75分。八年制的学习，两门挂科不给博士学位，三门以上不及格连硕士学位也不给了。残酷淘汰的结果是，能笑着毕业出来的，后来差不多全成为中国现当代医学界的栋梁——吴阶平一辈1949年以前毕业的"老协和人"是"大神"和"大医"，1966年以前毕业的"中协和人"是"大腕"，80年代以后毕业的"新协和人"还是中国医学界中的"大咖"。

毕业后，严格而规范的住院医师培养制度，是协和继续推着年轻大夫往"名医""大医"路上走的一条必由之路。老协和要求住院医师必须住在医院里，在上级医师指导下，对所管病人实行全面全程负责制；如今虽然受到各种各样客观条件的限制，但医院千方百计保持这项制度的"原汁原味"，必须参加完住院医师培训，通过激烈的竞争才能当上总住院医师，总住院医师的严酷竞争遴选，是协和住院医师培养制度的重要一环。

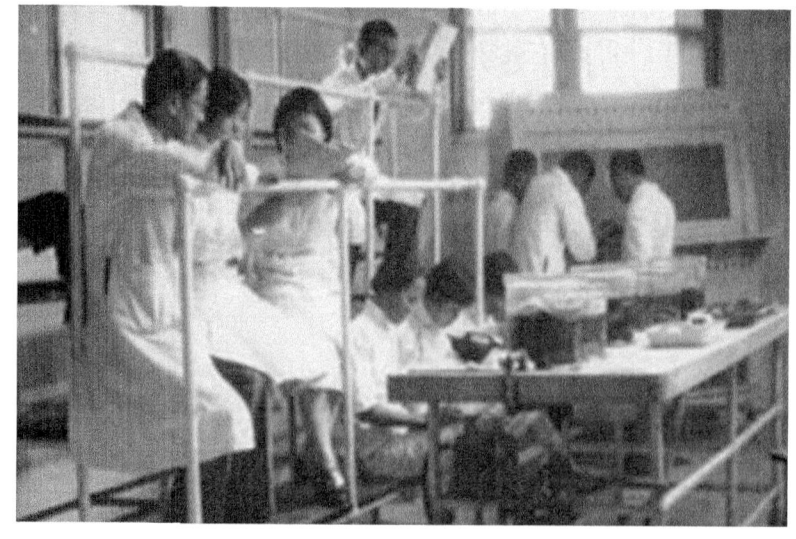

当年北京协和医学院的学生们日常学习一景

因此，你只要进了协和的门，这辈子都别想天马行空地"过好自己的小日子"了，这是我的亲眼所见，惊心动魄！我31号楼的邻居曾经是协和外科的李士英大夫，他是协和医大1966年以前的八年制毕业生，广东书香门第出身，家教好，人忠厚，心善良，智商高，在学校时优秀，在医院时优秀，做科主任时优秀，在家庭中也优秀，在哪儿都优秀，一贯的优秀，就没哪儿不优秀的。可是他真辛苦啊，不管多晚下班，不管白天看诊多少病人、做了多少台手术，晚上回家吃完饭就马上拿起书，一年365天，天天如此，没有节假日一说。他最奢侈的娱乐也就是看个电影，但连这也不能保证，有时看上一个开头就被医院叫去了，没办法，这就是医生的宿命，一切必须病人至上，手术等着呢！住在我们31号楼一层的冯传宜教授，是1949年以前的老一辈协和人，我早年从他那儿学到了一个词——"听班"，就是人虽然在家，但没有行动自由，不能出门去，得随时"听候"医院的召唤。

而现在，仅就我看过病的、我知道的，有两位"老协和人"行医一辈子了还在出门诊，一位是口腔科的赖钦声大夫，85岁，给患者治牙，一站就是一上午，年轻人都觉得吃不消，你说老爷子能不累？另一位是神经科的郭玉璞大夫，90岁了，还不能歇在家里颐养天年。劳远琇大夫生前也是90岁还出门诊，张孝骞大夫90岁时还参加大巡诊，吴阶平大夫当了国家领导人还坚持每周一天回医院参加大查房……在我看来，他们这医生当得太苦了，终身绑在医院的战车上，一天也不能平平静静地喘口气，可这些高尚的医生都不以为意，乐在其中，孜孜矻矻，兢兢业业，从头发黑

赖钦声，1933年生，口腔学教授，病人好评率100%

郭玉璞，1928年生，神经内科学教授、国际神经病理学学会会员

亮熬到斑白、花白、雪白——能"妙手回春",能"起死回生",能治病救人,能多救一个是一个,能给患者消除病痛,就是他们的最大满足了!

品德高尚的医生们啊,向你们致敬! 鞠躬!

八

以上简说"协和五宝",其实何止这一二三四五,协和还有着第六宝、第七宝、第N宝……但在今天多元、纷繁、迷离、困惑的社会新条件下,我听到有人担心地说:"协和医学院三次停办,三次复校,延续的是生命力,但难以延续的是一以贯之的办学精神和为医标准。年轻医生从业内在动力不足,社会也没有给予足够的职业承认和物质保障……"这说的是实话,也道出了今日协和所面临的新问题。还是那句话,人是第一位的,有了人,才能有一切。因此,"年轻医生从业内在动力不足",这或许是一个致命的黑洞?我在网上看到了这么一段讨论:

【提问】"在读大一,纠结要不要转系。希望已经毕业工作几年的学长、学姐们给出答案。协和八年制毕业后具体发展如何?一般都能留在北京的医院吗?比较关心收入,还有值班时间,感觉当住院医师很辛苦。"

【回答】"很多职业都是围城效应,城外的人想进去,城里的人想出去。学医收入稳定,社会地位高,而且是越老越值钱,能帮助亲戚朋友;但是工作辛苦,压力大。协和八年毕业,大部分留在协和医学院系统的医院,少数去了北京和其他大城市的三甲医院,极少数出国的。职业发展还是比较不错的。学医绝对比一般的工科专业要好,除了互联网和金融行业,没有其他职业能比学医收入高,社会地位高的。清华的其他专业,数理化生这些苦逼理科工作更不好找,一般只有极少部分最后找到做教学科研的对口工作,收入更低。一般工科专业,去制造业做研发,将来发展更差。计算机等专业,也不是都能获得高薪的,真正互联网高薪的工作就那几个公司,还是需要加班,吃青春饭的。金融行业也不是适合每个人的,一般去这些地方,先要去站柜台,拉客户,做销售,要拼关系,拼人脉,也是竞争激烈的。在北京,想找到月收入一万以上的工作也不是那么容易的……"

你不能埋怨现在的年轻人太实际，满心想着个人的职业发展、工作条件、收入，等等，却一句也不提"救死扶伤""奉献""爱"。虽然职业教育确有缺失之处，但也不可否认，医生也需要住房、需要吃饭、需要科研、需要好的工作环境和心态、需要休息、需要养家糊口、需要高品质的孩子教育和高品质生活——如果是你的孩子，你会怎么打算……举一个小小的例子：我们同事的一个孩子那年高考发挥失常，上了一个非重点大专，三年毕业后即进入一家好单位工作，薪水不错。数年后，他当年那些考上清华、北大，读完本科又读完研究生的高中同学们，走出校门却发现，自己即使找到心仪的工作，资历和收入都还不如那位上了大专而早早工作的同学……如果协和八年制的毕业生们也遇到同样的问题不能解决，将来协和医学院每年的90个学子名额，是否会出现招不满的情况呢？

但愿永远不会。协和已经走过百年，连日本鬼子都没能把它捣毁，连十年浩劫都没能把它整垮，我坚信，它也不会迈不过金钱这道坎的！

以我一个外行人、一个从小到大一直在协和看病的"资深患者"来看，我认为，协和医院还是"牛"在它那一百年来形成的传统上，这是看不见、摸不着的，

今天的北京协和医院

但它的精魂就在那里。

其实也真的无须过于担心和操心,当今的协和,一直处于稳步甚至大踏步的发展之中。在2018年底复旦大学医院管理研究所发布的"复旦版·中国医院排行榜"中,北京协和医院又一次毫无悬念地独占鳌头,连续九年蝉联全国医院第一名!

其中,北京协和医院有八个专科全国排名第一,即:妇产科、神经科、基本外科、风湿免疫科、核医学科、急诊科、重症医学科、变态反应科。有五个专科全国排名第二,即:放射科、呼吸内科、内分泌科、检验科、超声医学科。有16个专科全国排名第3—10位,即:病理科、耳鼻喉科、临床药学、血液科、皮肤科、肿瘤内科、麻醉科、骨科、感染内科、肾内科、健康医学科、消化内科、整形外科、眼科、老年医学科、泌尿外科。在专科综合排行榜覆盖的40个专科中,协和的入榜率为72.5%……

类似这样的中国医学界排行榜,北京协和医院几乎每一次都是无悬念封王。仅举例最近的两次排名:2018年11月,在"改善医疗服务行动计划——全国医院擂台赛"中,北京协和医院荣获全国总决赛冠军。2019年4月在艾力彼医院管理研究中心《中国医院竞争力报告(2017—2018)》中,北京协和医院排名第一。在我国医学界和老百姓心目中,无论从哪个角度来讲,北京协和医院都是中国医疗行业的排头兵。

岁月匆匆,不知不觉,位于北京东单银街的协和医院东区门诊部大楼,已经迎来了启用的第七个年头。走进这座高大透亮的大楼,虽然时时人流密集,甚至人挤人,但你立刻就能感受到自己进入了一座神圣的医学殿堂,你满眼看到的是正规、严谨、科学,你满心感受到信赖、安全与踏实,最重要最关键的一个词是"权威"。这里早已实行了24小时全天候挂号,一楼大厅里除了数十台正在为患者提供自助挂号、预约取号、自助缴费等的机器,还增添了两位萌萌的娃娃型机器人,快速地回答着来自天南海北的患者、家属们的各种各样的问题,你若不大会操作,没关系,马上就有白大褂的医护人员和穿着统一制服的导医,主动前来帮助你……

这里医生的水平,也当然都是"顶天"的,哪怕是急诊室里的一位年资最浅的"小大夫",也已是经过一次次学习、训练、考核,从"火焰山"里蹚过来的。在旧时的年月里,老百姓中有一种说法,即不论你在哪家医院初诊,只要医生让你动手术,你必须再跑两家大医院,经过专家的颔首才可放心动刀,而协和永远是首

今天气派、现代的北京协和医院门诊大楼,更呼唤着"老协和传统"

选——今天也依然是坚如磐石的首选。无论多么危重的病情,依然是只要协和的大夫说一声"能治",患者立刻就能绽放出被"大赦"的笑容!

协和当然也有短板,当然也有许多棘手问题,比如挂不上号、住不进院、排不上手术,因而"号贩子"猖獗,像打不死的"小强"一样屡打屡不尽,甚至越打越顽韧;患者和家属们也是病急乱投医,像没头苍蝇一样乱找关系……2018年12月3日,北京协和医学院北区建设工程,在首都西部的海淀区马连洼新址正式开工,该区域总建筑面积15万平方米,包括重大疾病研究国家实验室、图书馆、药用植物科研楼、学生宿舍等相关附属建筑体,建成后将会在很大程度上缓解中国医学科学院及协和医院、协和医学院等空间不足的压力。而在市中心区域的东院区,也正在老门诊楼的原址上,日夜兼程地建设转化医学综合楼等工程。建成后,协和东区就将完成一个大整体,南起东单三条,北到煤渣胡同,东临米市大街,西至王府井金街,除完好无损地保留着1921年洛氏协和的14栋绿色琉璃瓦大屋顶建筑、老协和护士楼建筑外,还新添了图书馆大楼、微循环中心、门诊楼、急诊楼、外科楼、高干病区、会议中心暨展览馆……眼看着一栋栋高楼拔地而起,眼看着就医环境及条件一天天改善,眼看着协和医院日新月异地发展,作为京城老百姓、特别是作为在协和身边长大的老东城人,心里真是充满了春风化雨般的喜悦。

风风雨雨一百年,历经磨难步步艰。
今日华翁重上路,天地人心冀新颜!

(作者为中国作家协会全委会委员、东城作家协会主席)

从三封读者来信看新华书店"共和国第一店"

金 涛

在商场云集、人流如织的王府井大街，有一个文化地标在此静静矗立了70年，这就是被誉为新华书店"共和国第一店"的王府井书店。70年来，王府井书店作为首都第一家新华书店，累计图书销量、服务读者数量均居第一位，为新中国文化事业作出了独有的贡献。近年来读者的购书方式发生了很大变化，网上购书越来越多，线上阅读成为潮流，但王府井书店与北京西单图书大厦、中关村图书大厦依然是首都发行业的旗舰店和全国图书发行市场的风向标，每年图书主业零售在全国实体书店中都名列前三甲。

王府井书店诞生于北平解放的炮火声中，它的建立，开启了"金街有书香，文化润京华"的征程。新中国成立后，书店先后经历了三次转型升级。

1950年，书店由简陋的门市部迁入一

1949年2月10日，王府井书店前身"北平新华书店第一门市部"正式成立

建国初期的王府井书店门市部　　　　　　　1970年扩建后的王府井书店成为中国乃至全亚洲最大的书店

栋四层楼房，随着经营面积的扩大，以品种最多、储量最丰富成为当时全国乃至亚洲规模最大的书店。

1970年，王府井书店第二次扩建。特别是在改革开放大潮中，王府井书店勇立潮头，成为播撒知识的"摇篮"。

1994年，王府井书店迎来又一个重大转折点。为配合经济社会发展，王府井书店因拆迁暂停营业。六年后的2000年，王府井书店重回王府井大街，一座现代化建筑拔地而起，书店以崭新的面貌又与读者见面了。

近年来，实体书店发展受到方方面面的冲击，但王府井书店这个书店界的"不倒翁"始终如一。今年4月王府井书店建店70周年之际，书店收到了来自全国各地、社会各界的读者来信，读后令人感慨万千。笔者从中选出三封，摘其片段，透过这些真诚的文字，人们不难看出王府井书店70年的变迁，这些文字也能唤起几代人共同的阅读记忆，看到70年来中国人精神生活的巨变。

第一封信

写作此信的是王府井的老读者王双喜，他出生于1943年，从事小学、中学、成人教育50余年，现在是北京市第一〇九中学顾问。

《老矿井遇险记》是我珍藏的一本少年儿童读物。这是一本很普通的书，仅仅36页，可我却保存了62年。这么多年，不论我中学住校，还是成家后3次搬迁，几次装修清理，都没有丢弃它，而像"家珍"一样精心存护，更像心中的一盏明灯，照我前行。

那是1957年春，我就要念完小学，爸爸跟我说，新华书店王府井店正举办"6·1"征文活动。新华书店是毛主席题字，王府井书店是北京最大的书店，你正是少年儿童，应该参加。爸爸的话，鼓起了我的勇气，铺开400字的绿格稿纸，一笔一画地写了篇《好书——我的朋友》。装进牛皮纸信封，封好，左上角剪个斜口，说是"免邮资"，小心翼翼地投入了邮箱。

儿童节刚到，忽然收到邮递员叔叔送来的信件，我激动不已。小小的孩子，收到专门的信件这还是头一次。打开信封，就是这本书。书的第一页盖着菱形的红色印戳："6·1征文纪念新华书店赠"。我喜形于色。爸爸妈妈也都鼓励我。王府井新华书店是什么样，我真想去一趟。

机会来了。上初一年级的一天，爸爸交给我张书条，让我代他去买《共产党员的党性锻炼》。这是我第一次去王府井，更是第一次去新华书店。进口不远，坐东朝西，店面很长，左右几个宽大的橱窗，里面错落有致地陈列着各种图书。店面中间几层的高台阶上，是宽大的店门。我花了4毛8分，买到了书，作者是艾寒松。那纸粗糙，发黑黄。那时，不买书，真不好意思翻阅别的书。

后来，我只要从饭费省下点钱，就来这里，即使只能买一本。我在这儿买的第一本书是魏巍写的《年轻人应该树立什么理想》。

来这儿除了买到心仪的书，当年，让我铭记在心的还有橱窗里、店堂里张挂的语录和红幅白字赫赫醒目的标语："书籍是人类进步的阶梯""知识就是力量""在科学的道路上，是没有平坦的道路可走的，只有不畏艰辛、沿着陡峭山路攀登的人，才

20世纪70年代，孩子们在王府井书店围坐在一起，沉浸在书的海洋中

有希望到达光辉的顶点"。在静静的书店里,润物无声,在我的心灵中深深地播下了这样思想的种子。

上大学期间,在这里选购的世界文学经典名著,让我打开了认识世界的窗口。1976年初,我曾到书店门口早早排队等着把《周恩来的革命一生》带回家。成家后,也带孩子来选书。即使是买《新华字典》《现代汉语词典》也都离不开这儿。就是儿子得到奶奶奖励的"四大名著"连环画册也是"上王府井买去!"

70年前的1949年1月31日,古城北平和平解放。七天后,徐迈进、万启盈、卢鸣谷、王钊以军管会代表身份,受命率东北书店、华北新华书店总店派出的专员,接管国民党的正中书局北平分局、独立出版社、中国文化服务社北平分社及其所属印刷厂。

随后,卢鸣谷等人带领东北书店小分队工作人员成立了北平新华书店第一门市部,在京城最繁华的王府井拉开了王府井书店生命乐章的帷幕。这个新生命的额头上镌刻着毛主席手书的"新华书店"四个大字。当日,各界群众和知名人士纷至沓来,踊跃购书。

1950年,新生的共和国百废待兴。此时,王府井大街一栋四层楼房被新华书店北京分店购入囊中。这个当时王府井大街上气势夺人的高层建筑,成为王府井书店新的栖息地。50年代初的王府井书店,以年进书一万多种,一跃成为当时全国规模最大的书店。

即使在"文革"浩劫中,教育、文化、科技和学术领域陷入重灾泥潭,王府井书店依然坚守在"中国第一街"上,而且扩大规模,满足社会需求,成了传播文化的"不倒翁"。1970年4月22日,王府井书店第二次扩张后的图书大楼正式营业,扩建后的王府井书店一跃成为中国最大的

著名作家、社会活动家丁玲作客王府井书店

书店。虽然受文化大革命影响，书荒严重，年销售图书品种仅为3万至6万种，但对于那个时候的社会已是巨大的文化贡献，是一个实实在在的文化"菜篮子"。

第二封信

这封信的作者是一位民航人，航空电子高级工程师。他的父辈是被"文革"耽搁的一代，想读书而无书可读。在他出生后，父母又乘着全国恢复高考的东风回到高校学习。父母一代的经历告诉了他读书的珍贵。父母在外地学习，特别喜欢给他邮递各种图书，书籍也成为父母和他之间唯一的沟通方式。父母带他去外地，也喜欢到当地的新华书店。如今，当一帮朋友回忆起北京什么地方最值得去、印象最深时，作者第一个就想到了王府井书店。

我印象最深的应该是王府井大街上的新华书店。那时候的十里长安街上，还有人驾的马车与通道铰链电车并驾齐驱的"奇观"。

在我六岁那年的夏天，父母觉得应该让我在上小学一年级前实现人生第一次去北京的梦想，去看看天安门广场，去看看万里长城。然而，当真正在旅馆安顿好，卸下行李后，他们带我去的第一站，却是王府井书店。因为他们知道，这里是当时全中国最大的新华书店。

一九八七年的王府井书店，还是一幢四层楼房。售书方式也远不及现在便捷。新书分门别类排列在靠墙的高大书架上，部分样品书摆放在玻璃橱柜中。橱柜里面是业务熟稔的营业员，橱柜外面是人头攒动的读者顾客。依稀记得我是被父亲托起来才能看到书的封面。从左到右，从上到下，我细细打量着每一本书，既怕看漏了，来一趟着实不易；又怕多点了，营业员阿姨会不会不耐烦。犹记当时的那位阿姨听出我们说着一口江南吴音的普通话，又面对一个眼中闪光的读者小朋友，格外有耐心，一一满足了我的心愿。三十年间，历经多次搬家，当时的书早已不见踪影，却始终记得有一本讲飞行员故事的连环画，而那本书早已深植于我的心田中，悄然萌芽。

从小学、中学、大学，直到研究生毕业工作，虽然这二十多年一直深居江南吴地，未曾再次来到王府井书店，但是冥冥之中，却有一股力量在积蓄勃发。直到2009年，我因工作调动期间有一段难得的假期出行时间。那年初春，我独自来京，第一站还是选择王府井书店。

再往后，由于工作的关系，我每年都会多次来京出差。倘一有空，便会来书店逛逛看看。身边同事说，现在都什么年代了，买书还用去书店吗？我倒不以为然，于我而言，来王府井书店，不只是买书，更是会友，因为王府井书店便是我的"发小"。

改革开放，思想解放，科学和文化的春天随之而来，也造就了"书店一开门，读者排大队"的王府井大街一景。这里还成了热门电影的取景地。1979年，由著名艺术家陈强等主演的电影《瞧这一家子》上映，影片就是以王府井书店为取景地，饰演新华书店营业员的刘晓庆、方舒专门来到王府井书店体验营业员的工作与生活。

为满足如饥似渴的读者需求，改革开放初期国家动用储备纸紧急重印《子夜》《家》《悲惨世界》《哈姆雷特》等35种中外文学名著，依然供不应求。据王府井书店老员工回忆，改革开放初期读者看书买书还是营业员从玻璃柜台往外拿，每天一开店，里三层外三层的读者就涌进来，有时柜台玻璃都能被人流挤碎。人太多

1979年，电影《瞧这一家子》上映。影片以当时的王府井书店为取景地

了,后来就改成开架售书,结果有的书不及上架直接在大门口就卖完了。

王府井书店1984年开架售书,此举是全国书店首家,极大地方便了读者选购图书;同年,王府井书店率先和国内所有出版社建立特约经销关系,成为第一家开设特约门市部的书店;1987年书店首创新书首发、签售等文化阅读活动,引领了实体书店的社会服务新潮流;1994年创新性开设读者热线服务,增加热线送书业务……一系列创新活动让王府井书店深受读者喜爱。

1994年,王府井书店迎来发展中的巨大转折。当年,对王府井大街进行改造,"黄金地段还要不要文化企业"引发了一场热烈的争议,王府井书店的去留成为当时的新闻热点。1994年11月13日,初冬的北京寒气逼人,这是王府井书店搬迁前最后一天营业,成千上万的读者纷纷前来购书、留言,感谢她在过去45年间向公众奉献了20亿册图书,并期待新建设的书店再创辉煌。营业人员相拥而泣,读者洒泪而别的场景,至今提起犹让人唏嘘感叹。

在"中国第一街"立足45度春秋的书店,会在市场经济的大潮中黯然隐去画上遗憾的句号吗?

幸运的是,北京市委市政府的正确决策和万千读者的呼吁改变了王府井书店的命运。在出席当年"两会"的数十位人大代表和政协委员提议下,王府井书店不仅

1994年的王府井书店门前

2000年9月重张开业的王府井书店

得到了保留,而且北京市政府明确指示,要把王府井书店建成国家级的书店,要成为北京的文化地标。作为东方广场建筑群的一部分,王府井书店将以现代化大型书城的姿态,再一次伫立于金街,为首都增添一道靓丽的文化风景线。

2000年9月26日,王府井书店重张。此时的她,以面积1.7万平方米大楼的新容颜再度屹立在王府井大街上,一跃成为当时的亚洲第一大书城。

王府井书店各类文化活动日趋活跃,取得了极大的社会效应:先后推出了"名师助学课堂""首都科学讲堂""书生活——读者面对面"等品牌性公益活动,吸引读者热心参与,参加活动的人多时,能顺着书店楼梯一直排到地下二层。

在众多活动中,"首都科学讲堂"成了王府井书店品牌公益活动,来到讲堂的科学家以两院院士为主体,还有国际知名学者和各领域首席专家。有些院士、专家学者、大学教授已年过七旬,他们不仅通俗生动地讲解其科学成就,更真诚袒露执著守望科学精神的心路历程。许多读者通过电话、邮件表达了对科学讲堂活动的喜爱,写下了"这是给我们最好的精神享受""盼望讲堂一直办下去"等热情洋溢的留言。

第三封信

这封信的作者没有留下姓名,读后让人心酸,又让人欣慰。

谨以此信代表本人向书店致歉。

十余年前,本人于小学时少不更事,对一套动画动漫光盘求之心切,便起心在书店地下一层影视部行窃。累计两次,第三次未成功。所偷窃总计,十年间已记忆不详,但总金额经有效统计,大致不超过1500元。当时,虽然我的行为被书店发现,但书店并没有选择报警或扣留,感谢书店当年的选择。

十余年间,心有不安。

本人今年本科毕业,正处于实习阶段,现将实习工资中一部分2000元,用于赔偿书店,弥补当年损失。本人对当年行为深表歉意。

这封真诚的致歉信作者显然是一位90后读者,他虽然没有经历过前几代人的物质匮乏、缺衣少吃,但精神生活还远远不能得到满足,有时候买书还是一种奢求。如今,中国家庭越来越富裕,一般人家满足孩子基本的阅读需求都已没有问题,这种"窃书"的行为估计不会再发生了。

进入新时代,王府井书店也在不断探索升级改造的新路径,结合北京作为全国文化中心的功能定位,根据书店运营的整体需求与广大读者对新时代阅读体验的新期待,王府井书店作出全新的定位。

2018年,王府井书店积极开拓思路,整合优质资源,突破书店大卖场的单一模式,与北京市东城区图书馆联合创办了馆店结合模式的"王府井图书馆",它的另一块牌子是"北京市东城区第一图书馆王府井书店分馆"。王府井图书馆位于书店六层,约100平方米,馆内目前有藏书3000册,中外文学名著、理论著作、儿童绘本等多个种类可以满足不同读者的需求。图书馆每天10时至20时开放,全年无休。

除了具备所有公共图书馆都有的借阅功能外,这家开在书店里的图书馆还有一项特色活动,读者可以在书店一层至五层内挑选自己喜欢的书,只要符合一定限制条件,挑选到的书可以由图书馆当场采购收入馆藏,读者只需等待半小时就可以免费把新书借回家。这项被称为"馆配现采"的特色服务,简言之就是读者选新书,图书馆当场来买单,被读者称为图书馆配书的"私人定制"。东城区第一图书馆每个月为此项活动准备购书经费8万元,当月额度使用完之后,当月活动自动停止。持有北京市公共图书馆一卡通的读者,每年度可自选图书20本(累计),每次选书最多两册,单册定价限80元以内的图书。若读者所选图书与馆内现有藏书重复,且达

王府井书店建店70周年

到复本量上限（五本），图书馆将不再入藏此书。读者所选之书经工作人员确认、加工后即可借走，加工图书大约需要30分钟。

2019年，经过全新装修充满童趣的"怀中读·阅童馆"亮相王府井书店三层，营造了一个家长与孩子共同阅读的场景，通过共读，为父母创造与孩子沟通的机会，分享读书的感动和乐趣。全馆营业面积约1300平方米，经营幼教启蒙类、故事绘本类、科普读物类等图书近2万种。馆内设有读者休息区、自助查询机、自助收款机等服务设施，最值得关注的是，和原有少儿阅读区相比，从环境设施、业态配置等方面进行了改造升级，进一步优化了读者的参与感与体验感。为了更好地开展主题阅读活动，特别在馆内西侧开设儿童绘本专区，搭建活动小舞台，在这里可以举办绘本讲座、阅读分享、亲子阅读等丰富多彩的阅读活动。

进入21世纪以来，从抗击"非典""神舟"系列升空、纪念巴金百岁诞辰、纪念毛泽东诞辰110周年、纪念红军长征胜利80周年、纪念中国共产党成立95周年，到"一带一路"专题展、习总书记系列图书展，再到2016年的十八届六中全会文献专题展、党的十九大文件及学习辅导读物展，王府井书店积极发挥正能量，为倡导全民阅读、构建书香社会添砖加瓦。

新时代的王府井书店始终将推动全民阅读作为书店履行社会责任的重要抓手，积极参与惠民文化消费季、北京阅读季、北京书市、阳光少年校外教育活动、蓝天工程、书香东城、北京十月文学月、北京电视台"带本书给家乡的孩子"等一系列公益品牌阅读推广活动。书店携手共建单位向全国劳动模范、优秀教师、贫困学校捐赠图书，连续多年为出席全国党代会、"两会"的人大代表、政协委员提供驻地售书服务，优质的服务得到了代表们的广泛称赞。

作为首都北京的文化名片，王府井书店正以其优越的地理位置、悠久的历史积淀和政治品牌优势，全面把握经济发展新常态，深化改革，创新发展模式，坚守传播先进文化的阵地，激发全民阅读兴趣，引领大众文化生活，以实现传统书业转型升级为核心任务，成为推动全民阅读和书香社会的引领者。

70年金街老店，历久弥坚，在新时代正焕发新的活力。

（作者为东城作家协会理事）

大美四联

刘 俊

一颗温婉别致的明珠

北京王府井步行街,虽然只有500多米,却是经历了数百年风雨的国际化中心商业街。街两侧,店铺林立,牌匾高悬;街面上,人流如织,不舍昼夜。这条街还云集了众多中华老字号、内联升、同升和、盛锡福、瑞蚨祥、同仁堂、全聚德、东来

四联美发王府井总店

顺……这些店铺的门脸大都是中式风格的设计，端正俊雅，古色古香，给人以岁月更迭、世事流转之沧桑感。相比之下，同样是中华老字号，同样坐落于王府井步行街的四联美发总店，那银灰色的店面墙壁上，一根绵长的线条勾勒出女士俊美的脸庞和飘逸的秀发，既简约，又灵动，倒是洋溢着几分时尚气息。

如果把王府井步行街比作佩戴在首都北京胸前的珍珠项链，把鳞次栉比的店铺比作一颗颗绽放异彩的珍珠，那么，"四联美发"就是其中最别致的一颗了。

曾经在一篇文章里看到过老舍与四联美发的小故事。说有一回季羡林先生和老舍先生偶然在四联理发店相遇，"……点点头，打了招呼，各自坐在椅子上让师傅替他们理发刮脸。完了事，老舍先生先走了。等季先生到柜台上付款时，收款员悄悄地对他说：刚才那位老先生已经替您付了。季先生大为感动。他觉得这是一份情谊。什么都不说，只是很小的一个动作，却给了你很大的温暖，在你想不到的地方，有人关心着你，替你做了，什么也不为，没有任何功利。多好。这便是情，重重的情，浓浓的情。让人能记一辈子。"

文章的重点是在表述两位老人间的那种既心灵相通又清淡如水的君子之交，感叹之余，也可看出当时到四联来理发的作家、学者不在少数，而演艺界的名流更是这里的常客。京剧名角儿马连良、裘盛戎，电影明星田华、王晓棠，著名歌唱家王昆、郭兰英、马玉涛，以及后来的李谷一、王菲，还有大导演谢添、话剧演员濮存昕等，都到四联接受过理发师的服务。倘若以此来判断四联是为名人名流服务的高档理发店，那就有失偏颇了。四联的收费确实比一般的理发店略高一些，但从顾客的统计数据上看，百分之九十九的服务对象是北京城里普通市民和全国各地慕名而来的平头百姓。粗略划分一下，四联的顾客分两大类，一类是逢年过节、婚庆嫁娶、出国旅游，或是参加重大活动的时候，他们会到四联来理发、烫发，觉得只有四联修剪过的头发，才配得上这些重要的场合，才能提升人的气质，才能给人以自信。另一类就是四联的铁杆粉丝了，他们追随四联十年二十年，甚至是五六十年。他们有的从20多岁开始就在四联理发，一直到七八十岁都没换过地方，四联搬到哪里，他们就追随到哪里。有的是自己搬了家，搬到郊外去了，那也要乘地铁、坐公交，几经辗转来到四联，他们认定了四联的理发椅子，只有坐在四联的理发椅上，把自己的头发交到四联理发师傅的手上，心里才算踏实。有的是家庭式的，父亲母亲、儿子女儿，甚至是祖孙三代都在四联理发，家门口有发廊，但他们就是视而不见，就要舍近求远。在纪念四联美发成立50周年的时候，四联与北京晚报副刊曾联合举办过"我与四联的情缘"征文活动，出过一本小册子，里面的作者清一色都是接受过四联服务的各行各业、各个年龄段的普通百姓。与名人相比，他们对四联的感情更为朴实、更加真挚，也更令人感动。

无论是成立初期的金鱼胡同，还是现在的王府井大街188号，无论是"文革"时期的新风理发馆，还是现在的四联美发厅，无论是名流名媛，还是一介草民，只要跨进四联的大门，都会得到最优质的服务，都会有一种如沐春风的惬意。待他们再从四联大门出来，每一位都是一个无声的广告，都是一块流动的招牌。

时代在变，发型在变，四联的名号久盛不衰。这颗镶嵌在王府井大街上的珍珠，历经岁月磨砺，始终保持着原初的色泽，光彩夺目，熠熠生辉。

一个值得铭记的日子

与许多北京的老字号一样，四联并非北京本土的产物。

现任四联美发副总经理的王然女士，给我发了一份资料，其中一段文字提到了当年组建四联的大背景："到了新中国成立之初，北京的第三产业大约有两万家，其中饮食业大约一万家左右，除了那几十家有名的馆子，大多规模较小，设备简陋，房屋陈旧，卫生条件差，专业水平低，还有许多食品挑子和提篮叫卖的串街小商小贩，其他生活服务业和修理业等也是如此，总而言之，和新中国首都如日初升的蒸蒸日上的大环境是格格不入的。"

新中国，新北京，新天地，社会主义的新首都就要有一个有别于封建王朝的新面貌，而当家做了主人的首都居民焕然一新的精气神，仍包裹在土里土气的装束里。1956年，在周恩来总理的亲自过问和安排下，从上海抽调照相、洗染、理发三大服务业的精英企业，集体迁往北京。之所以选择上海，理由是不言而喻的。当时的上海是亚洲和远东第一大城市，具备国际视野和大都市气息，与世界互联，领时尚之先风，若是拜师学艺，自然非此"东方巴黎"莫属。

我看到过一张1956年8月4日的《北京日报》，这天的报纸几乎用了一个整版，图文并茂地刊登了女性的十款发型，这十款发型都有一个好听的名字，依次是：宝宝式、童化式、学生式、刘海式、三季波浪式、春秋式、双花式、轻便式、家庭式、发髻式,每款样式还配有好看的图片。简繁夹杂的字体,颗粒粗大的黑白照片,发型模特落落大方的神情,都深深打上了那个时代的烙印。尤其是一段编者的话——标题赫然两个繁体大字"烫发",内容更是干脆爽快、直截了当,与当今的行文风格大不相同,照录如下:"女读者们,你们想选择一种自己心爱的发式吗?这里向你们介绍十种。这是从上海理发师集体整理和设计的150种发式中选出来的。如果你有兴趣,可以到新近由上海搬来的华新、云裳、紫罗兰、湘铭理发店去试试,他们那里有的技师参与了这些发式(自然不仅限于这十种)的设计、整理工作。这几家理发店现在合称四联理发馆,设在东单金鱼胡同西

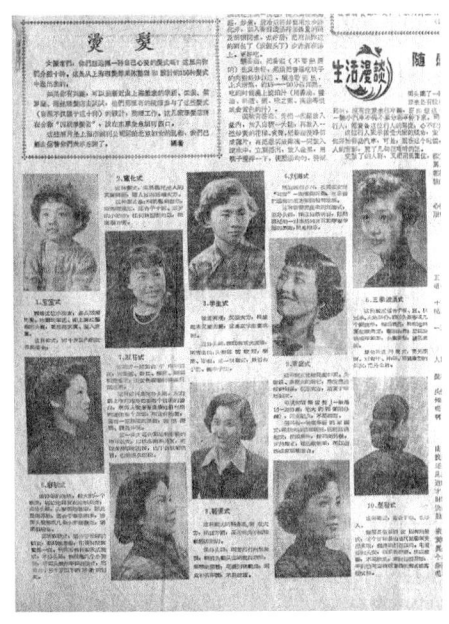

1956年8月4日《北京日报》刊登整版发型广告

口。这些照片是上海市福利公司送给北京妇女的礼物,我们已经去信替你们表示感谢了。"消息一经发出,四联发型立刻获得了北京女性的青睐,去四联理发也成为一种时尚、一种身份的象征。

据考证,当年来京的是上海的华新、紫罗兰、云裳、湘铭四家理发馆,师傅及后勤工作人员加起来共108人,号称一百单八将进京。最初的打算是四家店分置四城,但一时间又找不到合适的地点。后来北京市政府将东单理发馆的地段给了四联,四联就此在金鱼胡同安下了家。最初理发馆牌子上的字很长,华新、紫罗兰、云裳、湘铭的名字都刻在牌匾上面,后来简化为四联理发馆,取四家联合之意。四联理发馆正式开张是在1956年7月27日,地点在王府井大街北口金鱼胡同33号。

1956年,应该算作四联元年,而这一年的7月27日,是一个值得永远铭记的日子。从这一天起,四联在新中国的春风沐浴下,落户京城,生根发芽,茁壮成长。

一面永不褪色的旗帜

在四联采访,无论是领导还是一线的师傅们,提的最多的是吴永亮这个名字。

当我提出要采访吴师傅时,王然不无遗憾地说,吴老八十多了,身体原因,已经不接受采访了。

吴永亮是名副其实的四联建店元老,是四联美发的第一代传人、北京第一批中华传统技艺技能大师、北京市美发业终身荣誉奖获得者。在互联网上,关于四联美发师吴永亮的故事随处可见,这让我想起了江湖上的那句名言,我不做大哥好多年……即使吴永亮已经退隐江湖,离开了他钟爱一生的理发行业,但是在北京美发界和北京市民中,依然盛传着吴永亮的动人传说。

想当年,一百单八将进京,吴永亮年纪最小,才19岁。他一人吃饱,全家不饿,怀揣着对美好未来的憧憬踏上了进京之旅。经过30多个小时的旅途奔波,他随着师傅们终于抵达了北京。下了车,他一脸茫然,这就是首都北京呀,目及之处,都是低矮的小平房、逼仄的胡同,很难见一座高楼,比起大上海那可是差远了。他们被安排在工人体育馆住宿,而那时的工体可以说还是一片荒地。虽然现实的北京与自己想象中的首都相距甚远,但吴永亮和师傅们都没有打道回府的想法,那时候大家对党的号召是绝无二话的。

吴永亮是扬州人,13岁开始到上海学理发。学徒时就表现出优秀的品质,洗毛巾、擦地、倒马桶……店里的杂活吴永亮全都抢着干,干完了杂活就在旁边看师傅

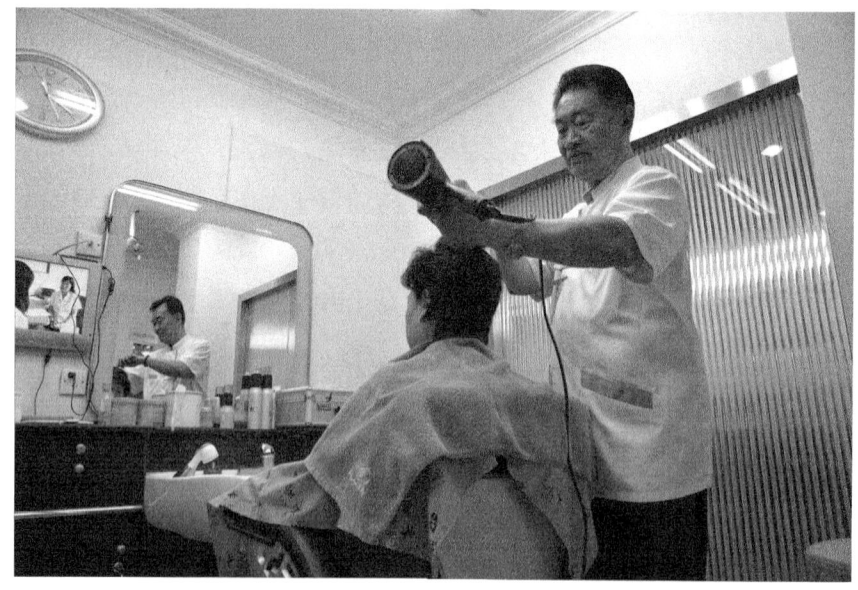

四联美发第一代传人、北京市美发业终身荣誉奖获得者吴永亮师傅

做活。店铺打烊后,他不贪玩,也不闲逛,而是自己私下练腕子功。手持剃刀,拿什么来练呢,吴永亮就拿自己的腿练,把膝盖当头,在上边横一刀竖一刀地比划,腿上的刀伤就是这么来的,功夫也是这样练出来的。

看到过吴师傅70多岁时拍的照片,高高的个头,笔直的身板,笑容可掬,精神矍铄,想象得出他年轻时是何等的一表人才。据老顾客回忆,四联刚成立时,吴永亮"就是店里最帅的理发师,技术又好,成天被一群女顾客簇拥着"。吴师傅的吹风技术更是一绝,他本人同时可以操作五把滚刷,看得人眼花缭乱,不像是理发,倒像是在表演节目。改革开放之后,四联再度声名鹊起,吴永亮作为出镜发型师,在中央电视台做了期介绍新潮发型的节目,节目播出之后,吴永亮的粉丝成几何数增长,都指名要吴师傅为她们做发型。

有这样一则小故事。公交车上,一位女士被另一位女士盯着看了许久,被盯看的女士心里发慌,一直反省自己的装束或是举止有什么不妥之处。那位盯人看的女士发话了:"您在哪儿做的头发?"被盯看的女士回答:"在四联。"对方马上说:"是吴永亮师傅做的吧。"你看看,吴永亮的名气就是这么大。

吴永亮是四联的名师。人品好,形象好,手艺好,服务好,是顾客对吴永亮师傅的一致评价。四联美发前任总经理吴秀敏就曾说过,吴师傅是四联的一面旗帜,是四联文化的杰出代表。

一份难以割舍的感情

下午3点,我在四联总店的二楼贵宾室等到了刚刚吃午饭回来的归秀凤师傅。二楼本来是男宾部,隔出一间屋子做了女宾贵宾室,这就是归师傅工作的地方。用美发界的行话来说,归师傅一直做"女活儿",一做就是40年,技艺自然已是炉火纯青。归师傅是北京市劳动模范、北京市创新标兵、首都劳动奖章获得者,追随她的顾客并不比当年吴永亮的少。

理发室里,电吹风的旋转声、电推子的嗡嗡声、水龙头的流水声、顾客间的谈笑声,以及电视机里播放的音乐声,此起彼伏,不绝于耳,会聚成虽然有些嘈杂,但也不失为只有理发店才有的独具特色的交响曲,就在这交响曲的伴奏下,我开始了对归师傅的采访。

20世纪80年代,每天早晨,顾客在店门前排起长队等候理发

1978年,高中毕业的归秀凤,由街道分配到四联。踏进四联门之前,她和家人都抱着试试看的心态,没想到,这一试,就是40年。归师傅还记得四联给她的第一印象,就两个字:震撼。那时的四联还在金鱼胡同,上下两层,700多平方米的操作间,敞亮、气派;顾客进进出出,络绎不绝,有时候排队排到了门外,热闹、火爆;店里的师傅,不论男女,个个身穿白大褂,白大褂下面露出来的裤子,挺括笔直、干净、利落。更让归师傅感到温馨的是,由校门跨入社会,耳边常听到的叮咛就是工作了,人际关系复杂了,为人处世要多留个心眼。但是在四联,这些处世之道根本用不上,老师傅都把新来的学徒工当自己的亲闺女、亲儿子看待,大家在一起就和一个大家庭一样,相互照应,其乐融融。这种只有老店才有的亲情味道,像一种无形的黏合剂,把四联人的心紧紧地连在一起。后来归师傅自己带过七八个徒弟,都处成了母女关系,她不仅教徒弟们美发技艺,还常常教她们做人的道理,注意提升她们的综合素质。

在四联工作久了,和顾客的感情也日渐深厚。顾客中有20多岁一直跟着归师傅的,跟到现在,也60多岁了。其中一位女士每个星期都来吹头,与其说是吹头,倒不如说是找归师傅拉家常来了。家里面的事、工作上的事，大大小小，都跟归师傅倾诉一遍，有些烦心事，不便和家里人说的，也让归师傅帮她拿主意。一个星期见不到归师傅心里就发慌，她对归师傅的依恋已经超出了顾客与理发师的关系范畴。其实，归师傅比她还小三岁呢。有一个老太太，20多年前就认准了归师傅，而且一家子都在四联理发。去年，老人家89岁，还让女儿搀扶着来到四联。上不了楼了，归师傅就带着理发工具到一楼给她修剪头发。她对归师傅说，闺女，给我剪剪吧，下一次也许就来不了了。归师傅内心有些伤感，但仍笑呵呵地应答：您可别这么说，您来不了，我就到您家上门服务，给您祝九十大寿。没想到，老人一语成谶，这一剪还真成永诀。那阵子，归师傅心里特别难受，老人的闺女来了，两人相拥而泣，抱头痛哭。理了20多年了，感情真的不一样。归师傅说，我的顾客大多是中老年人，到了这把年纪，不是今天这个有病，就是明天那个身体不舒服，这让我对她们更多了一份牵挂。她们来四联理发，看上去是你为她们服务，其实是她们在为四联做着贡献呢。我们只有全心全意地为她们服好务，理好发，才是对她们最好的回报。

对四联的感情，对顾客的感情，这两种感情交织在一起，就是归师傅工作最大的动力。四联9点开门，有的顾客7点就到了，归师傅经常提前一小时到店里，8点就开始干活。如果家里有事或是休假外出，归师傅就提前把顾客安顿好。在归师傅心里，顾客永远是第一位的。归师傅说，吴永亮老师80岁才彻底放下了推子、剪子，我要向吴老学习，只要身体允许，只要顾客需要，我就一直干下去。

在四联，我还和男宾部的经理何志良师傅、专做美容的刘玉莲师傅简单聊了几句。他们都很忙，根本就没时间接受我的采访。何师傅是1983年接父亲的班来到四联的。何师傅的父亲是四联的老职工，他不仅手把手教儿子如何理发、刮脸，更重要的是他把四联一丝不苟、一视同仁的精神传授给了儿子。从何师傅工作台上摆放得整整齐齐的染发、烫发、护发、消毒用的瓶瓶罐罐，和他推、剪、洗、刮的一招一式上，就可看出何师傅已经得到了父亲的真传。

刘师傅是位女士，她风风火火、快人快语的劲头倒有几分男子汉的气度。她见到我的第一句话就是，就几分钟啊，我那里还蒸着气呢。蒸什么气？我来不及细问，揣测这应该是四联的业务术语，大概与美容美发或是绞脸有关吧。绞脸是四联申报获批的北京市东城区级传统理发技艺非物质文化遗产保护项目之一，是一种古老的美容手法，即用线除去女士脸上的汗毛。在过去的习俗中，女子只有在出嫁前才由女性长辈为其绞脸，俗称开脸，是一种成人礼。这种手法在京城近乎失传，应属四联的独门绝技。刘师傅就是来给我介绍绞脸技艺的，只见她把一根长长的细细的白棉线套在自己的脖颈上，然后将线打了结，双手撑开，形成交叉的三角，在空气中左右腾挪，上下翻飞，看得我眼花缭乱。据刘师傅介绍，过去绞脸是双手配合牙齿，非典那年为了达到卫生标准，她将固定点下移，探索出脖颈配合双手的绞脸方法，深受顾客欢迎。当问及绞脸与刮脸的区别时，刘师傅说，刮汗毛容易使皮肤发青，而且汗毛几天就长出来了，绞脸会使顾客的皮肤变得白皙、透亮，光泽度高，尤其是汗毛重的女士，效果更加明显。说完这些，刘师傅就旋风般地下楼忙她的工作去了，留给我的是匆忙的背影和无尽的感叹。正像王然说的那样："大多数师傅一辈子就做四联这一份工作，人生的各个阶段都在四联完成的，跟单位和顾客都有着深厚的难以割舍的感情。正是这种感情把师傅们和顾客们融合到四联的大家庭里，一起成长，不断进步。"

一句代代相传的店训

"宁可把客人等走了，也不能把客人做跑了。"这句非常口语化的文字，正是四联的店训。

1956年，四联带着全套的理发、美发设备来到北京，同时带来的还有新潮的国际潮流发型，令人叫绝的理发、美发技艺。不仅如此，建店初期包括精细的质量标准、严格的消毒制度和规范的操作流程在内的一整套严谨的服务程序，一直很好地保持了下来，并且在实际工作中不断得以校正、补充，发扬光大。

四联从成立之初到文化大革命前，曾经有过十年的辉煌。20世纪50年代在北京理发，一般是四毛钱，而在四联却要八毛，烫发的价格就更高一些。即使如此，四联也照样宾客盈门。普通市民虽然平时舍不得，但是逢年过节或是参加重要活动，都会高抬腿迈步跨进四联的门槛，坐在四联的理发椅上，享受一回四联的服务。因为他们觉得价有所值，不亏。

文化大革命时期，四联店里的镜子全部被大字报糊上了，什么烫发、卷发全都取消了，一律的直发，一律的发不过肩，牌子也改成"新风理发馆"了。有一副贴在店门两侧的对联:"剪刀不留情专截牛仔裤,推子要革命去你阿飞头",现在读来让人有些忍俊不禁。就是在这样的境况下,四联的服务质量没有下降,服务程序没有被打乱。据老师傅回忆说,当时他们坚持的原则就是,只要四联开业一天,就要严格按操作流程办,绝不偷工减料。

十年动乱之后,四联迎来了第二个发展黄金期。有一篇报道曾这样写道:"1978年国庆前夕,新风理发馆宣告终结,修葺一新的四联理发馆带着老北京人的记忆,在王府井金鱼胡同西口重新开张了。扩建后的四联理发馆使用面积720平方米,两层楼房,楼下是男部和洗衣间,二楼设女部。理发座椅从原来的27把增到56把,增添修眉、纹脸、化妆和制作假发等服务项目,美容概念也就从这时开始登上了四联的舞台,最亮眼的当属四台电烫机。开业那天,楼上楼下人挤人、人挨人,都在排队理发。这样的盛景,早在20世纪50年代四联从上海迁来北京时就曾出现过。"面积变大了,设备更新了,顾客增多了,但四联并没有因此而变得浮夸躁动、趾高气扬,仍旧是理发八毛钱一位的价格,仍旧是一整套严格的费时费工的操作流程,仍旧是不急不躁、笑脸相迎的服务态度。"宁可把客人等走了,也不能把客人做跑了"这句店训就是在这个时候喊出来的。

1999年9月,四联总店迁入王府井金街

后来又有一段时期，美发行业全面市场化，仿佛是一夜之间，北京城里的大街小巷冒出了许多发廊、美发中心，门脸千奇百怪，服务也是五花八门。四联被挤到了清华园浴池楼上，没有了门面且营业面积小了一大半。虽然服务环境大不如前，但四联的师傅们热情周到的态度没变，规范的操作程序没变，依然一如既往地为顾客们提供尽善尽美的服务。

现如今的四联，已经是一个国有控股、职工参股的股份制企业。2018年，老字号四联美发的第四家分店——前门店在前门步行街举行了主题为"美发见证时代情、四联前门展新颜"开业庆典仪式，标志着四联美发品牌发展之路又继续稳步向前推进了一大步。

时代在前进，企业在发展，理发技艺在提升，发式发型在翻新，唯一不变的是"宁可把客人等走了，也不能把客人做跑了"这句质朴无华的四联店训。一位男宾理发、刮脸一共需要八条毛巾，剪发用的围布一客一换，男宾的刮脸刀、女宾的美容用具全部一客一消毒。顾客多是这样，顾客少也是这样，四联的师傅们都是按老规矩一步一步来，童叟无欺，一视同仁。

历史上人们对于理发师这一职业是极其看重也特别慎重的。曾经在网上看到这样的文字，在中世纪的欧洲，理发师居然与外科医生归属同一行业，当一名理发师并不比当一名外科医生的要求标准低。那个时候，理发师要经过七年的学习，经过专业委员会的严格考核后才可上岗。在1935年前的美国，要想当一名理发师，进修前要完成至少八个级别的常规学校教育，进修期间要在规定期限里完成1250个学时的学习，严格程度可见一斑。四联美发作为全国唯一一家国有美发美容老字号企业，多年来，一直延续着"一带一"的师徒相传的传统。在一般的理发店，学徒工实习三四个月就出师开始剪发，而在四联，一个人的手艺至少要"磨"两年以上。正是这种精益求精的工匠精神，培养出了一支品学兼优、技术过硬、技艺高超、爱岗敬业的员工技术队伍，为四联的长久发展奠定了坚实的基础。

一种与时俱进的精神

在四联美发王府井总店，我见到了四联美发的董事长杨博祥先生。他大半辈子都在京城的服务行业摸爬滚打，对服务业的经营和发展有着独到的见解。他从理发、照相、洗染、浴池、旅店这五大传统服务行业说起，深入浅出地给我勾勒出新中国成立以来京城服务业的兴衰流变。他说，过去这传统的五大服务行业是北京服务业的基础行业，为首都的经济建设作出过突出贡献，但长期以来存在着创收水平低、产业结构不合理、区域发展不平衡等问题。就拿理发来说，说到底是一个薄利行业，四联的经营收入，是四联总店和分店的师傅们一剪子一剪子剪出来的，一推子一推子推出来的。理发行业与厂矿不同，有它的特殊性。厂矿的职工劳动能创造价值，而我们的理发师傅，不仅劳动能创造价值，和顾客沟通也能创造价值，美发艺术也能创造价值。这就是我们常说的理发文化、美发文化。正像一篇文章中写的那样，作为京城服务业的老字号，四联的历史当然刻有首都城市发展的时代印记，同时清晰地反映着时尚的演变过程。在发型设计风格、服务方式、经营场所迁移及美发美容设备的更新等诸多方面，四联都经受了历史考验。在半个多世纪的漫长岁月里，四联成功地把握住了几次重要的发展机遇，在维护老字号的传统声誉时，也为老国企如何在迎接时代挑战的过程中，获得发展与新生，作出了有益和可贵的探索与尝试。杨董事长说他最担心的是四联的职工来源问题，这个问题现在还不明显，但随着时间的推移和职工年龄的老化，这个问题会越来越突出，如不及时解决，势必会成为制约四联发展的瓶颈。过去，安置一个待业青年，区里会给补贴，现在这项政策没有了，企业招不到京籍子弟。而招用外省的学徒工难管理、易流失，学成后不是回乡自己开店，就是被个体发廊高薪挖走，而且招用外省的学徒成本也比较高。看得出，杨董事长是一个务实的领导，他不喜夸夸其谈，对四联的发展前景有着深入的思考。

王然是专科毕业后分配到四联的，她在学校学的专业就是美容美发，美术、色彩、构图，甚至电器设备都有涉及，具有扎实的理论功底。1996年她来到四联美发实习，推开四联的门，第一眼看到的就是归秀凤师傅在给一名顾客做大波浪，羊毛卷瞬间被吹成大弯，太神奇了。经过20多年的磨炼，她由一名学徒工走上了领导岗位。在她眼里，理发已经不单单是修剪头发，而是一种美学、一种艺术、一种文化。学徒时，为了练手法，她经常兜里装着一把剪子，走到哪儿就剪到哪儿，周围的亲戚朋友都被她剪了许多遍。现如今，她把这种锲而不舍的钻研精神用在了四联的管理上，用在四联文化的开发上，用在四联精神的传承上。

经过长期的经营实践，四联综合传统技艺，根据中国人的脸型和头发特点，总

北京美发博物馆一角

结出拱三茬、无声吹风、剃光头、刮脸、手盘扁卷、手盘空心卷、刷波浪、女士绞脸等技艺，在社会上产生了广泛的影响，其中有的已经成功申报为北京市东城区级传统理发技艺非物质文化遗产保护项目。2015年，四联美发建成了北京市第一家美发博物馆，系统介绍了我国各个历史时期发型发饰的历史变化和四联企业的发展脉络，既填补了行业空白，又宣传了四联品牌。

虽然四联的理发技艺在京城已属一流，但四联的师傅们却从不满足现状。他们在注重品牌建设的同时，不断更新发型设计理念，调整发型修剪技巧。每个月，四联美发的员工都要聚集在一起，学习新理念，琢磨新发型。设计者不但要分解并讲清楚每个动作，还要针对不同脸型、头型给出处理意见，有时候员工间还要用自己的头发做造型，供大家观摩。四联还在三楼设立了新概念工作室，专门追踪新潮流，研发新款式，为年轻的顾客群体服务。同时还开发了总店与各分店间的电脑联网，资源共享，实现了四联管理的数据化、智能化。

2019年，新中国迎来了70年华诞，四联也走过了63年的风雨历程。63年来，四联不仅创造了良好的经济效益，在精神文明建设上也取得了突出的成绩。四联是商务部命名的"全国十佳美发美容院"之一，是中国美发美容行业协会评选的"全国知名企业",是中华全国总工会授予的"全国职工创新示范岗",是北京市的"诚信服务企业""守信企业"和"首都窗口行业技能示范单位"。1990年,四联承担了第11届亚运会期间三军仪仗队队员和160名花束小姐的发型设计制作。2003年,在抗击非典的战役中,京城许多理发店纷纷关门谢客,而四联安全放心的理发环境和消毒设施有效地解决了百姓理发难的问题。2008年,四联为北京第28届奥运会新闻中心注册记者提供美发服务,被北京奥组委评为奥运服务先进单位。2015年,纪念抗日战争胜利70周年大阅兵,四联为国旗班战士设计制作了发型。2016年,在四联60周年店庆之际,四联美发在王府井大街向来自五湖四海的游客们献上了一场轰动京城的发型秀。四联旗下第四、五代技艺传承人在庆典现场向大家展示了娴熟的技艺和时尚尖端的造型,向全世界展示了这家老字号的成长、进步和技艺的传承、创新。

继承传统又开拓创新,这就是与时俱进的四联精神。凭借着这种精神,四联顶住了市场经济大潮的冲击,在理发行业一些非主流项目和时尚项目越来越多的环境下,一直保持着清醒的头脑,坚持以过硬的美发技术和服务质量为根本,变的是发型,是时尚,不变的是对质量标准的要求和对最基础的烫、吹、剪传统技艺的精益求精,品牌的生命力正在于此。一个姑娘曾经这样评价四联:四联对我的意义就是,我可以放心地去任何一个店"祸祸"我的头发,最后还有四联帮我兜底,再惨的尝试之后都有四联能帮我起死回生。这就是顾客喜爱四联、数十年追随四联的秘密所在,也是顾客对四联最高的褒奖、最坚定的信任。

告别王然,步出四联,我来到王府井步行街。置身于店铺林立、牌匾高悬的商

八一前夕,为国旗班的战士设计发型

四联美发成立60周年庆典活动在王府井金街拉开序幕

业中心,身边依然是川流不息的人流。回首再看四联美发总店,银灰色的店面墙壁上,那根勾勒出女士俊美的脸庞和飘逸的秀发的线条,绵延不绝,直通天际。爱美之心,人皆有之;美发美容,自古有之。我想,在没有理发工具的远古时期,我们的祖先用石块截断自己的长发,不单单只是为了行动方便吧,也许就蕴含了美的萌芽。原始的披头散发被盘起,一定是美的使然。而头发,从某种意义上说也是最为尊贵的,如果不是长辈,不是情侣,谁也不会轻易去碰别人的头发。

当然了,四联的美发师除外。

(作者为中国作家协会全委会委员、东城作家协会副主席)

东来顺的传奇

祁 建

在庞大而古老的北京城里,其乐融融地居住着众多民族,而民族的融合也留给了我们更多美食。

提到清真美食,涮羊肉可以说是扛鼎之作,而老字号东来顺,就是老北京涮羊肉的一面金字招牌。东来顺涮羊肉是北方火锅的代表,又称"羊肉火锅",创建于光绪二十九年(1903)。它还是国家级非物质文化遗产项目,被誉为"中华老字号清真第一涮"。

东来顺的原址在现北京市东城区王府井大街北口金鱼胡同,也就是老东安市场的北门。著名作家老舍先生和夫人胡絜青,国画大师齐白石,京剧大师马连良、张君秋等前辈名人,生前经常在东来顺就餐,并为东来顺留下墨宝。前党和国家多位领导人生前也曾在东来顺设宴款待外国元首和政要。美国前总统尼克松特使基辛格、日本前首相田中角荣、莫桑比克总统萨莫拉、巴基斯坦总统伊沙克·汗,以及伊斯兰教国家的众多政府要员和外交官员,都曾对东来顺的美味佳肴给予了极高的赞赏和评价。

20世纪80年代紧邻东安市场的东来顺

一个小小的火锅承载了很多的历史

小说《穆斯林的葬礼》对老北京东来顺涮羊肉的那段十分内行专业的描述，直让我想前往东来顺。大冷的天儿，咱们总爱吃涮锅子，热气腾腾的锅底一上来，把片好的羊肉啊、肥牛啊、蔬菜啊往里面一滚儿，蘸上调好的麻酱小料，往嘴里一放，那叫一个香！

经过一百多年的锤炼，在一代又一代的传承中，东来顺当之无愧地成了老字号。这老字号的招牌菜就是一菜成席的涮羊肉。虽然涮羊肉这道菜不是东来顺发明的，但是却在这里成为人尽皆知的美食。

东来顺在秉承传统的同时，博采众长，精益求精，创造了独特的色、香、味、形、器的和谐统一，形成了风味涮肉的八大特点，即：选料精，刀工美，调料香，火锅旺，底汤鲜，糖蒜脆，配料细，辅料全。东来顺立足清真餐饮主业，以传承坚守百年老字号品牌为发展核心，严格遵守清真政策，本着提供"天然、安全、健康、绿色"的产品理念，始终倡导"服务大众、品质至上、传承创新"的品牌文化。2016年6月22日，由世界品牌实验室（World Brand Lab）主办的2016年第十三届世界品牌大会暨2016年（第十三届）中国500最具价值品牌发布会上，东来顺品牌以96.82亿元的品牌价值荣膺"2016中国500最具价值品牌"榜单，位列第328位。

火锅发明在什么时代已经不可考据，不过在中国新石器时代已经有了类似火锅的烧炉，战国时代据考证已经有了类似今日的火锅，《韩诗外传》中记载，古代祭祀或庆典，要"击钟列鼎"而食，即众人围在鼎的周边，将牛羊肉等食物放入鼎中煮熟分食。

据史料记载和出土文物，过去中国最早的火锅是东汉文物"镬斗"，但在近期海昏侯墓发掘时，陪葬品中发现了火锅炉，证明了西汉时代火锅已经出现。加之新石器时代陶炉的出现，也许火锅的历史还将更早。

《魏书》记载，魏文帝使用"五熟釜"，可以同时煮各种不同的食物，是世界上最早的鸳鸯锅（当然关东煮也有可能）。到了南北朝，"铜鼎"是最普遍的器皿，也就是现今的火锅。演变至唐朝，火锅又称为"暖锅"。到北宋时代，汴京开封的酒馆，冬天已有火锅应市（北宋羊肉十分便宜，可能那个时期已经有涮羊肉），在宋代吃火锅蔚然成风，著名的学者林洪的《山家清供》里就记载了宋代火锅的做法：林洪访问隐士止止师，两个人抓了一只兔子，几个人在桌上放个生炭的小火炉，炉上架个汤锅，把兔肉切成薄片，用酒、酱、椒、桂做成调味汁，等汤开了夹着肉片在汤中涮熟，蘸着调味料吃。利用这样涮熟之吃法，林洪吃了觉得如此的吃法甚为鲜美，且能在大雪纷飞之寒冬中，与三五好友围聚一堂谈笑风生，随性取食，非常愉快，因而为这样一种吃法取了个"拨霞供"的美名——山家清供。

元朝时期涮肉火锅开始流行开来，到了清代，乾隆皇帝办千叟宴时，和珅突发奇想，以火锅取代菜品，让所有宾客都能吃到热腾腾的饭菜，从而让乾隆皇帝龙心大悦。

一个小小的火锅承载了很多的历史，老北京人特别喜欢吃火锅。

北京人一般不说吃火锅，而说涮羊肉。老北京涮羊肉采用铜锅炭火，羊肉讲究肉质细且无膻味，鲜嫩无比。老北京涮羊肉基本上沿袭了满洲贵族吃火锅的习惯，据记载与如今东北的乌拉满族火锅最为类似。民国徐凌霄先生的《旧都百话》中写道："羊肉锅子，为岁寒时最普通之美味，须于羊肉馆食之。此等吃法，乃北方游牧遗风加以研究进化，而成为特别风味。"

人们都喜欢有故事的美食，因为其中包含的沧桑历史、风土变迁、生命悲欢、命运造化……充满了人文色彩，在精神意义上，远远超过了一份口腹之欲的美食对人的影响。

老东来顺的再现场景

越是有历史传承的美食,越是有生命力。在北京每一家老字号背后,都珍藏着无数动人的故事,涮肉馆东来顺就是这么一家说来话长的百年老店。

东来顺作为北京清真菜的翘楚,如今走向了全国也走向了世界,赢得了百姓口碑,就像北京老话说的,"涮肉何处嫩,要数东来顺",这是东来顺的骄傲,被授予"中华老字号清真第一涮",创造了独特的色、香、味、形、器的和谐统一,可谓为"美食美器,一菜成席",也是当年那个穷小子丁德山无法料想的。

提起东来顺,不能不提的就是东来顺的羊肉,可以说是鲜嫩味美、肥瘦相宜、回味悠久、百吃不厌……

百年老店是这样诞生的

东来顺的创始人丁德山是河北沧州人,清末年间沧州大灾,丁德山全家逃难到北京东便门外落脚。皇城里摇煤球离不开黏合剂黄土,修房子也需要大量泥土,丁德山就靠每日拉土往城里送讨生活,每次都要路过老东安市场。东安市场的前身是皇亲国戚、文武大臣的马场,清朝时,文武百官上朝都要由午门进殿,可又不能骑马、坐轿进宫。到了东华门那儿有块下马石,上写文官下轿、武官下马。老东安市场的前身就是武官下马后存马的地方,后来逐渐形成了贸易集市,人来马往,热闹非凡。

丁德山发现了商机,用运泥土攒下的几个小钱,又向亲戚借了些钱,在东安市场支了一个简易棚子,专卖玉米面贴饼子、小米粥。那个时代没有城管,挎个篮子就能做生意。

东来顺的羊肉宴

丁德山为人厚道,对那些长途而来饥肠辘辘的车夫、马夫、卖苦力的人,粥总是盛得很足很满,有了一些积蓄后,小小的粥棚增加了豆汁儿、扒糕、凉粉等大众吃食,粥棚生意也挺兴旺,丁德山就琢磨着为粥棚取个名字。这一年开斋节前,丁德山兄弟三人把老娘从家里接到粥摊。看到摊上人头攒动的热闹景象,老母亲激动得热泪盈眶:"从前咱们日子过得苦点儿,现在好了，这是真主安拉的慈悯。你们的父亲前几年无常（去世）了，没能看见今天。买卖虽然小，可是生意做得挺好，咱们'求主'吧！让这买卖能顺顺当当的，攒钱过好日子！买卖该有个字号，咱们从东边来的，就叫'东来顺'吧，图个吉利，一顺百顺。"从那天起，摊上挂起了"东来顺粥摊"的招牌。

天有不测风云，1912年东安市场失火，丁德山的粥棚也被烧掉了。他联合东安市场的商户，一起去找当地的地方官，要求在原址重建摊店。幸好他认识一位食客魏公公，魏公公平素很喜爱为人厚道的丁德山，于

东来顺老照片

是，不仅帮他在东安市场讨得一块比原来粥摊大得多的地方，更与其他朋友一道慷慨解囊资助银两，帮丁德山盖起了三间大瓦房，从此粥摊的名号改成了"东来顺羊肉馆"。

在经营羊肉馆后，为了将生意做得更好，他打听到，前门外正阳楼有位刀工精湛的师傅，就慕名前往正阳楼实地探访，想一睹传说中那位切肉师傅的风采。当走进饭庄，悄悄来到师傅近前时，巧了，这人是自己的旧相识！于是出重金，将郑师傅请到了东来顺。郑师傅对羊的产地、用肉的部位、切肉的手法格外讲究，切出的羊肉片薄如纸、齐似线、美如花，铺在青花瓷盘里，透过肉能隐约看到盘上的花纹。

东来顺羊肉馆的涮羊肉由此名声大振，就连一些达官贵人、文人墨客也经常出入，前来品尝。

民国初年，京城最负盛名的涮羊肉馆正阳楼、元兴堂、两益轩等，均在商业繁华的前门大街一带。王府井大街的东安市场，自清末形成市场后，已渐成商贸娱乐的集中地。特别是吉祥戏院、丹桂茶园和中华舞台三个戏院的相继开张，使东、西内城的达官富商，有了娱乐之地。一时灯红酒绿，日夜喧哗。

丁德山看准了形势顺势而发，扩大了经营规模。

东来顺羊肉

涮羊肉的羊肉讲究不腥不膻，鲜嫩味美，肥瘦相宜。一只羊只用黄瓜条、大三岔、小三叉、磨裆和上脑五个部位。丁德山和他的两个兄弟，一面经营饭庄，一面在东直门外买地种菜和养羊，只用产自内蒙古的羊，必须是羯羊，肉质细腻没有腥膻味。

到1921年，东直门外的丁家菜园已发展到二三百亩，成为东来顺饭庄的大菜库和羊栏。

为迎合达官贵人、社会名流食不厌精的需求，丁德山在经营上下了一番功夫。涮羊肉要好吃，必须具备"选肉精、刀工细、调料绝和食具讲究"这四大特点。

东来顺所用涮羊肉调料，精细讲究，酱油用自家收购的"天义顺"酱园自产的天然酱油，芝麻酱、酱豆腐、韭菜花、辣椒油、米醋、糖蒜以及白菜、粉丝、香菜、葱姜等，也都是丁家菜园制作。

东来顺糖蒜原料选用优良品种的大六瓣蒜，也叫大青苗。严格按照传统工艺自制加工而成，经七大步骤、经过一百天腌制才能完成。腌好的糖蒜呈琥珀色半透明状，口感酸甜脆爽。东来顺火锅使用清汤，底料包括海米、葱花、姜片、口蘑汤。口蘑与海米结合，使火锅底汤味道鲜美。

早在乾隆年间，皇宫里就开始采用景泰蓝全铜作为火锅锅具，优雅的蓝与富贵花相映衬，顶盖上轻烟袅袅，别是一番意趣。东来顺涮羊肉用的铜火锅，均为专门特制，锅身高、炭膛大、火力旺，锅中的汤总是能保持沸腾，使羊肉片入汤即熟。各种调料，分别放置在小碗中，五色纷呈，真正达到色、香、味各具其美。

再说切肉，过去没有冷库和冰箱，而东来顺切涮羊肉又讲究刀工、外形。所以羊肉得有一定的硬度才能切。因此，每逢数九寒冬，皇宫的护城河，也叫筒子河，就会冰冻三尺。这时专有干这营生的冰窖工，把冰开凿出来送地窖储藏。

每年的八月十五，东来顺添涮羊肉时，到东华门冰窖取回储藏的冰，把选好的羊肉一层肉、一层冰码平压实，以便切出的肉片有形。到了上冻季节，东来顺在院里搭席棚，夜里用桶打水，用瓢一瓢一瓢地泼，结一层冰再泼一层水。这样慢慢形成了一个冰棚。

东来顺的兴旺发达还有很多故事。丁德山为饭庄制定了店训，"能来咱铺子里站一站的人，那是缘分人；能来咱铺子里坐一坐的人，那是瞧得起咱的人；能来咱铺子里吃饭的人，那是照顾咱的人"。他对新招来的小学徒非常严厉，不仅三年一分钱不挣，而且炒菜的要先练掏炉灰、添火，切肉的要先练泼水、压冰箱。到第二年该练手艺了，想拿肉练，门儿也没有，得先练切羊腰、羊肝。涮肉淡季到来时，还要回到店里干一些苦活儿、累活儿、脏活儿。渐渐地东来顺生意越来越火，丁德山并没有因生意火了而摆架子，除了涮羊肉外，继续经营着粥摊生意。他主要有三个目的：一是照顾那些车夫、马夫、卖苦力的人，没有这些人先前光顾粥摊，就不可能有今天的馆子。此外，这些人又是他的活广告，比如有的车夫们常到火车站拉生意，遇到外地来京的人，有时会打听想找个地方吃点东西，车夫们就会推荐东来顺，他们就成了东来顺的活广告。二是东来顺饭庄的下脚料就有了去处，还能再卖一次钱，降低了成本。三是作为发迹的起点，可以激励后人别忘了创业的艰辛。

东来顺切羊肉片讲究刀工、外形

东来顺，惊动毛主席

建国初期，东来顺在北京八大饭店中占有一席之地，不仅是北京清真风味翘楚，也是荟萃社会名流的重要场所。那时梨园行的一些名人，如马连良、张君秋等名角都常常到东来顺就餐。

1955年东来顺实行公私合营后，由于企业人员结构和经营模式发生变化，加之上级派来的管理企业的干部不太熟悉涮羊肉制作的品质特点，致使东来顺涮羊肉短时间内质量有所下降，一些老食客有了意见。1956年1月25日，第六次最高国务会议召开，会上，毛主席问起，东来顺的羊肉为什么变得不好吃了？对一些老字号企业因为所有制形式变化发生的产品质量下降，负责公私合营工作的陈云同志做了调研。他向毛主席汇报说，问题在于轻易改变了企业的规矩："东来顺原先只用35—42斤的小尾巴羊，这种羊，肉相当嫩。我们现在山羊也给它，老绵羊也给它，冻羊肉也给它，涮羊肉怎么能好吃？羊肉价钱原来一斤是一块两毛八，合营以后要它和一般铺子一样，统统减到一块零八，说是为人民服务，为消费者服务。这样它就把那些本来不该拿来做涮羊肉的也拿来用了，于是羊肉就老了。本来一个人一天切30斤羊肉，切得很薄，合营后要求提高劳动效率，规定每天切50斤，结果只好切得厚一些。羊肉老了厚了，当然就不如原来的好吃了。"

毛主席又问，这个问题怎么解决？陈云同志建议私营工商业在合营以后，原有的生产方法、经营方法应该在一个时期以内维持不变，以免把以前好的东西也改掉了。毛主席指出："这是一个问题。我们在这一点上，要羊肉必须继续好吃，才能证明社会主义的优越性。"

中共中央随后出台《对目前资本主义工商业改造应注意的问题的指示》，立刻对毛主席指示精神予以贯彻落实，要求"对一切已经批准了公私合营的企业中，原有的制度，包括进货办法、销货办法、管理制度、会计制度、工资制度，暂时原封不动地保留下来，不要改变。在私营工商业原有的经营技术方面，有许多是不合理的，将来应当加以改变的，但也有不少是合理的，是需要保留的，我们应当对资本主义工商业经营技术中有用的东西，看成是民族遗产，把它保留下来，决不应该不加分析地全盘否定。"

根据中共中央的指示精神，北京市有关部门将东来顺涮羊肉生产技术和管理办法积极加以保护。通过保证特殊原料供应、贯彻优质优价政策、补充切肉工人和改革工资制度等办法，迅速恢复了东来顺涮羊肉原有的优良品质。

这就又引出一个故事，1956年12月7日，在同民建和工商联负责人谈话时，毛主席说："王麻子、东来顺、全聚德要永远保存下去！"这话不单是针对东来顺，还涉及多家老字号，这句话也被写下来挂在了今天东来顺的店堂里，东来顺很快就恢复了传统的经营方法，当年的那些老厨师又被请了回来，依然按照传统的烹饪方法制作涮羊肉。

1956年，毛主席在同民建和工商联负责人谈话时提到"东来顺要永远保存下去"

随后，东来顺涮羊肉不但恢复了原有的特点，而且比以前更加美味。过去一过2月，东来顺的涮羊肉就要落令了，可这一年却出现了新"风景"，已经快到"五一"节了，店内依然顾客盈门，热闹非凡。

就这样，在后来20多年的计划经济岁月里，东来顺一直在食材特殊供应政策呵护中，始终保持至上品质，经营长盛不衰，服务中外宾客，让涮羊肉这一民族风味饮食百花园中的奇葩艳丽多姿，展露迷人的风采。

1968年4月，老东安市场停业拆除翻建，更名为"东风市场"，东来顺亦暂时迁至新桥饭店一楼经营，更名为"北京民族饭庄"。

此后十年间，因店名与"民族饭店"近似，经常给企业和顾客带来误会。有外宾在"民族饭庄"举行宴会，不少应邀宾客却因店名近似分不清误去了"民族饭店"。不少远道而来的东来顺老顾客，到处找寻东来顺涮羊肉不得，苦不堪言。有些顾客甚至坐在民族饭庄的桌前，还打听当年的"东来顺"在哪里。此外，由于东来顺名称中有历史传统特点，企业和有关部门还陆陆续续收到不少要求恢复"东来顺"字号的民众来信。

1973年，东来顺圆满完成了亚非拉乒乓球友谊赛餐饮服务任务，北京市委、市政府领导专门前来慰问。闻听东来顺14位切肉师傅们忘我劳作、为运动员们切羊肉片奋战三天三夜的动人事迹，领导们在感动的同时也心疼了。

时任北京市委副书记的万里当即指示北京第六机床厂，马上选派技术人员，会同东来顺技艺精湛的切肉师傅研制切羊肉片机，一定要实现涮羊肉切片机械化，彻底解放东来顺切肉师傅的生产力！

东安市场立刻行动起来，由"组技科"（组织技术革新科）牵头，成立了由身怀切肉绝技的东来顺何凤清师傅等六人组成的攻关小组，与第六机床厂的六位技术人员一道开始研制切肉机。

这是一道难题。

牛羊肉纹路不规矩、纤维粗、韧性好，不易切断；软肉无法切削必须冰冻"硬化"才能用刀；"薄如纸"的羊肉片需小于1毫米，且片片要折叠成双……无章可循，从零做起，牛羊肉的生理特点，以及东来顺传统切羊肉片的高超品质要求对科研技术人员来说是不小的挑战。

冬去春来，历经500余个难忘的日日夜夜，研发团队从原理开始入手，迈过一次次失败，终于设计制作出符合东来顺羊肉片要求的切肉机。

新诞生的立式切肉机，机刀双向运转，上下切削，左右振荡，肉片切出来不"连刀"。一片肉0.9毫米，尺度标准，肉片厚薄均匀，每台每小时可以切肉25公斤。伴随切肉机的研发成功，与之相配的一整套操作流程也应运而生。

对东来顺来说，以机器替代手工切羊肉片，是一项意义重大的划时代工程。从此，切肉的师傅们摆脱了一只手摁着冻肉，一只手握着长刀操作的繁重体力劳动，羊肉片加工工艺更加规范，肉片薄厚、宽窄、外观等都有了保障，肉片质量和供应能力得以加强。更为重要的是，现代化的切羊肉片机械化大大提高了生产效率，为东来顺后来在全国实施直营连锁经营战略奠定了坚实的设备基础。

1975年9月，时任国务院副总理的邓小平在东来顺招待福特总统特使基辛格。餐厅为此停业三天搞卫生，东来顺成立专门接待小组并责任到人，事先确定安排好斟酒、换菜碟、上菜等岗位的人员分工。当天，基辛格比计划时间晚到了半小时（因夫人到友谊商店选购商品）。邓小平嘱咐大家：宴会要在一小时内结束！

从经理到工作人员瞬间都紧张起来。有负责厨房的，有负责服务的，每道菜的制作都进行了严格的检查，每道工序都有厨师负责。

涮肉20人一桌，一桌上6个火锅，便于客人自己动手涮肉。基辛格夫人称赞东来顺的涮羊肉味美适口，工艺精细，放在盘子里的肉片"像葵花一样美丽"。随后是甜品、水果……当最后擦手热毛巾送到客人手中，宴会整整一小时，邓小平宣布宴会结束。

12月，美国福特总统访华，东来顺炒菜厨师、切肉师傅、面点师傅，连餐厅服务员一班人马受邀前往人民大会堂服务。第二天《人民日报》刊发消息："中华人民共和国国务院副总理邓小平与福特总统在人民大会堂举行了亲切友好的会谈。会谈结束后，邓小平副总理设宴招待福特总统一行。"虽然稿件中未曾提到"东来顺"三字，但每个参与服务的东来顺员工都感到光荣和自豪，因为在这项重要的外交活动中，有自己贡献的一份力量。

复名回归，沐浴和煦春风

1979年7月2日，东来顺向市财办申请恢复原字号，获得批准。

老牌匾早已在"文革"中损毁，东来顺特别邀请中央美术学院副院长、中国书法家协会副主席、著名书法家陈书亮题写新匾。陈老研墨挥毫欣然命笔，一行遒劲有力的大字跃然纸上——"东来顺饭庄"。

就这样，沐浴着改革开放的和煦春风，东来顺复名回归，踏上了市场经济企业发展的新征程。

1978年11月，党的十一届三中全会胜利召开，中华大地生机勃勃、风光无限。经历与目睹东来顺这40年发展的北京东来顺集团的杨景山，在这40年里先后荣获"中国金厨奖""北京特级服务大师""注册中国烹饪大师"等多项荣誉。他在管理东来顺集团所属十家直营店期间，销售业绩逐年提升，菜品和服务质量都有了长足的进步。北京东来顺饭庄多次被市商务、市民委、北京市烹饪协会授予"消费者信得过单位"，并被中国烹饪协会、中国绿色食品工程组委会批准为"全国绿色餐饮企业""中华名火锅""顾客最喜爱的A级餐厅"……

1986年，连云港市，一家名叫"北京饭庄"的东来顺加盟店隆重开业。厨房技师、切肉技师、面点技师、服务技师……东来顺极为重视，调集几十名业务骨干赴连轮番协助打理培训。尽管未曾悬挂"东来顺"匾额，这家远在江苏的外埠餐厅却为京都老字号的全国加盟连锁发展战略翻开了创新探索的第一页。

1988年，东安集团公司将东安市场下属的东来顺饭庄、五芳斋饭庄、湘蜀餐厅、和平西餐厅四家老字号按行业归口，成立东来顺饮食公司。在市政府的关注下，坐落在王府井大街南口的"东来顺王府井饭庄"隆重开张营业。伴随这家直营分店的诞生，东来顺北京市场"独此一家，别无分号"的历史宣告结束。

1993年，全国人大、政协两会期间，8000名代表共同品尝东来顺涮羊肉，继助力中美外交、亚非拉乒乓球友好邀请赛之后，东来顺再以服务"两会"为企业发展史增添光荣自豪的记录。"两会"生活组赠送的锦旗上，"风味独特，名震中外"八个大字既蕴含着企业讲政治顾大局的观念意识，也凝结着员工全力以赴服务"两会"的难忘记忆。

1996年，北京东安集团东安饮食公司成立了东来顺连锁总部，正式发展连锁经营业务，制定了连锁总部章程与合同文本，通过服务开发中心、配送中心、培训中心和信息中心对连锁店进行管理与提供服务。同时，还确定了加盟连锁店的发展程序为：申请加盟，实地考察，签订合同，筹备开业和开业，力求"以软投入实现硬效益"。

1998年3月，随着新东安市场重张，东来顺饭庄在新东安市场五楼开业。传统与时尚交汇，与新东安大厦融为一体，新东来顺集正餐、快餐、风味小吃和外卖于一体，推出"10元小吃吃饱，48元自助吃好，三口之家128元涮肉套餐正好"经营项目，以崭新的风貌迎接广大消费者。

1999年底，第一家由个人投资的专业经营"东来顺"连锁店的分公司富恒餐饮管理有限公司在上海诞生。

2000年初，第一家东来顺区域连锁分部在深圳成立。到2000年底，东来顺特许加盟店已遍布大江南北，达130余家。

20世纪80年代的东来顺老照片

伴随品牌输出突飞猛进，企业影响力与日俱增。2002年，东来顺被国家工商总局评定为"中国驰名商标"。

杨景山说："历史的拐点总是被人反复记录，东来顺被誉为'中华老字号清真第一涮'。新一代东来顺人扛起振兴民族餐饮的大旗，积极致力于传承、弘扬传统餐饮文化理念，同时不断研发创新菜品，满足现代消费者的体验需求。毛主席曾说：'东来顺要永远保存下去。'只有做好每一道菜，让消费者品味地道的清真佳肴，才能不辜负领导人的嘱托，不辜负堂前这块百年招牌。"

杨景山在东来顺工作了40多年，为东来顺的发展以及清真餐饮事业创造了令人瞩目的业绩。知青返城后，1974年通过集中培训，他了解了东来顺发展的历史和相关的技艺特点。

刚到东来顺时，杨景山先是学前厅接待，俗称"堂倌"，分内堂和外堂，是过去对餐馆接待员和送菜员的称谓，这种叫法一直延续到20世纪五六十年代。

历史上，东来顺特别重视"堂倌"的人选。一般来讲，当"堂倌"首先要"堂"清，就是熟悉东来顺的品种和加工制作过程，能熟练地向顾客进行介绍。要求语言表达流畅，口齿伶俐，算账准确，报账迅速，要摆菜收菜手脚麻利，态度和蔼，周到服务……

东来顺的米尽臣经理、老服务员纪士魁都是杨景山的师傅，教诲他：在日常经营之中，"堂倌"既是饭馆的门面，又是顾客的第一接待人，其服务态度如何，决定着顾客是否愿意在此就餐。所以，过去在勤行中常说的"一堂、二柜、三厨"是有一定道理的。顾客刚到门前，"堂倌"就揭起门帘，满脸带笑地迎上去，一声"里面请"。随客人走到空桌前，拉开凳子让座，同时吆喝着"沏茶"等，这时就有提壶端碗的服务生来为客人倒茶，"堂倌"一边抹桌摆筷，一边就地询问客人所需的饭菜，如是常来的熟客，就知道客人点什么。要是初来的客人，这时的"堂倌"就要察言观色，从来人的衣着打扮，估摸来客的情况，报上相应的饭菜。

一经客人选定后，接待就立即向后堂（厨房）以吆喝声报上菜名。这种吆喝声抑扬顿挫、押韵流畅、悦耳动听，极富节奏感。

"吼堂"报菜名。比如"来客三位噢！摆席！"客人一进店，杨景山便开始洪亮的"吼堂"，"吼堂"之后便是报菜名。"从前是没有菜谱的，菜谱都在堂倌的脑子里。"杨景山说，各种菜名必须报得溜顺，菜价也要记得一清二楚。"唱菜"，食客点好菜，接待就要按席次和所点菜名朝厨房"唱菜"……

师傅米尽臣和纪士魁要求杨景山作为接待要有热情的态度。进门有迎声，出门有送声，时刻面带微笑，让客人感到亲切和蔼。"作为前堂接待，唱菜要声音洪亮、口齿清楚，还要讲究韵律，让顾客在开餐前就能有听觉上的享受。"杨景山说，他常常偷着听师傅们的"吼堂""唱菜"，听多了自己再琢磨，最终形成了自己独有的风格。

杨景山在日常的工作中细心学习。客人落座后看你，可能是要点菜或倒水，用餐时看你，可能是对饭菜有什么意见或要求；即将吃完看你时，可能是要面汤或还点些什么……总之，杨景山认为不能因为给客人上齐菜后就了事，而要做到手闲眼不闲，时刻留意进门的客人和正在用餐的客人，时刻准备为之服务……

每逢节假日，客人会分外多，一次可能同时接待好几拨人，这就需要接待记住客人桌子和所要的饭菜数量及每桌客人的食俗爱好等，以免出现差错。"接待靠的是心算，这需要长年累月的练习。"杨景山说。菜谱和价钱全记在了脑子里。不管点了多少饭菜，在付账时他都能在一眨眼的工夫报出总价，准确无误。

杨景山认为接待时要有总揽全局的眼光。作为"堂倌"，不能只着眼个人的分内事，而要着眼整个饭馆的工作运转。还要当好客人的参谋，特别是对生意人，在点菜上要做到详而不厌、重点突出。

当然接待还要有端盘平稳的功夫，比如走路轻快，手中的盘碗平稳……总之，杨景山觉得接待要依靠自己过硬的本领，对东来顺的运营起到不可估量的作用。

引客、介绍、吆喝、结算、送客等一整套接待的"堂倌"技艺，被杨景山在长时间的观察和偷偷练习中逐渐掌握。杨景山回顾这段经历说："一个成功的接待，细究起来，这里面涉及社会心理学、公共关系学、大众营销学等新学科的应用。现代化餐厅的服务除了运用现代化网络服务外，还需要我们现代餐饮服务行业进行思考与探讨，让餐饮行业这个古老的'堂倌'文化古为今用，传承创新。"

杨景山后来学习手工切肉，跟随王增福、何凤清两位师傅学习。那时东来顺涮羊肉供应是有季节性的——每年八月十五到翌年的五月端午。他心想不就是切肉吗？自己十岁就开始在家做饭了，对刀工并不陌生，论切菜、丝、丁、片、块还是有模有样的，但"行家伸伸手，就知有没有"，要真正成为东来顺的切肉师傅距离还远呢，于是老师傅们教他从站姿、操刀、左右手配合、下刀、运刀的动作学起，一个一个动作地纠正。

何凤清师傅教杨景山，不管是不是手上的活儿，都要认真。比如搞卫生、如何刷墩子、如何刷案子、如何使用墩布……每天不管多晚，切肉的墩子和案子都要用碱水刷，地面不留死角。何师傅手把手地教，用板刷要左右使劲水就不会

2017老字号餐饮传承发展论坛上，杨景山在现场讲解东来顺百年传承的火锅文化

溅到身上，握墩布的时候，如果周围有娇贵物品，手要握木把的顶端，宁肯磕手也不要损坏东西……言传身教，使杨景山养成了办事认真、一丝不苟的好习惯……

现如今，切片机的出现"解放"了切肉的劳动，用切片机切出来的羊肉也受到了消费者的欢迎。不过，日常在生鲜市场里我们能见到的都是横片机，而东来顺的切肉机器却与众不同，它是模拟手工切肉的"秘密武器"。涮羊肉立式切片机是东来顺和第六机床厂共同合作开发的，曾获得国家的发明奖。

在改革开放的春风下，东来顺得以稳步发展。如今，东来顺以清汤锅底为特色的铜锅涮肉已成为北派火锅的典型代表。

杨景山介绍：100多年前，丁德山白手起家创办了"东来顺"。"东来顺"历经风风雨雨，从一个粥摊发展成为京城知名的清真饭庄。1955年"东来顺"在中国共产党和毛主席的关怀下实现了公私合营，品牌得以生存发展。2003年"东来顺"在各级政府的大力支持下成立集团。2004年北京首都旅游集团与东来顺集团实施重组。今天的东来顺集团已进入公司化、市场化、专业化的发展时代。一锅清汤能涮一百多年，证明这羊肉经得起考验。

"改革开放后，中国企业发展很快，我见证了改革开放。"杨景山在东来顺多个部门工作过，但其一直坚持在店面保持手工切制羊肉的产品，以满足顾客需要，并使东来顺的手工肉技得到有效的传承。在他小时候，街道两侧没有林立的高楼，街道上也没有各式各样的私家车，只有公交车和自行车。而如今，人们的生活丰富

杨景山接待外国宾客

多彩。电视电脑取代了原来的跳绳和皮筋。街道旁到处都是林立的高楼，街道上各式各样的私家车多得令人眼花缭乱。人们的生活正在发生着巨变。

40年以来，杨景山经历了东来顺花市饭庄的副总经理、房山饭庄的经理、沙子口饭庄的经理、新东安饭庄的经理、东来顺集团餐饮运营部副部长、东来顺集团公共关系部部长等多个岗位。在从事管理工作之后，杨景山利用自己的技艺特长，广泛推广东来顺的羊肉制作技艺，使其得到了更大范围的传承。

杨景山感慨，改革开放40年以来，精彩瞬间定格历史长河，东来顺书写了华丽的诗篇，一代人演绎了人生拼搏故事，这是新中国蓬勃发展历程的缩影，它生动地反映了中国与世界的历史变化。2008年，"东来顺涮羊肉制作技艺"收录于《国家级非物质文化遗产名录》，东来顺"涮羊肉、糖蒜、核桃酪"被北京老字号协会列入第一批"原汁原味北京老字号最具代表性产品"，体现的就是东来顺精湛的手艺，它是一个完整的体系，是几代东来顺人潜心钻研、细心整理而成，并且源远流长。"十三五"期间，东来顺集团以"中国服务"为统领，以"快速发展"为总基调，以"产品+餐饮"双轮驱动发展为支撑，大力提升集团核心竞争力和聚合引导社会资本的能力，创造品牌更大价值，力争实现"在行业市场中名列前茅的清真餐饮、食品供应商"。

要做老字号，不做老企业

东来顺的传奇，会留在我们心中，并且令人回味绵长。

"雄关漫道真如铁，而今迈步从头越。"2003年7月，北京东来顺集团有限责任公司的成立开启了东来顺品牌集团化发展的大门，东来顺迎来了新的发展阶段，新的集团化发展构架也应运而生。东来顺在这样的关键时期，完成了集团的成立、百年庆典与首旅重组等重大工作。

2003年9月19日，东来顺建店100周年庆祝活动成功举办，邀请了中央有关领导、市领导、民间协会团体代表、阿拉伯国家驻华大使、商务参赞以及社会各界知名人士、企业家和优秀员工近600人参加。

为了纪念这个特殊日子，东来顺集团特别设计制作了一款巨型景泰蓝火锅亮相活动现场。锅口直径100厘米，寓意东来顺至今已历经百年沧桑；锅身装饰100朵姿态各异的牡丹花，寓意东来顺作为中华餐饮文化瑰宝的富丽；牡丹周围彩蝶飞鸟羽姿翩翩，寓意东来顺几代人传承的"热情、勤奋、智慧"的人文精神，象征东来顺生机勃勃的未来。"百年铸辉煌"东来顺景泰蓝火锅定制了两樽，在庄严隆重的续火仪式后，一樽安放在新东安市场东来顺饭庄门口，另一樽则捐赠给了中国国家博物馆。

这一天，东来顺集团以隆重的活动氛围、简约的庆祝形式、新颖的表现手法，向各界展示了东来顺悠久的历史文化，追求先进务实的管理思维和热心服务大众、公益为民的商德商誉。

2004年7月，东来顺集团与北京首都旅游集团实施战略重组，成为首旅集团旗下的国有全资公司。东来顺集团搭乘首旅航母开始了新的发展历程，成为首旅集团十大领军性品牌之一。

杨景山说，改革开放40年以来取得的丰硕成果，有力证明了中国发展道路的正确性，也充分体现了社会主义制度的优越性。然而，成绩属于过往，奋斗赢得未来。习近平总书记在博鳌亚洲论坛2018年年会开幕式上发表主旨演讲时，面向世界庄严承诺："中国改革开放必然成功，也一定能够成功！"我们从中感受到了中国崛起的强大正能量。今天，我们站在新的历史起点，承接新使命、迎接新挑战，更当乘风破浪、继往开来，以铿锵的步伐、坚定的信心、充实的作为，夺取未来改革开放的更大胜利。中国改革开放四十年，我们见证的是自信。40年前，在事业发展面临最艰难的时刻，我们作出改革开放的战略选择，是勇气所驱、信心使然。

老字号价值在老，出路在新。该如何与如今的市场相处呢？杨景山介绍，北京东来顺集团有限责任公司餐饮管理分公司是一家集营建、营运于一体的餐饮专业化管理公司，负责管理集团下属的直营门店。餐饮管理分公司下设店面开发、市场营销、督导培训、人力资源、财务管理等部门，通过集团—餐饮管理分公司—企业门店三级业务管理架构，使门店的运营管理更加规范、专业、高效，实现了东来顺餐饮直营连锁体系健康良性运转。

北京东来顺集团有限责任公司清真食品分公司于2011年3月正式成立。目前，清真食品分公司主营肉片类、肉串类、调料类、熟食类、礼盒类五大系列产品，品牌包装产品覆盖华东、华南、华北三大区域19个省市、自治区，拥有18家代理商，4000多家销售网点及30家联营渠道。目前，清真食品分公司以逐步形成以肉制品事业部、调味品事业部、新媒体事业部三大业务体系为核心的优质经销企业，以优质的产品、一流的服务回报品牌、回报每一位消费者。

北京东来顺集团有限责任公司物流服务分公司于2013年9月正式取照成立。物流服务分公司是一家集采购、加工、仓储、销售、配送等多功能于一体的专业清真物流公司，既满足集团内部专业化冷链物流配送的业务需要，又面向更广阔的外部市场。目前，物流服务分公司是北京首都旅游集团指定的集采供应商，同时还面向大量社会企业、市民提供配送、产品销售等服务工作，为东来顺集团整体业务的发展起到了重要保障作用……

如今的东来顺早就走出了东安市场，实施连锁经营的模式，开发了全国连锁餐饮门店，开发了种类繁多的超市产品，等等。东来顺总经理周延龙说：要做老字号，不做老企业。

东来顺要做老字号，不做老企业。做老字号，就是年代越久远，文化积淀越深厚，社会上的号召力越大，消费者对我们的认知度也越高。老字号的根本就是品质，经营模式可以变，营销方式可以变，但是不管怎么变，品质是东来顺生存的根本，只要把这个抓住，消费者就永远认这块招牌。

"道通天下，众行致远"，中国高质量发展的序曲已经奏响，东来顺的故事将不断续写新的乐章。

（作者为北京作家协会会员、东城作家协会会员）

北京市珐琅厂：中国景泰蓝第一家

金 涛

北京市东城区永定门东，地铁14号线在此通过。这里有一站名为"景泰"，站内不仅有展示景泰蓝制作的大型壁画，还有用景泰蓝工艺装饰的立柱，传统吉祥花卉图案将景泰站装点得与众不同。出地铁前行不远，就是被誉为"中国景泰蓝第一家"的北京市珐琅厂，大门口郭沫若先生题写的厂名在阳光下熠熠生辉。

新中国成立初期，北京有大小景泰蓝作坊200余家，最大的不过二三十人，小的只有两三人，都是沿袭一家一户的作坊模式。1956年1月，由42家私营珐琅厂和造办处合并组成的北京市珐琅厂成立。追本溯源，当时合并到珐琅厂的珐琅作坊"德兴诚""德昌""杨天利""景泰诚""明顺诚""元顺兴""永泰诚""泰隆"等的历史可追溯到1680年，迄今已有三百多年。

新中国成立后的70年中，景泰蓝生产经历过辉煌，也遭遇过低谷。在20世纪80年代，北京景泰蓝国有企业的规模无论是数量还是人数都达到高峰。北京市珐琅厂、北京华艺景泰蓝厂、北京振华工艺品厂，三个景泰蓝专业生产厂家从业人员近3000人。北京众多的乡镇企业也纷纷上马景泰蓝产品。北京市珐琅厂作为北京景泰蓝行业的代表，生产规模逐渐扩大，1984年兴建了近8000平

20世纪80年代北京市珐琅厂北门

20世纪90年代北京市珐琅厂北门

方米的六层生产楼。到了1988年，北京市珐琅厂占地面积达到历史最大。这从一个侧面反映出景泰蓝行业在这一时期的繁荣。

不过经历过90年代的低谷，大浪淘沙，如今国有的景泰蓝企业只有北京市珐琅厂硕果仅存，是全国景泰蓝行业中唯一的一家中华老字号，2016年2月2日被中国商业联合会、中华老字号工作委员会评定为"中国景泰蓝第一家"。北京市珐琅厂也是国家级非物质文化遗产——景泰蓝制作技艺生产性保护示范基地。

2015年，北京市珐琅厂与北京市规划委深入沟通、协调，将公司附近地铁14号线定名为"景泰"站并完成了站内景泰蓝装饰工程，形成了以二环景泰桥、景泰路、景泰东里、景泰西里、景泰小学命名的永外地区景泰蓝文化区域。在新时代，北京市珐琅厂再次迎来难得的发展机遇。

出口创汇，一套景泰蓝换六辆小轿车

在北京市珐琅厂门口有一组浮雕，表现的是清代乾隆年间故宫造办处景泰蓝作坊制作景泰蓝的场景。制胎、掐丝、点蓝、烧蓝、磨光、镀金、组装几个步骤生动展现了景泰蓝复杂的生产工艺流程。景泰蓝又称"铜胎掐丝珐琅"，俗名"珐蓝"，又称"嵌珐琅"，是一种在铜质的胎型上，用柔软的扁铜丝掐成各种花纹焊上，然后把珐琅质的色釉充填在花纹内烧制而成的器物。

"景泰蓝"名字的由来中国人并不陌生，乃是因为在明朝景泰年间（1450—1457），景泰蓝工艺在器形、纹饰、色彩等方面都达到极高的艺术水平，尤其是蓝釉料有了新的突破。现在虽然色彩品种大大增多，然而仍然使用以前的名字。

晚清时期，随着封建王朝的没落，珐琅技艺随着宫廷艺人一起散落到了民间。民国初年，国外教会的大量订购，使得景泰蓝尚能延续往昔的一点点余晖。而此后在充满着动荡、战乱和萧条的历史阶段，珐琅工艺迅速衰落，到新中国成立之初，由于从业人员的锐减，景泰蓝工艺奄奄一息。

新中国成立后，党和政府对景泰蓝采取了抢救、保护和扶持的政策，发放贷款、订货、收购，使这一行业得到了迅速恢复和发展。这一时期，民国才女林徽因在景泰蓝发展史上写下了浓墨重彩的一笔。

1952年，梁思成、林徽因在清华营建系成立了国宝景泰蓝抢救小组，

钱美华，珐琅厂第一任总工艺师，中国工艺美术大师，图为其年轻时正在绘制图纸

当时小组由常沙娜、钱美华、孙君莲、莫宗江等人组成，小组成立后组员们积极开展工作，挖掘整理历史资料，研究、设计了一批较为新颖的景泰蓝制品。这些创新设计，引起了国家相关领导的关注和重视。当时，北京正在进行"亚洲及太平洋区域和平会议"和迎接苏联文化代表团访问中国的筹备工作，这两项国际性活动的大会美工和礼品设计都交给了美术小组。林徽因带着钱美华几人反复推敲礼品的品种和设计方案，最终他们设计的景泰蓝台灯、烟具、金漆套盒、花丝胸针等被确定为赠送贵宾的礼品。这些带有鲜明中国特色的工艺品受到各国与会代表和来访苏联艺术家的喜爱，郭沫若称赞"这是新中国第一份国礼"。林徽因和抢救小组的这些设计，开启了北京市珐琅厂的国礼制作之路。进入新时代，北京市珐琅厂的景泰蓝制品更是在重要的国际交流场合频频亮相。如今，在北京市珐琅厂的中国景泰蓝艺术博物馆内，由林徽因带领设计的景泰蓝和平大盘、景泰蓝敦煌图案方盘、景泰蓝烟具等作品静静地摆放在入口处最显著的位置。与传统景泰蓝制品的花团锦簇不同，这些作品图案简洁，融入了汉唐风味、敦煌风情，耐人品味。

景泰蓝小组解散后，钱美华牢记恩师临终前"景泰蓝是国宝，不能在新中国失传"的重托，毅然来到珐琅厂任第一任总工艺师，把她的一生交给了北京市珐琅厂，贡献给景泰蓝的保护传承事业，直至2010年去世。2007年，钱美华入选首批国家级非遗景泰蓝技艺代表性传承人，2008年荣获中国工艺美术终身成就奖。她所设计的

70年北京东城足迹——《东城故事》2019年

左起：钱美华、孙君莲、常沙娜

景泰蓝被誉为"钱氏景泰蓝"。2009年，在新中国成立60周年之际，钱美华联袂中国工艺美术大师钟连盛、北京市工艺美术大师李静创作了大型景泰蓝艺术品铜胎掐丝珐琅和平尊。作品在突出景泰蓝工艺稳重、大气风格的同时，大量运用了精细、小巧的花丝和錾铜工艺，所镶嵌的青金石、木变石、玛瑙、松石就达266颗。整部作品2.009米高，尊盖沿处镶嵌了晶莹剔透的60颗红色玛瑙，凝聚了钱美华大师半个世纪的创作精华。

新中国成立初期，虽然工业落后，但中国传统手工艺品却很受国际市场欢迎，而且换汇成本低，换汇率高。当时一只景泰蓝鼻烟壶价值80元，而一辆锰钢自行车才卖32元。到了20世纪70年代，随着景泰蓝国际市场不断扩大和创新产品订货数量不断增加，其价值也在逐步攀升。在1978年秋季广交会上，一套景泰蓝《绣墩亭桌》能换回六辆小轿车，当时一下就签订了十套出口合同。为了换取更多外汇，支援社会主义建设，根据上级指示，北京市珐琅厂不断扩大生产规模，并响应国家号召，出资金、派技术人员，扶持发展了数十家乡镇加工厂，有4000余人为珐琅厂加工各种规格的景泰蓝半成品。

从建厂初期到20世纪80年代末，北京市珐琅厂生产制作的景泰蓝产品几乎全部用于出口创汇，年创汇额从建厂初期的20多万美金发展到20世纪80年代末的1000多万美元，产品销往世界100余个国家和地区，成为北京工艺美术行业的创汇大户，占当时全国景泰蓝出口总量的70%以上。

20世纪90年代初，随着市场经济不断深入，景泰蓝由北京单一出口的格局被打破，加之一些低水准、粗制滥造的景泰蓝产品充斥市场，景泰蓝成了"景泰烂"，出口秩序受到严重扰乱。景泰蓝行业发展陷入困境。景泰蓝是北京传统工艺美术中经营状况比较好的行业，但到了20世纪90年代生产规模也开始严重缩水，从业人员大量减少，尤其是大批年轻的高素质职工在行业不景气、员工待遇低时，抛开铁饭碗，在社会上自谋职业。原来在七八十年代红红火火的企业，到了90年代很多已经到了倒闭的边缘。

2000年前后，北京市珐琅厂也遭遇了发展的最困难时期。未来向何处去？这成为每一位在岗人员默默思考的问题。这时，老厂长袁继振一句"我们千方百计不会让一个技术工人下岗，借款也要为大家开工资"的承诺，让景泰蓝手工艺人得到了最大限度的保留。在计划经济向市场经济的转型中，北京市珐琅厂坚守传承文化遗产的使命，坚持一业为主、多种经营的方针，从单一的外贸市场，转向国际、国内、旅游三个市场的经营战略，坚守住了珐琅厂这块阵地，给企业和景泰蓝工艺创造了一次"凤凰涅槃"的机会。

面对市场的变化，设计人员充分调研，根据不同群体的文化背景、风俗习惯、宗教意识、审美情趣，配合北京市珐琅厂作为工业旅游市场的开发和经营场所，先后开发设计了"华夏、欧美、伊斯兰"等系列文化产品，以其鲜明的个性和深厚的文化内涵，经受住了市场的考验。

随着市场的变化，北京市珐琅厂的经营模式也有了较大调整。作为全国工业旅游示范点，2010年5月以前，北京市珐琅厂的经营模式主要是接待国内外游客，引导游客参观制作工艺，购买景泰蓝产品。最多时，每天来公司参观购物的大型旅行车有300多辆，北至景泰桥，南到赵公口桥，经常给周边的交通环境造成压力。后来随着旅游销售的成本不断攀升，为了更好地提升景泰蓝生产质量，从2010年5月开始，北京市珐琅厂停止了旅游接待，并对原有的销售结构进行了较大范围的调整，将原来的商品营销调整为品牌文化营销。2012年又开始筹建中国景泰蓝艺术博物馆，2016年2月正式开馆，免费对外开放。作为全国唯一的景泰蓝艺术博物馆，这里为北京东城区南城区域文化提供了一个新的文化体验、科普教育场所。

景泰蓝创新进入加速度的快车道

1990年，在中国人记忆中影响深远的第十一届亚运会在北京召开，为庆祝这一盛事，根据北京市政府要求，北京市珐琅厂制作了以吉祥物"盼盼"为主题、各比赛项目为装饰图案的景泰蓝、银晶蓝纪念品，包括瓶、盘、粉盒、盖碗，等等。这些纪念品受到各国运动员和社会各界的喜爱。其中，银晶蓝制作的纪念品，是北京市珐琅厂在改革开放之后的一个重要创新。

1982年，北京市珐琅厂受当时轻工部的委托，经过四年多的研究，在原景泰蓝工艺的基础上，开发了一种新产品——银晶蓝。银晶蓝分为烧亮银晶蓝、浮雕银晶蓝和暗影银晶蓝三类，主图案的掐丝均采用银丝，典雅名贵，点蓝以透明釉为主，晶莹剔透中泛出胎底折光的地儿纹。银晶蓝光泽度高，釉色鲜亮，立体感强，犹如绘画中水彩画的艺术效果。银晶蓝产品于1986年3月正式投产，当时年产值达100余万元，有4万多件。以奖杯为例，一年的销售额就达10万余元。但由于制作工艺复杂，成品率低，银晶蓝产品现在已经停产。在中国景泰蓝艺术博物馆，观众还可以看到早期的银晶蓝产品，尤其是1990年专为亚运会制作的银晶蓝熊猫盼盼等纪念品。

进入21世纪以来，景泰蓝创新走上了加速度的快车道，在制作工艺、生产设备、人才培养等方面均有所突破。比如景泰蓝传统的掐丝、点蓝工序极为繁复，原因是除主图案外，其他地方均需要用各种丝地儿去填充，以避免产品在烧制的过程中釉料聚集下流，在磨光的过程造成"惊蓝"，使产品报废。2001年，北京市珐琅厂在点蓝工艺上进行了创新尝试，打破了传统景泰蓝处处丝纹密布、装饰繁缛的限制，在工艺的严密控制中保证了大面积无丝而不崩蓝，做到了工艺同内容紧密融合，更增强了景泰蓝作品的艺术感染力。

传统景泰蓝均为手工操作，然而随着景泰蓝设计理念的不断发展，传统的手工操作已不能满足产品的制作需求。2013年，北京市珐琅厂生产制作了四米高的《和平之鸽》大瓶，仅铜胎就重达1.1吨，制作完成后，总重达到了2.5吨。这是目前国内景泰蓝产品中单件最高的产品。生产这样的产品，原有设备已不能满足磨活、烧活等工序的需求。为完成这一超大工程，北京市珐琅厂投入巨大的人力、财力对现有工装设备进行了改造，设计制作出了具有自主知识产权的可移动龙门吊车、旋转式起重机、大型磨活机以及防热工装等，还研制开发了我国最大的天然气智能烧活大炉，烧活技术有了很大改进。在新型设备的辅助下，工程技术人员根据实际情况，不断修整方案，反复磨合，顺利完成了四米高的《和平之鸽》大瓶的制作，为北京市珐琅厂承接大型工程提供了坚实的设备保障，积累了丰富的经验。

北京市珐琅厂在提高自身设计理念的同时，还坚持与多家高校及研究机构合作，培养景泰蓝制作专门人才，增强景泰蓝工艺的创新能力。其实早在改革开放初期的1978年，北京市珐琅厂就意识到人才培养的重要性，创办了技工学校，其中美术专业课由厂里设计人员担任，共招收三批学生。该届毕业生两年中共学习了十门专业课程，进行了四个月的生产时间，为北京市工艺美术如何培养人才提供了宝贵经验。北京市珐琅厂现任总经理、总工艺美术师钟连盛就是当时由珐琅厂技校培养出来的。

2017年，经过周密的策划、论证，北京市珐琅厂申报成功了"国家艺术基金景泰蓝制作技艺艺术人才培养项目"，该项目旨在培养景泰蓝制作技艺创新型发展人才。2018年，该项目全面启动，为景泰蓝制作技艺的保护传承、在应用领域的创新发展注入了新动能。

近年来，北京市珐琅厂还相继举办了以景泰蓝制作技艺的保护传承、开发、利用为主题的"中国景泰蓝艺术研讨会""敦煌艺术图案应用研讨会"等。敦煌文化艺术被称为东方世界的艺术博物馆，北京市珐琅厂从建厂之初就从敦煌艺术中寻找过创作灵感。原中央工艺美术学院院长、我国著名的设计教育家、敦煌艺术研究家、北京市珐琅厂国家级大师钱美华生前好友常沙娜率领她的设计团队为企业设计了大量的敦煌图案，以古典文化为根本，将敦煌图案与当代设计相融合，把"敦煌美学艺术"融入景泰蓝现代设计作品里，设计开发出数十种带有敦煌文化元素的景泰蓝艺术品，得到了社会各界的高度认可和称赞。

从APEC峰会到进博会，新时代景泰蓝工艺大放异彩

2014年，万众瞩目的APEC会议在北京召开。在怀柔主会场雁栖湖国际会都内，66件造型别致、色彩明媚、总重量超过10吨的景泰蓝斗拱吸引了各国政要的目光。从日常生活小摆件发展到建筑工程的大构件，景泰蓝工艺在应用领域实现华丽转身。

进入21世纪，将景泰蓝工艺应用于建筑装饰领域和城市景观工程成为景泰蓝发展的一大突破，景泰蓝技艺进入一个

2014年APEC会议景泰蓝装饰工程

2014年APEC会议景泰蓝装饰工程

崭新的历史时期。从大型户外广场、星级宾馆，到中南海、人民大会堂、钓鱼台国宾馆、首都机场专机楼等国家重要的外交接待场所，都能看到北京市珐琅厂的景泰蓝装饰品。

2005年，北京市珐琅厂设计研发了大型室外景泰蓝喷水池《花开富贵》。该喷泉位于朝阳门外C区"昆泰国际"前广场，俯瞰是巨大的钥匙型组合，总长28米，最宽处8.2米，总面积约80平方米。其主体由两部分构成：一个圆角三角形主盆、三个长方形凹弧形盆体组合，其间以水系相连。这是我国目前最大的景泰蓝作品。其创作难点在于景泰蓝不仅要和钢材、石材结合，还需要克服烧制后平面不平、曲面不曲、阳光暴晒、长期水浸等不利环境对产品的影响。作品完成后，通幅各种花叶层层叠叠的组合、华贵的红黄色调及层次的设计表现，完美体现出景泰蓝工艺花团锦簇、富丽、高贵、辉煌的艺术特色，与喷水池钥匙的理念、灯光系统形成的光影与水系的灵动相映成趣，似巨大的宝石镶嵌，与整个环境和谐地融为一体。这一作品的成功为北京市珐琅厂承接大型室外项目积累了宝贵的经验。此后，北京市珐琅厂又完成了多座大型室外喷水池设计。

景泰蓝与建筑装饰工程完美结合最好的例子就是雁栖湖国际会都集贤厅，这里是2014年北京APEC会议、2017年"一带一路"国际合作高峰论坛主会场。集贤厅室内景泰蓝装饰工程由1806件组件组装而成，包括18个2米见方的大型斗拱（522

2005年景泰蓝《花开富贵》喷水池工程

件)、0.6米见方的48个灯池周边小斗拱(960件),以及门口壁饰324根。此工程是北京市珐琅厂承接的景泰蓝室内装饰工程中结构组合最为复杂、工艺难度最大、散件数量最多,同时也是对产品质量、环保要求最严格的一个项目。这个工程使景泰蓝在建筑工程结构的应用上取得了巨大创新,得到了北京市委、市政府和筹备工作领导小组的充分肯定,被授予北京APEC会议设计创新突出贡献奖奖牌。

将每件高达2.2米、重量超过700斤的斗拱用景泰蓝工艺制作,这不仅在中国建筑史上是首次,在景泰蓝近600年的发展中也是首次。钟连盛介绍,刚开始设计了五个方案,但都不满意。后来提出了以银杏叶为主的设计方案并设计出初稿,确定将灵动、包容、热情、稳重、大气作为景泰蓝斗拱图案的主题。因为从来没有制作过景泰蓝斗拱,所以在图案设计上,没有模板可以借鉴,大家都只能摸着石头过河,在几个月的设计过程中,仅大的改动就有几十次。设计第一版时钟连盛选用了牡丹和海棠,颜色除了红色,还有蓝色和松石绿。经过大大小小上百次改动后,为了体现中西包容性,最终的图案摒弃了中国传统的吉祥图案,而选择了银杏和月季。银杏古老,被称为植物界的"活化石",有生命绵延不息的意思。因为此次APEC会议在北京举办,所以另一种植物选择了北京市花月季。斗拱的颜色也舍去了蓝色和松石绿,而是选择了中国红为主色调,同时配以十余种红色渐变色,因此颜色更趋统一,同时又不失层次感。

与以往的弧面景泰蓝工艺品不同,集贤厅的每件斗拱都是由多个呈90°直角的切面构成,因此设计师在绘图时也遇到了前所未有的挑战。在景泰蓝漫长的发展历史中一直都是做弧面产品,几乎没有做过方形产品,因为弧面造型在烧制过程中受力均匀,不易变形。要把木质结构的斗拱用景泰蓝的工艺表现出来几乎不可能实现。为克服这一难题,学机械设计出身的珐琅厂总工程师刘令华想出了一个办法:将钢骨架伸进景泰蓝斗拱中,通过钢骨架为景泰蓝斗拱定型,这样既解决了景泰蓝斗拱在烧制过程中易变形的难题,同时也通过定型提高了斗拱的安全系数。

除了制作定型钢骨架,景泰蓝斗拱的制作还实现了多个技术突破。例如景泰蓝斗拱的图案要体现出立体感,所以就像画画一样,斗拱图案的线条要有粗有细。但一般的景泰蓝掐丝所用的铜丝也就0.1毫米厚,而景泰蓝斗拱掐丝用到的最粗的铜丝达到了1毫米厚,1毫米厚的铜丝镊子根本掐不动,工人只能拿钳子掰。此外,公司技术人员解决了大斗拱橘红、橘黄、大红色彩在烧制过程中易发生色变的难题,攻克了景泰蓝平整度，以及在安装过程中景泰蓝与钢结构、木结构难以咬合的问题。

雁栖湖国际会都设计的成功，为北京市珐琅厂赢得了声誉。越来越多的客户选择用景泰蓝作为建筑装饰。2015年，北京市珐琅厂承接扬州迎宾馆大堂内四根高6米、直径1.2米的景泰蓝堂柱建筑装饰工程。按设计方要求在景泰蓝圆柱上均匀掏出三种不同几何图形的窟窿，让柱体透出闪亮的灯光效果。但是利用景泰蓝传统的手工掐丝技艺是无法达到的，而且无法保证质量。最终公司在工艺上进行了创新，利用新技术解决了掐丝工艺不规整，传统镂空工艺工期长、不规范的技术难关。当工程顺利完成后，这项工艺成为宾馆装饰工程中的最大亮点。

2017年初，北京市珐琅厂承接了中国宋庆龄青少年科技文化交流中心鹿鸣馆的景泰蓝装饰工程。鹿鸣馆是为少年儿童提供国学课程教育的乐园。公司以古丝绸之路上的敦煌壁画与龟兹壁画为主题进行了创新设计。整体工程采用敦煌壁画中著名的"九色鹿本生故事"和龟兹壁画中著名的"大猕猴本生故事"作为装饰主题。此工程分为两个部分：一是装饰馆内两侧墙壁的景泰蓝屏风，每面墙各八幅画面，每幅画面尺寸为40×78厘米。二是馆内中心装饰柱环，周长157厘米，高59厘米。两组景泰蓝装饰屏风画分别用八幅画面表现全部故事情节，借鉴壁画色彩与构图，保持壁画的风格气韵，并结合景泰蓝工艺需要以及国学馆的少儿教育功能进行创新设计。这项装饰工程体现了"一带一路"文化传承的主旨，使少年儿童在欣赏的同时也能获得教育的益处。

2018年11月，首届中国国际进口博览会在上海盛大开幕，北京市珐琅厂的景泰蓝工艺品再次在重要的国际活动中大展风采。受北京市政府和市商务委的委托，北京市珐琅厂采用铜胎掐丝珐琅技艺，制作了名为《三山五园》的大型景泰蓝壁画，该壁画成功亮相进博会主场馆西厅。景泰蓝壁画《三山五园》相较传统景泰蓝工艺浓烈厚重的表现特征有较大创新，它将传统工艺与当代设计理念相结合，以简约、象征的表现手法，清新、舒缓的色彩语言勾勒出传统文化与现代城市风韵相蕴蓄，人与自然、文化的和谐共融，柔和的色彩也体现了"构建人类命运共同体"的主旨。为了更好地表达三山五园的艺术效果和特定的平静、舒缓的总体风格要求，该组壁画打破了传统景泰蓝处处丝纹密布、装饰繁缛的传统，整个装饰疏密有致，在工艺制作的严密控制中保证了大面积无丝而不崩蓝，做到工艺同内容紧密融合。从色彩来说，突破了以往常规、浓烈的处理手法，在山水景观装饰上进行了大面积的渲染处理，更好地烘托了主题，使装饰展现出舒缓、安逸的情调和崭新的时代气息。从体量上来说，传统景泰蓝主要以陈设品为主，胎体均为圆弧状，平面陈设品只限于小型插屏，因为铜胎经过多次高温烧制无法保持平整，易走形，稍有差池就会使壁画分块连接不上，壁画越大分块越多，限制也就越大。为了确保产品达到最好的艺术效果，北京市珐琅厂反复论证、研究，创新制作了压平、切割、组装、运输等众多的工装设备及方法。这项为期仅仅40天的景泰蓝壁画工程是北京市珐琅厂承接的景泰蓝室内装饰工程中时间最为紧张、难度系数最大，同时也是对产品质量要求最高、环保要求最严的一个项目。

作为当下中国唯一的景泰蓝生产国有企业，北京市珐琅厂承担着景泰蓝艺术传承发展的历史重担，并努力寻找传统工艺与现代审美的契合点，不断改进、创新景泰蓝制作工艺，使这一有着600余年历史的古老艺术焕发出勃勃生机。

（作者为东城作家协会理事）

70年北京东城足迹——《东城故事》2019年

新中国第一店的前世今生

甘小凡

王府井百货大楼最新照片

接到王府井百货大楼这个命题作文,我好几天无从下笔,试图在脑子里搜寻有关它的蛛丝马迹,最后也无处寻觅。毕竟,眼前这座位于北京市王府井大街255号的百货大楼里面柜台陈设的模样,跟我见过、逛过的大型商场并无太大区别,而它最为辉煌的那个年代,跟我的年纪又相差甚远。

孤陋寡闻的我,虽然知道它是赫赫有名的"新中国第一店",但对它辉煌的过往和成名史却一无所知。门前那尊古铜色老者的雕像,像是知道许多秘密的老者,面对我的疑惑笑而不语,等着我独自去揭开百货大楼神秘的面纱。

一

同许多游客一样,2008年,我和大学闺蜜王怡、燕子第一次来北京游玩,二话不说,我们仨就把看故宫、爬长城、逛王府井列入行程。当时王府井小吃街没像现在这样规整,人潮人海中还有些市井气息,我们仨各买了一串便宜好吃的糖葫芦,跟随着走马观花的大队人马,一路哑巴着来到了王府井百货大楼前,却踌躇不敢进去，光是外面美轮美奂的建筑就把我们三个穷学生给唬住了。

燕子是我们三人中见过些世面的，她家住河北，离北京近，她说至今，她家有一件从王府井百货大楼购入的宝贝仍然藏之高阁，"百年"难得一见。

那是一只精致的酒红色PU材质的箱子，现在看来，这材质和外观并不起眼，更谈不上名贵。

1981年元旦前后，燕子20多岁的母亲待嫁闺中，为了给自己准备一件"隆重"的嫁妆，她赶了一把潮流，一个人坐绿皮火车来到北京，直奔电视里熟知的王府井百货大楼，花了46元买下了那件宝贝。

当时燕子的母亲在一家国营的钢铁厂上班，每个月工资才30多元，花"巨资"买下的这只箱子让厂里的女同事们好一顿艳羡，箱子外观本无寻常，但这可是在首都北京王府井百货大楼买的啊。当年售货员手写的纸质收据凭证，燕子的母亲现在还保存着。我和王怡好奇凭证上面的内容，只见燕子直摇头：

"你们看到售货员收据凭证的字会失望的，跟医生开的方子一样，根本看不懂，比如，明明该大写的数字就草草地画了个阿拉伯数字。

"但我妈说，她当时差点没买着，箱子前面排长队，很多别的柜台上的日用品都抢购一空，商场里并没有搞促销，但生意火爆。我妈这话我都有点难以置信，反正现在说来是奇观了。"

我是相信的，在那个物资匮乏、市场商品供不应求的计划经济年代，家家户户基本是按需分配，买布用布票、买粮食用粮票、买油用油票……有时手里即使有钱有票可能还抢购不到，而当时王府井百货大楼是全国百货零售最大的一家，如果在这里你买不到，其他的地方更难寻觅。

纪录片《物价大震荡》的编辑王永利曾在采访中说，1988年，摄制组第一站就来到了王府井百货大楼，在卖布的柜台架好了摄像机，开始时人们还有秩序地排队购物，过了一会儿，就出现了拥挤的场面，很快柜台就被挤得倾斜成了45°角，要不是商店经理带好几个强壮的售货员前来增援，柜台就要被挤翻了，挤得在柜台里拍摄的他跟跄后退了几步。因为被挤得跟跄抖动，怕同行说拍得"掉水准"，那个长镜头在《物价大震荡》中被忍痛删掉了。

中央电视台编导王永利因为王府井百货大楼当年的火爆，被挤掉了令他至今遗憾的一个长镜头。可惜岁月无法像镜头一样倒放，但从它的历史和人们的回忆中，我们能穿越到它当年的盛景之中。

二

20世纪50年代,王府井大街已经成为首都市区最热闹的商业街,广大市民以及国际友人大多乐意到此购买生活必需品。每逢假日,不论国营还是私营商店,顾客总是络绎不绝,北京市百货公司原有的各个门市部,显得十分狭小,经常人满为患,供不应求。为了方便群众购物,平抑市场物价,北京市决定修建一座颇具规模的百货大楼。

1955年9月25日,距离国庆节还有五天时间,北京市最大、全国设施最先进的国营商店——北京百货大楼隆重开业,这也是新中国成立以后,我国自行设计并投资兴建的第一座大型国营百货商店。

商场共分为三层。一楼主要经营挑选时间短、交易次数多的商品,包括食品烟酒、日用百货、搪瓷钢精、儿童玩具、化妆品、医药卫生品;二楼主要经营挑选时间长、交易次数多的商品,包括毛衣毛线、纺织面料、床上用品、纸张文具、服装鞋帽、五金电料;三楼主要经营高档贵重类商品,包括钟表、收音机、高级毛料、照相器材、中西乐器、皮衣皮件、特种工艺。如此丰富齐全的商品,在当时可谓五花八门、品类齐全、应有尽有,令许多远道而来的顾客,目不暇接、流连忘返。另外,为了使顾客购物更为方便和舒适,商场内还设有顾客休息室、卫生间、试衣室等;同时,每个楼层都安装有通风设备,这在当时都是很少见的。

开业当天,货场内人头攒动

1955年9月，北京百货大楼建成开业照片

开业当天10时许，当位于商场东南两侧的九处货场大门被同时打开的时候，早已等候在那里的成千上万名慕名而来的顾客，像潮水一般涌入货场。据统计，开业当天，百货大楼共接待来自四面八方的顾客多达16.4万人次，日销售额30.9万元。这在当时是非常惊人的，以至于曾一度影响到全市同行业的销售水平。开业当年平均日客流量为7万人次左右，最高时日客流量达到21万人次。

用现在的话来说，百货大楼的开业和顾客们的热情，在当时是个现象级热门事件，成为当年首都北京社会主义经济建设中具有轰动效应的头条新闻。

我的一位70后大朋友，李然，老北京人，家住大鹁鸽胡同，说他的童年就烙印在王府井那条街上，小时候有事没事就往家门口最繁华的这条街上跑。但他可不是去消费的，那个年代，在普通老百姓的印象里，王府井百货大楼卖的还是高档货，一般人家逢年过节才舍得去那里消费一次。

和现在的蹭流量类似，李然说，小时候他和小伙伴们经常去百货大楼蹭空调蹭暖气，美其名曰"享受生活"。一到暑假、寒假，这附近的孩子们知道哪里最凉快、最暖和，但大人们碍不住面是不会进去的。除了"享受生活"，三层整洁明亮的商场，也成为他们私下的游乐园。趁里面工作人员无暇看管时，他和小伙伴们甚至将楼梯扶手当滑梯玩。

除了小孩子爱上王府井玩，大人们也爱来这里看热闹寻新鲜。

"当时，王府井大街应该是看到老外最多的地方，哪天大街不让随便走了，戒严了,王府井百货大楼买东西的人没那么多了,你回家一开电视一看新闻,保准儿是有国家领导人或者国外政要视察王府井百货大楼。

"那会儿轿车可以停到百货大楼门前,嚯,你可没见过,那个年代大多数家庭的坐骑还是自行车的时候,百货大楼门前经常停一串豪车。"李然说,在他十岁那年,第一次在百货大楼门前亲眼见到一辆大使馆牌照的进口甲壳虫轿车,用他的话说,那次真是开眼了,这事儿他没少跟外地来京的大学同学吹嘘。

在几代人的共同记忆里,王府井百货大楼不仅受国人追捧,连不少国际大腕都纷纷造访过,也是我国对外交流的重要窗口。

自开业四十多年来,由于市场竞争压力相对较小,而且凭着张秉贵老一代销售员传承下来的"一团火"的服务精神,王府井百货大楼在零售市场酿就了很高的口碑。最终,凭着积攒的超高人气,王府井百货大楼不仅在高端消费市场牢牢站稳了脚跟,还在全国百货零售行业树立了"老大哥"的地位,成为王府井商圈标志性的实体门店,也成为一个商业性热门景区,以至于后来不论是本地还是外地的高端消费都纷纷汇聚于此,王府井百货的营收也节节攀升。

三

在王府井百货大楼前矗立着一尊铜色人物雕像,他发型利落,着正装,打着领带,精神矍铄,笑迎百货大楼前如织如梭的人群,石碑上刻着前国家领导人陈云的题字——"一团火"精神,光耀神州。

这位笑而不语的老者可谓大有来头,他是王府井百货大楼糖果零售专柜的销售员——张秉贵。对年轻人来说,这个名字比较陌生,但对老北京人来说,这个名字耳熟能详。张秉贵可是老北京最有名的劳模,被首都人民群众誉为"燕京八景"之后的"燕京第九景"。

他那令人称奇的称糖"一抓准"和算账"一口清"技艺,被中外顾客称道不已,也成为外地游客来王府井参观一景。人们还将他独具特色的服务思想和经验,生动形象地归纳为"一团火"精神。在他的身上,你看不到清高,看不到骄傲,更看不到盛气凌人,看到的只有谦逊平和、与人为善、平等相待。

著名作家冰心在报告文学《颂"一团火"》里回忆,她的儿女们曾经向她提到过张秉贵:"您知道这位劳动模范、先进工作者张秉贵同志,就是我们小时候常对您讲的那位张师傅啊!那时我们去买的只是5分钱的糖果、3分钱的冰棍,可是张师傅对我们可亲啦!"

联想现在,张秉贵这样待人一视同仁的服务精神实为难得。在现在的很多商家,顾客买少了或者小心翼翼地讲个价,免不了要看售货员的脸色。

张秉贵,生于1918年12月5日,属马,北京人,家住在京城南郊的城乡接合部东铁匠营村。他自幼家境贫寒,一家八口,弟兄六个,他排行老四。1926年八岁时入私塾,上了不到两年的学便辍学了,其间又转到一所平民学校,勉强上了两年学,后来实在上不起学了,11岁时再次失学。

王府井百货大楼前张秉贵铜像

读书不成,那就当学徒学手艺。12岁的张秉贵经人介绍,先后在崇文门外大街金聚织布厂当学徒,在崇文门外榄杆市大街乾祥瑞织布厂干了三年。1936年8月,经大哥的一位叫周月卿的好朋友作保,年仅17岁的张秉贵来到位于东单米市大街一家名为"德昌厚"的商店做了学徒,在这里他尝尽生活的冷眼辛酸。但这份工作,也为他日后进王府井百货大楼当销售员积累了一定的工作经验。

转眼到了1954年的春天。

5月的一天,张秉贵从话匣子广播中得知:王府井大街要建一座北京最大的国营商场,叫百货大楼,刚举行了奠基仪式,已经破土动工,而且不久就要招工。

张秉贵非常兴奋,三番五次找到区工会组织,提出了自己的申请。1955年8月23日,他被通知去参加招工考试,但百货大楼开业前招工的年龄要求是25岁以下,而张秉贵此时已36岁,相差太多了,没有被录取。三个月后,周总理有一次去百货大楼视察,发现柜台多是年轻面孔,担心他们销售经验不够,建议王府井百货大楼吸收少量有柜台经验的老售货员,以充实骨干力量。

张秉贵这才如愿以偿,由一家私营商店的店员,成为一名令人羡慕的国营商店的售货员。

那时,在国营商店上班就是吃"商品粮",是很多老百姓眼里的"金饭碗",这份工作可遇不可求。

从此,张秉贵胸中燃起"一团火",树立了"顾客至上"的服务理念,销售业务精湛,最终成为新中国商业领域从业人员中的标杆人物。

四

在20世纪60年代,张秉贵潜心总结出许多柜台服务经验。例如,他根据自己细致入微的观察,研究顾客心理,总结出"接一、问二、联系三"的售货法。这就是,在热情接待第一位顾客时,不但要与第二位顾客打好招呼,还要用微笑及眼神同第三位顾客取得联系,使排队的顾客都能够耐下心来等待,尽量不怠慢任何一位顾客。此外,为了应对络绎不绝的顾客,他还刻苦练就了"一抓准"和"一口清"的绝技,节省了顾客的等待时间。

再如,为了确保服务质量,他曾经为自己定下坚持热情服务的三条守则:一是进入柜台就是进入战斗岗位,必须全神贯注,眼、耳、口、手、脚、脑这六部机器同时开动,任何原因都不得懈怠;二是不把个人的麻烦事和不愉快的情绪带入柜台;三是以热对冷,化冷为热。

鉴于此,现在有人称他为早期的营销大师,虽然他没怎么上过学堂,却懂得营销心理学和传播学,精于客户服务管理。

"一朵鲜花不是春,万紫千红春满园",为了将这"一团火"的精神和服务经验传播下去,张秉贵在晚年克服困难,编写了《张秉贵柜台服务艺术》一书,为后人留

张秉贵在柜台称糖果

下了一笔宝贵的精神财富。

虽一生俭朴，张秉贵平时却十分注意仪容仪表，用北京话来说，"张师傅倍儿精神，十分有派"。无论何时何地，他的衣着总是干净整洁、纤尘不染。平日，他穿衣服总要熨烫平整，即便是卡其布的工作服也不例外。20世纪70年代后期西服普及以后，他又总穿一套挺括、合体的西服，还一丝不苟地系上领带，脚下，则一年四季穿着一双黑色三接头皮鞋，也总要擦得锃亮。

他常说："站柜台就得有个干净利落的精神劲儿，顾客看了才高兴。特别是我们卖食品的，如果邋里邋遢，顾客就先倒了胃口。"几十年来，他坚持每星期理一次发，每天刮胡子、换衬衫、擦皮鞋。20世纪六七十年代，他的经济不宽裕，买不起像样的衬衫。但为了使自己的着装规范整齐，他便买来一种假衬衫领，衬在工作服里，也是每天必换，看上去就同崭新的衬衫一样。走起路来，也总是腰板笔直、步履稳健、精神饱满、极有风度。

1987年9月20日，张秉贵因癌症去世，享年69岁。《人民日报》专门刊登了评论员文章，这篇题为《人去精神在》的文章，开篇写道：

"一支火炬熄灭了。一颗明星陨落了。"

五

"斯人已乘黄鹤去，此地空余黄鹤楼，黄鹤一去不复还，白云千载空悠悠。"

白驹过隙，时空流转。那个时代，那些人的故事和画面，被收纳在历史长卷中，又如同万物间的尘埃很难被拼凑。有位哲人说过，最美的风景永远在前方，所以我们告诫自己要活在当下，对人生驿站留下的美好而华丽的记忆，不要再频频回首。

2019年，张秉贵的儿子张朝和从王府井百货大楼退休，子承父业的他，20年前接过父亲衣钵，站在父亲生前站过的糖果柜台，继续从事售货员的生涯。他和父亲长得很像，老顾客们都亲切地喊他小张秉贵，他没有辜负重托，将父亲创下的百货大楼"一团火"的服务精神延续了下去，和父亲一样，获得了很多荣誉。他接住了父亲沉甸甸的荣耀，但那代百货大楼销售员的黄金年代，他没能赶上。

王府井百货大楼自开业之日起到20世纪80年代，在"日进斗金"的王府井大街,乃至全国都是零售行业的一面旗帜。但到了90年代末,王府井百货的商业经营进入微利时期,1996年以后,销售和利润下降的趋势也开始加剧。王府井百货业的发展遭遇历史瓶颈。

自20世纪90年代初开始,北京的大型商业设施相继建成开业,各种现代化商业业态形式不断出现。由国营商业、"四大商场"(大楼、西单、东安、东四)、"王府井—西单—前门,三条商业街"一统北京天下的传统商业格局被彻底打破,蓝岛、燕莎、赛特、城乡、环三环等一个个新的商圈迅速形成,1995年以后,新的商业竞争格局更加激烈,王府井大街"首屈一指"的人流量红利不再,王府井百货大楼面临巨大的竞争压力。而且,随着国内市场进一步开放,国外实力雄厚的名商巨贾们纷纷抢滩北京商业市场,竞争愈演愈烈。

特别是1999年,可谓王府井百货在90年代中最困难的一年,经济效益连续几年下滑,加上1997年亚洲金融危机阴霾未散,可谓是"雪上加霜",王府井百货大楼不得不停业装修改造,"披荆斩棘",调整出路,开始"二次创业"。

2000年,随着中国加入WTO已成定局,中国"入世"脚步日益临近,在主业经营上已开始走出低谷的王府井百货,加快了壮大自身实力的步伐,于9月19日与北京东安集团战略重组,成立了北京王府井东安集团有限责任公司,组建后的新集团以大型百货零售为支柱行业,其已经拥有的百货零售店达到八家之多,企业资产总值为40亿元人民币,净资产接近20亿元,年营业额50亿元,成为20世纪北京市零售商业中规模最大的企业集团,开始"迎战"一个开放程度更高的市场经济新格局。

新世纪元年,这艘"首都商业航母"的下水,标志着北京商业在实施战略性调整、整合商业资源、培育可与国际巨型商业资本相抗衡的特大型商业企业集团等方面又迈出了重要的一步。

但好景不长,世事难料。对于王府井百货人来说,进入21世纪后,前方道路依旧荆棘丛生,更加艰巨曲折。

"我妈现在都学会网购了,去商场看上件衣服,都还要让我在网上比个价,如果说老年人逛百货大楼还是奔着情怀和张秉贵'一团火'精神去的,那年轻人对这种国企老商场表现冷淡就不足为奇了。"11年前,我们逛王府井的时候,燕子忧心忡忡地说。

谁说不是呢?随着互联网科技的高速发展,商业经济进入电子商务时代,旧的商业模式已经无法满足顾客多元化的需求,加上商业网点盲目扩张,以及新兴业态快速发展等多重环境因素的影响,国内许多实体零售企业陷入了困局,"倍感不适",零售企业的"老大哥"——王府井百货也难逃百货业低迷的噩梦。

为此,国内很多零售实体企业纷纷"狠心"抛弃百货,转向金融、房地产等风口行业,大力发展线上零售业。其实,不仅国内百货面临困局,国外老牌百货,如美国最大的两家百货公司柯尔百货(Kohl's)和梅西百货(Macy's)近几年销售额也均出现下降。可以说,全球的百货实体零售业不同程度地受到冷酷的"黑天鹅"影响。

老北京的童年记忆,新中国第一店——王府井百货大楼,难道真的老矣?昔日辉煌不再?

六

任何事情的发展都不是一帆风顺的。

时代给予了王府井百货人很多机遇,但与此同时,肩负着责任和荣光,也让他们不得不负重前行,接受一次又一次的考验。

企业在"十年动乱"期间受到重大损失,但他们挺过来了,解放思想,实事求是,打破大锅饭、铁饭碗;20世纪90年代改革开放加快,市场竞争加剧,利润减少,他们也挺过来了,走向兼并拓展规模,成立企业集团,改组股份制,建立现代企业制度;90年代末到21世纪初,为应对我国加入WTO后风起云涌的国际市场变化,他们率先出击,推进百货连锁战略,实现现代零售业转型。

面对风起云涌的互联网时代,2014年,王府井集团提出以创新为旗帜,开启"第三次创业"浪潮。

首先,加大整合线上线下资源的全渠道建设项目。全面推进商品资源控制力的深度联营项目,同时迅速发展满足消费者一站式消费的购物中心业态和高端消费的奥特莱斯业态。以此为标志,王府井集团正在形成以资源整合与客户满足为基础能力,回归商业本质,兼具实体商场与线上运营能力,线上线下齐发力,将百货营销进行到底。

其次,拓展销售渠道,布局全新业态,完成了由单一的百货业态向多业态格局的转变。通过兼并重组，企业规模不断壮大。2017年，王府井百货大楼隆重迎来英国老牌玩具店哈姆雷斯（Hamleys）。哈姆雷斯是伦敦最大的一家百年玩具老店，也是伦敦著名的旅游景点，享有全球知名度。进驻王府井百货大楼的哈姆雷斯是迄今为止哈姆雷斯在全世界面积最大的一家旗舰店。

从王府井集团内部了解到，目前王府井集团的销售网络覆盖中国七大经济区域，在29个城市开设56家大型零售门店，总资产超过200亿元，净资产超过130亿元，年销售额近300亿元，形成了处于不同发展阶段的门店梯次，涵盖了百货、购物中心、奥特莱斯等多种零售业态的组合。从业人员近10万人，经营建筑面积近280万平方米。

现在的王府井百货大楼和当年相比不可同日而语，它的坐标未变，但现在身价只是王府井集团旗下的一处代表性的百货零售店而已。出于发展的需要，现在企业的领导更喜欢对外谈论王府井集团，而不是王府井百货大楼。

但王府井集团表示，综合百货业态仍然在公司销售利润构成中占据最重要的地位。他们出具的数据表明，在王府井集团的主营业务中，2017年百货及购物中心业态的营收占集团总营收的82%，而王府井集团旗下共54个商业项目，仅有5家购物中

哈姆雷斯进驻王府井百货大楼

心、8家奥特莱斯，百货仍然是其强势业务。

这对百货大楼，还有百货人，在情感延续上，或许能带来一些慰藉。"年少成名"，一路艰辛，"步入花甲"的王府井百货大楼，现在仍旧"尚未老矣，还能饭也"。那些参与以及见证百货大楼成长的人们，他们的人生也还没有退场。

七

现今，王府井商业大街早已成了人车分离的现代化步行街，看上去更加时尚和国际范儿，街上再没有拿这里当游戏场的邻家孩子，但仍然游人如织。

街上的"老大哥"王府井百货大楼风格如旧，暖黄色的建筑外立面高低错落，高耸的百货大楼钟楼用玻璃尖顶镶嵌，看上去典雅庄重。每隔十米一根的兽头型房檐柱头，外墙面的窗下檐和窗盘心上用雕花装饰，具有浓郁的民族特色。暮色降临，彩色的灯光缓缓地从楼面"踏浪而过"，钟楼的灯光由明到暗地变换着，古典的大楼焕发着时尚和活力。

然而，面对信息技术日新月异，新思维、新模式层出不穷的商业环境，谁都无法"坐看云起云落"，王府井集团旗下的这座老百货大楼，将何去何从，它的前世今生已经被逐渐铺陈揭开，未来的命运只能交给新时代。

那些和王府井百货大楼有关的人们，有的离世，有的老去，有的被高调挂念，有的黯然离场。对于燕子的母亲来说，那件从王府井百货大楼重金买入的陪嫁红箱子，里面装的是她憧憬的花样年华，是她青春岁月里永远不能忘却的记忆。

（作者为东城作家协会会员）

第三辑

改革进取

京城珍珠第一家

杨建业

一、起家坛边

红桥市场位于北京市东城区天坛东路,与"世界文化遗产"天坛公园仅一路之隔。

其实,在红桥市场刚出现的时候,它和天坛的距离更近。近得可以用一个流行的说法,叫"零距离"。从20世纪70年代末开始,直到90年代后搬进马路对面的大

红桥市场外景

楼前,将近20年的时间,红桥市场就是在天坛公园的围墙外面做买卖的。当时,受改革开放政策鼓舞,一些郊区农民自发地把农副产品运到北京的二环路里面来卖。这些人沿街摆摊叫卖,虽然造成了交通混乱,但很受市民欢迎。原崇文区工商局报请区政府同意,将这些农民和一些回城后没有工作的知识青年聚拢到天坛公园东北面的坛墙外面,开办了最初的红桥市场。

20世纪80年代初期,红桥市场成形前的市场

我最早接触红桥市场,就是在那个时候。我小时候,市场上只有国营商店,从没买过个体户的东西。关于天坛坛根下面的那个红桥市场,有两件事让我至今记忆深刻。

我刚开始工作那会儿想出来自己住,正好我小姑在东华门普渡寺有一处闲置的房子,我收拾了一番之后,那里就成了我和朋友们常常聚会的地方。一个周末,朋友们又约好到我那里去烤羊肉串。我下班时顺路到红桥市场买羊肉,大家都知道那里的羊肉新鲜。羊肉摊上有几个人在买肉。我背着一个双肩包,也挤在摊前挑肉。开始时,那个卖肉的对我很热情,但当我看好羊肉的部位让他给我切一块时,他却懒得理我了。我说了好几声,他才拿刀把那块肉切下来称了扔到我面前。我的钱都放在双肩背包里,那天因为要买肉,我先拿出十几块钱放在了裤兜里。拿到肉时,我从兜里掏钱给了那个摊贩。我把肉往双肩包里放的时候,才发现背包的拉链已经被拉开了。我放在包里的一百多块钱都没了。那个卖羊肉的摊贩肯定是看到了小偷从我包里偷钱,以为我没有钱给他了,才会有对我态度的变化。那个时候,100多块钱可是我一个多月的工资加奖金,可谓损失惨重。有好长一阵子,我没有再到红桥市场去买过东西。

再一次去红桥市场是我爸爸生病了。他住在友谊医院里,突然说想吃西瓜。当时已经过了10月了。那个时候北京人都知道,过了8月基本就没西瓜吃了。老爸想吃西瓜,又在生病。就是实在买不到,也要让他看到我去买了。那时候超市里面有时候有卖装在玻璃瓶子里面的西瓜罐头,我奔超市时,就在想没有西瓜好歹也弄两瓶西瓜罐头回来。可我从天桥跑到西单,从前门再跑到王府井,不光西瓜看不到,西瓜罐头也没找到。我跑到崇文门菜市场,菜市场里的人跟我说,去红桥市场看看去,好多市场上找不到的东西那里都有卖的。我一听这话觉得自己真是冒了一路傻气,忙骑着自行车奔了红桥市场。沿着坛墙下被铁栏杆围起来的一溜摊位,从这边开始走到最那边,把卖水果和菜的摊位看了一个遍,终于在一个摊上找到了西瓜。那个西瓜放在摊位后面放水果的柳条筐里,摊贩说是从海南运过来的,一共就进了两个,昨天卖了一个。整个红桥市场,现在就只有这一个西瓜。虽然那个西瓜要了我差不多半个月的工资,但终归是给爸爸买到了。

20世纪80年代,北京的市场还没有那么开放。对于北京人来说,要买点比较稀罕的东西,还真得到红桥市场去找。

据说,改革开放后应运而生的红桥市场,开创了中国市场经济的好几个第一。比如:第一个实现了文物监管,第一个开始经营珍珠,第一个经营不用票证的鲜肉,第一个放开大米、面粉的经营,第一次代表全国个体户进行火炬接力,还组织了中华人民共和国历史上第一个个体户出国考察团……

现任红桥市场党支部书记、常务副总经理的宗永霞,是红桥市场众多第一的亲历者和见证人。

当我和宗书记聊起红桥市场时,话语中难掩我们两个北京人对它的那份依恋。当然,我的依恋是从一个消费者来说的。宗书记的依恋里,则饱含着青春的过往、事业的追逐,以及一路走过来留下的那些闪亮的足迹。

创业之初的红桥市场

大学毕业后,宗永霞被分配到了原崇文区工商局。因为红桥市场已经时常有外国顾客光顾,需要懂外语的管理人员。宗永霞作为工商局里当时不多的大学生,刚工作不久,就被调进了工商局的红桥工商所。对于不摸门道的人来说,这是一个很热门的位置，当时让很多人眼红。但对于身兼重任的宗永霞来说，前面是一片无人穿越的雷区，蕴藏着无可估量的危险，一不小心，随时可能触发炸点。而在改革开放之初，很多事情都在摸索之中，没有一定之规。一点点很小的问题，都可能断送一个人的前途，颠覆一项事业的发展。宗永霞是个有理想、有事业心的女孩子，她义无反顾地走进了红桥市场，走上了这个她此后一直没有离开的工作岗位。

在红桥市场出现之前，北京城里已经很多年没有个体工商从业者了。那个年代，只要是有城市户口、正常上学并毕业的人，都会被国家分配到一个正式的企事业单位去工作，绝不会成为个体户。进入红桥市场从事经营活动的人，一部分是进城销售剩余农副产品的农民，再一部分就是城市里没有正式工作的人。这些人来路复杂，管理难度之大可想而知。但当时的社会环境，造成了人们对经济财富的极度渴望，只要有路，大家还是愿意共同往前走的。宗永霞他们这一批工商管理者，正是个体经济进入市场后，踏入"雷区"的第一批执法人员。如何既能大胆前行，成为改革开放市场经济的推动者，又能坚守职责，维护国家法制，成为他们必须攀登和跨越的高山大川。

1987年，刚刚开业不久的红桥市场，在市场内设置了"公平秤"，并且推出了"缺一补一罚十"的惩罚制度。这在北京市场上可是头一个。

街头上的个体经营者和顾客是一对一的买卖，再加上销售地点不固定，你今天这里买了他的东西，明天可能就再也见不到他了。所以，个体户卖东西，缺斤短两的现象时常出现。老百姓买个体户的东西，图的是一个便宜，但缺斤短两这种暗亏吃着自然心里也不舒服。电视和报纸等新闻媒体在大量报道个体户活跃市场消息的同时，也在不断刊载市民反映个体户坑害消费者的来信，以及对市场加强管理的呼吁。个体户进了市场，管理者自然不能任由这种状况随意发展。"缺一补一罚十制度"的出现，是红桥市场对社会反响的一种积极回馈。这种回馈的力度之大，既震动了市场也震动了市民。北京市政府的领导走进红桥市场，视察市场设置的"公平秤"，对推行该项制度给予肯定。很多以前对个体市场心存芥蒂、不愿买个体户商品的消费者也因此走进了红桥市场。红桥市场由于管理严格，先后获得了全国和北京市的"计量先进单位"称号。在红桥市场之后，很多自由市场甚至国营商场里，也都出现了"公平秤"。没有设置"公平秤"的市场，甚至会被顾客向工商局举报，认为这个市场存在对顾客的欺诈行为。红桥市场首先推出的这项制度，对稳定逐步兴起的市场经济环境中的公平交易，起到了很大的促进作用。

在改革开放之初，个体交易市场刚刚恢复，要使之健康发展，需要严谨、科学的管理制度加以维护，同时，更需要探究、实践的胆识和魄力。

1989年之前，文物管理法规规定所有旧货不能进入流通领域。但随着市场的逐步放开，一些个体户拿着旧货到红桥市场来出售。这些旧货很多是市民家中的收藏品或生活更新的淘汰品，他们愿意拿出来换些钱回去，顾客也愿意买。而且随着北京亚运会的临近，很多外国顾客在到红桥市场淘货时，对中国瓷器等古旧物品也十分感兴趣，购买者也不少。红桥市场管理者针对这种情况，认为市场既要堵又要疏。对国家法律规定的文物，绝对不能进行买卖。但是，民间收藏和交易的渠道一定要畅通。

红桥市场工商管理所将这个情况上报原崇文区工商局，区工商局支持红桥的这个想法。原崇文区工商局于1989年8月22日向北京市工商局呈报了《关于在红桥市场三区成立文物监管市场的请示》，申请在红桥市场上提供旧货交易摊位，同时，将进入市场的旧货纳入文物监管范围，对每一件进行交易的物品进行事先检验。这样既可以方便首都市民调剂家藏旧货，又可以防止混杂在旧货中的珍贵文物外流。11月25日，经区工商局审查，红桥集贸市场已具备文物监管市场的条件。从此，红桥文物监管市场正式对外营业。

每天开市前，两名文物专家都会准时来到红桥市场，对市民当天要进入市场进行交易的旧货进行鉴定。通过专家鉴定可以进行市场交易的旧货，会被贴上检测合格的标签，准许进入摊位。

从此，经营旧货、古玩、瓷器的商户，在红桥市场的有序监管下，得到了很大发展，成为当年北京最具影响力的旧货和古玩交易市场。很多市民都到红桥市场来淘旧货。甚至在红桥市场搬进马路对面的大楼里后，很多市民仍然会到红桥市场去买俄罗斯的望远镜等物品。

红桥市场第一个实现文物监管，在开拓了旧货交易市场的同时，还陆续创造了北京市场的几个第一。

1986年，市场统购统销，市场上没有鲜肉产品。北京市民吃到的都是统一配送的冷冻肉。在商场肉类销售柜台上，摆着的大多是肥肉，瘦猪肉很难买到。市民意见很大。红桥市场针对这种情况，将河北、天津郊区的猪肉、牛羊肉引入市场来销售。在市工商局的支持下，红桥市场销售的鲜肉不用票证就可以供市民购买。北京市民在多少年后又一次吃上了鲜肉。红桥市场销售鲜肉后，还在一定程度上抑制了北京市场上猪肉价格的上涨。

在探索鲜肉的市场经营后，红桥市场的管理者又把目光放在了与民生息息相关的大米、面粉上。

时任红桥市场工商所所长的解文生，在调研北京市场粮食供应情况后，写了一篇信息《北京街头抢大米》。信息逐级上报后，受到了国务院和市区各级政府的高度重视。红桥市场上也陆续出现了出售余粮的郊区农民，对这些农民出售的大米、白面，市场全部敞开供应。市民不需要票证，就可以在这里买到需要的粮食。虽然有关领导和不同单位对红桥市场作出的尝试有不同反应，但红桥市场在坚持自己做法的同时，又会同北京市、市工商局领导，将情况向国务院领导进行了汇报，解文生所长的汇报得到了上级领导的肯定。红桥市场的做法为后来国家全面取消票证，提供了重要的依据和参考。

红桥市场在改革开放初期，市场经济还在探索之时，作出的一系列举措，成为北京市场的晴雨表。20世纪八九十年代，物价指数是北京市民十分关注的生活内容，米、面、蔬菜和肉、蛋、奶每一分钱的变化，都会牵动市民的神经。我记得，那个时候北京电视台在新闻节目里都会播报当天的物价指数。我奶奶对电视里播的其他内容都不感兴趣，唯独每天雷打不动地要看这个节目。当时，电视台播出和报纸上刊登的北京物价指数采集的数据，大多数都来自红桥市场。

红桥市场成功地填满了北京市民的菜篮子，也为自己赢得了光辉的荣耀。

1990年亚运会在中国北京举办。亚运会前举行了规模浩大的火炬接力活动，每一个入选火炬接力的选手，都是政府部门千挑万选出来的模范人物。能入选的人都将此当作一生的光荣。红桥市场不只是一个选手被挑选参

红桥市场内的鲜肉经营摊位

加，而是整整一个接力方队。15名男队员和15名女队员，作为全国个体户的代表参加了北京亚运会火炬接力。

男队员们都穿上了当时时髦的皮尔卡丹西服，女队员穿着漂亮的裙子。当他们手捧鲜花，手持火炬出现在电视直播画面里时，红桥人的形象出现在了全世界观众的面前。

二、登堂入室

1992年8月31日晚间，中央电视台《新闻联播》全文播发了第二天将要见报的《人民日报》社论《一切为了改革开放》。9月1日，这篇社论照惯例出现在当天出版的《人民日报》头版上。但细心的读者发现，两次社论中出现了细微的差别。语音版播报的社论中，有一句话："在改革开放中一定要问姓'社'姓'资'"。这句话，在印刷版的文字中被删掉了。

《人民日报》的社论在正式播发后又去掉了一句话，出现两个不同的版本，这在新闻史上极其罕见。

但这个现象却释放出一个重要信号：关于中国市场经济姓"社"还是姓"资"，这一历时两年多的争论和探讨，终于有了眉目。

1992年10月12—18日，中国共产党第十四次全国代表大会在北京举行。这次会议在党的历史上第一次明确提出了建立社会主义市场经济体制的目标模式。

也就在这一年，红桥市场启动了搬迁工程。

始建于明永乐十八年（1420）的天坛是世界上最大的祭天建筑群。1961年，国务院公布天坛为"全国重点文物保护单位"。1998年，天坛被联合国教科文组织确认为"世界文化遗产"。在申报世界文化遗产之前的准备工作期间，对红桥市场进行整体搬迁就已列入其中的一项重要内容。

在天坛东北外墙下，用铁栏杆围挡形成的红桥市场，将天坛围墙掩藏在大米、白面、蔬菜、鱼虾、肉蛋、旧家具、旧家电和旧书报等物品之中，让人难窥其真容，的确影响世界文化遗产的形象。

更主要的是，红桥市场经过十几年的经营，不仅成为首都市场的重要组成部分，而且盛名远播。许多国外宾客到北京，一下飞机就先奔红桥市场逛一圈。红桥

天坛墙根下的红桥市场吸引了众多外国宾客

市场因内外部需求亟待"升级"。

红桥市场从1980年在天坛墙根下开市以来，已经根据市场需要和政府管理部门的要求，进行过几次"升级"了。

1980年时的红桥市场，沿围墙半弧形的走势，用铁栅栏圈着从天坛东门一直到天坛北门。沿街叫卖的游商被引入市场。800多米的长度，摊位从最初的几十个迅速发展到几百个。1985年，红桥市场开始实行分区划市。一共有五个零售区，一区是鱼、虾、肉，二区是粮、油、菜、干果，三区是小百货、古玩、旧货，另外还有珍珠项链，四区是家具、花和观赏鱼等，五区主要是服装鞋帽。市场给摊位的商户都添置了铁柜台，方便销售和存放货物。1986年，市场又一次进行升级改造，沿街的铁栏杆处砌起半截高的砖墙，顶子上面用玻璃钢瓦连接，成为北京市第一个半封闭式的集贸市场。为了满足鲜肉类商品的销售，耗资20万元，又建成了一个1000多平方米的全封闭式营业大厅，厅内设有上下水、照明、排风等设备，专营鲜肉等商品。

1992年，按照北京市委、市政府关于"让道露墙"、展示古都风貌的要求，原崇文区委、区政府决定在法华寺敬业西里建造一个新的红桥市场。

历时三年，1995年1月28日，与天坛公园一路之隔、遥相呼应的新红桥市场开张营业。

对于宗永霞来说，这次红桥市场的开业，是她一次更大的人生转折。

从原崇文工商局红桥工商所到原崇文区城市建设开发公司，只是工作岗位的一次变化。进入新红桥市场，则是人生道路的一次更迭。

红桥市场从坛墙下面搬迁另盖大楼，地皮政府给了，但盖楼的资金一时没有出处。时间不等人。红桥市场的管理者反复研究后，决定采取"众筹建楼"。当时还没有"众筹"这个词，实际上就是预收商家摊位租赁定金的方式，筹集到近3000万元的启动资金。

为保证这一举动合法合规，红桥市场管理方咨询了有关律师，起草了正式的合同，并承诺：预交定金的商户在新大楼享有摊位优先承租权，预收的摊位定金在今后的租期内按月抵付部分租金，直至抵付完毕。

有了这笔资金，红桥市场的新大楼按时开工了。

在红桥市场进行新大楼建设的前后，北京市场上也同时出现了几个比较有代表性的市场。与红桥市场相距不远的元隆顾绣商场，长安街边上的秀水街市场等。这些市场也都很火爆。但在红桥市场新大楼落成时，元隆顾绣商场还是一个大棚式的建筑。秀水街市场顾名思义，只是一条露天的小街。红桥市场是北京第一个面对个体户的现代化商场。

如何管理好这个商场？

又一个新的课题摆在面前。

当时，政府已经提出"党政机关不能办企业"的要求。红桥市场要健康发展，又离不开已经在红桥市场管理了数年的这批工商所的管理者。于是，政府有关部门希望解文生、宗永霞他们这批政府公务员脱下官衣，变身为国有企业的经营者。

那个年代，理想还未远离人生。每一个政府工作人员，仍把工作放在事业追求的第一位，对个人利益并没有过多的思量。进入新世纪后，公务员的身份一时成为全社会最热门的职业，每年报考公务员的大学毕业生屡创新高，一职难求。但在20世纪末的一天，当单位领导对宗永霞和她的同事们讲了红桥市场发展的需要和政府对他们的希望后，在原崇文工商局副局长兼红桥工商所所长解文生的带领下，11名工商干部就自觉地、没有向组织提任何要求地放弃了自己公务员的身份，成为商海中的普通一员。

宗永霞说，其实，当时可能有更为妥帖的方式，但是这11个人选择的是最为决

红桥市场内顾客在选购商品

绝的方式——辞职。这意味着没有退路,只能前行。

下海了,但要管理一栋在那个年代可以说已经是现代化的大楼,并不是一件容易的事情。

解文生带着他的一班人,各寻其路,各展神通。

宗永霞被任命为办公室主任,负责大楼内的摊位和办公用房的布局设置。没有钱请专业公司,她就央求自己做设计工作的老公,义务给红桥市场出设计图。那些日子,宗永霞上班时间在处理红桥市场的工作,晚上回家夫妻间的话题也是红桥市场。或者换一种说法,那些日子,宗永霞的每一天的每一时刻,都是和红桥市场捆绑在一起的。

市场的硬件渐渐有了模样,但市场里的商户从大棚到商场的转换更是一件让人挠头的事。

新开业的红桥市场里的营业面积扒拉来扒拉去,最终只能容纳864个摊位。而在天坛墙根下有1200个摊位等待入驻新市场。除了那些参与了预收摊位定金的商户有优先入住权,其余的租户招商则是需要面对的一大问题。让谁进不让谁进?而且,今后红桥市场商户的入住,都需要面对同样的问题。如何让有需求的商户顺利入住,又能体现出公平竞争的市场环境,这让红桥市场的经营管理者费尽了心思。作为国有企业，面对的又是个体户，没有先例可寻，这需要他们成为大胆的探索者和勇敢的实践者。

以前从没有遇到过的新问题真是太多了。

在红桥市场首任总经理解文生的带领下，在11位辞职跟随解文生下海的红桥市场首批管理人员的共同努力下，1995年，红桥商场新大楼正式营业，当年就创下1700多万元的营业收入。而在天坛坛墙下时，收入最多的一年是450万元。

所有人都松了一口气。

红桥市场活了！

从此红桥市场一路狂奔。在原东城区和原崇文区合并成立新的东城区之前，在原崇文区，红桥市场一直是排名前三位的利税大户。合区后，其单体年盈利仍连续多年在国资委系统内名列前茅。

当红桥市场一路攀升的时候，2007年，一道关卡横在了他们面前。

为了迎接2008年北京奥运会，北京城市内很多项目要进行重新规划、建设和提升。其中涉及红桥市场的是，2007年1月，红桥市场被列入市政府重点支持建设的九个特色商业街区（市场）之一，为满足奥运会期间的接待要求，必须将市场内的水产经营整体撤销。

北京人吃水产很多都是从红桥开始的。

在天坛墙根下时，红桥市场就有水产销售了。搬到新大楼后，在市场最下面楼层的水产市场，不只是面对市民，也是很多饭店、餐厅、使馆的主要供货地。红桥市场当天上了什么货，饭店、餐厅里就能提供什么样的菜单。红桥市场没有的，在那些饭店、餐厅里也就没得卖了。

红桥市场的水产价格很亲民，又在城市中心地带，来去很方便。大家一说吃海鲜，总是会首先想到红桥市场。但也正是因为它所处的地理位置，而成为被撤销的对象。

一听说红桥市场的水产市场要被撤销，很多北京市民那些天的晚餐餐单都改了——主吃海鲜。不然，再想吃到这么便宜、这么方便的海鲜就难了。那个时候，北京人家里还没有多少人有汽车，要到三环外的市场去买海鲜吃，对普通市民来说还是件难事。趁着红桥市场还在，多吃一顿是一顿。当红桥市场水产要撤的消息传出后，来红桥市场买水产品的顾客量激增。

顾客舍不得红桥市场水产，红桥市场里经营水产的商户们更不愿离开。

这些经营水产的商户很多已经在红桥市场20多年了，他们在这里发家致富，很多人买了房、买了车。商户们对红桥市场有深厚的感情。同时，因为对红桥市场未来发展的信心，许多商户投入了大量的人力、物力、财力来经营。红桥市场一个小小的铺面后面是几百平方米的库房、几十台的冰柜和冰柜里大量冷冻的水产，以及在银行里的贷款。水产撤市等于断了他们的财路，砸了他们全家维系生计的饭碗。撤市消息公布后，商户反应十分激烈：有的聚众闹事；有的造谣中伤，搞人身攻击；有的商户，更是以跳楼相威胁。

商户想不通，红桥市场的管理者也不愿接受这个现实。

红桥市场地下一层水产铺面经营，一年收入就达1200余万元。全部撤销，无疑是杀掉了一只下蛋正当时的大母鸡。

但为了奥运战略，为了红桥市场更符合城市发展的需要，红桥市场管理队伍统一了思想，全力投入到动员商户撤市的工作中。

一些水产商户不愿撤市，他们组成了"维权代表团"，纠集了一百多人，在君安宾馆开会。会上，有人提出要和市场总经理面对面对话。电话打到红桥市场办公室。打电话的人为了让会上的人都听到，对着话筒，大声问总经理解文生：你敢不敢来？

电话虽然是打给总经理一个人，但要面对的问题是整个红桥市场的。

红桥市场党支部成员紧急开会进行研究，如何回复这个具有挑衅性的电话。

去还是不去？是一个人去还是几个人去？

在短短的几分钟里，市场总经理解文生作出了决定：我自己一个人去。

他向党支部阐明自己的想法：一人前往，可能有一定的风险，但不会激化矛盾，是解决问题的态度。人一多，局面很容易失控，反而不利于问题的解决。

党支部做好安全保障后，同意解文生去会场。

解文生管理红桥市场多年，亲民爱民的工作作风，让他在商户中有很高的声誉。这也是他敢于独身去面对一群"已经近乎疯狂的商户"的原因之一。

到达会场后，解文生就商户们提出的问题一一进行了解释说明。尤其是对为什么撤市，做了细致明确的说明，当天的对话，使本来危机四伏、一触即发的商户撤市危机，得到了很好的缓解，也为下一步工作奠定了良好的基础。

红桥市场的党政领导班子，在这一关键时刻也发挥了积极作用。在认真分析形势、深入一线调查了解商户的具体困难后，红桥市场向市、区政府进行了情况汇报，请求将撤市时间由三个月延长到六个月。同时，市场领导班子发挥自身优势、调动一切可以使用的经营关系，为撤市商户解决后续经营场地问题、水产的冷藏和存储问题、合同协议解除等相关事宜，将撤市商户的损失降到最低。

这种以诚心换真心的工作方法，使得外人看来几乎难以实现的红桥市场水产撤市工作，最终平稳完成。红桥市场将负一层水产市场进行改造后，主打餐饮服务项目，麦当劳、必胜客、星巴克、护国寺小吃等国内外的知名快餐企业进驻，不仅完成了升级转型，而且还带动了市场收益。

2008年奥运会期间，红桥市场共接待了120多个国家的宾客12万余人次，境内外媒体40余批次，以崭新的形象赢得了市场。

2014年，以习近平同志为核心的党中央推出京津冀协同发展战略，疏解北京非首都功能。根据市区政府的指示精神，红桥市场面临疏散低端业态300余户的任务。支部所辖的天乐玩具市场则需要整体撤市。

很多北京人从红桥市场认知水产，很多北京孩子则是在位于红桥市场身后的天乐玩具市场拥有了自己的第一件玩具。

天乐玩具市场是一个由原红桥市场部分职工入资并包含部分国有股的股份制市场。撤市时，既有商户租期未满、库存量大等普遍问题，更有股东权益问题。天乐玩具市场的股东既有国有资产持股，又有职工自然人股东，撤市将对股东权益造成很大损害。同时，对持股职工的安置也是一大问题。天乐市场大部分职工与市场签订的劳动合同未到期，很多职工近一两年内就达到退休年龄。撤市后，这部分人已没有再就业能力，需要解决安置问题。撤市还将给红桥市场造成直接经济损失450多万元。人员压力和经济压力都非常大。

有了水产市场撤市疏解的经验，天乐玩具市场的撤市疏解中，红桥市场的党支部积极发挥引领作用，统一人员队伍思想，说明国家发展以大局为重，不能把矛盾推向社会，不能把困难推给政府，使全体干部、职工认识到，企业的事儿再大，对国家来说也是小事。红桥市场经过这么多年的发展，有自己消化困难、解决困难的意志和能力。

经过耐心、细致的思想工作，职工股东放弃了经济补偿。天乐职工调入红桥市场,由红桥市场在保证原有工资标准的前提下妥善安排工作岗位,稳定了天乐的职工队伍。

与此同时,红桥市场还抽调大批党员干部和天乐市场一道深入撤市一线,讲政策、做工作,帮助商家解决困难。

2015年10月31日,经过历时三个月的紧张工作后,天乐玩具市场整体关停闭市,174户商户平稳疏解。天乐市场是北京市疏解首都功能工作布局中,第一家整体关停的小商品批发市场。撤市工作得到了市区政府的高度肯定。

当年,红桥市场从天坛坛墙下搬进新的营业大楼时,一家香港媒体为此发了一篇文章,标题叫《叫花子坐奔驰》。文章中对红桥商场能否做好商业经营感到怀疑,对中国改革开放国有体制下的个体经济能否长期、健康发展没有信心。而红桥市场伴随着改革开放的滚滚洪流,不断前行,硕果累累。红桥市场用实践证明了中国市场经济的强大活力,用实践证明了红桥市场的经营者们是一批既具有卓越的商业头脑,又具有强烈的事业追求和坚定的理想信念的新时代天之骄子。

三、珍珠为王

红桥市场被外国友人亲切地称为"pearl market"——珍珠市场。

中国人从珍珠入药认知珍珠。李时珍的《本草纲目》将珍珠称作真珠,书中记载说:"珍珠粉镇心。点目,去肤翳障膜。涂面,令人肌肤润泽……安魂魄,止遗精白浊,解痘疗毒,主难产,下死胎胞衣。"明代另一典籍《独异志》记载说:"唐武帝李炎在位时,宰相李德裕将珍珠、雄黄、朱砂煎汁为羹,每食一杯药,费钱三万,三煎则弃其渣,认为服羹可长生不老。"

在民间传说中,也有"明珠射体孕西施"的传说。说位列中国古代四大美女之首的西施,是天上的珍珠落到凡间转化而来的。

珍珠与美女联系在一起,与治病救人的良药联系在一起,与长生不老联系在一起。

当人们将珍珠作为饰品,佩戴在身上时,珍珠便与钻石、红宝石、蓝宝石、祖母绿、猫眼石等高档宝石齐名,具有"五皇一后"的美称。历史上,无论是西方还是东方,珍珠都被皇室视为国色天香、母仪天下的最佳珠宝首饰。民间对珍珠的喜爱，也从没有停止过。

1987年，一个来自浙江的老人，背着一麻袋珍珠走进了红桥市场。

1992年前，珍珠和钢材、木材、粮食一样，都属于国家一类物资。1982年家庭联产承包责任制实行后，国家开始允许农民养殖珍珠，但在流通领域国家只收购属于珠宝级别的珍珠。这类级别的珍珠在养殖珍珠中只占到10%，其余90%留在养殖户手中，并不被国家准许进入市场销售。如个人擅自销售珍珠，则属于投机倒把行为，将以国务院1987年颁布的《投机倒把行政处罚暂行条例》论处。

但珍珠养殖户不愿承担90%被浪费掉的巨大损失，开始尝试在市场上销售珍珠。红桥市场声名在外，又有很多国外顾客光临，江浙的珍珠养殖户就到红桥来找销路了。但因为国家法律的限制，这些珍珠养殖户在柜台上只能偷偷地卖珍珠。

红桥市场的管理者，一开始对这些卖珍珠的摊位没有强行阻止。因为随着改革开放，很多以前被视作金科玉律的市场管理法规条例都在被逐步修正。从改革开放的趋势来看，珍珠的流通迟早是要放开的。红桥又是一个面对个体户的市场，更需要对各种商户的容纳和变通。红桥市场"悄悄地"接受了珍珠，但市场外部的管理者来市场检查时，如发现有商户卖珍珠，就会作为管理不善的事例，扣除红桥市场参与优秀市场考评的分数。

红桥市场的管理者们觉得不能再这样"悄悄地"支持渴望发家致富的养殖户了。虽然他们这时还没有预见到珍珠对红桥市场的重要性，但他们已经决心争取珍珠在红桥市场内经营的"合法性"。

解文生先是鼓励养殖户们将珍珠串成珠链，以工艺品形式销售。之后，他再邀请国家工商总局的领导到红桥市场考察，当面汇报珍珠养殖的具体情况和市场的需求情况。最终国家工商管理政策开始松动、倾斜，口头允许红桥市场内的商家可以将珍珠串成项链作为工艺品纳入经营许可的范围。这样，红桥市场成为突破政策、开始经营珍珠的第一家市场。

率先开放珍珠经营，给众多江浙地区的珍珠养殖户提供了生机。

那个背着一麻袋珍珠走进红桥市场，第一个来到市场经营珍珠的人叫陈宜根。他在红桥经营珍珠成功后，他的几个孩子也都先后来到红桥市场，从事珍珠经营，并获得了成功。

在陈宜根之后，众多做珍珠生意的江浙人涌进了红桥市场。

外国游客在选购珍珠饰品

在红桥市场中成名的珍珠品牌"芳华"的创始人姓罗,出生在浙江台州。1987年,罗先生和妻子刚来北京时,曾露宿在北京火车站的广场上,靠着走街串巷用塑料盆换粮票维持生计。听说红桥市场放开了珍珠销售,两口子便扔掉了塑料盆,从老家引进珍珠来卖。从做珍珠原料起家,后改做首饰,再后来开始独立设计。至今,"芳华"品牌的高档珍珠饰品在红桥这个"大本营"之外,还远销国内外,深受很多外国友人的欢迎,超过120位外国元首夫人和社会名流选购了他们的饰品。"芳华"在红桥市场的店铺里,挂着很多他们与外国政要、名人的合影照片。

红桥市场的珍珠出名了。

1995年1月28日,红桥市场迁入新建的大楼营业。3月30日,英国前首相撒切尔夫人走进了红桥市场。当天,喜爱珍珠的撒切尔夫人只是计划参观一下红桥珍珠市场,并没有购买意向。但红桥市场的珍珠商户们可不想放过这个机会。当撒切尔夫人走到白如芳的柜台时,这个女孩热情地招呼撒切尔夫人,请她选购展柜中的珍珠项链。但白如芳一连展示出三条项链,撒切尔夫人都没有任何反应。白如芳询问撒切尔夫人的陪同人员,夫人有什么要求。陪同人员询问过撒切尔夫人后,告诉白如芳：夫人说她不喜欢小珍珠。红桥市场当时出售的珍珠都是在国家外贸部门挑选后剩下的，自然难入连任了四届英国首相的撒切尔夫人的法眼。但红桥市场的商户没有放弃。白如芳仔细地端详了撒切尔夫人。撒切尔夫人那天穿了一身宝蓝色的套装，显得气质高雅。白如芳对撒切尔夫人的随行人员说：您跟夫人说，相信她一定会喜欢这个款式。她挑选出三条晶莹剔透的淡水珍珠链子，并在一起，一卷一绕间变成了一条款式别致的珍珠项链。三条链子上的珍珠颗粒虽然都不大，但交叉缠绕在一起后，看上去十分别致，佩戴在撒切尔夫人的颈间，经宝蓝色的套装一衬，非常漂亮。

撒切尔夫人很是惊喜。她问白如芳这条项链需要多少钱。白如芳说，100美元。撒切尔夫人说这不可能。她付给白如芳1000美元，买下了这条项链。

在撒切尔夫人之后，瑞典首相佩尔松、美国前总统卡特和老布什夫妇、前美国国务卿奥尔布莱特、俄罗斯总统普京的夫人等在内的近百个国家6000余人次的各国政要和使节，都相继走进了红桥市场。珍珠自然是他们的首选。

2005年9月，红桥市场成功举办了"2005首届北京红桥国际珍珠文化节"。这是第一次在非珍珠产地举办的国际珍珠文化节。开幕式当天，中国宝玉石协会授予红桥市场"京城珍珠第一家"牌匾，这是中国宝玉石协会首次对珍珠经营企业进行"认证"。

红桥市场在珍珠经营行业中的龙头、领军地位自此确立。

2008年是奥运之年，红桥市场在第二届珍珠文化节上，推出了"珍珠文化珍珠心，人文奥运人文情"的口号，将珍珠文化同奥运精神结合到一起。珍珠文化节不仅成为珍珠文化的推广活动，而且成为中国人文奥运精神的展现形式之一。此项活动获得了社会各界的一致好评。

当时，世界珍珠年产量1400多吨，红桥市场的年销量达200余吨，占到世界市场的七分之一。

珍珠经营不仅使红桥市场扬名全国，而且享誉世界。

外国顾客在红桥市场前合影留念

四、永向卓越

红桥市场的成功，得益于商场的管理者既有敏锐的市场眼光，又能征善战。

苏联解体后，独联体国家物资匮乏，红桥市场的服装鞋帽等日用品非常受俄罗斯商人欢迎，这些"洋倒爷"成群结队、大包小包地到市场来订货。看到这火爆的场面，红桥市场的管理者和商户们都很想知道，他们卖给"洋倒爷"的这些商品，在国外市场上究竟是个什么价位，他们给"洋倒爷"的货，价钱是卖得高了，还是低了？如果不走出去亲自看一看，恐怕要一直被"洋倒爷"蒙蔽。商户们向红桥市场的管理者呼吁：带我们出去看看吧！红桥市场的管理方也想带个体户们去看看外面的世界。改革开放不只是引进来，还要走出去。知己知彼，百战不殆。但在改革开放初期，办理个人出国手续非常困难。没有单位管理的个体户，要想出国更是难上加难。

为了帮助个体商户走出国门，探索国际市场，红桥市场管理团队积极奔走政府部门，寻找旧体制下的突破口。最终，红桥市场的带队人员向市公安局签下"生死状"，承诺安全带回所有出国人员，一个也不能少，否则承担刑事责任，这才拿到了通向俄罗斯的政府批文。

这是共和国历史上第一个个体户出国考察团。

1992年，红桥市场组织的37名个体户，通过一家旅行社，以旅游出国的方式登上了开往莫斯科的列车。这趟车上，每一个包厢都被商家的货物塞得满满当当，十分引人注目。车上有很多俄罗斯的乘客，他们对这批"中国倒爷"十分关注。火车还没到满洲里，红桥市场这一行人就开始出货。到了俄罗斯赤塔，那场景更令他们始料不及。

商户们用在火车上挣来的钱，在赤塔租了一栋三层小楼作为驻地。他们雇了当地一名老人，答应每天给她50卢布，条件是让她每天都在楼前升起五星红旗。从这一点就可以看出，红桥市场的个体户还是很有祖国意识的。五星红旗的升起，吸引了俄罗斯当地媒体的注意。经报道后，当地百姓都慕名前来购买中国商户带来的货物。

开始是以物易物。几十元一条的珍珠项链，能换一条狐狸围脖。几件衣服就能换一块俄罗斯的名表。拿出一件T恤衫，几十个人来抢。赤塔人是见什么要什么。准备了七天卖的货物，不到三天就被抢购一空。头几天商户们都图新鲜，以物换物。换皮大衣，换苏联名表。后几天这些商户觉得交换的东西带回去麻烦，开始用美元结算。

《北京晚报》和《北京青年报》都对这次红桥市场个体户的出国行程进行了大幅报道，标题起得很抓人，就叫"红桥倒爷震赤塔"。

1999年中华人民共和国成立50周年纪念活动时，组织评选50项共和国第一。红桥市场个体户到俄罗斯考察，入选了共和国的50个第一。

宗永霞书记说：这次出国考察让红桥商户开拓了眼界，对红桥市场商品进入国际化市场起到了很好的推动作用。再一个重要收获，就是解决了红桥市场的市场定位问题。从此以后，红桥市场开始大力发展珍珠行业，扩招了珍珠项链摊位。同时，红桥市场认识到商品质量的重要性，更加严把质量关。

宗永霞从红桥市场的办公室主任到副总经理，之后是常务副总经理。2015年后，她担任红桥市场党支部书记兼常务副总经理。一直活跃在业务管理岗位上的宗永霞担任党支部书记后，对市场发展和人员队伍建设，有了更为宏观的设计和更为科学的梳理。

这些年，在红桥市场现有经营面积有限的情况下，不断调整经营业态，在逐

商户根据顾客需求定制商品

步疏解低端业态的同时，全力打造和建设符合首都功能定位的红桥珠宝文化四个中心。这四个中心分别是珠宝定制中心、原创珠宝设计中心、珠宝鉴定中心和珍珠体验中心。

通过整合负一层至二层的经营区域，打造红桥趣质生活文化项目，推出有品质、有品位、有趣味的商品及服务，目前市场正在注册15家趣质生活自有品牌。在三层新工艺品区域，重点培育非遗文化，传承和弘扬民族优秀传统文化。

随着电商的发展，实体经济受到冲击，很多商家发展停滞，甚至出现了倒退。为了带领商家走出困境，作为国企的红桥市场进军电商，成立了红桥珍珠电子商务公司。2017年初，天猫红桥珍珠旗舰店正式上线。随后又开设了京东珍珠旗舰店。

红桥市场也在积极推动个体经济与金融结合，不仅以优惠的政策扶持自有品牌的发展，还与北京银行合作在1999年率先推出了个体经营小额贷款服务。此项业务以个体商户的经营保证金做抵押，用红桥自己的市场信誉做担保，支持年轻有为的创业者。

为了更好地推动红桥市场作为对外文化交流窗口的作用，在红桥市场的要求下，市场内从事珍珠经营的人员，90%以上能用英语和外国人交流。

说到红桥市场这些年持续健康的发展，其中一条关键的因素，不能不提到市场内的党建建设。红桥市场是东城区国资委下属的二级企业，是一家国有企业，党建工作是团队建设中必不可缺的一环，也是红桥市场良性运行的保障。

为更好地总结多年党建工作的经验和成果，红桥党建示范点于2017年6月30日圆满落成。示范点占地面积230平方米，主题为"发挥党建引领，打造红桥文化"，主要分两个区域：党建展示区域和引领发展区域。党建展示区域展示了红桥党支部的建设情况，引领发展区域展示了在党建引领下，红桥市场40年来四次重大转型升级的奋斗历程。

2017年"七一"前夕，红桥市场组织召开"七一"主题党日活动暨红桥党建示范点揭牌仪式。之后，红桥党支部和红桥非公企业联合党支部的党员、青年团员及广大商家，市区相关领导，各街道、企业和社会人士、党员同志纷纷前来参观学习，参观人数累计4万余人。

红桥市场党支部中的多名党员，先后荣获北京市三八红旗奖章、区国资委优秀共产党员、北京市劳动模范、区国资委改革创新先锋人物、巾帼文明岗等荣誉。

中共北京市委授予红桥市场党支部"第十三届北京市思想政治工作优秀单位"称号。

红桥市场的健康发展，同廉政文化建设也是密不可分的。

多年来，红桥市场党支部注重加强党风廉政建设，建立健全廉政工作制度。按照国资系统要求，将党建工作总体要求纳入国企的章程中，设置了党组织前置议事审批环节，更加规范了企业内部管理。按照上级纪委要求落实党风廉政建设工作要求，市场内层层签订廉政责任书，完善干部考察培养、工程改造、公车管理等各项内部监管制度。

作为党风廉政建设的一部分，红桥市场开启的摊位竞标承租，更加放开市场，增强商家经营活力，体现了公平、公开、公正的原则，为提升企业凝聚力、塑造企业文化提供了动力。

为了打造红桥党建品牌，不断扩大红桥市场的品牌影响力，红桥市场党支部走进了中国高等学府——北京大学光华管理学院，推广红桥市场和珍珠文化。建远公司党委书记陈艳以"小珍珠、大市场、名天下"为题，红桥党支部书记宗永霞以"不断转型中的红桥市场"为题，先后在北大光华管理学院进行红桥市场品牌宣传，这些内容还成为北大光华管理学院的教学案例。

为响应习近平总书记"撸起袖子加油干"的号召，贯彻落实十九大提出的习近平新时代中国特色社会主义思想，红桥市场党支部组织全体商家开展了"同赢未来、共铸辉煌""新时代、新消费、新红桥"等主题汇报会。

积极参与北京国际设计周活动。红桥市场作为设计周的分会场，先后邀请多位专家走进红桥，进行了主题演讲，与商家们一起研讨，分享交流，这加快了红桥市场迎接新时代、不断升级转型的步伐。

在两届"一带一路"国际合作高峰论坛期间，红桥市场均成立了由党员和团员组成的志愿者服务队，迎接宾客。市场以优质的服务，接待了重要外宾50余批次、300余人次，日均接待外宾3000人以上，圆满地完成了峰会的接待任务。论坛期间，国际货币基金组织总裁拉加德来到红桥市场，她非常喜欢红桥市场的珍珠饰品，并在红桥的店铺中学会微信支付，大家都说：拉加德用实际行动加速了人民币国际化的进程。

2018年，红桥市场与北京京城非遗人才创新发展联盟签订合作协议，共同推动非遗文化和北京传统文化、红桥珍珠文化的共同融合与创新发展。2019年北京冬奥会倒计时1000天的时候，红桥市场的"非遗遇上冰雪"主题展销馆正式开馆。这个主题馆是全国第一个以非遗传承人创作的冬奥冰雪主题作品为展销主体的场馆。这个展销馆鼓励非遗传承人将传统技艺与当代主体文化融合，创作"见人、见物、见生活"的非遗作品，结合当代实践，创作更多受当代人喜爱的非遗作品。

时任国际货币基金组织总裁拉加德在红桥市场选购商品

红桥市场宗永霞书记和北京京城非遗人才创新发展联盟秘书长杨建业签订合作协议

在开馆仪式上,多位非遗传承人表达了投入"非遗遇上冰雪"主题作品创作的意愿。多家新闻媒体对主题馆的开馆进行了报道。

红桥市场进驻新大楼两周年的时候,举行了大型文艺汇演"红桥之夜"的活动。这次晚会推出了一首歌,叫"因为我们是红桥人"。

红桥人,哎咳,红桥人,红桥精神激励人呦,忘不了啊,忘不了,自力更生团结奋斗的创业精神,因为我们是红桥人,因为我们是红桥人!

红桥人,哎咳,红桥人,红桥精神温暖人呦,忘不了啊,忘不了,以人为本为民服务的奉献精神,因为我们是红桥人,因为我们是红桥人!

《因为我们是红桥人》这首歌一直传唱至今。歌曲中表达的红桥人精神,一直激励着不同时期的红桥人砥砺前行。

祝愿红桥市场的明天更加美好!

(作者为中国作家协会会员、东城作家协会副主席兼秘书长)

倚楼望海品北京　角图畅读阅人生

马　宁

冰盏儿、塔铃、扇铃、收古董的小鼓、黄包车的脚铃、吹糖人的糖锣……走进古色古香的角楼图书馆，走廊里展柜中的这些老物件不能不让人驻足欣赏。这些老北京胡同里叫卖用的响器，都透着历史的沧桑、时光的味道，似乎在讲述着北京这座千年古都的悠悠岁月。再往一层深处走，耳边传来琅琅的诵读声，抑扬顿挫，声情兼备。循声走入活动区，读书会正在举办他们每周的定期活动。这里就是北京文化新地标——角楼图书馆（不能叫左安门角楼，切记切记！！！），一座富有古都韵味的特色阅读空间。

复建的北京外城东南角楼夜景

城墙城楼——一个城市的剪影

左安门东,外城边角,青砖灰瓦,古朴庄重。路过二环路护城河畔左安门的人,都难免抬眼观望一座雄踞在"凸"字形城郭东南角上的城楼。2016年,建于明代的北京外城东南角楼复建工程竣工,这座曾经见证北京城数百年风烟历史、在20世纪50年代泯灭的角楼,如今又旧地重生了!

对北京外城东南角楼的建设,是北京恢复历史文化名城旧城外廓格局的重要一步,是东城区政府打造彰显古都历史文化魅力的惠民工程,是拭亮历史文化名城的"金名片"的重要成果。

角楼的重建首先要从古建文物保护专家王世仁先生说起。

"落日下古城楼雄伟的剪影"这句话,总是出现在王世仁的笔下和口中。2011年,他受东城区政府委托,和东城区的工作人员一起,踏上了外城东南角楼的重建之路。

几年过去了,当《北京日报》的记者耿诺、孙杰为撰写《左安门角楼复建记》采访王世仁时,他对有些事情的记忆已经模糊了,但王老记得最清楚的是两个数字——12、41。这和北京城墙有什么关系呢?

原来,对"北京城"的念想已经融入了王老的生活中,他和老伴儿在休息遛弯时也会带着皮尺,绕着胡同测量老院落。当看到旧址中半掩在渣土里的半块老城砖时,王世仁的眼睛瞬间一亮。弯腰、捡砖、掏尺、测量——12厘米。

12厘米,就是一块老城砖的厚度。也决定了外城东南角楼的尺度。有了这个数据,王世仁开始做另外一件琐碎事儿——放大老照片、数城砖。41层,这是老人拿着放大镜、整个人几乎趴在大照片上,一次一次数出来的数据。从地面到城墙最顶端,一共是41层砖。城砖厚度加上抹灰缝的厚度,城墙的高度就这样算了出来。

东南角楼的"原样"什么样?它曾经在乾隆十五年的《京师全图》中出现过。其东、南两面各有两层三列共六个箭窗,西、北二面凸出城墙部分各有两层一列两个箭窗。21年后,这座角楼又进行了改建,城台向西、北扩大,角楼的西、北两面因不直接临城而取消了箭窗。1930年后,东南角楼倾圮,城台于1951年拆除,城墙于1957年后拆除。终于,外城东南角楼到了该复建的时候,王世仁老先生拿出了一套精细到厘米级的"原样"图纸,曾经在现实中湮灭的东南角楼,在蓝图中活了起来。

角楼复建的工程不算大，但难点在于如何尽可能恢复原貌。按照工序，工程先用混凝土浇筑出角楼结构，然后对外墙采用"包砌"工艺，给角楼"裹"上一层古朴的城砖"外衣"。站在墙边往上看，在一米来高的底部基石上，共有38层大样城砖，层层摞摞而起。整个角楼用了25000块大样城砖，这些城砖长宽高尺寸达480毫米×240毫米×120毫米，是专门从河北订制而来。60多名工人用了20多天时间，才把城墙一点一点砌起来。

为了让城墙尽可能恢复原貌，对砖缝就必须十分讲究。工人严格遵照"一顺一丁"的传统组砌方式，让城砖长短错落分布，既产生了纹理美感，也让墙体结构更加坚实，这个'丁'其实起到拉结的作用，城砖的拉结点越多，城墙越结实。砖与砖之间，是靠传统的麻刀灰黏合，这同样需要精确。按照设计，在确定城墙总高的前提下，根据砖的厚度，精确计算出每层灰料的厚度。

复建后的角楼通高15米，面阔、进深均为6米，两层共辟12个箭孔，建筑面积1160平方米，平面呈方形。复建时还把角楼城墙向北侧和西侧分别延伸10米和30米，更衬托角楼的高大美观。

"最北京"的图书馆——古建的活化利用

当时的东城区文化委员会在复建角楼时，一方面严格按照文献记载及老照片、遗址挖掘报告，参照现存明城墙的形制进行设计，恢复角楼及其城台的历史原貌，另一方面又要为角楼今后的再利用做长足的考量：既要把它建成北京这座历史文化名城的标志性景观恢复工程，又要考虑怎样使这项工程最大限度地惠及普通市民。外城角楼在过去起防御作用，它的内部是用黏土夯实的，只有这样才能抵御外敌入侵。但在复建时，角楼的防御作用已经失去，所以就把"实心"的角楼，变成了"空心"的，留出了两层的活动空间，又引进了"最北京"的图书馆这一全新理念。

现在的主管单位东城区文化与旅游局负责人在谈到角楼图书馆的创建和运营时介绍，外城东南角楼复建工作是在全国上下推动全民阅读，为满足更多民众对公共阅读空间以及公共文化服务需求的背景下进行的。如今，角楼作为图书馆升级亮相，也与总书记在十九大报告中提出的"文化兴国运兴，文化强民族强""完善公共文化服务体系，深入实施文化惠民工程""让中华文化展现出永久魅力和时代风采"等战略要求和理念是密切呼应的，角楼图书馆定位为北京特色文化传播中心，将公共文化建设与现代品牌传播方式相结合，力求打造一个公共文化服务的示范性项目。

2017年10月28日，角楼图书馆正式对外开馆，让"阅读"与"传承老北京文化"相叠加，让传统文化与现代文化相融合，打造一个集老北京文化特色图书借阅、文化展览、文化交流为一体的图书馆平台。角楼图书馆走出了一个文物古建活化再利用之路。

推开仿古城墙上敞开的透明玻璃门，特有的木香、书香和暖暖的气息扑面而来。

一层为主题文化活动及展览展示区，除了定期更新内容的展览区外，还陈列着各种法器、冰盏儿、剃头用的响器、耍猴用的锣、黄包车的脚铃、收古董的小锣等北京老物件。

二层为图书阅览区，为读者提供阅读服务，同时举办小型读书会等活动。现有北京特色藏书1万余册、纸质报纸30余种、期刊100余种。在阅览区里，中式的木制桌

角楼图书馆——最北京的图书馆

角图夜读活动之一"跟着名家读古文"

椅、蒲团、砖雕、手绘纹饰和木窗造型的壁灯,处处透着京味儿。

为满足儿童的阅读需求,还特别开辟了独立的儿童区,屋子正中摆放着粉色的小桌椅套装,地上则沿着书架摆着彩色的软垫,书架的高度只到成年人的胸口,500多册世界各地的绘本图书方便孩子取阅。

三层为辅助文化活动区,人们可以登上角楼平台,一览京城美景,该区域可同时容纳七八十人进行活动。此外,角楼图书馆还安装了小型电梯,利于腿脚不方便的读者上下楼。

角楼图书馆365天全年无休,而且几乎每天安排一场活动。为了吸引更多中青年读者群体,还在每周五延长闭馆时间到22点,同时举办的"角图夜读",让年轻人在一周辛苦工作之余,终于能在周末的晚上,团团围坐在蒲团上,讨论着某本书的感受和看法,分享着生活中的见闻与喜怒,放松心情,缓解压力,"角图夜读"在开馆一年的时间里已经成为一些城市青年人心目中的"桃花园"。

民俗体验日——来角图过中国节

不光能读书,来角楼图书馆还能体验如手工制作、戏剧展演等各式文化活动。比如在"聆听北京"活动中,读者可以听到老北京叫卖声、古琴演奏等;在"艺术北京"活动中,能在艺术家的带领下学习剪纸、插花、衍纸画……

角楼图书馆的工作人员自豪地说:"我们现在是天天有活动、周周有特色、月月有惊喜。"比如举办王阳明心学读书会、论语读书会、古琴读书会、茶经读书会、非遗52日制作体验、亲子阅读等,其中最受欢迎的还是手作体验类活动,如制作毛猴、绒鸟、绢花、兔儿爷、戏剧脸谱等。

来角图过中国节的民俗体验活动,更是受到大众的欢迎。事实证明,大家不是不喜欢过中国传统节日,而是不愿意只停留在吃吃喝喝的层面上。其实中国民间传统节日最是顺应节气,而且它们形式多样、内容丰富,涉及生产活动、衣食住行、社会礼仪、天文气象、宗教信仰、文化娱乐等多方面,凝结着中华民族的民族精神和民族情感,展现了古代劳动人民的聪明才智和对美好生活的向往,是维系社会和谐的重要精神纽带。

春节期间举办的《杨信"年味儿"画展》

读者最喜欢的活动——制作品尝北京小吃"糖葫芦"

角楼图书馆在每一个中国传统节日中，挖掘传统节日内涵，从每个节气里寻找一个念想，串起人们的共鸣，唤起每个节日里蕴含着的温暖回忆，激起人们内心深处流淌着的眷恋，从而更好地引领公众了解民族传统节日文化，增强大家对传统节日的认知和理解，进而认同传统节日、喜爱传统节日。

春节前角楼图书馆组织民间艺人教读者做风车，学剪纸，制作冰糖葫芦。"原想着每人可以制作一串糖葫芦，就准备了一堆山楂，没想到报名的人太多，山楂到最后根本不够用了，只好给每人发了三颗。" 还记得小时候元宵节时用纸或纱糊灯笼，在胡同里提着灯笼互相串门的情景吗？小小的花灯留给我们太多的回忆，是团圆欢乐和喜庆的承载物，在角图教大家做花灯，猜灯谜，品尝汤圆；蹴鞠、牵钩、画蛋、放纸鸢，体验古人如何过清明；宫廷补绣嫦娥、冰皮月饼手作、兔儿爷绘制、《中秋节文化密码》讲座，《大过中秋》展览，《月满京城 情系中华》中秋诗会……现在，民俗体验活动预告一发出，经常是10分钟之内名额就被一抢而空。

来角图过中国节，感受着节日的文化，感受着节日的温馨，感受着节日的美好。中国传统节日像流水，毫不停息地流着，从远古流到现在，又将从现在流向未来。

星空电影院——举杯邀明月,对影赏经典

很多年前,中国老百姓最美好的光景,是伴随着露天电影度过的。在那个物质还比较匮乏的年代,娱乐活动很少。人们一听说哪里晚上会有露天电影,都会立刻拖家带口,备好小马扎,早早地去占个好位置。

仲夏的夜晚,人们头顶星星、身披月光,在清风与蝉鸣中享受着露天电影带来的喜悦。那时候,银幕外面的孩子在做着游戏,银幕里面的人们在上演悲喜;那时候还没有超高清的画质,但却有着探索未知世界的美好憧憬。后来,随着现代影院的发展,作为精神象征的露天电影院渐渐消逝,随处可见的现代电影院只要买张票就能进去,甚至在家看一场电影也只是动动手指就能做到的事情。但仍有不少人,对满载着回忆的露天电影院,有着乡愁般的怀念,怀念那时的青春,怀念那时的轻松自在,以及当年最纯粹的满足和幸福。

你能想象角图星空电影院会是什么样子呢?

角图三层露台,在角图和护城河灯光的映衬下,将这座繁华都市的车水马龙尽收眼中。皓月繁星下,鸟啼蛙鸣中,当护城河畔的夏风轻拂面颊,看着银幕上变换

角图星空电影院

的光影，仿佛一下子就穿越回过去那个年代。挂起的银幕、支起的小马扎、工作人员精心准备的水果、小吃和北冰洋汽水……让大家好好回味了一把当年露天电影下的氛围。

在星空下观影的观众，留下了他们的心声：有的说，过去那会儿，能看露天电影院就是一件特别开心的事儿，后来就看不到了，想不到如今还能在角楼图书馆重温当年的这份情感，让人感觉就像回到了家一样，真的很感动！有的说，自己很小的时候还赶上看过几次露天电影，更多地还是听父母说那个年代露天电影为大家带来的精彩，这次角图开放露天电影院，很开心能身临其境感受一番！有的说，感谢角楼图书馆新增了露天电影院，古朴、典雅的环境，服务也非常周到！喝着北冰洋汽水看露天电影，仿佛一下回到了童年！还有人说，露天电影都是过去那个时代的印记，孩子出生后就只在现代的电影院看过电影，全程都像在"小黑屋"里一样，现在又有了露天电影可以看，而且还是在景色怡人的护城河边，一切都美得那么恰到好处。

角图奇妙夜——以史为鉴，一夜酣眠

你有多久没有停下来抬头看看天之蓝夜之静了？总是匆忙地赶路，也只道"今天儿不错""今天儿不行"。这或许有点过于程序化的论断，而少了些情绪化的感受。又有人说了：每天在钢筋水泥结构中我们何谈感受？多睡会儿觉都是奢侈的，哪有时间去负担渐渐变淡的情怀。北京这个大都市中充斥着太多的新科技和快节奏，稍不留神就会被"侵蚀"。书可以听了，景儿可以VR了，仪式感渐弱的我们变得越来越"方便"。依稀记得小时候住在老房子时，在不热的午后、有风的傍晚，都会跑到巷口听乘凉的邻居爷爷讲西游记、水浒传，时不时还会考考我上次教的诗词。背得流畅便会得到爷爷揣在兜里的几颗花生米，现在想

角图奇妙夜 城台夜宿

来简单快乐的日子也不过如此。

盛夏时，有月光的晚上就会叫上伙伴们拿着小手电一头扎进小树林里去逮知了的幼虫，我们俗称它"老钻蛹"。完事回来拿盐水一泡，下油锅一炸，再配上攒下的方便面佐料。两口一个，吃完能美上一天。美好的时光总是转瞬即逝，如今当我们再想追忆往日闲趣时，却不知去何处找寻。

南二环护城河边的角楼图书馆，以它得天独厚的地理位置和人文情怀在盛夏夜又举办了"角图奇妙夜"的露营活动。盛夏的荷花开得正热烈，缸中的鱼儿闲来总探头，枝头的蝈蝈吃饱就开唱，角图的夜晚等着大家来寻味。带上孩子暂时远离城市的喧嚣，感受夜宿角图的奇妙。古有苏轼秉烛夜游，泛舟赤壁，在角楼图书馆的文化之夜上，老师带领孩子们吟诵苏轼的传世诗词，品古今，聊过往，夜宿角图，感受书香。在护城河畔的星空下，搭上帐篷，与诗词相伴，吟诵经典，促膝聆听，与古人相遇，以史为鉴，一夜酣眠……

当老北京遇上国际范儿

今日的角图迎来了又一批特殊的客人，他们给古色古香的角图带来了"萌"意和灵动，角图的砖墙围住了书香，却围不住他们的笑语欢声。来自俄罗斯、日本、塔吉克斯坦、吉尔吉斯斯坦、乌兹别克斯坦等国家的17位中学生走进角图，开展了一场别开生面的北京民俗文化体验活动，在角图度过了美好的一个上午。一看到北京的"兔儿爷"，同学们不禁"哇"的一声感叹，制作如此精美、如此特别的艺术品，他们还是第一次看到。当老师讲述"兔儿爷"由来的故事时，学生们都被那个"玉兔治瘟疫"的传说深深地吸引了。听说"兔儿爷"表达人们对美好生活的祈愿与憧憬，寓意着吉祥，学生们更是不敢怠慢，在老师的指导下，一笔一笔地画了起来，大家在完成这件旧日风物的过程中，体会着老北京的味道。

做完"兔儿爷"，学生们转场来到艾窝窝的制作体验区，老师早已等候在那里，并准备好干净、美味的食材，不仅有蒸好的糯米面，还有奶黄、五仁、金糕等各种馅料，香喷喷的味道，再加上养眼的颜色，让学生们瞬间来了食欲。当听到老师说，艾窝窝是北京历史悠久的宫廷小吃，是清朝慈禧太后最爱的食物之一时，学生们对眼前的美食更多了一层历史感。在老师示范制作过程中，学生们就跃跃欲

外国留学生在学习制作"老北京兔儿爷"

试,随后,他们开始自己动手体验制作。吃上自己做的艾窝窝,每位国外友人的脸上都洋溢着满足感,他们都深深陶醉在这道美食的魅力中,任由软糯和香甜在口中四溢。

吃过艾窝窝后,小客人们又来到了角图三层平台,穿上了体现中国传统文化元素及古典韵味的中式服装,并在角楼下拍照留念。这些服装的设计灵感来自于魏晋、汉唐、明清、民国等各时代以及戏曲服装,穿在这些来自不同国家的学生身上,再以代表老北京的角楼为背景,让人不禁有一种时光跨越之感,也有深深的文化融合之感。

鲁迅先生说:"只有民族的才是世界的。"角图不仅是"最北京"的,也是中国的、世界的,她是展现中国传统文化的窗口,是体现人类文化精神与性格的缩影,她以开放、包容的姿态,敞开怀抱,欢迎各国各界的朋友走近她、了解她,在深入交流中融合发展。

2017年10月28日至2018年10月28日,角图走过她生命中的第一年,每周开放70个小时,进馆超101903人次,五大运营板块,四大系列活动,举办了群众文化活动477

场，37家主流媒体报道，微信粉丝超10513人。这棵刚刚破土的"新芽"，让我们见证了生长的力量。角楼图书馆还荣幸地作为"最美北京"代表，在北京电视台展现了她的绰约英姿和魅力，为北京留下她生命中光荣的印记。

角楼图书馆，被读者盛赞为"最温暖"的图书馆。

北京外城东南角楼，它曾是老北京城的地标，历经了百年沧桑，它还是老北京人的童年，承载了世事变迁。如今它是一座代表北京历史文化特色的公益图书馆，数千册的北京历史文化书籍诉说着老北京的前世今生，上百场文化活动丰富着居民的精神文化生活，崭新的容颜并没有改变人们对它的古老记忆。路经角楼门前的商队驼铃也许不再作响，身后插着旗伞且做工精细的兔爷儿也许不再是今天孩子们的玩具，但是角图丰富的体验活动和特色藏书让人们走进角楼建筑，不忘记那些美好的记忆与古都的故事。

在这里，"最北京"。

（作者为东城作家协会会员）

精诚仁和话"普仁"

郝洪才

北京是全国医疗资源最集中的城市,仅三甲医院就有近百家,这些医院除了为首都居民服务,还吸引了全国各地的患者蜂拥而至,尤其是遇到疑难杂症,地方医院手足无措时,患者及其家属的首选便是——北京,那种执着,真是不到黄河心不死。

这种状况是由于城乡的医疗资源配置差异较大,大量优良医疗资源"滞留"在城区的大医院,也是由于人们日益增长的医疗服务需求与服务供给的不平衡造成的结果。

如何解决患者多、就医难的困境,有效的办法就是向其他医院分流,让那些常

普仁医院全景

见病、慢性病患者到普通医院就诊。在热闹繁华的崇外大街上就有这样一家医院,尽管她的名气没有那些三甲医院大,却是附近机关、企事业员工和居民的健康保护神。

这所医院就是即将迎来120周年华诞的普仁医院。

建院百年成正果

说起普仁医院可谓源远流长,它始建于1900年(清光绪二十六年),是一所由英国人创办的教会医院。1901年,改名为普仁医院。

1933年3月,新普仁医院建成使用,由英国驻中国大使馆委托白子明为院长,管理医院事务,当时有职工30余人、病床50张,每日门诊约100余人次,门诊按性别分为男人门诊和女人门诊。

1941年珍珠港事件后,医院由日本人接收,改为卫生试验所。1945年8月,抗战胜利后,医院由国民党北平市卫生局接管,并改为"卫生实验所"。

1947年初,国民党北平市卫生局委派北平医院(现北京医院)在卫生实验所附近设立北平医院分诊所,并于1948年初,改称为"北平医院分院"。

1949年7月,将北平医院分院改名为"北平市立第四医院",隶属北平市公共卫生局。

原第四医院旧址

新中国成立后,北平市立第四医院更名为"北京市第四医院",在几代人的不懈努力下,几经扩建、几度迁址,逐渐发展为集医疗、教学、科研为一体的二级甲等综合性医院,并于2000年百年院庆时正式更名为"普仁医院"。百年老院,再展新颜。

今天的普仁医院是隶属于东城区的二级甲等医院,是集医疗、教学、科研和预防医学为一体的综合性医院，承担着北京市卫生学校、安徽皖南医学院、江西上饶医学院的临床教学任务，是北京市基本医疗定点单位。

医院设有17个临床科室、7个医技科室、28个临床专业、14个病区。重点学科有骨科、肿瘤科、内分泌科、神经内科。重点发展学科有心内科、消化科、乳腺外科、泌尿外科、妇科生殖科、眼科、重症科、急诊急救科、中医科、康复科、血液透析科。

医院秉承"精诚仁和"的院训，以建设规模适度、专科特色突出的区级医疗中心为目标，根据东城区卫生规划，努力将医院建设成为区级医疗中心，并向三级医院的最终目标而努力。

20世纪70年代四胞胎顺利降生，得到周恩来总理的关注

救死扶伤在春节

如果问一问生活在老崇文区的居民，没有不知道第四医院的。该院多年来为保障一方平安，缓解三甲医院压力作出了杰出贡献。

请看几个病例：

春节对于普通人来说，那是喜庆祥和、欢歌笑语、合家团聚的日子，而对于医生，不管何时都要坚守岗位且不能有丝毫懈怠。

2018年大年初三一大早，一辆风驰电掣的急救车把一位53岁的男性患者送到普仁医院急诊室，当时患者已呈昏迷状态。时间就是生命，急诊科的医务人员立即为其给予吸氧、监护和开放静脉通路等一系列抢救措施。经诊断，患者为感染性休克、糖尿病酮症并发急性胰腺炎。据了解，患者独自在家中晕倒，由邻居发现后联系急救车送至医院。经过各位医务人员争分夺秒的全力抢救，最终，患者脱离了生命危险。与此同时，医院带班领导和总值班人员也积极协助联系患者家属，家属赶到医院后,看到转危为安的亲人,眼含热泪向辛苦了一上午的医护人员表达了衷心的感谢。

就在医护人员准备稍事休息时,一位80多岁的老先生因喘憋胸痛来到急诊就诊,急诊医生立即为老人进行查体和治疗,心电图显示为急性心梗。因老人的子女均不在本市,未能陪老人前来看病,医护人员在全力救治的同时,还帮助老人办理好相关手续,并及时联系老先生的子女。经过大家的共同努力,老人转危为安,他的儿子也从廊坊赶来,向普仁的医务人员鞠躬致谢。

经历了两场紧张的抢救,中午11:30,正当大家刚刚喘了一口气,准备吃午饭时,在京工作的D女士因突发腹痛和阴道出血在同事的陪同下来到急诊。急诊医务人员顾不上吃饭,立即为患者测量生命体征,并进行了相关检查。经检查,该女士即将临产且胎儿已部分娩出。由于情况紧急,普仁医院急诊科、妇科、儿科等相关科室立即为D女士进行了紧急会诊,同时各位医护人员还安慰患者不要紧张,和医生护士配合好。最终,在大家的共同努力下,随着一声清脆的啼哭,患者腹中的胎儿成功娩出,母子平安!大家的脸上都露出了欣慰的笑容,这时才感到一身疲惫袭来。由于普仁医院无产科病房,为了更好地照料产妇,在总值班的积极协调下,将患者母子转至上级医院接受后续治疗。

在外人看来这是紧张忙碌的一天,而普仁的医护人员却早已司空见惯,只不过发生在春节期间,使得这个节日过得更有意义而已。其实,一年365天,哪一天不是绷得紧紧的!

据统计,去年一年,普仁医院的门诊量达到70多万人次,门诊量、病人数在东城区都是名列前茅,普仁医院在患者中的认可度和口碑由此可见一斑。

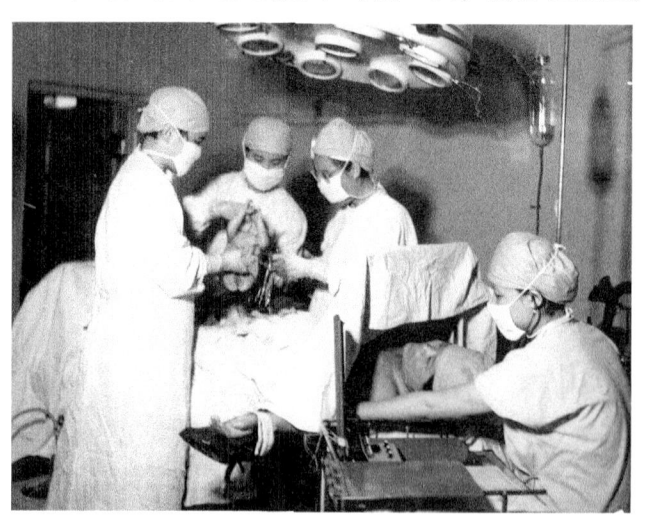

为新生儿接生

设备先进不畏难

普仁医院能有今天的成绩得之不易,这与他们多年来加大基础设施建设投入、注重人才培养、引进新的医疗技术设备和提高医疗服务水平是分不开的。笔者作为普仁医院的老患者,亲眼看见了这所医院的变化,这种变化用"迅猛"二字来形容一点也不过分。

记得十几年前,笔者曾去抽血化验,那时抽血在地下一层,门诊楼还没有改造。时值冬日,地下室大厅内冷飕飕的,只有一张凳子供抽血的人就座,许多老人就在那里站着排队等候。见此情景我有点愤愤然,回来便给普仁医院的读者信箱写了一封信,指责他们不考虑患者的感受,质问他们加把椅子有何难?没想到三四天后就接到医院办公室的电话。电话中说,首先诚恳接受批评并进行了整改,另外欢迎我再来看看。不久后再去看病时,我特意到抽血处看了看。果然,安排了座椅,抽血的患者再也不用站着等候了。这件事情不大,但是可以看出院方对患者意见的重视,知过能改,善莫大焉。作为一名患者还能说什么呢!

如今普仁医院拥有核磁共振、直线加速器、X刀、CT、DSA数字减影血管X光机、彩色超声诊断仪、ICU中心监护系统及数字诊断系统、玻璃体切割机、血透血滤机、全自动生化分析仪、免疫分析仪等先进的医疗设备,全院共有万元以上设备421台。近年来,医院确定心血管内科、普通外科、骨外科、眼科、神经内科、肿瘤放化疗专业、重症医学专业为医院主力临床学科,医院整体医疗水平逐年提高。

急诊急救专业、内分泌科、泌尿外科、男科为医院近期重点发展学科。腔镜、心脏介入、血管介入等微创技术项目的技术水平也在稳步提升。在形成医院学科特色同时,突出放射治疗、血液净化等优势学科。小儿生殖细胞瘤、脑部肿瘤放射治疗、血液净化治疗等优势学科目前已经具备本市较高的诊疗水平。

有了先进高端的医疗设备,有了医生精湛的医术,有了仁爱之心,面对疑难病症就有了应对之道。

有位85岁的高龄老人,九年前因患肝癌接受了肝脏部分切除术,术后恢复良好。一年多以前复查时发现肝癌复发,于北京某三甲医院施行"射频消融术",术后患者肿瘤未缩小,且生长迅速,不到一年的时间肿瘤已生长巨大,造成老人上腹部明显隆起,压迫周围器官,引起胸闷、呼吸不畅、进食不佳等症状,生活质量严

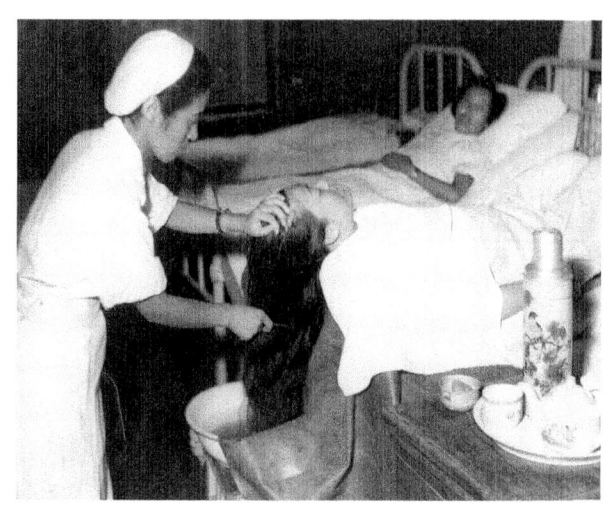

为患者提供贴心服务

重下降。患者后被收住于北京某大医院，但考虑到患者高龄、肿瘤巨大、周围粘连易出血等因素，未进行手术治疗。患者感到胸闷、呼吸不畅及腹胀症状继续加重，难以忍受，遂来到普仁医院就诊。

看着老人痛不欲生的表情，外科朱立东主任在详细了解患者病情、诊治过程及目前生存质量后，毅然决定让老人住院治疗。经过一番完善检查后，明确患者虽肿瘤巨大，但未侵犯重要肝门血管，虽高龄，但主要脏器功能尚可，经过一段时间的营养支持，患者的一般状态得到改善，可以接受手术治疗。在明知手术风险巨大的情况下，朱立东主任向家属说明了病情进展及各种治疗风险，术前，还邀请北京医院肝胆外科陈剑主任参加，进行了MDT讨论，一致认为可手术切除，切除肿瘤能够解除腹腔压迫症状，可以大大提高患者生存质量，部分患者可获得长期生存，同时根据患者病情制订了个体化围手术期准备和预防护理措施。

2019年3月19日上午，在麻醉手术科和检验科的全力配合下，一场紧张有序的手术大幕缓缓拉开。手术一开始，就遇到了一个难题，打开腹膜发现腹腔内重度粘连（原手术造成），大大增加了手术难度，医生边分离边探查肿瘤，发现巨大的肿瘤已占据上腹大部空间，与周围粘连紧密，肿瘤表面血管怒张，随时可能导致大出血。在进行手术的同时，麻醉手术科和检验科同人根据术中情况，迅速响应，给予升压等药物维持血压，生命体征基本平稳。完成肿瘤周围粘连分离后，朱立东及陈剑主任当机立断，精确快速地切除肿瘤并完成止血。经过四个多小时的连续奋战，手术最终获得成功，不仅肿瘤完整切除，而且没有损伤周围脏器。切除肿瘤约20×18厘米，重量约1600克，术后患者生命体征平稳，身体正在逐步恢复。

"健康所系，性命相托，哪怕有一线希望，医护人员都必须尽到百分百的努力，为患者的生命健康保驾护航。"朱立东主任如是说。

施爱于人获赞扬

疾病无情，普仁有爱。

2018年8月末，酷暑中的一天，一位患者家属一下子将五面锦旗送到普仁医院心血管内科病房。锦旗上分别书写着"是你们创造了生命奇迹""仁心仁术，医德高尚""用精湛医术创造生命奇迹，用优质服务树立最高信誉"等动情的话语。

是什么感动了患者家属，要用五面锦旗表达感激之情呢？

原来患者是位81岁高龄的老奶奶，8月4日因摔伤导致胸椎压缩性骨折入住骨科病房，8月6日接受椎体成形术。在滕涛主任、张艳护士长等医护人员的诊治下，手术非常成功。不料8月7日晚，老奶奶突发心脏骤停伴意识丧失，随时有生命危险。骨科医生张海东等医护人员立即采取救治措施，并请来内科尹伟、李响和麻醉手术科孙尧、重症医学科刘博等医生会诊。经诊断，考虑老人为急性心肌梗死，老人被送入重症医学科（ICU）抢救。

在ICU，曹奶奶情况逐渐稳定，赵文献主任、黄晓峥护士长和刘博、井胜昔、明辉等医护人员，密切关注老人的病情变化并及时对症治疗。约一周后，老人顺利转出ICU，进入CCU接受后续治疗。转入CCU病房后，内科李海涛主任、李艳梅护士长和邹文副主任医师及周丽梅、尹伟、李响等医务人员一直高度重视老人的病情，结合患者病情及辅助检查提示，心内科于8月21日为老人成功植入两个支架。目前，老人病情稳定，正在逐步康复过程中。

正是这种多科室联动抢救模式，在这半个多月的抢救和诊疗过程中发挥了关键作用。各科室密切配合、相互支持、敢于负责、绝不推诿，以高度的职业精神使老人转危为安、重获新生。

五面锦旗分送五个科室，不善言辞的患者女儿除了一句"十分感谢普仁医院的医护人

同一位患者送来的五面锦旗

员及时抢救了我的老母亲",再也说不出其他话来。

普仁医院对患者的普施仁爱也播撒到了祖国边疆地区。

不久前,泌尿外科副主任医师梁磊意外地收到了一件包裹。因为并没有订过快递,所以梁医生感到困惑。当打开包裹时,一面鲜红的锦旗映入眼帘,上书"医德高尚暖人心,医术精湛传四方"两行格外醒目的大字。

事情还要追溯到2019年除夕,一位新疆来京旅游的游客,刚下飞机就出现了不适,遂到普仁医院进行诊治。经泌尿外科梁磊副主任医师仔细的询问检查,很快确诊为左侧肾及输尿管结石。随后多科室医务人员通力合作,为患者成功地完成了手术。考虑到患者为异地病人,梁磊大夫还主动帮他复印病历并垫付了病历钱,患者得知后十分感激,特意从千里外的新疆寄来了锦旗以表感激之情。

"当时给患者复印病历、垫钱时也没多想什么,就是想搭把手、帮个忙,"梁磊笑着说,"患者送来的锦旗是对我们付出的认可和肯定,同时更是一种鞭策。今后,我将进一步深入践行'精诚仁和'的院训精神,为患者提供更加有温度的服务,全心全意为人民群众的生命健康保驾护航。"

医疗合作显神威

多年来普仁医院与北京医院、协和医院、同仁医院、天坛医院建立多个医联体合作体系,推进完善分级诊疗,促进实现基层首诊、双向转诊。

医联体的建立使得普仁医院可以更加方便地获取医疗资源,加强了本院的学科建设,为医护人员进修培训提供了新渠道,促进了本院学科技术水平、专科影响力的提升,也使普仁医院被更多患者所了解与认可。

如普仁医院于2011年单独成立的甲乳外科专业组,就是随着目前甲状腺乳腺疾病的高发应运而生的。目前这个专业组通过与卫生部北京医院甲乳外科合作,在甲乳专家的带领指导下针对相关疾病,尤其是在恶性肿瘤的诊断、手术治疗、术后放化疗、内分泌治疗及基因靶向治疗的流程方面,针对不同患者的病情制定个体化的治疗方案,同时对患者终身随访并指导术后恢复,以达到最佳的治疗效果。

目前可开展的手术有甲状腺结节和恶性肿瘤切除、乳腺小肿瘤的定位穿刺活检术、乳腺良性肿物的常规及微创切除术、单纯乳腺切除、乳腺癌根治术及保乳根治术、乳房重建、乳头整形、乳房假体取出、副乳切除,等等,配合多种治疗均取得良好的治疗效果。

曾院长认为,医联体建设促进了全院多个学科建设,并逐渐呈现不同优势,提升了全院的诊疗技术水平,拓展了诊疗项目,提高了医院的品牌建设。

送医上门惠众生

京津冀一体化协同发展,发挥首都医疗机构优势,是提高百年普仁品牌在京津冀地区的知名度和影响力的绝好契机。

2018年下半年,普仁医院与河北卫视《健康有话说》栏目联合举办多场大型义诊、咨询及健康宣教活动,旨在更好地服务患者,为当地百姓送去健康的福音,并在河北张家口金鼎社区开展了首场义诊,取得了良好效果。

"俺这回赶上你们北京专家上门给免费瞧病,真是福气呀!"一位老奶奶拉着医生的手高兴地说。这是8月10日上午在河北省张家口市金鼎社区发生的动人一幕。当天一大早,这里已经聚集了许多患者和居民,他们正在等待着一批"特殊"的客人。上午9点,一个个穿着白衣的身影匆匆步入社区大门,他们顾不上喝一口水或是休息片刻,便投入到了紧张的工作中。

普仁医院一直对"京津冀"地区的医疗协同工作十分重视,院领导曾带领多个科室专家赴河北省涞水县人民医院开展大型义诊,受到当地患者的欢迎。在以往工作的基础上,院各科室对义诊暨健康咨询活动进行了精心安排,多次召开协调会对参诊科室、人员和相关宣传工作进行部署。活动当天,来自骨科、内科、中医科、外科等临床科室技术过硬、责任心强的医务工作者参加义诊,为广大患者和居民送上了一份丰盛的健康盛宴。

在义诊活动中,骨科主任医师滕涛、内科主任医师马亚红、骨

20世纪70年代医疗队在国外

科副主任医师英吉林、中医科副主任医师樊兰英、外科主治医师韩樱松、骨科康复治疗师朱志强及医疗保险办公室李伟等专家为每一位患者认真问诊、查体，解读化验、放射检查报告，并结合多年的临床工作经验为他们讲解了各种疾病的预防和治疗知识，还就大家普遍关心的日常保健和膳食搭配进行了全面指导。同时，门诊护士长印洁同志还带领各位医务人员，向患者们发放了医院各科室简介以及专家出诊时间表和相关宣传材料，欢迎大家去普仁就诊。此次义诊共接待患者300余人次，把开启健康大门的金钥匙交到了大家手中。

此次义诊是普仁医院开展"京津冀"协同医疗的一次有益的探索，受到了当地群众的欢迎和赞扬。今后，普仁医院将分批持续开展系列义诊活动，并不断加强同"京津冀"地区医疗机构的交流与合作，发挥专业特长，服务百姓健康，为"京津冀"协同发展贡献力量。

与此同时，普仁医院党委还充分发挥青年党员的模范带头作用，于2013年4月正式组建了北京市普仁医院青年党员志愿者，同时制定了《北京市普仁医院青年党员志愿者服务队章程》，他们开展了多次义诊及健康咨询活动，为广大居民送去了健康的福音。部分青年志愿者还前往昌平区流村镇社区卫生服务中心和崔村镇社区卫生服务中心，为农民朋友进行了免费体检，把健康的福音送到了田间地头。

孤残儿童是社会的主要弱势群体之一，需要你我的共同关爱。普仁医院党委组织青年党员志愿者利用周末休息时间来到位于顺义区赵全营镇板桥村的"太阳村"儿童救助中心，看望了生活在那里的孤残儿童和服刑人员子女，并为他们捐赠了孩子们喜爱的食品和学习、生活用品，通过与孩子们一起交流、游戏，使快乐的笑容重新绽放在他们脸上。

锐意革新定目标

2009年3月17日中共中央、国务院向社会公布了《关于深化医药卫生体制改革的意见》（下称《意见》）。《意见》提出了"有效减轻居民就医费用负担，切实缓解看病难、看病贵"的近期目标，以及"建立健全覆盖城乡居民的基本医疗卫生制度，为群众提供安全、有效、方便、价廉的医疗卫生服务"的长远目标。

从新一轮医改正式拉开帷幕，到如今已十年。普仁医院为贯彻新医改各项任务，十年来做了不懈努力，取得了卓有成效的成绩。

医疗卫生改革是世界性难题，公立医院改革更是面临管理体制、运行机制等重大变化，面对新的形势和任务，医院党委始终围绕中心工作，从思想上、组织上、作风上和制度上全面加强党的建设，充分发挥了党委的政治核心作用、党支部的战斗堡垒和共产党员的先锋模范作用，有效增强了集体凝聚力和战斗力，稳定了职工队伍，为医院顺利完成医改任务提供了坚强的政治保证，作出了积极贡献。

为了做好医改工作，医院党委首先统一思想认识，认真学习贯彻十九大精神，创新学习方法，努力营造浓厚的医改氛围。改革中为随时了解职工的思想动态，及时发现问题，及早将问题解决在萌芽状态，医院党委组织召开不同层次的医改座谈会，广大党员干部围绕医改中心工作，积极主动地为推进服务创新、推动医院和科室发展提出合理化建议。

实行医药分开，即取消药品加成、建立医师服务费，是新医改的标志性动作。为了保障医务人员规范行医，避免出现药品回扣等不良事件，医院党委把医疗工作与行风建设紧密结合起来，不断加强党风廉政建设，切实提高抵御风险能力。

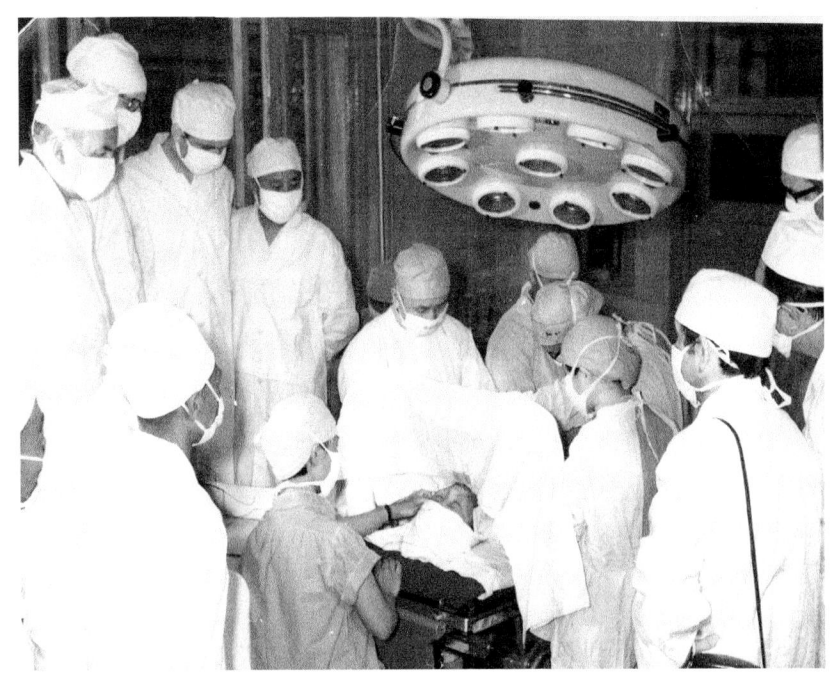

外国专家在普仁医院观摩手术

普仁医院的曾文军院长说:"回顾医院2018年的工作,我们清醒地认识到医院发展所面临的严峻形势。我们要时刻保持居安思危的忧患意识,不断提高公立医院的公益性,要深刻理解掌握医疗卫生体制改革的总体目标与思路,对面临的困难和问题不气馁不放弃,既不能骄傲自满、妄自尊大,也不该望而却步、裹足不前,我们的前进道路不平坦,任务非常艰巨,但我们的努力方向、发展前途却更加明确。"

曾院长认为:"争创三级医院既是我们医院的愿景,也是我们努力的目标。我们必须用院兴我荣的态度热爱我们的医院,用拼搏奋斗的精神创造医院的明天,用责任的担当赢得社会的认可,用精湛的医术治愈患者的病痛,用温暖的关爱安慰患者的心灵,努力提高我们的诊疗水平和服务质量,在医院的服务能力、运营管理上达到三级医院标准,确保医院的可持续发展。"

要实现以上目标,曾院长表示要从以下几个方面开展工作:

首先要加强党的建设。院级党组织发挥把方向、管大局、做决策、促改革、保落实的领导作用,认真履行全面从严管党治党的政治责任,紧密结合医疗业务工作,围绕中心服务大局,实现党建与业务工作双提升、双促进。

其次要加强文化建设。努力形成"医院有活力、服务有名气、领导有正气、员工有士气"的发展文化。大力倡导医院的"家"文化,让每一名职工都能感受到家的温暖,都有爱"我普仁大家"、护"我普仁大家"、兴"我普仁大家"的义务与责任。让人人有归属感,激发大家为普仁开拓事业的决心和勇气。

同时要加强学科建设。按照三级医院标准评估、制定医院学科建设规划,提升医院影响力,坚持专业细分与资源整合并进,集中有限资源重点发展既符合医院定位,又有迫切意愿,还有实际措施的科室及专业。落实"东城区检验病理中心"和"东城区院感质控中心"两个中心平台的建设。整合医院康复资源,为尼奥大厦康复中心的启动做好人员储备,力争形成医院发展新亮点。

另外,要加强医疗质量管理。为患者提供多学科综合治疗方案,既提高疗效,又方便患者就医,逐步形成特色诊疗、特色服务。

还要加强服务能力,加强科研和人才建设也是今后工作的重要内容。提高普仁医院在市区两级科研立项的成功率,提升普仁医院在区域乃至在北京市内的医疗学术地位。

普仁医院还准备在条件具备时开设老年门诊,由业务精湛的全科医生坐诊,解决老年人慢性病、常见病、多发病、日常保健和科学合理用药等问题,改善老年人到医院后多处就诊的烦琐流程。

曾院长最后说:"用心把简单的事重复做好,我们就可以成为专家;用心把重复的事做完美,我们最终会成为真正的赢家。"

回顾普仁医院百年历史,她能历经沧桑,至今矗立不倒,是与医护人员不断与时俱进分不开的。

随着北京非核心功能的疏解,普仁医院周边的医疗资源和医疗需求也将发生变化。作为东城区区级医疗中心之一,普仁医院必须坚决贯彻落实医院的发展规划,为打造"规模适度、专科特色凸显的综合性医院"而奋斗。

普仁医院的院训是"精诚仁和"。我对这四个字的理解就是:业务精、待人诚、施仁爱、重和谐。从以上的事例中不难看出,广大"普仁"人一直在努力践行着院训。

目前,广大"普仁"人正团结一致,进一步解放思想、深化改革、艰苦创业、求实创新,努力为守护人民群众的生命健康作出新的更大贡献!

相信每一位来普仁医院就诊的患者不仅能感受到医术的精湛,更能体会到人性化的关爱。

(作者为东城作家协会理事)

第四辑

梦想未来

托起明天的太阳,一切为了孩子
——记中国儿童艺术剧院与中国儿童戏剧节

韩宗燕

坐落在北京最中心位置——东安门大街上的中国儿童艺术剧场是北京的文化地标之一。在这座欧式巴洛克建筑上方的醒目位置有"中国儿童剧场"六个大字,那是20世纪50年代由国家副主席宋庆龄题字命名的。对于游客来说,它或许只是王府井地区一个不太起眼的景点。但对于成长在北京的人来说,它承载的却是一份孩童时期的珍贵记忆。

中国儿童艺术剧院外观(2016年)

时光度过60多个春秋，经过几次整修，如今的中国儿童剧场仍然保持着半个世纪前的美丽外观，她宛如一座童话城堡，白天在阳光的照耀下，她多角度地展现着自己的曼妙身姿，夜色中她又显得神秘莫测。这里是孩子们的精神乐园，能到儿童剧场看一场戏，一直都是无数孩子期盼的事情。

自成立以来，中国儿艺始终坚持以广大少年儿童为主要服务对象，努力创建社会主义的、民族的、有益于少年儿童身心健康并为他们喜闻乐见的戏剧，同时，也介绍世界优秀名著，以崇高的精神、优美的艺术陶冶观众情操，提高审美情趣。在艺术形式上，剧院既继承民族传统，也借鉴国外艺术，探索富于民族气派、儿童情趣与时代感的体裁、风格与样式。中国儿童艺术剧院立足北京，面向全国3.8亿青少年，巡回演出的足迹遍布祖国的大江南北。63年来，中国儿童艺术剧院一如既往地遵循儿童戏剧的创作规律，出好戏，出人才，充分展示儿童戏剧的艺术感染力，真正成为孩子们的精神乐园。

从2011年开始，每年的夏季，这里都要举办中国儿童戏剧节，戏剧节以"点亮童心，塑造未来"为主题，以国内外优秀儿童剧展演、戏剧研讨和多项公益性戏剧活动为载体，围绕儿童戏剧开展多种类的活动。每到这个时候，中国儿童剧场和剧场前面的小广场都张灯结彩，代表各个戏剧的人偶、图片把周围布置得色彩斑斓，孩子们从四面八方涌来，欢快地蹦蹦跳跳，戏剧节就是他们自己的节日，在节日里他们尽情地享受戏剧艺术带来的欢乐。

精彩纷呈，公演60多年经久不衰的儿童剧

成立于1956年6月1日的中国儿童艺术剧院，先后排演过180多部戏，演出次数达万场之多。最著名的大型经典童话音乐剧《马兰花》赢得了新中国几代观众的喜爱，《马兰花》不仅是中国儿童艺术剧院的代表作，也是新中国儿童戏剧事业的第一块光彩的里程碑。该剧曾得到周恩来总理亲自指导，并荣获多项大奖。在演出了50多年后的2009年，《马兰花》还荣获全国专业舞台艺术"首届全国优秀保留剧目大奖"。"马兰花，马兰花，风吹雨打都不怕。勤劳的人儿在说话。请你现在就开花"成为永恒的经典。这首歌的旋律响起甚至能引起一家三代人的共鸣。

中国儿童艺术剧院的经典剧目可谓数不胜数。陆续演出的各类儿童剧强烈地

吸引着一代又一代的孩子们。《马兰花》《小白兔》《喜鹊与小孩儿》《革命的一家》《以革命的名义》《岳云》《十二个月》《宝船》《小雁齐飞》《报童》《于无声处》《保尔·柯察金》《月亮草》《皇帝的新装》《不要烦恼》《紫荆花开月儿明》《享受艰难》《青鸟》《月光摇篮曲》《香格里拉》《走近莎士比亚》《饼干小子》《安徒生之旅》《小蝌蚪找妈妈》《灰姑娘》《白雪公主与七个小矮人》《小兔快跑》《格林兄弟与魔法森林》《十二生肖》《红沙发音乐城》《西游记》《三只小猪变变变》《太阳鸟》《小王子》《小布头奇遇记》《口袋里的中国故事》《三个和尚》《天才小精灵》《卖火柴的小女孩》《心愿》……

看到以上列举的儿童剧名称,就可以了解中国儿童艺术剧院60多年来为孩子们演出了多少好戏!而这里所列举的剧名还不是中国儿艺排演剧目的全部。少年儿童象征着一个国家未来的希望,在任何国家,对于少年儿童的培养都是不遗余力的。尽管国家不同、文化各异,成长环境也千差万别,但追求真善美却是全人类共通的情感。这也是世界上所有致力于为少年儿童提供精神食粮的艺术从业者们为孩子们构筑的心灵殿堂。

成立于新中国建立初期的中国儿童艺术剧院与共和国一起成长,经历了60多年的历史变迁,在各个时期都一直保持着创作热情。剧院领导和主创人员深知儿艺面对的是全国3亿多少年儿童,要矢志不渝地不断创作出适合少年儿童观看的话剧、音乐剧,为孩子们送上高质量的作品,才不辜负自己的历史使命。正如在中国儿童艺术剧院成立60周年纪念会上,文化部部长雒树刚的讲话中所说:60年来,中国儿艺孕育了大批优秀的儿童戏剧表演、编剧、导演、音乐、舞美人才,他们在业内外都享有很高的声誉。中国儿艺聚焦"国内一流、国际知名"的剧院发展目标,积极发挥国家艺术院团的"导向性、代表性、示范性"作用,在"出精品、出效益、出人才"上实现了新跨越,取得了令人振奋的新成果,实现了社会效益和经济效益双丰收。希望中国儿童艺术剧院全体演职员,向老一辈艺术家学习,坚持以人民为中心的创作导向,坚持"一切为了孩子"的创作宗旨,坚持以创新为核心的创作方法,弘扬中国精神,凝聚中国力量,用精品力作培育和践行社会主义核心价值观,将中华文化基因根植于孩子们的心中,为建设社会主义文化强国、实现中华民族伟大复兴的"中国梦"作出新的贡献。

薪火相传，几代儿艺人"一切为了孩子"的不懈追求

中国儿童艺术剧院前身是于1941年抗日战争时期在延安成立的延安青年艺术剧院附属儿童艺术学园，又称延安少年剧团。抗战胜利后，这支少年剧团随东北文艺工作二团转战东北又进入北京，1952年在中国青年艺术剧院儿童队舞蹈团的基础上，建立了青艺附属中国少年儿童剧团。1956年6月1日，由文化部正式命名为中国儿童艺术剧院。那正是全国人民热火朝天建设新中国的时期，中国儿童艺术剧院肩负着托起明天的太阳、用戏剧的方式给新中国的少年儿童送去精神食粮的重任，从儿艺成立的那一刻起，"一切为了孩子"就成为几代儿艺人的共同责任和坚守。中国儿艺的成长和发展自始至终都得到了中央领导人的亲切关怀：1949年4月，毛泽东主席、朱德总司令就在北京西山接见了青年艺术及儿童队的演员；周恩来总理1952年观看了《小白兔》《桃子熟了》的演出，他始终关心着儿童艺术的发展；1954年6月1日，在团中央领导与少儿观众代表召开的座谈会上，胡耀邦肯定了《好队员》《大灰狼》两个戏的演出，并提出了具体修改意见。

现在到网上查找"中国儿童艺术剧院"，近百条信息都是"中国儿童艺术剧院位于北京市东城区东安门大街64号……"，大概已经没有多少人知道中国儿艺的"家"原来是在东单北极阁三条32号。从1956年到2008年，中国儿童艺术剧院的院部、排练厅以及家属宿舍都在位于北极阁三条胡同南面的这个院子里。除此之外，儿艺还有专门的演出剧场，这就是位于东安门的中国儿童剧场。

说起北京东单北极阁三条，那个古老胡同里的故事可以追溯到很久远，曾经的面貌已经随着时光的流逝、时代的变迁成为回忆。很有代表性的、令人记忆深刻的是那条胡同中部南面有很大的一片别墅建筑群，那是著名的协和医院住宅区南区。位于胡同西北的宁郡王府是目前保存最完好的王府建筑之一，从20世纪50年代起成为中国青年艺术剧院所在地，直到21世纪初中国青年艺术剧院与中国话剧院合并，又随着王府古迹府邸修葺工作的开启，青艺才开始办理相关腾退手续。在长达50年的时光里，儿艺与青艺这两个国家级剧院就一直在同一条胡同里面对面存在着，成为京城颇有艺术气息的一个地区。青艺所在地，那个带有神秘色彩的昔日王府，古建筑多年失修，虽然显得比较破旧，但是院落宽阔，房屋建筑高大，显得颇有气派，被人们俗称为"大庙"，当年许多颇有影响的活动和演出都是在"大庙"进行的。

与它斜对面的儿艺院里的建筑有点儿中西合璧，老建筑只有二层，大门在北边，进入院子后有三四座低层小楼自北向南排列，院子西面有一栋二层小木楼，儿艺的许多著名演员的家就在那简陋的房子里。因为人员的不断增加，20世纪70年代院子里还建起了六层高的家属宿舍楼。

新中国成立以后我国的文化事业不断发展，国家级专业艺术院团逐渐成立。中国儿艺的第一任院长任虹是老一辈革命文艺工作者，他1938年加入中国共产党。从此，他把自己毕生的精力融入党和人民的文艺事业，终生不渝。任虹是中国儿童艺术剧院的开拓者和领导人、创建人，杰出的儿童戏剧艺术家、音乐家。1956年中国儿艺建院时院长任虹就提出了他对中国儿艺的畅想："我们要建成远东第一的剧院。"他认为剧院应该由两类人组成，一类是有艺术家感情的教育家，另一类是有教育家思维的艺术家。儿童艺术剧院汇聚了来自解放区和国统区的曾为新中国的建立而奔走呼唤的艺术工作者，又陆续吸收了一批有艺术天赋的年轻人。在老院长任虹的带领下，为了给少年儿童创作出更多更好、适应儿童特有兴趣的戏剧，他们付出了自己的心血，无论是"自然灾害"期间还是"文革"动乱年代，不管是下放农村锻炼还是在"干校"劳动，随着时代的脚步，在各个时期都倾心创作编排，以鲜明的艺术形象和活泼的表现形式启发孩子们对生活、对艺术的感悟。

老院长任虹以戏剧艺术家、音乐家的眼光为儿艺的发展作出周密的策划，邀请中国一流的艺术家、剧作家来剧院指导，他要求演职员在个人专业上一定要精益求精。在中国儿童艺术剧院60周年纪念会上，80多岁高龄的老演员覃琨回忆道："那时我们每天早上7点就要练功，为提高艺术修养，领导还邀请昆曲大家韩世昌、白云生等给我们上昆曲课；此外，还有美术课、芭蕾课，等等。大导演孙维世、欧阳山尊、舒强、吴雪等都来给我们进行过教学式排戏。1960年老舍先生为剧院写下《宝船》的剧本，还亲自来到排练场进行剧本朗读。剧院还为我们请来侯宝林先生讲课，给演员们进行剧目理解的辅导。在我们排马少波先生编剧的《岳云》时，李少春、张云溪等名家给我们上武功课，教我们话剧该如何和戏曲结合……"与覃琨同时期的著名儿童剧演员方掬芬、连德枝、史美明、李若君、王铁成等都是中国儿童艺术剧院的台柱子，几乎每一部戏都有他们扮演的角色。这一批老演员都对儿艺有着深深的情感，每当说到儿艺，他们都有聊不完的话题。在中国还没有进行改革开放的年代，中国儿童艺术剧院就在对外文化交流上做了不少工作，20世纪50年代就选派青年演员参加在匈牙利举行的世界青年联欢节和保加利亚夏令营,向国际朋友介绍中国的儿童戏剧;1963年,儿艺的舞美设计范思廉赴仰光参加缅甸国家歌舞团舞美人员培训工作;1979年舞美设计沈尧定作为中国戏剧家小组成员,赴南斯拉夫访问……

在任虹院长的主导下,儿艺还组建起了乐队,那是一支具备较高专业水平的乐队,据说当年一位来自欧洲的著名音乐家听到儿艺乐队的排练后,称赞说:"我知道那里有一个高水准的乐队。"有了乐队的助力,更增添了儿童剧演出的气氛,台上演员们倾情地演出,台下观看演出的孩子们积极呼应,剧场里一片热闹非凡的景象。每当演出休息时,就可以看到孩子们趴在乐池的栏杆上,叽叽喳喳不停地问这问那,那场面不仅令孩子们兴奋不已,在场的大人们也会心情激荡。

第一任院长任虹在中国儿童艺术剧院工作的30多年中,带领中国儿艺一班人致力于中国儿童戏剧艺术的探索与创新,推出了《马兰花》《以革命的名义》等优秀儿童戏剧作品,为中国儿艺的建立与成长奠定了坚实的基础,为繁荣新中国儿童戏剧事业作出了巨大贡献。

继往开来,与时俱进传承中华民族优秀文化

在如今的互联网时代,资讯空前井喷,新技术日新月异。很多孩子小小年纪就能熟练地操作智能手机、平板电脑,而留给父母与孩子的亲子时间却越来越少,孩子们越来越孤独。一家人一起去剧场欣赏一场高水平的儿童剧作的机会更是屈指可数。在这样的大背景下,就更需要儿童艺术创作者不断推陈出新,与时俱进,承担起为新一代少年儿童构筑精神世界的使命。真善美的童话世界通过戏剧舞台展现给观众,它的绚烂与美丽,成全了多少孩子童年的梦想,也帮助无数的少年儿童建立起正确的人生观。

从1956年中国儿童艺术剧院建院到今天,63个年头过去了,从第一任院长任虹到现今的第六任院长尹晓东,"一切为了孩子"的责任担当像一支接力棒一直在接力。现任中国儿童艺术剧院院长尹晓东是国家一级作曲家,他对儿童剧的发展有独到的思考,他说:"自1956年建院起,'一切为了孩子,让全中国的孩子都能看上儿童剧'就成为中国儿艺几代人的共同追求。60多年来,中国儿童艺术剧院在党和国

家几代领导人的亲切关怀下，在历届文化部党组的正确领导下，在历任院领导的带领下，一代代艺术家，始终牢记儿童艺术工作者的责任和使命，通过寓教于乐的艺术作品，传递健康向上、传递中华传统美德和社会主义核心价值观的内容，自觉肩负起塑造少年儿童美好心灵和高尚品德的社会责任，始终把创作更多少年儿童喜闻乐见的精品力作，不断满足他们精神文化需求作为首要任务。现在全体中国儿艺人都有一个梦想，就是把剧院建设成为儿童戏剧界'国内一流、国际知名'的剧院，让剧院成为当之无愧的国家剧院。"

党的十八大以来，中国儿艺围绕讲好中国故事，恪守"一切为了孩子"的宗旨，创作上演了25台之多、题材涉及古今中外的优秀儿童戏剧作品，探索出一条"传统文化、外国经典、现实题材"三者并举的创作之路：《口袋里的中国故事》《三个和尚》《成语魔方》等，以丰富的中国元素，展示中华文化深刻内涵；《时间森林》《天才小精灵》《红缨》《山羊不吃天堂草》等表达的是现实题材；《卖火柴的小女孩》《小飞侠彼得·潘》《小公主》等改编自世界经典文学作品的儿童剧，汲取世界文学宝库中的儿童文学精髓，推广世界优秀文化。

改革开放新时期的中国儿童艺术剧院同样是人才汇聚，这些从高等艺术院校毕业的学士、硕士……挑起了新时期"一切为了孩子""出人才、出效益、出精品"的重任。近日，中国儿童艺术剧院的辉煌履历上再添浓墨重彩的一笔。2019年4月26日第七届中国戏剧奖在广西南宁隆重揭晓，中国儿童艺术剧院党委书记、国家一级编剧、副院长冯俐以《山羊不吃天堂草》获第七届戏剧奖·曹禺剧本奖。《山羊不吃天堂草》创作于2017年，作为第七届中国儿童戏剧节开幕大戏在中国儿童剧场首演。本剧改编自中国首位获得"国际安徒生文学奖"作家曹文轩先生的同名小说，由查明哲导演，是面向青少年的国内首部"成长戏剧"。这部现实题材作品，通过乡村少年明子等进城务工的艰辛历程，反映出在我国社会主义建设的时代大潮中，青少年建立正确人生观、价值观的心灵成长过程，揭示出成长的艰难和"成人"的价值。该剧首演结束后，得到了众多媒体的关注，引起社会强烈反响。当代作家、北京大学教授、原小说作者曹文轩老师对演出高度认同："这部戏成功地将文学变成了艺术，这是我看完戏最大的感受。另外，演出水平确实是国家级的，这也是我看完戏很大的感受。山羊在我看来是很难表达的，但是，这部戏对山羊的意象处理得非常好，时空调度非常自如，利用了舞台艺术特有的长处。看剧过程中，我在

2015年文化部部长雒树刚观看《红缨》后与演职员合影

下面一直没有鼓掌,但这恰恰是我对这个剧目的高度认同,我坐在下面一直在流眼泪。从剧中我理解了一个词——悲悯,无边无际的悲悯。"曹文轩老师还说:"这是从文学到戏剧的再一次伟大的创造。"剧作家冯俐深有感触地说:"'一部戏影响人的一生'这样的事情在国内外都有很多的故事,这说明戏剧艺术的魅力和作用不可低估,怎样才能写出更好的作品?这是我们剧作家时时刻刻都在认真思考的课题。"

不仅《山羊不吃天堂草》这样的现实题材的优秀作品得到了广泛的赞誉,剧院还推行以优秀团队通力合作的形式,集中骨干力量创新演绎中华优秀传统文化作品。儿艺的领导层有个共识:儿童艺术创作团队只有不断注入新鲜血液,才能贴近当代少年儿童的生活,紧跟他们的成长步伐。因此,近年来中国儿艺着力推动青年导演培训计划,助力青年导演成长,为有才华有能力的青年导演提供更多的施展平台。

《口袋里的中国故事》《木又寸》《中国故事之成语魔方》《三个和尚》和多媒体儿童剧《小布头奇遇记》等,就是剧院一批青年导演、青年演员们的力作。发挥小剧场功能,继续将多媒体与舞台戏剧结合,让无限想象变为现实的新技术和简单质朴的民间故事相碰撞,激发出具有无限可能的艺术火花,给中华优秀传统文化烙上时代的印记。

《成语魔方》是连续创排多年的系列剧，对于主创而言，不断进步成为更大的挑战。这部戏为青年编剧和导演提供了展现自我才能的机会，青年编剧冯子晴、章雪滢、刘德正和导演于凉的加入，为《成语魔方》系列剧注入了新的活力，而参与过《成语魔方》系列剧创作的编剧孙梦竹和导演何吉光、刘奇、吴旭、杨成、廖伟则以经验为基础，勇于创新，令编导团队的创作既增强了故事的可看性，又巧妙地加入新的思考，赋予传统成语符合现代社会应用中的现实意义。继《成语魔方一》之后，又排演了《成语魔方二》。《成语魔方二》将小朋友们耳熟能详的《刻舟求剑》《另辟蹊径》《掩耳盗铃》三个成语改编成妙趣横生的故事，用充满童趣的舞台表现演绎出来，贴近孩子们的审美，走进孩子们的心里。在适合孩子们与舞台上演员互动的假日经典小剧场上演，带领小朋友们看中国故事，轻松学成语，在幽默中传递中华智慧，领略传统文化的魅力。

《三个和尚》的故事源自中国古老的谚语："一个和尚挑水喝，两个和尚抬水喝，三个和尚没水喝。"1981年，《三个和尚》被改编成仅有十几分钟的动画片搬上荧幕，其传神写意、似拙实美的艺术效果，将三个各具特色的小和尚形象深深地烙印在小朋友的心中，成为几代人难以忘怀的永恒童年记忆。中国儿艺将《三个和尚》这个极其简单朴实却有着深刻道理的故事搬上戏剧舞台，的确是一个大胆创新。导演毛尔南说："《三个和尚》的故事非常简单，要把这么言简意赅的故事搬上戏剧舞台，打造成一部超过一个小时的戏剧实属不易，但通过团队的集思广益，我们创新加入了一个'老和尚'的角色，使叙事饱满完整，将现代舞和戏曲风格相结合，以演员们的肢体动作代替台词，同时创新地加入了一些武术元素，搭配炫目的多媒体舞台效果，一定会给大家带来全新的观剧感受。"加入了老和尚这一角色，丰富人物关系并加深人物间的情感，让孩子们更容易理解团结、互助和"人心齐，泰山移"的道理。

汲取中华传统文化精髓，向传统文化借故事、借思想，巧妙地把道理、知识与故事融合到一起，以戏剧舞台作为媒介传播中华优秀传统文化是中国儿艺创立"2014中华优秀传统文化年"的初衷，也是打造中华优秀传统文化品牌的目标。《三个和尚》作为中国儿艺"2014中华优秀传统文化年"系列儿童剧中的又一力作，丰富了中华优秀传统文化的品牌内涵，提高了认知度。如今五年过去了，《三个和尚》这部戏已走遍世界五大洲的16个国家的24个城市，向海外观众奉献了60多场精彩演出，成为传播中国文化、讲好中国故事的经典之作。艺术家们将这个中国人民世世代代都耳熟能详的故事通过中国儿艺的舞台呈现在全世界新一代的少年儿童的眼前。创作人员们深信，无论时代怎样变换，时光如何滚滚向前，中华民族传统文化中的精髓一定会以多种形式生生不息地传承下去，儿童剧一定会发挥独特的作用。

国际儿童青少年戏剧协会艺术大会在中国

在文化和旅游部对外联络局指导下，中国儿童艺术剧院与中国儿童戏剧研究会共同主办了2018年度国际儿童青少年戏剧协会艺术大会。国际儿童青少年戏剧协会（ASSITEJ）于1965年成立，目前有92个国家参加了该协会，它在75个国家设立了分中心。国际儿童青少年戏剧协会旨在促进戏剧的推广、研究和发展工作，增进和深化所有青少年表演艺术从业者之间的创造性合作和互相了解。国际儿童青少年戏剧协会艺术大会每年一次，在不同的国家举办。这个艺术大会被称为世界儿童戏剧界的"奥林匹克"盛会，是世界儿童戏剧人的重要节日。国际儿童青少年戏剧协会2018年年会选择在中国举办，这确实是中国儿童戏剧界的一大盛事。

第八届中国儿童戏剧节开幕式

中国儿童艺术剧院院长、国际儿童青少年戏剧协会执委会顾问、儿童戏剧研究会会长尹晓东介绍说："儿童戏剧界的'奥林匹克盛会'——国际儿童青少年戏剧协会艺术大会将迎接全球儿童戏剧艺术家和青少年。这是国际儿童青少年戏剧协会自1965年成立以来首次在中国举办艺术大会，标志着中国儿童戏剧日益走近世界舞台的中央。"

2018年盛夏的北京格外热闹，第八届由中国儿童艺术剧院联合中国儿童戏剧研究会（ASSITEJ中国中心）和北京市东城区委、区政府共同主办的国内首创、国际知名的儿童戏剧节正在举办。此时又恰逢2018年度国际儿童青少年戏剧协会艺术大会在中国举办，真是双喜临门。2018年度国际儿童青少年戏剧协会艺术大会以"构想未来"为主题，从56个国家426部申请剧目中精选覆盖五大洲十个国家的17台剧目，在一周内集中展演50余场；来自五大洲46个国家和地区的500余名艺术家参加了此次艺术盛会。

在艺术大会期间，来自中国及世界其他国家的30余名青少年儿童戏剧新生代艺术家受邀参加"下一代青年艺术家培训项目"。组委会开办由20个国家的50位艺术家主办的24场对话和工作坊，内容涵盖成年人、青少年、婴幼儿等不同群体，涉及戏剧、舞蹈、音乐、绘画、艺术教育等多个领域，共同探讨儿童戏剧的创作、制作、交流和演出等诸多话题，如：跨文化对话——东西方文化对儿童戏剧观的影响：看东西方文化碰撞出耀眼的火花，从儿童文学到儿童戏剧——中、英、澳三国剧作家共同探讨儿童戏剧的改编艺术，语言与艺术——中外青少年戏剧教育对话，戏曲表演工作坊——京剧中的程式化美学，木偶剧工作坊，舞蹈艺术实践与婴幼儿戏剧的结合，儿童戏剧与民间故事等。

在2018年度国际儿童青少年戏剧协会艺术大会开幕当天演出的美国版《成语魔方》，是由中国儿童艺术剧院与美国夏洛特儿童剧院联合排演的，十名演员全部是美国的在校学生，他们用中英双语的精彩表演，赢得了观众久久不息的掌声。这是中外戏剧艺术交流特别是儿童戏剧交流进程中的一件意义非凡的事，是中国导演与美国艺术家的精诚合作的又一个成功范例。在艺术大会期间，中国儿童艺术剧院帮扶北京东城区革新里小学排演的少儿英语版《十二个月》参加了演出，一群精灵般活泼可爱的学生小演员，用流利又纯正的英语和精湛的表演征服了观众，演出大获成功。通过《十二个月》英文版的排演，学生们不仅在口语表达和英语发音上有了突破性进步,同时使学生们对英语学习的热情得到了激发,更使学生们了解到戏剧艺术的魅力。

"下一代青年艺术家培训项目"是2018年ASSITEJ艺术大会的主要工作之一,来自中国和世界其他国家的近30名青少年儿童戏剧新生代艺术家受邀参加。主办方力求依托项目推动国际儿童戏剧艺术家们的交流与沟通,促进文化互鉴,提高专业水准,推动儿童戏剧的发展。恰逢本次艺术大会是ASSITEJ下一代培训项目启动十周年,在纪念会上,ASSITEJ艺术大会主席和领导们借大会的平台,展示了过去十年的成果,并与新成员们共同构想青年一代在儿童戏剧上的未来艺术之路。负责项目工作组工作的是中国儿艺青年导演毛尔南,回忆起艺术大会时的情景,他觉得那短短的七天时间实在是收获满满,来自五大洲不同国家和地区、说着不同语言的近30位青年戏剧工作者,以极其认真的专业精神参加了"下一代青年艺术家培训项目"。每一天的活动都安排得十分紧凑,青年艺术家们参与了三场艺术交流大会、四场工作坊及专题对话,观摩了十部儿童剧目演出,进行了五场演出后的艺术家谈话交流,还参观了故宫博物院和国家大剧院。他们利用每天晚上的时间分两组排演了中

ASSITEJ 交流大会的活动之一

国童话剧《叶限姑娘》。《叶限姑娘》是唐朝文学家段成式（约803—863）在其笔记小说《酉阳杂俎》续集《支诺皋》中，根据西南地区的民间传说，记录下的人物故事。

《叶限姑娘》讲的是秦汉前南方一洞主之女叶限，幼年丧母，但她从小机灵能干，深得父亲的钟爱。不幸的是父亲不久也去世了，继母对叶限百般虐待并杀害了她的朋友——鱼。叶限得到智者指点，将鱼骨藏于屋中，在一次活动中，叶限瞒过继母和异母妹妹，着鱼骨赐予的翠衣金鞋参加活动，被继母发现后机智地逃跑。她遗下的金鞋被临近海岛上的驼国王捡到，派人让所有女子试穿，终于找到了叶限。作恶多端的继母在众人的谩骂声中被飞石击亡。

看到《叶限姑娘》的剧情，人们都会立即联想到灰姑娘和水晶鞋的故事，看来无论是时代不同，还是地域、国家不同，善与恶都是人类永恒的话题。据考证，《叶限姑娘》的故事版本比法国的灰姑娘故事版本早了800多年。《叶限姑娘》被人们称为目前世界上发现最早的、最完整的"灰姑娘"类型童话。通过排演《叶限姑娘》，中外艺术家逐渐融入一起，用自己国家的戏剧领域艺术元素理解和阐释故事。两个组的艺术家排演的《叶限姑娘》表现方式各不相同，一个组是用旁白的方式跳进跳出，采用的是浸入式戏剧表现手法；另一个组是别出心裁地用哑剧、偶剧形式，演员们用肢体的表达，通过音乐的节奏和道具的巧妙运用来打破不同语言之间的障碍。在ASSITEJ下一代青年艺术家培训项目十周年培训纪念会上，两个小组的艺术家各做了15分钟的汇报演出，其演出效果令人惊喜。选择中国古老的民间故事作为这次培养青年艺术家培训的题材，给来自不同国度、说着不同语言的青年艺术家们每人一个主动参与创作的机会，调动起艺术家的艺术才智，让不同学派、不同文化的艺术家真正得到沟通，这正是主办方力求走出去请进来、扩大交流渠道、促进文化互鉴、共享人类文化资源的初衷。

由中国儿童艺术剧院主办的中国儿童戏剧节已举办八届，共有来自全球20多个国家和地区的200余家院团参与。国际联合制作已逐渐成为促进文化互鉴的崭新舞台：中国儿艺与澳大利亚联合创作民俗儿童剧《十二生肖》，与罗马尼亚联合创作人偶剧《西游记》，与美国联合排演儿童剧《公主与豌豆》《成语魔方》等；天津市儿童艺术剧团与英国联合打造视觉戏剧《龙》；上海儿童艺术剧场与英国联合制作多媒体儿童剧《那一幕》……

不同文化思想碰撞下产生的艺术作品更具特色，可达到让国内孩子喜欢、让国际观众认可的双赢效果。木偶剧《森林王子》是2016年初扬州市木偶研究所与阿根廷圣马丁大学签订的艺术合作协议。在舞美设计、人物造型、音乐设计等方面借鉴阿根廷的技法，通过旋转舞台向观众全面呈现场景切换；在表现内容上，将外国童话本土化，并穿插中国传统木偶戏技艺，体现中国非遗艺术的魅力。

第八届中国儿童戏剧节期间还首设了金砖国家戏剧节展演板块，在新闻发布会上，中国儿童艺术剧院党委副书记兼副院长杨帆介绍了金砖国家青少年儿童戏剧联盟系列活动。2018年7月20日至8月22日，来自巴西、俄罗斯、印度、中国、南非五国的12部儿童剧演出36场，《喜欢盒子的人》《生生不息》《爱丽丝梦游仙境》《啊哈！》《鹬·蚌·鱼》等儿童戏剧让大小朋友通过儿童剧感受到了金砖国家不同的文化艺术。这是为《落实〈金砖国家政府间文化协定〉行动计划（2017—2021年）》、成立金砖国家青少年儿童戏剧联盟后的首次展演，除展演外，戏剧节期间还召开了金砖国家青少年儿童戏剧联盟会议、金砖国家双边会谈，金砖国家还参与了2018年ASSITEJ艺术大会交流研讨。金砖国家青少年儿童戏剧联盟正式成立是在儿童戏剧艺术层面加强金砖国家在文化领域务实合作的重要举措。金砖国家青少年儿童戏剧联盟系列活动的开展为金砖五国的儿童戏剧界代表的沟通与交流提供了有效的共享资源与国际平台。

在2018年ASSITEJ艺术大会上，与会者也提出了国际合作的"三体"工作机制：一是本国文化传统与外国技术的融合；二是国内观众与国外观众审美体验的融合；三是国内演出与国际巡演的结合，简化舞美，缩小演出队伍，方便巡演。同时，大会通过并发布了《北京宣言》，强调：巩固和深化现有国际交流与合作机制，实现交流渠道和资源共享，让各国儿童戏剧教育经验交流互鉴，支持和帮助青少年戏剧工作者实现愿景。由此不难看出，儿童戏剧工作者正本着"尊重、普及、包容、创新、探索、自由、倡导"的原则，开创世界儿童青少年戏剧事业的美好未来。

ASSITEJ中国中心主席、中国儿童艺术剧院院长尹晓东在闭幕词中说："在过去的七天里，我们见证并创造了2018国际儿童青少年戏剧协会艺术大会的无数个精彩瞬间，共同分享创作经验和创新成果，集体为世界儿童戏剧的发展建言献策，一致通过了具有里程碑意义的2018国际儿童与青少年戏剧协会艺术大会《北京宣言》。在大家的共同努力下，本届艺术大会收获了累累硕果，今天在此画上了圆满句号。国际

热闹的第八届中国儿童戏剧节

儿童青少年戏剧协会艺术大会宛若一座桥,让大家从四面八方走到了一起。它既是一座友谊之桥,将世界儿童戏剧人联结在一起,拉近了彼此的距离;它还是一座合作之桥,为各国儿童戏剧交流互鉴搭建平台,深化合作;它更是一座未来之桥,国际儿童戏剧同行共同构想未来,携手并进。希望此次北京之旅能成为大家永存心中的美好记忆。"

随后,国际儿童青少年戏剧协会主席伊维特·哈迪上台致辞。她首先代表国际儿童青少年戏剧协会向承办本届艺术大会的ASSITEJ中国中心及中国儿童艺术剧院表示感谢,并对本届艺术大会的圆满成功表示祝贺。她说:"这是一届无与伦比的艺术大会,世界儿童戏剧人相聚北京,不仅感受到了厚重的中国文化,也领略了世界儿童戏剧的丰富多彩;这是一届精彩至极的艺术大会,卓有成效的艺术交流大会、丰富多彩的五洲剧目展演、多种多样的戏剧工作坊和跨文化多元艺术对话,等等,让各国与会嘉宾度过了无比充实的一周;这也是一届宾至如归的艺术大会,中国中心和中国儿童艺术剧院用他们细致周到的服务、温暖欢乐的笑脸和热情好客的接待给每一位参会代表留下了美好的回忆。正是因为中国中心和中国儿童艺术剧院的不懈努力和充分准备，才确保了本届艺术大会的成功，我们应该向所有参与本届艺术大会筹备和接待工作的全体人员表示衷心的感谢。美好的时光总是短暂的，今天我们迎来了2018年度国际儿童青少年戏剧协会艺术大会的圆满落幕，让我们相约，明年挪威再见。"

发扬优良传统，开创儿童剧艺术创作新时代

儿童是世界的未来，通过戏剧去培养下一代，以戏为镜，可鉴生活，引导他们的精神世界，点燃他们的想象力，是非常有意义的事情。互联网时代，儿童获取知识更便捷、途径更多元，这也使他们成为更"挑剔"的观众，对儿童剧的创作质量与理念升级提出了更高要求。不同文化间的碰撞与融合，正是一把打开儿童剧艺术创新大门的钥匙。

正因为怀有这样的梦想，中国儿艺一代又一代的艺术家坚持以"一切为了孩子"为信仰的精神，坚持不懈地努力着。正因为有了国家的重视、社会的支持，中国儿童戏剧的梦想之花才在我们的眼前盛开绽放。作为儿童戏剧艺术的"国家队"，中国儿艺的使命光荣、任重道远。

近年来，中国儿艺与多所小学携手开展艺术教育、戏剧辅导等，帮扶创排了《我想对你说》《马兰花》《十二个月》等儿童剧，加强了中小学校园戏剧建设，培养孩子们的独立思考能力、想象力、创造力、表现力、自信心和团队合作意识。目前中国儿艺的演出场次每年在600场左右，创作的剧目每年4—5部。院长尹晓东表示："中国儿童艺术剧院相信好的作品不仅能收获儿童的喜爱，更能实现社会效益和经济效益的双赢。"中国儿艺始终把社会影响放在首位。中国儿艺的经营性演出长年保持低票价，同时坚持走进基层："经典儿童剧走进西部"公益演出项目七年时间走进了西部12个省（区）；近两年，"温暖童心——优秀儿童剧走进基层"扩大至全国范围，让优秀儿童剧惠及更多少年儿童。未来，中国儿艺将会继续遵循"四轮驱动"发展策略。创作是一个剧院的安身立院之本，首先要拿出好的作品，严把选材关；其次是演出，一方面是常态化的经营性演出，另一方面则是进行公益性演出；再次，要把艺术教育做得更加深入，让更多儿童有较早接触艺术的机会；最后，要取得更多对外文化交流的渠道，在这个过程中讲好中国故事。

长江后浪推前浪，新时期的中国儿艺以充满活力的儿童剧健步走在国际交流的路上。曾在《马兰花》《特殊作业》等多部儿童剧担纲主角的国家一级青年演员马彦伟说，从1999年加入中国儿艺以来，东安门大街64号让他在北京有了"家"的温暖。"这些年，我随剧院去过最现代的大剧院、最普通的学校操场、三下乡的村口田边，走进了广袤新疆、雪域高原，走进了打工子弟学校和地震灾区的废墟前，还随剧院走出国门，展示中国儿童戏剧艺术的风采。我很幸运，能够成为儿童戏剧国家队的一名成员。每当看到台下无数清澈的眼睛注视着舞台上发生的一切，小观众们随着剧情发展和人物命运的跌宕起伏欢笑着、感动着、思索着，我由衷地感到欣慰和自豪！"他的这一席话表达的是全体儿艺人对儿艺的情感，是对责任和使命的看重。

已过花甲之年的中国儿童艺术剧院始终保持着朝气，《马兰花》《岳云》《宝船》《东海人鱼》等经典保留剧目三次、四次地复排，《三个和尚》《成语魔方》等新创剧目一个又一个公演，每周大、小剧场都有演出，每年将近700场演出，足迹遍布祖国的大江南北，部分经典剧以双语形式到30多个国家演出……这样的成绩，应该就是当年任虹院长心目中的"远东第一的剧院"吧。胸怀抱负的尹晓东院长说出了新一代中国儿艺追梦人的心声："现在全体中国儿艺人都有一个梦想，就是要把剧院建设成为儿童戏剧界'国内一流、国际知名'的剧院，让剧院成为当之无愧的国家剧院，让国家剧院应当具有的代表性、示范性、导向性作用充分彰显。这是我们的责任与使命。"

托起明天的太阳，一切为了孩子，中国儿童艺术剧院朝着向往的目标在不断前行。

（作者为中国作家协会会员、东城作家协会副秘书长）

让每一个生命绽放光彩

——滕亚杰校长的百年老校追求

李 强

一

校长滕亚杰,短发、眼镜、红毛衣、深色裤子,脚下是一双皮鞋,举手投足间,女性的端庄大方和职业女性的干练一起展现出来,第一眼就让人产生一种敬佩的感觉。滕校长眼镜后面的眼睛并不大,但是你和她交谈时能从中看到明亮、从

滕亚杰和学生们在一起

容、自信和坚韧的光芒。

我说要采访她时，她说，采访我们学校吧，那可是一家百年老校，来来来，我带您看看学校的历史。在学校历史的展览走廊里，滕校长如数家珍地给我讲解着，我才知道灯市口小学目前一校四址，占地总面积13333平方米，建筑面积17733平方米，是北京知名的百年老校，在新中国成立初期就被定为北京市重点小学。

学校始建于1864年，由美国基督教会公理会创办，定名为"育英"学校（男校），在京城享有盛名，成为当时官商子弟的首选学校。胡适先生当过这家学校的校董。1952年归为国有，成为公立学校，其小学部更名为灯市口小学。

她指着几张老照片说，您看这是我们学校的五位校长。我不解地问道，百年老校才有五位校长？真的是，她答道，我是第五任校长。她笑了笑，很灿烂，也很天真。不知道为什么，我想到了她办公室桌子上的水杯是粉色的，用的笔是卡通的。

可是我知道，当时教委调她来这个学校的时候，她还哭过一鼻子呢。那是她舍不得离开自己辛苦多年、努力多年的老学校，舍不得自己的教育实践被中断，舍不得那些像自己孩子一样的学生。

滕校长指着橱窗里百年老校的校训"致知力行"介绍说，此语出自朱熹《答吕子约》"大抵学问只有两途，致知、力行而已"。"致知力行，用功不可偏，偏过一边，则一边受病。" 朱熹认为：知行相须，不可偏废。相辅相成，相得益彰。既要致力于获取知识，又要努力付诸实践。将"致知力行"作为校训，就是要求全校师生积极加强自身思想品德修养，刻苦学习科学文化知识，努力做到知与行的统一，认识与实践的统一，做到勤于学习、善于思考、勇于探索、敏于创新。这也是全校教师的一种追求。

看到我若有所思，她笑着说："是不是我用的词太多了，您看这里。"她来到窗前，指着校园里的几个大字——让每一个生命绽放光彩，介绍说："这就是我们对校训的最好诠释。"我看到了每一个字都在阳光的照耀下发出耀眼的光辉，这光辉映照在操场上每一位学生和老师的脸上。

正是学生进校的时间,校门口,家长们看着孩子进校门挥挥手,孩子们也和家长挥挥手,看到老师站在学校门前,叫一声"老师好"。老师回答一声"同学好"。遇到低年级的同学,老师还会伸出手摸一下孩子的头。孩子们有高有矮有胖有瘦,共同的特点是有一种自信写在脸上。我想,家长把孩子

学校的五星红旗

交给学校,要的不就是自己的孩子有一种自信吗?我扭头看看滕校长的脸上也映出了一片自信的光芒。

操场上响起了升旗的乐曲声,凡是在场的学生老师都停下脚步面对国旗,少先队员们举起了右手。滕校长也站直了身体面向国旗一脸肃穆。

滕校长介绍说:"每一个学生都不一样,天资不同,体质不同,家庭背景不同,但是有一样相同,都是家里的宝贝,都是祖国的未来。那好,在当前这种教育体制下,我们怎么做呢?都让他们数学语文考一百,怎么可能呢?那好,我们就让每一个生命绽放光彩。这就是我的教育理念。她看我不理解的神态,说道,洛阳的牡丹好看吗?当然好看。梅花好看吗?也好看。苔花呢?"苔花?我愣住了。滕校长随口念出:"白日不到处,青春恰自来。苔花如米小,也学牡丹开。""300多年前袁枚的诗句。"我拍着脑袋说想起来了。滕校长说:"实际上300多年前的袁先生早就给我们的教育指出了方向。我们是让每一个生命绽放光彩,可不是让每一个生命怒放光彩。我想起了我家院子里有枣树和槐树,当槐树花开香飘十里的时候,枣树的小花还在孕育着,然而,小小的枣花结出了翡翠一样的大枣。"

滕校长像是问我也像是自己问自己,说道:"教育的本质是什么呢?这些年我一直在想这个问题。"她回答道,走出校门后,当你把所学的知识都忘记了的时候,剩下的就是素质教育的成果了。剩下的素质教育成果是什么呢?一定是汇集在人们身上的品质、气质、良好的心态和一颗感恩的心。一定是追求真理的韧劲、克服困难的刚劲和接人待物的柔劲。听了滕校长这些话我的眼前豁然开朗,教师看到的是学生的成绩,教育家想到的是教育背后的东西。无疑滕校长具备一个教育家的

眼光和境界。

二

滕亚杰，北京市特级教师，1988年进入府学小学任教。后来先后在和平里第一小学、史家小学分校任校长。2013年开始担任灯市口小学校长，后来又担任优质资源带的校长。这些经历对她来讲是历练也是积累，尤其是让她深入地思考怎么办学，孩子们入学六年会学到什么。

"当老师有意思吗？"我问了一个傻傻的问题。"当老师是我的一个理想，"滕校长说，"我上学的时候，看了一部苏联的故事片《乡村女教师》。瓦尔娃拉培养了很多优秀的人才，当她满头白发的时候，那些孩子来看她，围着她唱歌跳舞。看到这个场景我的眼睛湿润了。学生就是老师的奖杯。那时候我就想，一定要当一名好老师，像瓦尔娃拉一样，桃李满天下。"

在2018年灯市口小学优质教育资源带毕业典礼上，滕亚杰把毕业证书郑重地递到每一位学生手中，她发现，每个孩子的眼睛都是明亮的，那里面有整个世界。

滕亚杰拥抱毕业的学生

即使当了校长以后滕亚杰也喜欢讲课,现在也时常给学生讲课。

近五年来,灯市口学区成绩斐然:获得北京市政府颁发的教育教学成果奖两项、东城区政府颁发的教育教学成果奖两项;获北京市新课程实验先进集体奖、北京市教育科研先进集体奖;被评为全国现代教

漂亮的校园

育实验校、世界卫生组织健康促进学校(金奖)、东城区素质教育窗口校;获教育部颁发的贯彻学校体育工作条例优秀学校。我指着各类奖状奖牌向她表示祝贺的时候,她笑了笑,站起身来说:"还有比这更让我高兴的呢,走,咱们看看学生课外班去。"

顺着楼梯而下,中间是个篮球场,男女两队分头训练,外请的大个子教练原先是青年队的。我说女队比男队打得好,孩子们有板有眼地传球运球投篮。滕校长说:"我们学校男队得过全市的冠军,女队得过全市的亚军。推开篮球场周边教室的一扇门,一位老师正带着几个孩子练武术,小家伙们脸上流着汗,一拳一脚很是认真。旁边的房间里,几名同学在练习京剧动作,有模有样。还有曲艺组、绘画组、朗诵组、舞蹈组。举个例子吧,东高房校区,去年一年就开展了合唱、舞蹈、打击乐、手风琴、表演、绘画、彩塑、绳艺等艺术课程,成立了多个艺术分团,手风琴乐团两个、打击乐团五个、戏剧社两个、合唱团一个、美术舞蹈社团各一个,参与艺术社团的学生占总学生的一多半。这只是一个校区的不完全统计。其他三个校区活动也很多,有多少孩子在活动中找到自己、绽放自己呢?很多很多。

三

戏剧《马兰花》影响教育了多少代人没人统计过,但是很多人的心里都有一种马兰花情结,抹不掉忘不了。2014年滕校长找到儿艺的领导,请求儿艺的艺术家们

帮助孩子们排练《马兰花》。儿艺的老师和领导瞪大了眼睛，那可是一个系统工程啊，剧本、舞美、服装、道具，要花大量的时间和资金，艺术上的要求也很高，咱们的小学生演《马兰花》？很多人摇头。可是，滕校长，认准干的事九头牛也拉不回来。她认定这些艺术家和领导也是孩子们的家长，他们能理解，让每一个生命绽放的意义。

在儿艺领导和艺术家的支持下，从2015年3月中旬开始正式排练到6月5日登台，历经近三个月的磨合、训练、排演，最终呈现出一台令人惊艳的少儿版《马兰花》。当孩子们在观众的欢呼声中谢幕的时候，坐在台下的滕校长长出了一口气，想起从初议排演《马兰花》到演出成功的艰辛，滕校长的眼睛湿润了。她知道，小演员们在排演中长大了，懂事了，绽放了自我。这是最可喜可贺的。一年级有位小同学扮演的是和合二仙之一，整台戏戴着大头套没露脸。孩子的爷爷心疼地说，别太认真了，你就是个跑龙套的。孩子却说，那可不行，没我这台戏就没法演了。孩子的认真敬业不就是学校希望培养的品格吗？还有那只小鸟的扮演者，是几个主角中最小的。为了演活这只小鸟，孩子付出了很多心血，回家后还刻苦练习。在剧中，小鸟被老猫害死了变成了苹果树，不能说话，她用眼神与马郎交流，这一场景让台下的很多观众动容。北京日报的记者看完《马兰花》后表示一定要采访小鸟，因为只有心灵纯净的孩子，才能演绎纯洁的小鸟。

滕校长走上舞台拥抱了孩子们。

中国儿艺尹院长评价孩子们的演出时说，专业人员排演这部戏也要七个月的时间，真想不到，我们的孩子仅用了三个月，就表现得这么好！孩子身上真是蕴藏着巨大的潜能呀！是戏剧教育让孩子们有机会追求心中的艺术梦想，让他们在艺术的舞台上光彩绽放！

如果哪位学生有专长，学校也给他们开辟展现的舞台。在展室里，我看到了只为一个同学举办的书法展，为一个同学开办的书画展。在音乐厅，有为一个同学开的音乐会。还有很多很多这样的事例。

在老舍茶馆举办的京剧演唱会后，请来的老艺术家发言说："这些孩子不一定能成为专业演员，但是，艺术给他们的滋润会影响他们一辈子。"

一位姓田的同学家长对我说，灯市口小学开展课程教学改革，丰富了孩子们的校园生活。蓝天博览活动让同学们从学校走到校外，从课本走向社会。从欣赏自然风光到了解农业发展史，从参观抗日战争纪念馆到探访孔庙，实现了学校和社会现有资源的充分利用，让孩子们在身心愉悦中轻松完成道德实践活动。

结合北池子校区的地域特点，校区开展了以传统节日为主题的综合实践活动：从老师引导到孩子自主学习，从记录月相变化到制作思维导图，从单一的教学模式到丰富多彩的课堂生活。学校还邀请家长们走进校园，中秋节和孩子们一起做月饼，冬至时与孩子们一起包饺子，感受祖国传统文化的博大精深。

孩子们在运动会中学会了"永不言败"，在戏剧节中学会了"自主管理"，在合唱节中学会了"齐心协力"。学校还举办了书画展、科技节等特色活动，努力为学生们创造各种平台，让他们全面、自主、有个性地发展，充分将"让每一个生命绽放光彩"这一教学理念融入学习生活中。

小吴同学的母亲陶女士操着一口上海口音对我说："开学初，孩子选课表上密密麻麻的课程让我感叹：这不是自己上大学后才有的选修课吗？我和孩子一起认真选了机器人等几门感兴趣的课程。有天晚上，儿子跟从事IT工作的父亲探讨起编程的问题，赋值多少？参数怎么设置？这些术语从儿子嘴里说出来，让我听得目瞪口呆。以前儿子不太自信，有时候还有一些小小的自卑。自从上了感兴趣的机器人课后，儿子越来越快乐、自信了。自主课程的开展让他寻找到兴趣并为之努力，通过努力发掘生命的内在潜力。我喜欢学校墙上的那句'让每一个生命绽放光彩'。学校的校本课程、合唱节、书画展、篮球赛……每个活动都在帮助孩子寻找属于自己的阳光。"

炎培妈妈对我说起孩子，也是一脸的骄傲："我跟您说，孩子的变化可大了，那天回到家，把书包一扔，跑到我跟前说，妈妈，告诉您一个好消息，我通过深水测验了！看着面前自信满满、一脸骄傲的儿子，很难与几个月前听说学校要开游泳课而一脸愁容的孩子联系在一起。儿子从小就很怕水，我一直希望他学游泳，可做了好几年的工作，他总是一口回绝，坚决不学。

"这学期，学校开了游泳课，我是既高兴又担心。高兴的是他终于可以学游泳了，担心的是他能否克服恐惧心理。第一次上游泳课回来他告诉我，他在C班，张教练让他们在泳池边先练基本动作，没下水。儿子看起来心情不错。连续上了几次课后，儿子边吃饭边对我说：'妈妈，我可以不戴背漂游蛙泳了。''真的吗？''真的。我现在体会到了老师对我说的话了。''老师说什么了？''老师说,游泳是锻炼,既锻炼身体,更锻炼意志品质。遇到困难不要退缩,要战胜恐惧首先要战胜自己!妈妈,现在我很喜欢上游泳课。'是啊,通过这学期的游泳课,我看到了一个努力战胜自己、不轻言放弃的儿子。谢谢老师,谢谢教练,更谢谢秉承'让每一个生命绽放光彩'教育理念的灯市口小学。"

伟宸的家人看完他在校园合唱节中的精彩表演,指着学校墙上"让每一个孩子绽放光彩"的标语对我说:"孩子们在专业的金帆音乐厅里尽情地歌唱,既有当代儿童的代表作,又有民谣歌曲。我敢肯定地说,孩子长大了会永远记着这场景,这会影响孩子们的一生。学校现在不仅有金帆合唱团,还有金帆话剧团和金帆书画院。看着孩子们真诚的笑脸,听着孩子们动人的歌声,我身为一名普通的孩子家长,为孩子能够在这样的校园里成长而感到自豪,为孩子们能生长在这样一个时代而感到欣慰。"

四

通过滕校长的介绍,我们了解到,自2014年东城区大力推进教育综合改革以来,通过"盟、贯、带、团"等举措,不断深化教育体制改革,加强区域内资源共

滕亚杰和演出后的学生们在一起

享，实现了教育优质、均衡。以灯市口小学优质教育资源带为例，通过文化建设、一体化管理、机构建设、教育教学资源共享、各校区特色探索等举措，努力打造北京市优质教育品牌。

当然教育均衡了，在均衡的基础上，保优质、促提质，使东城教育继续发挥优势、保持领先的地位，这个课题也摆在了校长们的面前。因此，促进教育质量提升，在学业质量不断提升的同时，提升整体育人质量，如学生的思想价值观念、人生观、行为习惯、体育美育发展，以及各学校的特色发展、内涵发展等都更加值得引起社会各界的关注。

习近平总书记在全国教育大会上提出"健康第一""以美育人"。落实到学校具体工作中，就是要为学生打好身心健康、生命绽放的底色。东城区非常重视体育、美育，灯市口小学更是探索出了一条新路子，打造的体育、艺术必修、选修课程有63门，定期开展运动会、篮球赛季、合唱节、戏剧节、书画展、学生个人艺术专场等活动，社团建设如金帆合唱团、话剧团、书画院，以及篮球队、田径队等艺术、体育大小社团共60个。比如，演绎的童话音乐剧《马兰花》四年四度公演，并远赴新加坡，与新加坡的小朋友共同用中文演绎了《马兰花》，向世界传播中华优秀传统文化。

为了普及戏剧教育，灯市口小学定期开展戏剧节。特别是2015年的戏剧节，按六个年级分六场进行演出，历时一个月，每场演出都有专家点评和指导。他们倡导"班班有剧社、人人都参与"，资源带58个班共上演了59个剧目，830余名学生上台表演。同时，全校学生全员参与，台上有小演员，台下的同学们纷纷化身为班级剧组中的剧作家、导演、策划、剧务、海报设计师、戏剧节Logo设计师等。戏剧节促进了孩子们的自主管理、自主发展，在提升学生艺术修养的同时，提高了学生的综合实践能力。搭建这样的平台，扩大了戏剧教育的覆盖面，发挥了它的普及作用。

听着滕校长的介绍，我深刻地感觉到这些孩子们是幸福的，也是幸运的，他们已经不是简单地学知识，而是在向学能力转变。学生们生活在好时代，有好的政策，同时也庆幸有这样一个好校长。

在采访过程中，我当了一天校长的"跟班"。早上7点一刻我到校门口的时候，滕校长早就在办公室，桌子上放着打好的早点，还来不及吃就有办公室的人员来汇报工作。她看到我说，走，看看各班的早读去。五年级有的班在看英语小片，有的在朗读课文。她在楼道里看到显示屏幕没打开，嘱咐老师一定要按时开。一个小胖子迎面走过来，叫了一声，校长好。滕校长说，你好，某某同学，减肥有效果，继续啊！小胖子笑着说，我还得多跑步。我说，这些同学你都叫得上名字？学生太多确实叫不过来，但是，对于一些孩子的特点我还是了解的。刚才这个孩子我和他约定好了这个学期减肥成功。

我看到，很多学生对她说一声，校长好，她摸摸孩子的头一脸的爱意。我好羡慕她。在楼道里她又和老师们讨论了评优活动怎么开展，要按规定办。

8点的时候，她说，走，咱们看看早操去。操场上，学生们在音乐的陪伴下一招一式地做着动作。滕校长走到一个女生跟前嘱咐着要多穿衣服，现在早上太凉穿短袖容易感冒，不能生病。女孩答应着。

一扭脸她又往楼上走去，噔噔地走得还挺快，我跟着爬上顶层不停地喘着气。楼上也有一个年级的学生在做操，她在同学中间穿梭，我在一旁看着。一节操做完后，她站在领操台上，对同学们说，同学们做得已经很好了，但是，有的地方如果更加精细更加标准那就更好了。滕校长问道："同学们能做到吗？""能！"声音整齐洪亮。从楼上下来，到美术书法室，看着课桌上的桌布上有墨迹，她要求尽快地清洗一下。在展览室，几位校工在码放桌椅，椅子腿和地板摩擦发出"吱啦吱啦"的响声，校长赶忙说，别出声，影响学生读书，搬起来，对，要搬不要拉。任何东西都是有生命的，桌椅也是。我知道了，她把对学生的爱延伸到对一切事物的爱。这难道不是一种教育吗？是的，一定是的！我敬佩这位校长。

9点回到校长室，我看到，她抓起一个暖水袋煻煻胃，又拿起没吃的早点咬了几口。我说，早点早就凉了吧。有人进来汇报环保小使者的活动方案。刚走一拨人又来一拨人，想和学校联手搞冰雪运动教育，看得出来，有些社会企业想帮助学校做点事。

我听不太懂他们谈话，就走到楼道里。这时候，学校里安静极了，就剩下琅琅的读书声，这一定是世间最美好、最高贵的宁静了，里面凝聚着无数的希望和无限的未来。这里有家长的重托，有老师的事业，还有祖国的未来。我喜欢这种宁静，我闻到了爱的味道，闻到了花的芬芳。我想要是让我重新选择职业，我会选教师这个行业。

回到办公室已经9点半，有人送来一摞文件。一问我才知道校长已经重度行政

滕亚杰把老校友的题词刻在石头上

化。这些文件不用说落实，就是看一遍也需要占用很多时间。

我看到滕校长的脸色不好，她说胃经常疼，有一次竟然吐得办公室一地。我说，别太累了。她无奈地摊开双手说，学校的工作涉及社会的方方面面，包括校园周边环境的治理、教育资源的开发利用，以及家校合作等，需要操心的事情很多。

10点的时候河南某地的教育局来访，十几个人在会议室，滕校长介绍灯市口小学的教学改革情况，声音洪亮饱满。

12点，送走客人。她说，马上去教室。干吗？校长陪餐。滕校长坐在同学的旁边，打一份学生餐，和同学们一边吃饭一边聊天，看到有吃完饭的同学就问饭可口不可口。同学吃什么她吃什么。几个同学上前和滕校长比个子高矮，告诉校长自己长高了几公分。孩子的笑脸映照着校长的笑脸。班主任在给同学加饭加汤。

下午滕校长又接待了两拨人，还和体育组长谈论了冰雪运动的事。我顺手翻着学校的杂志，上面说，滕校长一个月要听30节课，还要讲评30节课。够累的。我看了一眼，她又接待几个老师，谈教学活动。我听到了一句话说"学生上课时有问题，有质疑，班级和谐融洽有笑声，老师很幽默，这才是老师的真功夫"。

下午5点多了，校长又来到操场上。操场上有篮球队在活动，旁边一些人在操持着录像设备,校长告诉我,那些同学是小记者团队。

我又看到了操场上的一行大字:让每一个生命绽放光彩。我知道这些孩子们走出学校的时候带走的一定不只是书本上的知识,还有很多很多。

校长在孩子们的中间,阳光照在他们身上,一片金光,无限未来。孩子们是幸福的,校长是骄傲的。

滕亚杰,一位有思想的校长。灯市口小学,一所有未来的学校。

我又想起滕校长问我的理想是什么,我说,当作家。我问她的理想呢?当一个好老师。她骄傲地回答。我现在要说,你不仅是一名好老师还是一名教育家。因为有思想的教育家在心中都有一个理想国等着她们去实现。

(作者为北京作家协会会员、东城作家协会理事)

戏剧让生活更美好
——从建国戏剧的起源到全民戏剧的普及

杨 虹

东城的戏剧文化源远流长，戏剧资源丰富多样。元明时期皇城北部钟鼓楼一带名为"斜街"，其中的戏剧娱乐区首屈一指。明朝时期东城的本司胡同、勾栏胡同、演乐胡同也因戏剧演出而名噪一时。清代形成的吉祥戏院、广和剧院、丹桂茶园、阳平会馆等多家戏园更是当时官员大臣观戏的重要场所。

1949年12月，鲁迅艺术学院、华北联合大学文艺学院、华北大学、南京国立戏剧专科学院四校合并，在东城区东棉花胡同39号成立了新中国第一所培养高等戏剧影视精英人才的本科院校——国立戏剧学院，这里原本是民国时期国务总理的旧宅，极具北京传统建筑风格和历史文化。新中国成立后，毛泽东主席亲手为学院题写校名，欧阳予倩任院长。1950年国立戏剧学院正式更名为"中央戏剧学院"。此后70多年来，这里成为培养中国戏剧艺术家的摇篮，培养了一大批在国内外享有很高声誉的优秀艺术家、艺术教育

首都剧场

家和艺术管理人才，也为南锣鼓巷地区营造了浓厚的戏剧文化氛围。

1952年6月12日，北京人民艺术剧院在东城区史家胡同56号（今20号）院内举行建院大会，北京市副市长吴晗代表市政府宣布北京人民艺术剧院成立，并宣布曹禺为北京人民艺术剧院院长，焦菊隐、欧阳山尊为副院长。1954年，坐落在王府井大街22号的首都剧场建成，它是隶属于北京人民艺术剧院的专业剧场，是新中国成立后建造的第一座以演出话剧为主的专业剧场。剧场建造时，正是中国向苏联"一边倒"的年代，建筑设计的理念也不例外。剧院体现了浓重的中亚传统风格，但在建筑和室内外装饰上却体现出了中国民族传统建筑特点。老舍的名剧《龙须沟》是北京人民艺术剧院的奠基之作，并成为北京人艺演剧风格的开端。1958年3月，老舍先生创作的《茶馆》在首都剧场上演，反响强烈，首演半个多世纪以来，《茶馆》已成为北京人艺的"看家戏"，也是中国演出场次最多的剧目。1980年《茶馆》应邀赴西德、法国、瑞士等国访问演出，这是中国话剧第一次走出国门，之后该剧多次赴国外演出。北京人民艺术剧院受到老舍、曹禺、焦菊隐的精心培育，涌现了舒绣文、于是之、蓝天野、英若诚、濮存昕、冯远征、龚丽君、宋丹丹、何冰等一批艺术家，主要剧目有《蔡文姬》《关汉卿》《雷雨》《丹心谱》《小井胡同》《窝头会馆》《天下第一楼》《李白》等。北京人艺的一大批原创剧目都是描写发生在老北京东城区的故事，如《龙须沟》《小井胡同》《窝头会馆》等，展现了皇城根脚下的历史风貌和人文风情。

中国儿童艺术剧院

坐落在东城区东安门大街64号的中国儿童艺术剧院，前身是延安青年艺术剧院附属儿童艺术学园，1956年6月1日，文化部正式将其命名为"中国儿童艺术剧院"，中国儿童艺术剧院的"中国儿童剧场"由宋庆龄题字命名，其经典剧目中首屈一指的是得到过周恩来总理亲自指导的大型经典童话音乐剧《马兰花》。该剧赢得了新中国三代观众的喜爱，不仅是中国儿童艺术剧院的代表作，也是新中国儿童戏剧事业的第一块光彩的里程碑。该剧荣获多项大奖，2009年曾荣获全国专业舞台艺术"首届全国优秀保留剧目大奖"。

改革开放之后，受西方戏剧影响，中国戏剧的先锋实验力量锋芒毕露，个性鲜明的小剧场话剧诞生，东城区的小剧场建设也迅猛发展。人艺小剧场、国话先锋剧场（东方先锋剧场）、蜂巢剧场、蓬蒿剧场应运而生。个性鲜明的小剧场已经渐渐成为东城的一张名片。

作为当代中国小剧场戏剧的发端之作，1982年《绝对信号》最初是以"内部演出"的方式呈现在观众面前的，那时北京还没有一个真正意义上的小剧场。1995年，作为北京最早建立的一个小剧场，北京人艺小剧场见证了许多代表着先锋、实验色彩的小剧场戏剧的诞生，林兆华、孟京辉以及众多戏剧导演的作品都曾经在人艺小剧场被观众熟知。话剧《情痴》作为首部话剧由任鸣导演，何冰、卢芳、李梅、李洪涛、雷镇语出演。当年的剧院大事记这样记载："北京观众对小剧场艺术并不陌生，但当首批观众看到北京人艺有了自己的小剧场时，仍难掩兴奋。人艺人也是如此，在大剧场演出《天下第一楼》的同时，小剧场演出《情痴》。一中一西，一传统一现代，尽现人艺艺术风格的多元和求变。"除了《情痴》，冯远征主演的《在茫茫大海上》，顾威主演的《傍晚发生的小事》都在人艺小剧场上演。2003年，王晓鹰导演的《哥本哈根》，使经典戏剧走入小剧场，颠覆性的、具有深层哲学意味的作品得到了观众的喜爱，为小剧场戏剧实现"社会责任"立下了标杆。2018年北京人艺小剧场拆除，北京人艺将开始东扩工程，据悉将于2021年竣工的北京人艺国际戏剧中心，除了现有的首都剧场与人艺实验剧场以及位于灯市东口的菊隐剧场外，还将建成一座拥有690个座位的中型专业话剧场和一座350个座位的小剧场，北京人艺将成为国内唯一一家同时运作五个剧场的文艺院团。

坐落于东方广场东北角的国话先锋剧场（原东方先锋剧场）建于2005年，是国家话剧院下属的剧院之一。剧场可容纳观众320名，在这里培养和挖掘了非常多的优秀青年戏剧人才，发起创立并组织了"全国大学生戏剧节""北京国际青年戏剧节""体制外优秀青年导演作品展"等专门培养青年戏剧创作者的平台，黄盈、邵泽辉、赵淼、王翀、李建军等当今活跃在舞台上的年青一代导演，都是在这些平台上成长起来的。

1999年作为中国当代小剧场最成功的戏剧作品《恋爱的犀牛》在北兵马司胡同的青艺小剧场进行首演,从这一出戏开始,很多年轻观众由此爱上了戏剧这一艺术形式。蜂巢剧场是孟京辉专为2008版《恋爱的犀牛》所建,位于东直门附近,其前身是东创影剧院,孟京辉亲自为新版《恋爱的犀牛》设置了特殊的舞台装置,经过半年的改造之后,使其成为如今的蜂巢剧场,350个座位,成为当代戏剧的地标性建筑,除了常规戏剧演出之外,蜂巢剧场还会举办画展、摇滚音乐会、戏剧沙龙、戏剧大师班、当代诗歌朗诵会等系列文化交流活动。蜂巢剧场是中国首个由艺术总监、文学总监直接参与运作的剧场,保证了剧场演出的整体艺术品质。

丰厚的戏剧资源是东城戏剧文化发展的基石,悠久的文化积淀和独特的人文精神更造就了东城区深厚的戏剧文化底蕴。

2007年正值中国话剧100周年华诞,东城区以首都剧场、中国儿童剧场等17家大型剧场资源以及国家话剧院、中央戏剧学院等国家级艺术院团优势,承办了文化部纪念"中国话剧百年"的重点活动。

2007年2月东城区把青年湖公园改造建设成"青年湖中国话剧主题公园",修建了话剧百年主题纪念雕塑,设计印刷"东城区话剧百年个性化纪念邮票"。2007年4月6日举办了"青年湖中国话剧主题公园"主题雕塑揭幕仪式,李默然、苏叔阳、焦晃等30名国家有突出贡献的话剧艺术家参加揭幕仪式,并在公园内种植了百年话

青年湖中国话剧主题公园

剧纪念林。4月11日,东城区"话剧三进"活动仪式正式启动,北京人民艺术剧院优秀话剧《全家福》的主创人员任鸣、冯远征等携手剧组部分演员亲临现场,与东城区社区话剧表演爱好者进行互动交流,为"话剧三进"活动打响了头炮。随后的20多天里,东城区陆续举办了"戏剧进校园、戏剧进军营、戏剧进社区"的"戏剧三进"专题活动。在活动期间,东城区以文化部举办的31台优秀话剧进京演出为契机,政府购买演出票,组织社区、学校、机关、军营、企业的观众,培养和扩大话剧观看群体,形成"东城万人看话剧"的盛况,营造浓郁的文化氛围。

2009年10月17—18日,"建国60周年中国话剧艺术发展论坛"在北京东城举行。此次活动由文化部主办,中国话剧艺术研究会和东城区政府共同承办。17日上午,论坛开幕式在人民大会堂隆重举行。著名话剧表演艺术家、中国话剧艺术研究会会长李默然主持并致开幕词。中宣部、文化部、东城区等专家领导共同出席,来自北京、上海、天津、山西、内蒙古等全国各省、市话剧院团的主要负责人共百余位参加了开幕式。东城区作为承办方之一,在大会上进行了题为"协同奋进、务实创新,全力推进戏剧繁荣发展"的主旨发言,获得与会领导专家的关注和赞同,东城区抓住机会首次举办国家级话剧论坛,向来自全国各地的戏剧界前辈、专家学习戏剧专业知识,探讨发展戏剧文化产业的先进经验与成功模式,以论坛活动为宣传平台,大力宣传东城区戏剧文化,扩大"戏剧东城"的知名度和影响力。会后,李默

著名艺术家李默然为"戏剧东城"题字

然向东城区赠送了书有"戏剧东城"的笔墨一幅,由此戏剧东城正式得名。

2010年东城区成功推出"首都戏剧中心四季风"品牌活动,即春季——两岸城市青年戏剧演出季、夏季——少儿戏剧夏令营活动、秋季——北京青年戏剧节、冬季——北京国际当代戏剧演出季四个主题活动,一年四季,精彩纷呈,配合四季风展演,还有戏剧论坛、戏剧进校园、进社区等公益活动。该项活动丰富了东城的戏剧舞台,全年演出200余场,举办了剧本朗读、戏剧论坛、戏剧音乐会、演后谈等相关活动58次,以多演出、多探讨、多展示、多交流的特点赢得了市场和观众的赞誉。

在丰富演出的同时,各戏剧院团通过广泛参与活动,加深了他们对于戏剧品牌文化活动重要性的认知,通过开展"首都戏剧中心四季风"品牌活动,孵化了之后声名远播的北京青年戏剧节和中国儿童戏剧节。

2010年蓬蒿剧场、雷子乐笑工厂等一大批东城区民营剧场已崭露头角,戏剧繁荣出现了良好的发展势头。东城区政府立足于这一现状,以政府推动为主体,推动、促进民间剧场、民间戏剧从形式到内容的更大发展,打造固定的戏剧艺术品牌,促进区域文化创意产业的纵深、立体发展。为此东城区打造了以地域命名的首届"北京·南锣鼓巷戏剧节"。

中国儿童戏剧节

南锣鼓巷戏剧展演季

2010年6月28日,首届"北京·南锣鼓巷戏剧节"隆重开幕。东城区主要领导以及中国戏剧家协会党组书记季国平,北京市文联副主席、北京市剧协名誉主席郭启宏,北京市剧协副主席兼秘书长杨乾武,著名编剧邹静之,著名演员史可等众多关注东城区戏剧发展的戏剧艺术界的领导和艺术家出席,与交道口南锣鼓巷地区三百余名普通居民及中央戏剧学院在校生共同观看了首演剧目《塞纳河少女的面模》。2013年,"北京·南锣鼓巷戏剧节"正式扩展为"南锣鼓巷戏剧展演季",由东城区戏剧建设促进委员会主办,东城区文化委员会承办,在保留原有戏剧节架构和品位的同时,增加了原创剧目和邀请剧目展演等内容,使得更多的戏剧工作者、艺术家和戏剧爱好者能够参与其中,南锣鼓巷戏剧展演季已举办九届,推出了360部剧目(其中讲述东城故事的原创剧目31部),演出1000余场,观众24余万人次。

2011年,东城区设立小剧场改造引导专项资金,重点用于小剧场的改造及原创剧目的创作、演出补贴。到2013年先后支持剧场改造项目83个,形成了王府井(首都剧场、人艺实验剧场、菊隐剧场、中国儿童剧场、假日经典小剧场、国话先锋剧场、隆福剧场、77剧场、长安大戏院、东苑戏楼、中山音乐堂),东二环(保利剧院、蜂巢剧场、雷剧场、北京喜剧院、青蓝剧场、天地剧场），南锣鼓巷（中央戏剧学院实验剧场、蓬蒿剧场、风尚剧场、东图剧场、糖果剧场），前门（刘老根大舞台、天乐园剧场、超剧场、崇文剧场），龙潭（红剧场、龙潭剧场、北京少年宫剧场）等五大剧场群。区域内剧场实验性与商业性互动，大小剧场充分合作，话剧、儿童剧、音乐剧、传统戏曲等专属差异化的演出空间布局合理，形成了多层次的剧场群落。

通过出台配套政策、设立专项资金、引入名人工作坊等，东城区集聚了大量创作资源，吸引戏剧工作者落户，鼓励开展剧目创作。充分发挥名人的原创潜力和示范引导作用，吸引林兆华、杨丽萍、孟京辉、吴琼、邓超等一批戏剧名人，以优秀的戏剧人才来保障和推动戏剧艺术的发展。

"原创剧目"不断涌现，让东城故事生动起来。2011—2015年先后支持116部原创剧目，并将讲述东城故事的原创剧目作为扶持重点，《南锣鼓巷7号》《隆福寺》《前门人家》《曲韵钟鼓楼》等反映东城百姓生活的舞台剧受到热烈欢迎。2016—2018年，充分调动驻区院团的创作积极性，采取市场运作和政府购买服务相结合的方式，推出了31部讲述"东城故事"的原创剧目，演出257场，发放惠民票3万余张。2016年推出了《炒肝》《将军里》等11部讲述"东城故事"的原创剧目，一共演出了79场，让上万居民欣赏到了这些原创作品。2017年创作的《十年》《留取丹心》《皇城根下》《我爱我房》，一共演出73场。2018年又推出了《开往远方的地铁》《生逢灿烂》《鱼虫儿》等十部原创剧目，演出105场。三年期间，戏剧东城推出了题材鲜明、形式多样的小剧场剧目，其中既有再现东城历史人文的《铸钟记》《将军里》《情系四牌楼》《天坛人家》，也有反映胡同风情的《胡同深处》《皇城根下》《四合院儿》《胡同12号》，既有反映廉政文化的《留取丹心》《丹心抗节》《心迷》，也有再现东城道德模范人物感人事迹的《十年》，还有展示非遗文化的《摔出一片天》《竹韵新声》《炒肝》，描述都市年轻人生活的《开往远方的地铁》《食味书店》《过却春光东城客》。

据不完全统计，近三年，东城区新创剧目占全国新创剧目的10%左右，占北京新创剧目的30%左右，是全国戏剧创作最富活力的区域。其中《将军里》《留取丹心》获得北京市文化艺术基金，《十年》《将军里》入选"北京故事"优秀小剧场剧目展演。《十年》获得2019年第二届华语戏剧盛典最佳年度小剧场剧目。

"戏剧普及"不断深入,让戏剧生态跃动起来。东城区的戏剧教育资源得天独厚,众多戏剧机构和人才集聚东城,为开展戏剧普及活动提供了便利条件,让越来越多的人喜欢上戏剧,东城的戏剧生态活跃充盈。

"戏剧开讲"普及知识,让戏剧艺术亲切起来:邀请国内活跃在一线、卓有成绩和影响力的老中青戏剧学术、表演艺术家为主讲嘉宾,在北京人民艺术剧院的菊隐剧场,结合剧目表演进行讲解,或以观众提问、嘉宾解答的形式,讲授戏剧知识,传授戏剧表演,欣赏戏剧艺术,为观众带来话剧、歌剧、音乐剧、京剧、昆曲等多种戏剧门类的精彩讲座。活动形式有个人分享、双人对话,也有主创团队漫谈,精心的策划与精品内容吸引了众多剧迷的参与,深受听众好评,并先后通过团中央"青年之声"和"喜马拉雅"等互动社交平台对讲座内容进行在线直播。截至目前已经举办了四季,共56期,近6000人次参与。

"戏剧体验"交流学习,让戏剧表演互动起来。在当下社会的快节奏中,人们需要找到一种积极的方式去排解压力、驱散阴霾,而戏剧体验正是年轻人审视自我、解压抗压、找寻方向最好的选择。为此,"戏剧东城"每周通过微信公众号平台发布报名通知,让喜爱戏剧表演的年轻人可以前来免费学习。这个课堂打破陈

戏剧开讲

70年北京东城足迹——《东城故事》2019年

戏剧体验

旧、古板的表演练习，采用互动、交流、参与、场景表演等步骤，让参与者共同设计场景或演出，让不懂戏剧的人一点点感受到表演的快乐和艺术的韵味。活动内容包括零基础戏剧训练、自我表演提升和交朋友，参与者在专业老师的指导下，采用理论"学习+实战"的方式，按照互动、交流、参与、场景表演等步骤，参与者共同设计场景或参与演出，让更多年轻人"因戏结缘"，爱上表演。截至目前，戏剧体验已经举办了四年，共开设了近130次课，受益人群近5200人次。

"戏剧培训"圆梦舞台，让戏剧氛围浓郁起来。2016年东城区文化委面向全区征集参加戏剧普及活动的单位，组织专业院团与辖区单位结成"一帮一"的"帮学对子"，经过三个多月的创作、排练，最后在菊隐剧场进行戏剧普及成果集中展演。展演中既有《茶馆》《怀疑》经典剧作的全新演绎，也有《老院》《兵妈妈》《团队》等身边故事的原创短剧。这些来自社区、学校、机关、企事业单位的演员，有渴望在舞台上释放自己的耄耋老人，也有刚上小学一二年级的翩翩少年，专业院团与渴望实现舞台梦的群众相结合，作用不可小觑，戏剧的种子在悄悄生根发芽。活动举办三年以来，共推出了70部戏剧普及小戏。

"环境戏剧"走出剧场,让戏剧产品丰富起来。2017年南锣鼓巷戏剧展演季中,为鼓励戏剧爱好者、戏剧观众在剧场外的空间进行原创作品的表演,把精彩的原创剧目带出剧场外,走进普通百姓,推出了环境戏剧活动。2017年6月上旬,集中两个周末的时间,以话剧百年主题公园——青年湖公园、戏剧文化新地标——77文创园、最具有文艺范儿的图书馆——角楼图书馆为主场,举办经典片段演绎、亲子剧场、台词漂流、心灵魔术、观察表情猜剧名等戏剧类互动游戏。三年来,共推出互动活动项目60余个,形式多样、风格时尚,让更多的百姓参与其中。

戏剧教育深入开展,让戏剧理念扎根下来。为更好地传播戏剧教育的新理念、新成果,坚持用艺术培养兴趣、陶冶情操、启蒙心灵,戏剧东城在多个部门的共同推动下,促进东城校园戏剧蓬勃开展,在全国具有一定影响力。区政府连续推动中央戏剧学院、中国儿艺、北京人艺、北京儿艺等四大院团,与区内20所中小学建立起了大手拉小手的"戏剧教育实践基地"。通过演员、编剧进校园开展戏剧讲座、活动,组织与指导学校组建戏剧社团,免费向学校开放剧场、排练厅,积极培育学生"看戏剧、学戏剧"的兴趣。通过艺术家的专业指导和帮扶,学生们不断解放自己的天性,感受并体验了戏剧艺术之美。

在中国儿童艺术剧院专家的指导和帮助下,东城区分司厅小学的金帆话剧团排练的话剧《我想对你说》、灯市口小学排练的儿童音乐剧《马兰花》先后登上中国儿童艺术剧院的专业殿堂进行公演,这对培育未来戏剧观众和戏剧人才起到积极的作用。与中国儿童艺术剧院联合主办了"戏剧伴我成长——青少年戏剧教育成果展演",为促进校园戏剧教育打造了分享与交流的平台。通过建立"戏剧教育实践基地""戏剧教育共同体""戏剧联盟",组建"戏剧教育专家导师团"等,不断创新戏剧教育模式,提高戏剧教育品质,形成校校有剧社、班班有剧组、人人演剧目的良好校园戏剧氛围,全面提升青少年的审美能力和人文素养。

东城区的百姓有更多的机会

戏剧进基层

"看戏剧、学戏剧、创戏剧、演戏剧",东城区也是全国开展戏剧艺术活动群众基础最好、氛围最浓的区域之一,这也是拉动戏剧东城发展的强劲动力。

随着戏剧生态的不断涵养,戏剧东城的品牌活动影响力日益彰显。春季,万物萌发,正是创作的好时机,扶持原创剧目,举办南锣鼓巷戏剧展演季,搞活小剧场演出;夏季,骄阳似火,作为暑假的亲子项目,培养青少年观众,以"点亮童心"为主题,举办中国儿童戏剧节,聚焦儿童戏剧,丰富儿童生活;秋季,硕果累累,提供演出交流平台,发掘青年戏剧人才,举办北京青年戏剧节,为青年戏剧工作者提供展现的舞台;冬季,驱逐寒冷,欢乐相随,举办北京喜剧节,展现喜剧魅力。年终,举办全国话剧展演季,整合国内顶级话剧资源,搭建高位平台,评选最能反映时代特色、展现社会风貌、代表先进文化水准的精品佳作来东城进行展演,逐步搭建起融戏剧创作、交流、演出、展示为一体的平台,凸显戏剧东城的国内及国际影响力。据悉,下一步将以"戏剧东城"为引领,利用东城区辖区内国家级协会的优势资源,如中国艺术节基金会、中国演出行业协会、中国话剧协会、中国对外文化交流协会,创新合作方式,整合品牌活动,全面提升"戏剧东城"品牌活动

全国话剧展演季

影响力。

戏剧东城的品牌效应在不断加强，从2015年开始，每年编制发布《戏剧东城蓝皮书》，详细介绍宣传当年戏剧东城相关演出数据并进行对比分析，为戏剧东城的发展提供翔实的决策背景资料。成立了戏剧东城官方微信公众号，运营至今，公众号累计关注人数达36300人，根据微信权威数据平台"新榜"估算，其中活跃粉丝数为14410人，接近40%。截至目前，"戏剧东城"微信公众号共推送资讯964篇，阅读总量达122万余次，平均阅读数2231，保持每周至少三天的活跃时间，内容包括东城区惠民优惠、戏剧活动招募及回顾、戏剧资讯及知识普及等，快速提升了"戏剧东城"的品牌认知度。

戏剧东城走过了十余年的奠基之路，既从布局上谋规划，差异性发展品牌活动，全方位彰显首都文化中心区的魅力，又从细节处下功夫，深入扎根群众，聚焦戏剧普及、戏剧欣赏、戏剧学习、戏剧创作，形成我知晓、我赏析、我表演、我创作的浓郁戏剧文化氛围。37家剧场犹如繁星闪耀，既有首都剧场、保利剧院等高贵典雅的大剧场，又有长安大戏院、红剧场等传统风格的中型剧场，还有蜂巢、国话先锋等个性鲜明的小剧场，吸引了戏剧从业人员、戏剧爱好者集聚东城，52家表演团体和292家演出经纪机构恰如音符悦动，既有中央戏剧学院、北京人民艺术剧院等国家级艺术院校，也有七幕人生、央华时代等具有一定发展潜力的民营院团。在戏剧文化的不断滋润下，汇聚成良好的受众基础和繁荣的演出市场，戏剧使东城更具文化韵味，戏剧使人们的生活更加多姿多彩，让皇城根脚下这片文化沃土孕育出更加绚烂的戏剧之花！

（作者为东城作家协会会员）

老庙会　新庙会

李俊玲

> 逢期逛庙顾盼兮，
> 三十六行色色齐。
> 若遇人丛挨挤处，
> 留心剪绺窃东西。

这首竹枝词《逛庙会》里说的是老北京庙会上的所见。

老北京庙会——基于寺庙而形成集市

不论是佛教寺庙还是道教庙观，都会在佛、道祖先的诞日、成道日等有纪念性的日子开庙，任众香客进香。伴随着一些寺庙的开庙仪式，十里八乡组成的各档香会也行进于此，在庙前耍练一番，谓之"行香走会"。北京的民间香庙与会结合，吸引了众多香客。在比较隆重的庙会上，人们可以看到"幡鼓齐动十三档"的热闹场面。有一段顺口溜形象地描述了这十三档会："开路（耍叉）打先锋，五虎少林紧跟行。门前摆着侠客木（秧歌），中幡抖威风。狮子蹲门分左右，双石门下行。石锁（掷子）把门挡，杠子把门横。花坛盛美酒，吵子（大镲）音乐响连声。杠箱来进贡，天平称一称。神胆（挎鼓）来蹲底，幡鼓齐动响（享）太平。"每一档香会表演时所"耍"的家伙，都是寺庙里的用具，形成了庙与会的组合，也就成了人们口中常说的"庙会"。

寺庙前的热闹，让商人看到了商机，他们在庙前设摊，除售卖进香、上供物品外，也根据人们在生产生活上的需求，在庙前出售农具、日用品和蔬菜、食品，逐渐形成集市，在寺庙的礼教仪式中融入了行香走会和商品集市的成分，成为实际意义上的"庙会"。庙会的称谓各地有所不同，《燕京杂记》中说："交易于市者，南方谓之趁墟，北方谓之赶集，又谓之赶会，京师则谓之赶庙。"

明清至民国时期，庙会十分兴盛，一个月当中庙会不断，可以想象为现在的"自由市场""农贸市场"，但其中又加入了信奉和演艺的成分。如《燕京杂记》中记述："月之逢三日，聚于南城土地庙，凡人家器用等物靡不毕具，而最多者鸡毛帚子，短者尺余，高者丈余，望之如长林茂竹。月之逢七、八日聚于西四牌楼、护国寺，逢九、十日聚市于东四牌楼、隆福寺。珠玉云屯，锦绣山积；华衣丽服，修短随人合度；珍奇玩器，至有人所未睹者。"不论是老北京人回忆还是文献记载，老北京的庙会真的是一个接一个。《朝市丛载·寺观》中记载的大型庙会就有20多个，崇文门外磁器口西的南药王庙每月初一、十五日有庙会。前门外南下洼的南城隍庙每年清明、七月十五、十月初一有庙会。崇文门外花儿市东头路北的灶君庙每年八月初一至初三日有庙会。位于东四牌楼迤西大街的隆福寺每月逢九、逢十日有庙会。东便门内桥头下路南的蟠桃宫历年三月初一至初三有庙会，后因逛庙会的人太多，又延长至初五……北京城里的很多生意人、手艺人、耍把式的、唱曲儿的都指望着在庙会上挣钱养家。北京有家卖"耍货"（儿童玩具等）的"耍货唐"，一年中的大部分时间都奔忙在这些庙会中，可以说庙会养活了他的一家。

春节期间，老北京的庙会更加热闹，人们逛庙会的热情也格外高涨，"初一东岳庙，十五逛花灯。燕九白云观，三十雍和宫"的民谣一直在民间流传。

1949年新中国成立以后，很多寺庙改为学校、机关单位等，以寺庙为基础的庙会逐渐停办，老北京的庙会已成为回忆。

龙潭庙会——民间花会的摇篮

庙会的停办，使民间香会失去了展演的平台，但很多会档仍以强身健体为目的，常聚在一起练功，身上的功夫并未丢失。而且"香会"也变为"花会"，而被称作"民间花会"。遇到大型活动，如飞叉、中幡、五虎棍、舞狮、高跷等，均会出演。

改革开放以后的1983年，在民间花会传承人隋少甫的倡议下，在原崇文区体育馆路附近搞了一次走街表演，引得众多居民围观，上房、上树观看的都有。当时的崇文区政府采取了疏导的方式，将他们引入龙潭公园内，从而有了1984年在龙潭公园举办的第一届龙潭庙会，当时称为"春节民间花会联欢表演"，"万里去程"踏车老会、"协利同乐"中幡圣会、"幼童学善"秧歌圣会、"五虎藤牌"少林会、"掌礼司万寿无疆"太狮老会、"同聚公乐"云车老会六档民间花会在大年初一举行了走会表演，虽然只有半天时间，但引来了络绎不绝的观看者。时隔30多年以后重现的民间花会走会表演让人们感受到"老技艺重获新生"的好兆头。这一举动在社会上引起了极大的反响，也让政府看到了群众的文化需求。

1986年，龙潭庙会的规模扩大，活动内容也增加了，除花会表演外，京剧、歌舞、气功、杂技、武术、摔跤、风筝放飞等文体活动纷纷登场亮相。另外还开设了服装、百货、儿童玩具、风味小吃等摊点。虽然没有了老庙会进香礼拜的习俗，但形式及规模是以前的庙会所不能相比的。三天的活动接待游人20多万人次。同时龙潭花会的表演也得到了文化部门和舞蹈界的重视，为了使这一文化活动得到提升，北京市文化局与原崇文区文化文物局对全市民间花会的生存情况进行了全面的普查。1987年，由北京市文化局、北京市群众艺术馆、首都17家新闻单位和原崇文区群众工作委员会联合举办了首届"龙潭杯"民间花会大赛，有113档花会参加。这届龙潭庙会受到了社会各界的关注，60余家新闻媒体报道了此届庙会的盛况，当时的评论说：崇文区举办这样的庙会，为广场文化开辟了新路。自此，龙潭民间花会大赛还吸引了全国各地的民间花会会档，逐渐发展为全国性的民间花会赛事，每到春节，全国优秀会档汇聚于

龙潭庙会上的舞狮表演

此，展示本地的民间风采，各地花会也以参加过"龙潭杯"花会大赛为荣。因为龙潭花会大赛的影响力，文化部还作出了凡在"龙潭杯"花会大赛中获奖的会档可直接参加全国民间舞蹈"群星杯"比赛的决定。"龙潭杯"花会大赛火了，龙潭庙会的名声也因此在全国叫响，甚至影响到了海外。

1988年，北京市委、市政府将龙潭庙会确定为国际旅游年固定活动项目，各方面的支持，让龙潭庙会越来越红火。1996年日本的"美浓国羽太鼓"前来参赛，1997年香港陆智夫醒狮队参赛。

到现在为止，龙潭庙会已经举办了35届，龙潭庙会已成为北京市民春节期间最喜欢逛的庙会之一，因为人们可以在龙潭庙会中感受老北京传统文化中不变的风情。

地坛庙会——传统与时尚的结合

1985年，由中央电视台、光明日报社、中国日报社、北京日报社、北京市东城区文化文物局、东城区园林管理处等单位与地坛公园联合主办了春节文化庙会。之

地坛祭坛，曾举办祭地仪式

所以称为文化庙会，就是表明了它不同于老北京的传统庙会。在曾经的皇家祭坛里举办大型的群众文化活动盛会，将传统庙会与现代文化相结合，是北京的首创。在这里北京市民既可以领略北京天桥游艺市场旧日的风采，品尝北京的风味小吃，还可以观赏著名画家、书法家、艺术家的现场表演，浓郁的老北京风味，让地坛庙会很快成为大多数北京人春节必逛的庙会之一。

与龙潭庙会不同的是，地坛庙会充分利用了皇家祭坛这一地利，恢复演出清代皇帝的祭地仪式。清代的祭地仪式是从明代演变过来的，祭地当日天亮时刻，"皇帝"出宫，乘御辇前往北郊，由众大臣陪同"皇帝"到达地坛。十位前引大臣和赞引官、对引官引导"皇帝"与王公们进入更衣所，换上祭服，走到地坛下层前方站定，分献官这时也一一就位。司仪官喊："迎神瘗埋！"司乐官随即喊道："举迎神乐！"赞引官也随着奏道："升坛！""皇帝"此时便从正北的台阶往坛上层走，在香案前焚香，行三叩九拜大礼。接下来是第二个节目奠玉帛，第三个节目进俎、初献礼，礼乐舞士们跳起"干戚舞"，这是初献。如此要完成三献。

恢复后的祭地表演将清时皇家祭地仪式的繁复过程进行简化，但是场面宏大，再现了清代皇帝祭地，祈求地神保佑、国泰民安、风调雨顺、五谷丰登的景象。这一隆重场面，在封建王朝，普通百姓是不可见的，而在新中国改革开放之后，一场规模盛大的祭地表演，让北京市民领略了皇家祭礼的盛况，祭地表演成了地坛庙会的文化核心。到园内方泽坛观赏具有浓郁民族历史文化内涵的仿清祭地表演，已成为地坛庙会上一道独一无二的"皇家御膳"，整个祭地表演是地坛庙会独有的传统节目。

地坛庙会举办了30多年，以地道的北京民俗传统的民间特色闻名全国，而且还蜚声海外。2014年开始，"地坛庙会"还走进台湾，走向海外。

2016年，在台北花博公园内，京韵声动，红龙齐舞，神鼓擎天，群猴欢跃，"北京地坛文化庙会·台北之旅"再次开场。北京中华传统老字号、民间手工艺者和非物质文化遗产传承人汇集于此，料器、绢人、景泰蓝、捏面人儿、内画鼻烟壶等手工艺设展台亮相，京韵大鼓、相声快板等曲艺节目及柔术、飞叉等杂技绝活儿轮番上场，各色传统小吃也是京味儿十足，这一切浓浓的北京风情，让台湾民众感受到祖国的广博文化。现在，每到春节前后，"地坛庙会"都要去台北，与台湾民众共度我们共同的节日。

台北之旅的成功，让"地坛文化庙会"成了文化品牌，同时也增强了"地坛庙会"走出国门的信心。2015年,"地坛文化庙会全球行"开始旅行了。第一站是"曼谷之旅",这次旅行恰逢中泰两国建交40周年,又是泰国诗琳通公主60寿辰之年,"地坛文化庙会"的到来,为曼谷增添了喜庆气氛。

2017年地坛庙会

2017年,"地坛文化庙会全球行"走进莫斯科,"庙会"上既有剪纸、内画鼻烟壶、面人、风筝、泥人张、葡萄常、绢花、绢人、京绣、皮雕、绣花鞋、糖画、编结、脸谱、料器等非遗项目,又有各种北京传统小吃,莫斯科的民众在这里边吃、边看、边观赏大师的现场创作,莫斯科革命广场此时已变身成为中国文化中心,充满了浓浓的北京色彩,散发着中国文化韵味。

作为北京东城区的文化品牌项目,"地坛文化庙会"已在台北、柏林、曼谷、汉堡、汉诺威、不来梅、德黑兰、莫斯科、索菲亚、万象等城市举办十余场。以"地坛文化庙会"为载体,传播文化,交流和平,让世界了解中国、了解北京、了解东城。

2017年以后,地坛庙会再出新招,引入创意文化产品展示售卖,特别是故宫的文化创意产品让游客们大开眼界。新的设计理念、新型的创意产品,使传统的庙会形式上升到一个新的高度,也让地坛庙会更增添了文化味道。"北京礼物"也借庙会这一平台,通过线上线下联动的模式,线上宣传,线下互动,同时也吸引了众多年轻人来逛庙会。可以说一个以地坛庙会为根基的文化产业链已经形成。

无论是龙潭庙会还是地坛庙会,历经30多年的发展之后,都已经深深植根于北京市民的心中,成为北京老百姓在春节期间喜闻乐见的文化活动,是改革开放以后出现的新的民间民俗活动,是老北京庙会的发展和延续。

(作者为东城作家协会理事、副秘书长)

全民健身　利国利民

秦景棉

早在新中国成立初期，1952年6月10日，毛泽东主席就为新中国体育工作者题写了"发展体育运动，增强人民体质"12个大字。这一题词，是毛泽东为中华全国体育总会成立大会所写的，强调了增强人民大众的体质。

一直以来，在广泛开展群众体育活动的基础上，一代又一代的体育健儿奋发图强，团结拼搏，创造出了优异的业绩。新中国成立70年以来，我国体育健儿先后夺得1000多个世界冠军，创造和打破了1000多项世界纪录，有三分之一以上的项目达到和接近世界水平。北京奥运会的成功举办，说明中国体育文化正在走向世界，中华民族已经成为屹立于世界之林的生机勃勃的伟大民族。

一、领导重视　成绩显著

无论哪个季节，也无论哪一天，漫步在东城区公园里、小区内、胡同中，随处都可以看到健身的人们，有跳健身舞的，有打太极拳的，有踢毽子的，有冬泳的……健身活动已经变成许多人的自觉行动。

多年来，东城区体育局在区委、区政府的领导下，广泛开展全民健身活动，做了许多实实在在的事情，取得了显著成绩，被国家体育总局确定为"全国全民健身示范城区"试点单位、"国家级体质测定与运动健身指导站"试点单位、全国《全民健身计划（2016—2020年）》研制工作联系城市。2013年，东城区体育局被评为"全国体育系统先进集体"。2016年，东单体育中心、地坛体育馆被评为第一批"北京市体育产业示范基地"。2016年至2017年,两所体校通过高水平体育后备人才基地复评。其中,青少年业余体校是唯一的一所代表北京市接受复评并顺利通过的单位。

东城区体育局搭建平台,培养了许多优秀体育后备人才。2014年,在北京市第十四届运动会上,群众体育明星吸引了众多观众的目光,他们的拼搏精神令人钦佩。东城区体育代表团共有960名运动员,参加了26个项目的比赛,获得市运会群众项目第一名的优异成绩,获得金牌170枚,总分5248.5分,荣获代表团总成绩第一名,代表团总分第一名,"奥、亚、全、城"奖牌榜第一名,代表团输送奖第一名,获得"体育道德风尚"奖及"最佳承办单位"奖。

在2014年韩国仁川亚运会上,东城区输送的运动员曹缘荣获跳水男子3米板金牌、跳水男子双人3米板金牌,张楠获得羽毛球混双金牌,陈颖获得女子25米半运动手枪银牌。2016年,在里约奥运会上,东城区输送的运动员曹缘获跳水男子3米板金牌、跳水男子双人3米板铜牌,张楠获得羽毛球男双金牌、混双铜牌,王妍获体操团体铜牌。2016年9月,东城区体育局被市体育局授予"里约奥运后备人才突出贡献单位"。

少年强则国强。为了增强青少年的身体素质,东城区体育局同区教委一起,研究制定了《青少年体育锻炼实施方案》,在全区中小学逐步实现由"每天锻炼一小时"到"每天一节体育课"。提出了"活动推进创建"的东城区网点校建设工作思路。三大球网点校分别举办了"快乐少年"足球节、足球网超联赛、足球精英训练营,篮球网点校"校际约战""快乐篮球课堂"进校园、阳光小篮球嘉年华、篮球裁判员教练员培训班,排球冬令营、排球精英训练营等系列活动。青少年通过长期锻炼增强了体质。

为了更好地服务民生,东城区体育局建立健全了全民健身组织领导体制,完善了运行机构,成立了全民健身工作委员会,区委书记、区长担任主任,负责体育工作的主管副区长担任副主任,全区相关委、办、局、街道、社会团体领导为成员,形成了政府主导、部门协同、全社会共同参与的大全体工作格局,整合东城区行政力量和社会资源,全区上下协调配合,确保将全民健身的各项工作落到实处。

根据群众需要,东城区体育局开展了丰富多彩的全民健身活动,例如"全民健身体育节""和谐杯""足球联赛""徒步大会"等区级品牌活动。率先并连续多年举办北京市民"快乐周末"群众体育品牌活动。与区总工会、区团委、区妇联、区外联办、区园林局、区残联等部门联动,先后举办了第九套广播操比赛、"青春梦想,活力飞扬"冬奥知识竞赛、"最美家庭"趣味运动会、"外联杯"乒乓球赛、端午节龙舟赛、"喜迎冬奥,快乐健身"残疾人旱地冰壶球赛等精彩活动。全年参与全民健身活动人数达70余万。

体育局整合区内的体育场地设施,完善"一刻钟健身圈",把健身设施建设纳入《东城区总体发展战略规划(2011年—2030年)》和《东城区空间发展战略规划(2011年—2030年)》。又结合城市更新改造、拆除违法建筑和整治腾退地下空间,建立全民健身设施,建了东二环绿道,在西忠实里滨河主题公园建了体育健身步道、多功能球场等体育设施,因地制宜地改善老旧小区健身环境。现已完成一期、二期共44个社区的环境建设工作,新增运动场地21890平方米。三期13个社区的建设工作,正在履行前期手续。体育局认真落实《东城区学校(单位)体育文化设施对外开放管理办法》,通过部门联动、购买保险、补贴奖励等措施,实现体育设施有效开放。到2016年底,全区有50所学校、64家单位、17家文体中心、18家公园的体育设施对外开放,并鼓励区属公共体育场馆免费或低价对外开放,体育局所属四所公共体育场馆,每年接待健身群众近200万人次。

体育局积极开展冬季运动,推进冰雪运动的普及,组建全民健身科学指导讲师团,进行科学健身指导宣讲、免费体验冰雪活动,参与群众近万人。冰雪嘉年华活动,自2016年底正式启动,在青年湖公园、龙潭公园开展了为期三个月的冰雪体验课、冰蹴球技术培训等系列活动,营造了"全民健身、助力冬奥"的氛围,吸引了10万余人次参与。启动青年湖公园滑冰场建设,利用东城区和平里中街地下空间,改造滑冰场。

对于群众性的健身活动,体育局进行广泛的科学指导。目前,东城区共有6164名社会体育指导员负责辅导群众健身,使经常参加体育锻炼人数达49.2%。我区国民体质监测合格率为90.5%(不含在校学生),在校学生按《国家学生体质健康标准》合格率达90%以上,优秀率达15%以上。

体育局购买服务,对全民健身设施进行监督管理,委托专业机构对全区3025件全民健身器材进行普查"体检",每季度巡检一次,指导、督促街道建立健全基础档案,对需要更新的健身器材统一登记造册,对有问题的器材进行维修、维护,及时排除安全隐患。结合各街道的更新需求,对全区618件到期的以及损坏严重的器材，进行登记造册，积极争取体彩资金，进行统一更新。另外，2018年4月底前，完成了三片篮球场、两片乒乓球长廊活动场地的建设、验收工作。

各街道举办了"一街一品"全民健身品牌赛事活动，展示了各街道全民健身的特色成果。2018年首次以街道为主体，开展了"优秀全民健身团队"和"星级社会体育指导员"评选工作。通过推荐、公示等环节，评出40支"优秀全民健身团队"、301名"星级社会体育指导员"。

体育局发挥区级各类协会的主体作用，提高体育社团参与全民健身活动的积极性，通过政府购买体育社团服务，开展14项区级竞赛、培训活动，广泛开展了足球、篮球、太极拳、网球、门球、羽毛球、信鸽竞翔等特色体育赛事活动近300场次，近3万人次参与。

二、先进典型　层出不穷

在东城区内，活跃着许多健身团队，涌现出不少先进典型，"北新桥老年开心艺术团"的姜兆菊、东城区健身操舞协会秘书长刚毅、左安漪园社区太极队队长马桂云、健身气功国家级社会体育指导员吕士荣，就是其中的四位。

姜兆菊出生于1943年，今年76岁了。她曾经演过八年话剧，教过17年音乐课，当过八年服装厂厂长兼设计师。现在，她是国家级社会体育指导员、"北新桥街道开心艺术团"团长。

这个有着60余人的团队，成立于2000年，当时组建团队的目的，就是想让更多的人加入健身的行列，让老年人的生活更开心、更健康。姜老师集编、导、舞于一身，创编了63套操舞，带队参加各类大型公益演出比赛活动1008场，19年来，获得国际、国家、省市奖杯奖牌303枚。2012年被选为体坛风云人物候选人，

姜兆菊和她的队员在演出

姜兆菊编排的哑铃舞《过河》登上 2003 年北京电视台大年初四春晚

先后获得"全国最受群众欢迎的社会体育指导员""北京市优秀文化志愿者""北京市老年公益事业代言人"等荣誉。

2002年9月22日,在北京举办的第五届国际旅游文化节上,在北京平安大街举行的盛装行进表演是重头戏,在"百年奥运,中华圆梦"的巨幅标语带领下,方阵表演以足球、武术等运动表演开始,充分展示了北京走向奥运的风采,在行进的队伍中,来自东城区北新桥街道的哑铃舞表演方队,一直受到好评。这支健身舞就是由姜兆菊老师编排的。

在整齐的方阵队伍中,队员们身着浅粉运动衣,从北海后门到黄城根遗址公园,边走边舞,大家挥动着手中的哑铃,迈着整齐的步伐,做着各种健身动作,乐曲节奏铿锵有力,动作柔中有刚,充满朝气与活力,给人以鼓舞和振奋。手中的哑铃是健美和力量的象征,体现了人文奥运精神,体现着广大市民投身奥运的热情。当时,我也在哑铃舞方队中,和队员们一起,随着欢快、激昂、动听的乐曲舞动着,脸上的汗水嘀嗒而下,也顾不得擦一把,我们把最好的精神状态,展现在众人面前。看到老外一个劲儿冲我们伸大拇指,一种自豪感油然而生。那个时候,在老外面前,我感觉自己不仅代表着东城区,还代表着北京,代表着中国。

平安大街行进表演前夕,姜兆菊带领我们一遍又一遍地认真练习。没有排练场地,我们就站在东城区文化馆的楼顶平台上,练习行进中的各种动作及保持横平竖直的整齐方阵,确保准确到位。那些天,烈日当空,我们一个个练得汗湿衣衫、四肢疲乏,但没有一个叫苦叫累的。在正式表演前,有位主力队员突然生病了,担任教练的姜兆菊老师,又心疼又着急,临时换新人已经来不及了,怎么办?姜老师决定亲自上阵顶替。

那一天,队员们行进在平安大街上,四肢舞动得酸疼,汗湿衣衫,口干舌燥。

当时，我深深体会到了什么叫嗓子眼儿冒烟儿。我的衣服、帽子被汗水浸湿了，口腔和嗓子却干得异常难受。姜老师行进在队伍的第一排，每个动作都做得十分精彩到位，汗水顺着她的脸颊往下淌。如此长时间的剧烈运动，有些年轻人都快吃不消了，何况已是老年人的姜老师呢！有位队员欲递给姜老师一粒含片，缓解一下口干舌燥的不适，不料却被一只不停摆动的手臂碰到地上，姜老师不管掉在地上的含片是否卫生，迅速捡起放入口中，继续边行边舞。东城区选送的充满激情的哑铃舞表演，为国际旅游文化节增添了精彩的一笔。

姜老师多年如一日，为推广普及她创编的健身操舞而辛勤地工作着。在北京电视台，有她认真教健身球的矫健身影；在不少街道社区，有她耐心辅导居民的忙碌身影；走在北京的大街小巷，随处可以看到晨晚练的人们，在跳着她创编的健身球舞《喜乐年华》《爱我中华》等。

刚毅，是东城区健身操舞协会秘书长，多年来，她带领区健身操舞协会，开展健身操舞社会体育指导员培训工作，多次代表东城区参加市级、国家级比赛并获奖。

刚毅出生在体育世家，父母都是专业体育工作者，她从孩提时代就奔跑、成长在各种各样的体育场馆里，"奉献、服务、健康、快乐"的宣教精神潜移默化地影响着她。

1990年毕业后，刚毅成为一名专业体育记者，她穿梭在各种比赛场馆里。1993年社会体育指导员诞生了，她通过不断参加培训，成为国家级社会体育指导员。2017年她接到一个任务，在全民健身体育节新闻发布会上，代表最美社会体育指导员发言。当她在发言稿中写下"体育指导员就是健康排头兵"这句话时，她认真地梳理所走过的路，实实在在地感受到社会体育指导员

奥运赛场文明观众啦啦队总队长刚毅

工作，为她的体育人生提供了鲜活的素材和美妙的灵感——有动人心魄的震撼，有感人肺腑的画面，更有润物无声的体验。

2005年，在"全民健身与奥运同行"的大环境下，东城区健身操舞协会以社会体育指导员为骨干，组建起奥运赛场啦啦队和看台啦啦队。2006年成立了全市首个区级健身操舞项目独立法人社团，聘请组建了专家顾问团队，以数十名国家级、一级社会体育指导员为骨干，组建起创编、教师及培训推广、活动组织等多个工作团队。东城区健身操舞协会服务于北京市多个区县，承担起社会体育指导员等级培训及考核工作，深入街乡、社区和村庄千余次，每年组织、参与各级健身操舞比赛百余场次，多年来培训指导健身操舞爱好者，累计超过10万人次。十多年来，在在职健康培训工作方面，协会通过《颈椎操》《腰椎操》《椅子操》《手杖操》等特色工间操的创编及推广，与百余家中央和国家机关、北京市及各区县机关和企事业单位，建立了长期合作关系，并每年实现多个服务项目的政府购买。

自2007年承办中央直属机关运动会开幕式表演以来，以社会体育指导员为核心的执行团队，每年承担起北京市及多个区县街道、乡镇全民健身体育开幕式团体操表演的策划与组织，每年还策划、组织十余个机关、企事业单位的运动会开幕式及职工的各类文体活动。在各类运动会上，社会体育指导员成为强有力的执行团队。

在2008年北京奥运会、残奥会期间，核心工作团队50余人担任开幕式、闭幕式演出助理，并率领13万人次的看台啦啦队，志愿服务在各个赛场。刚毅作为北京170多万奥运志愿者的代表，在鸟巢的闭幕式上，登上领奖台接受献花。

从2011年起，东城区健身操舞协会创编健身操舞的节奏在加快，至今累计已有数百套，并在推广及培训工作中传递健康，感受快乐。2013年在全国首届原创广场健身操作品征集评选中，东城区健身操舞协会报送的作品，获多个一等奖和二等奖，并代表北京在全国总展示交流活动中获特等奖。2014年组队代表北京市参加全国首届社会体育指导员素质大赛、全国首届广场健身操舞大赛，均荣获一等奖。2015年创编的两套作品，入选文化部和国家体育总局联合颁布的12套广场健身操推广套路，成为全国比赛中出场率和含金量最高的规定套路。2016年带领全市选拔出的80名优秀社会体育指导员队伍，参加全国社会体育指导员培训，在总展演中获所有项目一等奖。每年常规率队参加北京市民族运动会、农民运动会、市民健身操舞等各项赛事。奉献和服务，凝结为健康和快乐。

2011年，东城区健身操舞协会与香港九龙妇女联会正式达成合作，并受邀在香港广泛推广原创的健身操舞作品《精忠报国》《我的中国梦》《阳光路上》《祖国您好》，在香港民众中通过健身操舞的形式，弘扬主旋律，传递正能量。

从2013年开始，东城区健身操舞协会与多所学校开展"阳光体育进校园"合作，校园啦啦操培训不仅赢得了教师及学生家长的好评，所带队伍在国际和全国比赛中也屡创佳绩。

刚毅在2017年北京第11届全民健身体育节上发言

刚毅作为全国200多万社会体育指导员的一分子，深感责任的重大和荣耀。她是全民健身的排头兵，也是健康排头兵。回望近半个世纪的人生，她牢记社会体育指导员"奉献、服务、健康、快乐"的宗旨，用爱奉献、用情服务、用行健康、用心快乐，向着"全民健身的宣传者、科学健身的指导者、群众活动的组织者、体育场地的维护者、健康生活方式的引领者"的目标前进。她亲历了北京奥运的辉煌与精彩，接下来，又将领略北京冬奥会的精彩与辉煌。

走进东城区左安漪园社区太极拳队，你会被队员们的精神面貌深深吸引。他们的平均年龄已超过65岁，但健康阳光，充满活力。队员郭大姐说："我们太极队能有今天的规模和成就，离不开马队长的付出。她待人真诚热情，诲人不倦，是我们这个大家庭中的领头人。"

马队长叫马桂云，是一名退休老党员、北京市一级社会体育指导员，2012年担任太极队长后，带领社区居民打太极拳，锻炼身体。她编排了大家喜爱的太极拍打操、太极扇等，收到良好的健身效果。

2008年，左安漪园社区成立太极队，有着十几年习练太极拳经历的马桂云，第一时间报了名。2009年，她担任了辅导员，为更好地指导传授太极拳、太极扇等，她认真参加培训、刻苦练习，为居民提供科学、便捷、高效、安全的健身技能指导。

马桂云带领队员锻炼

她克服照看孙辈、家务事多等困难,每天义务教授社区居民学习太极拳、太极剑、太极扇、健身气功等运动项目,在教学中因人而异,循序渐进。坚持学习的居民,从最初的十几人增加到40多人。他们学会了十几套健身功法,身体素质有了明显的改善。

在马桂云的积极争取下,2016年,东城区体育局批准左安漪园社区太极队设立健身气功站点,目前太极队已有13名社会体育指导员。平时,马桂云带领队员们习练健身气功,也带领队员们参加比赛,通过以赛带练的方式,提升大家的水平。几年来,太极队多次参加北京市、东城区举办的武术比赛和展示活动,2018年获得京津冀健身气功比赛一等奖。

2017年,她申报了"和谐家园,爱老助残"项目,吸引了50多名社区居民参加,其中残疾人11人,直接受益人群达900多人次。经过专家评审,该项目被评为助老服务好项目第一名。太极队有位63岁的男队员,因15年前腰椎管占位手术失败,导致低位截瘫,马桂云带领团队的老师们,教他在轮椅上练习适合他的健身气功坐式打法,效果十分明显,他不仅能扔掉拐棍,还可以照顾90岁的老父亲。

73岁的王大姐,患有严重的静脉曲张,腿疼,走路困难,医生建议她住院手术治疗。在马桂云的带动下，她坚持练习八段锦等健身功法，病情得到了缓解，生活质量提高了，每天为大家放音乐，成为热情的爱心志愿者。

马桂云带领的太极队，相互关爱，弘扬正气，帮助别人，快乐自己，从而感受到和谐社区的温馨。马桂云学习使用电脑，使用智能手机建群，把队员平时练习以及参加比赛的照片，做成电子相册，分享给大家。在她身上，体现了老有所学、老有所为、老有所乐。2017年，马桂云被评为东城区龙潭街道第三届"温暖龙潭"十大人物评选温馨奖，2018年被评为北京市优秀社会体育指导员。

吕士荣是东城区健身气功骨干，国家级社会体育指导员，健身气功段位七段，武术段位六段，健身气功一级裁判。她三次荣获全国健身气功先进个人及全国优秀体育指导员称号，还荣获北京市"十佳"社会体育指导员、北京市最具魅力体育指导员称号，两次进入国家队，荣获国际比赛健身气功"易筋经""六字诀"两项个人冠军及"五禽戏"等集体第一名等，多次受国家体育总局指派，出访英美法等国家，进行健身气功教学任务。

吕士荣一向热爱体育运动，1997年开始练习太极拳，1999年成立了龙潭太极拳辅导站，2005年开始自学健身气功·易筋经、五禽戏、六字诀、八段锦。她对着健身气功的影像资料勤学苦练，细心琢磨，逐渐加深对健身气功基本理论和技术要领的理解，功法动作准确规范。

她认真教学，科学管理，耐心细致地向学员讲解健身气功的动作要领，按照要求规范每一个动作，纠正错误之处，使大家的技术水平不断提高，队伍在日益壮大，从最初的20多名学员，逐步发展到140多人，并培养出社会体育指导员90多名，其中国家级社会体育指导员有16名，成为龙潭公园一支壮观的晨练大军。二十年来，无论寒冬酷暑，吕士荣每天带领着学员，坚持晨

吕世荣进行大课培训

2016年获全国站点联赛健身气功"八段锦""六字诀"两项一等奖

练,大家互帮互学,切磋交流,多次代表北京市参加全国健身气功比赛,并取得优异成绩。

2007年3月,在北京市第二届健身气功展示大赛之前的一个月,吕士荣抽出十名形象好气质佳的学员,进行训练,由于时间有限,学员技术水平参差不齐,且年龄偏大,她带领学员克服困难,加紧练习,在比赛中取得健身气功五禽戏第一名的好成绩。

2007年在中华世纪坛举行的迎奥运倒计时一周年的大型活动中,2008年在鸟巢举行的迎奥运倒计时100天大型表演等活动中,吕士荣带领200名学员表演了健身气功"五禽戏",展示了学员的风采。

2009年9月,吕士荣和她的队员,参加了全国首届老年体育大会健身气功项目展示大赛,获得健身气功"五禽戏""八段锦"集体项目两块金牌,个人项目四块金牌,受到国家体育总局健身气功中心领导的称赞,被誉为"杀出来的一匹黑马"。比赛结束返回北京的那天,学员们打着横幅,手捧鲜花,到北京站站台,欢迎吕老师和参赛队员胜利归来。他们相互拥抱,相互问候,激动得泪湿眼窝。一个普通的健身站点,成为学员们互相关心、互相帮助的和谐温馨集体。

从2015年到2017年,吕士荣连续三年带领四名队员,代表北京市参加全国健身气功站点联赛,从6月份在北京市的预赛荣获"八段锦""六字诀"两项集体第一名,到8月份参加全国北半区半决赛,11月份参加全国总决赛,历经七个月,她和队员在这半年多的训练中,克服许多困难,严格训练,精益求精,获得"八段锦""六字诀"两项集体第一名的好成绩。2017年是他们连续第三年进入总决赛,与来自全国各省市32支参赛队伍竞争。经过两天的激烈角逐,吕士荣带领的北京东城区天坛体育中心代表队,获得健身气功"六字诀"和"导引养生功十二法"两个集体一等奖的优异成绩。吕士荣以严谨教学著称，正是有了严要求、高水准的指导，才取得"三连冠"的好成绩。她因此获得"最佳优秀教练员"的称号。

2018年7月，吕士荣和七名队员代表东城区参加了北京市第十五届运动会健身气功项目的比赛。在一个多月高强度的紧张集训中，他们没有休息日，每天都练得汗流浃背。队员们的严格训练和顽强拼搏，换来了健身气功项目"八段锦"第一名的好成绩。

吕士荣通过不懈的努力，充分发挥社会体育指导员在全民健身过程中的引领示范作用，不仅在国内大型活动中创出佳绩，还受国家体育总局健身气功管理中心委派，经常走出国门，走上世界舞台，向外国朋友推广普及中国健身气功。

2006年至2011年，她先后出访了英国、美国、法国、俄罗斯、加拿大等十几个国家，在海外教学达近9000人次。她教过的学员中，有四个人荣获个人冠军，三支队伍荣获两项冠军，巴西的两个学生在连续三届国际比赛中荣获冠军。在加拿大第四届国际健身气功比赛中她被称为金牌教练。

在海外健身气功教学辅导中，吕士荣针对不同学员，采取不同的教学方法，如果是新学员，就采取少说多做多练的方法，让他们尽快学会功法技术。授课中做到示范准确，讲解清楚，耐心辅导，尽可能让学员学一次，就能准确到位地掌握功法技术，在较短的时间内了解中国健身气功的精髓，提高练功技术水平和健身效果。她在向世界推广中国健身气功的同时，结交了许多外国朋友，为弘扬中国优秀传统文化，为增进中国人民与世界各国人民的友谊，作出了积极贡献。

三、大众健身　遍地开花

群众性的健身活动，花样繁多，凡是能活动筋骨、强身健体的活动，都属于健身运动，比如跳健身舞、做健身操、打太极拳、踢毽子、打球、游泳、登山、跑步等。总之，什么样的活动，都有人在做，都有人在坚持。有些人选择一种健身方式，一坚持就是几十年。

例如金帛舞蹈队的几十名队员，选择跳健身操舞、民族舞健身。这个群众自发组织起来的团队成立于1991年，是东城区乃至北京市第一家以社区为中心的业余团队，创办人叫赵锦玉，她带领队员们自编自演节目，深受社区居民的好评。渐渐

2012年7月3日,队员们在地坛体育馆候场

地,业余团队逐渐多起来,各队纷纷邀请专业老师授课,水平不断提高。金帛舞蹈队一直坚持自编自演,感觉已经跟不上飞速发展的时代要求。

恰在此时,健身舞蹈老师陈南征带领部分队员,加盟金帛舞蹈队,壮大了队伍,增添了新的活力。在陈老师和大家的共同努力下,演出水平显著提高。近年来,获奖无数,社会知名度越来越高。被评为北京市业余团体先进集体。

陈南征每教一个新舞,总是先在家中,一遍遍听歌曲,一点点编动作,要把几分钟的乐曲编排下来,相当费时费力费脑。然后再把动作,一点点教给队员。她不放过任何细微之处,举手投足,都要求队员务必做到位。她一边教动作,一边排队型,不厌其烦地做着示范,常常说得口干舌燥,练得腰酸背疼。

俗话说"三个女人一台戏",几十个女人站在一起,该是几台戏呢?面对众多队员,她组织有方,要求严格。从编排一个健身舞,到学会跳,跳得整齐,跳出韵味和美感,然后登台演出,为观众送去欢乐和美的享受,这中间要练习多少遍,要抛洒多少汗水,有谁能记得清?有些动作难度大,她们就十遍、百遍、千遍地练习,回到家,还要对着镜子苦练。长期的锻炼,使他们人人都拥有一个好身体。曾经是体操运动员的赵淑英大姐,如今年过七旬,身体的灵活性不亚于年轻人,看上去神清气爽,一点不像老年人。

她们几十年的锻炼付出,得到了社会上的认可。她们曾经获得北京市民族杯五套健身秧歌大赛金奖、北京市首届中老年舞蹈大赛金奖、第一届拉丁舞全国第三名;《水乡》《茉莉花》《红灯笼》《荷塘》均获得北京市舞蹈比赛一等奖;在区县级舞蹈比赛中,每一次均获前三名。她们曾被邀请赴广州和澳门参加演出,并受中央电视台之约,赴山西运城参加拉丁舞演出。

这是一个管理有方的团体,有着严明的组织纪律和管理体制。赵锦玉、陈南征、赵淑英为领导核心，下设两个小组，A组为大个儿成员，B组为小个儿成员，各负其责。

他们在参加北京电视台《喜来坞》演出时，电视台主持人称队里的几名骨干为：商量赵、嗓门高、专业赵、魔鬼谢。这是以她们各自的特点和专长命名的。前三位好理解，最后一位，是形容她带领大家训练起来，那种严格、不讲情面的劲头。

陈南征和她的队员们

无论选择什么样的运动，都贵在坚持。一个业余团队，能够克服种种困难，不论是火热的盛夏，还是寒冷的严冬，常年坚持训练，一步一个脚印，走过了近30个春夏秋冬。而且越跳越好，越跳越上档次，越来越受观众的喜爱。像这种长期坚持锻炼、自己受益，还能为他人送去欢乐、供人欣赏的群众健身团队，还有很多很多，真可谓全民健身的花朵，开遍东城区的角角落落。

四、全民健身　加我一个

瓦蓝瓦蓝的天空，洁净如洗，几朵白云，深情地舒展着腰肢，变幻着，蓬松成几朵牡丹，在天安门广场上空绽放。音乐响起来了，歌声清脆悦耳动听：五十六个民族，五十六枝花，五十六族兄弟姐妹是一家，五十六种语言，汇成一句话，爱我中华，爱我中华，爱我中华……

伴随着歌曲，呈现在眼前的，是上千人的健身球表演，一支又一支队伍，排列有序，着装整齐，人人面带笑容，个个精神焕发。大家步调一致，挥舞彩球击打着身上不同的穴位，动作干脆有力，姿势矫健优美。无数只彩球上下翻飞，犹如群蝶飞舞，那种展示出的全民健身场面，美极了！壮观极了！震撼极了！

这是2000年6月10日，为纪念毛主席题词"发展体育运动，增强人民体质"48周年，北京市工会、职工体协举办的一次活动。我作为东城区北新桥街道健身舞队的一员，有幸参加了这次活动。能站在天安门广场的队伍中，成为健身球展示方阵中的一员，我很高兴，很激动，很受鼓舞，也很自豪。在全民健身的队伍里，有我一号。

永远忘不了2008年8月6日奥运火炬在东城区传递的热烈场面。那天，天气异常闷热，我作为一名"第29届奥运会火炬接力观众志愿者"，按照规定的时间，提前来到中轴路。中轴路上早已是人山人海，观看火炬传递的人们，群情振奋，一个个汗流浃背，他们挥动着彩旗，脑门上、脸上贴着奥运五环标志，人海中不时爆发出激动人心的呐喊声："中国加油！奥运加油！北京加油！东城加油！"眼前晃动着一张张兴奋、激动、喜悦的面孔，13亿中国人民的久久期盼，华夏儿女的百年梦想终于实现了，怎不叫人欢呼雀跃！周边的欢呼声像大海的波涛，一浪高过一浪。前来观看奥运火炬传递的人太多了，他们伸长脖子翘首以盼。

为了避免因拥挤造成道路堵塞，我戴着志愿者胸章站在马路边，认真地疏导着，维持着现场秩序。并同其他志愿者一起，手拉着手，形成一道拦截线，以免观众向前拥挤，影响奥运火炬的传递。

置身在那种热烈、宏大、壮观的场面中，我深切地感受到，东城人民的热情是何等的诚挚、高涨！群众的支持和参与是何等的广泛！我们同来自世界各地的朋友一起，在中华大地燃起奥运圣火的场面，是何等的激动人心！

我曾经在东城区北新桥街道以及三个社区工作过十年，又是社会体育指导员中的一个，不少大型健身活动都有幸参加了。

在推广普及北京市第一套、第二套健身秧歌时，我拿出自己家的录音机，耐心地教社区居民学习。健身秧歌的有些动作，对于某些居民来说，确实有一定难度。有人学了几次不会跳，就打退堂鼓，我一再鼓励他们，为教会一个有难度的动作，我无数次地做着示范，炎热的夏季，累得大汗淋漓、口干舌燥，依然坚持着，直到把大家都教会。

社区有位年轻女同志想锻炼身体，我向她推荐健身秧歌，她说不好看，我说你还没学，怎么就妄加评论？她说看到有些老太太跳了。为了说服她，我打开录音机，伴随着欢快的乐曲，手持彩巾尽情地跳起来，一曲结束，她连声说好，当即下决心一定学会。我趁热打铁，立刻辅导她，直到全部教会。后来，她不仅自己跳得很好，还教会了不少居民。

这件事让我明白了一个道理：要想在社区推广开展一系列健身活动，作为一名社会体育指导员，自己必须认真刻苦学好各种健身技巧，才具有感召力和凝聚力，用自己娴熟的技巧去影响和带动更多的人，让他们加入健身行列中来。

跳健身操舞，既锻炼了身体，又陶冶了情操。由于长期坚持锻炼，受益匪浅，我作为社会体育指导员到东城区参加体质测试时，获得优秀。我曾参加的北新桥街道开心艺术团，在市区级举行的健身比赛中，多次获奖。

当年，北新桥街道工委书记于艳华，身体力行，非常重视全民健身等工作，该街道被评为全国体育先进单位。于书记退休后，新任领导依然重视，街道依然保持着全国体育先进单位的称号。我身在北新桥街道，近水楼台，曾采写过于艳华和多位活跃在社区里的体育指导员，文章发表在《北京社会报》《城市区街通讯》《社区》《社区党建》《大众科技报》《中国体育报》等报刊上，为宣传全民健身先进人物，尽了一份绵薄之力。

五、走出国门　展示风采

2010年和2015年，我两次到澳大利亚，在悉尼待了两年，亲眼看见我们的许多健身活动被带出国门，带到老外们中间。在悉尼海边、社区、草坪上，随处可以看到打太极拳、练太极剑、跳健身舞的华人。

那天，我在海边绿地旁的亭子下，陪孩子玩耍，想活动活动筋骨，来一段健身舞。于是，我把袖珍播放器打开，和孙女一起跳起来。孙女亦步亦趋，跟在我身边，学得专注认真。几分钟下来，跳出一身汗，我们坐在草坪上歇息。有位老外微笑着走过来，一脸友善，要和我长谈的样子。他语速很快，一口气说了很多。我摇摇头："No English"，他听后，没有停止的意思，继续说着。我虽然听不懂他的话，但从他频繁竖起大拇指的举止中，从偶尔蹦出的"beautiful"（美丽）单词里，我似乎明白了，他在夸赞我跳得好。中国的健身舞，得到老外的欣赏，那一刻，我很欣喜。

在以后的日子里，我想锻炼活动筋骨时，就拿出袖珍播放器，跳一曲。见面打招呼的华人，日子长了，便熟悉了。她们有时会说："大姐，给我们跳一段吧。"每每此时，我便爽快地答应。孩子们围着我，伸胳膊踢腿，有的姐妹跟在我身后模仿着跳。在游乐场陪同孩子玩耍的华人和老外，不少人把头扭转过来。大一点的孩子，像猴子似的，从攀爬的绳索上跳下，停止了滑滑梯、荡秋千，奔过来看热闹，休闲的老外也驻足观赏。有音乐和健身操舞相伴的时光，总是欢乐的。我们的舞动，为周围的人送去开心一刻，那一瞬，自身也是快乐的。

有一天，我和几个人结伴到所在的社区，正赶上有华人教健身舞，动作难度不大，我跟着跳了一会儿便学会了。教舞结束后，美丽河畔艺术团团长从中挑选了几位，我也在其中，说是要参加演出。

于是，每天晚上7点，我们便准时到海边，在大桥旁的空场地，沐浴着海风，欣赏着海景练习，伸臂、踢腿、压腕儿、翻腕儿、旋转、腾挪……在欢快的音乐中练习一个小时。

我们跳的健身广场舞《爷爷奶奶和我们》，在多种场合表演过。这支健身舞，被悉尼北京之声合唱团团长章琳看中，同其他团队一起到波兰，为外国人奉献了一台精彩的节目。蓝天白云下，大片的草坪上，老外们或坐垫子，或带折叠椅，密密麻麻地铺展了一地，观看华人演出。

"走遍了南北西东，也到过了许多名城，仔细地想一想，我还是最爱我的北京。"嘹亮的歌曲在悉尼上空盘旋。在欢快的乐曲中，我登上了敞亮的舞台，展示中国的健身舞，身心一起随乐起舞、飞扬。我们的表演赢得阵阵掌声。那一刻，我在心里说：祖国，亲爱的母亲，您的儿女走出国门，用健身舞的形式，向西人展示了华人的风采，通过交流，向澳洲人民传播中华民族博大精深的文化，给您增光了。

时隔一日，我们的健身舞，又登上了悉尼达令港的大舞台。老外们看了，冲我们一个劲儿伸大拇指，纷纷要求合影留念。紧接着，同台演出的悉尼北京之声合唱团队员，离开达令港，走进悉尼歌剧院，参加另一场演出。

听，风在吼，马在叫，黄河在咆哮，黄河在咆哮……震撼人心的歌声在悉尼歌剧院回荡。

看，广场舞、太极拳、太极扇……走出国门，冲向澳洲。华人的身姿，舞动了悉尼，舞动了世界各地。

一人锻炼，一人受益，全民健身，利国利民。通过参加健身活动，全东城人民势必强壮起来，北京、中国、中华民族势必会越来越强壮、强大起来。

（作者为北京作家协会会员、东城作家协会理事）

花团锦簇的故事

刘晓川

20世纪70年代末,我成家以后住在老婆单位分的位于西单附近的平房。

一天早上,老婆对我说:"你背上包,跟我走吧。"我用手指推了推下滑的眼镜问:"去哪儿?""西单菜市场。"我跟在她身后径直走到菜市场最后面的卖肉的货位,看到都是二指膘白花花的肥肉。她皱了皱眉问售货员怎么没有瘦肉,售货员回答说,现在没有,要想买每天早晨7点排队来买吧。老婆看了我一眼,郑重地说:"你给我听好了,孩子正在长身体,得吃瘦肉,你辛苦点早起来排队吧!"

于是我隔三岔五地早晨5点多就爬起来直奔西单菜市场,那大门前已经黑压压地排着很长的队了。我们都在静静地等待7点钟的到来,觉得时间怎么过得这样慢。7点到了,大门开了,有人领着我们鱼贯而入,依次在肉货位前等着买瘦肉。因瘦肉投放量有限,所以我的心情很紧张,生怕排到我这里却没肉了,白来一趟,我就踮起脚尖抻长脖子极力朝里张望。所幸每人只能买一斤,所以我还是能买到的,但排在后面的就难说了。

瘦肉买回家却无法存放,我老婆就把一斤瘦肉全部做成熟肉制品再慢慢消化,但这种办法到了夏天就不行了。直到一个周六我下班骑车回家,看到西单商场对面的春蕾电讯商店门口排起了长队,这队伍一直排到了辟才胡同里。我跳下车赶忙过去询问,原来是春蕾电讯商店周日要卖一批雪花牌电冰箱,数量多少不清楚,家家渴望电冰箱啊,所以周六就排起了长队!

我赶三关似的回到家,对我老婆说:"你把我的军大衣找出来,我得带上马扎去辟才胡同排队。"老婆心慌地问我排啥队?我说是电冰箱的队,我说熬夜也得排,过了这个村就没这个店了。老婆高兴得有点语无伦次："你去吧赶快去，我给你做饭送到你的队伍里。"她像支前模范一样地忙活起来。

我飞也似的跑到排队的地方。天光还亮着，排队的人越来越多，人们都跟我一样，兴奋着，憧憬着。人们都带着小椅凳，穿着棉大衣，一副要打夜战的架势。

吃罢老婆给我送的晚饭，天就黑下来了，耳畔响着附近居民家里收音机的广告音乐声：塞扣，塞扣，精工牌！燕舞，燕舞，一曲歌来一片情！那高亢的旋律让人昏昏欲睡。我坐在马扎上，双手揣在军大衣的袖子里，白天上了一天班，这会儿脑袋沉下来打了一个盹儿又一个盹儿。那个夜晚，为了一台电冰箱，我和那么多人在一起，整整上了一宿极其难受的"大夜班"。

好不容易熬到天亮。受了一宿罪的人们终于盼来了希望，那天我们排队买冰箱是整个西单最显眼最轰动的事了。我骑着老婆借来的三轮排子车从商店里拉回电冰箱，高兴得一路上哼唱着"联络图我为你朝思暮想，今日如愿遂心肠"，还一手扶车把，跟我老婆大谈以后我再去西单菜市场买回瘦肉，就不用做成熟肉了，可以先冻起来，啥时想吃切一块。我老婆对我熬夜排队买冰箱之举非常感动，一边笑逐颜开地看着冰箱，一边让我往上推推下滑的眼镜。

不瞒您说，我家买来的雪花牌电冰箱，那在我们院里各户中还是头一份哪！

至于说到我家的电视机，还得从我的电视梦说起。

刚参加工作的时候，我在双井垂杨柳的一家工厂务工。我们班组有一个青工小陈对电器之类的东西很感兴趣，一来二去，我跟这个小陈很说得来。

有一天他很神秘地告诉我，他做了一个能够接收电视伴音的接收器，但是得跟收音机连接起来，借助收音机的音频信号的放大装置才能够收听得到。我一下子对他崇拜得不得了。因为电视机那时可望而不可即，不是人人能够买得起的。如果能够收听到电视伴音，虽然看不到图像，那也能过过电视瘾啊！

我央求他给我也做一个那样的电视伴音接收器。他神气地端起了架子对我说，不好办啊！我立刻推了推向下滑的眼镜，脸上堆着笑低声下气地说，咋不好办啊，你告诉我，我去办不行吗？他说有一只做接收器的电子管很不好买，他说如果我能够买到那只电子管，其他材料不用我管，马上就能给我做这个接收装置。

我真上了心，隔三岔五地就往西单商场跑。那时的西单商场什么都有卖的，不仅有价格昂贵的黑白电视机，还卖电子管收音机和半导体收音机，旁边的柜台则是卖电子管、电位器等收音机的零配件什么的。

小陈说的那只电子管还真是没有，尽管我央求售货员到后边的仓库看看是不是还有存货，人家身子都不带动地冷淡回应道：小伙子，没有就是没有，电子管厂生产不出那么多你要的电子管，我能给你变出来吗？没辙，我只能无功而返。晚上，我躺在床上辗转反侧，揪心地惦记那只电子管，做梦般想象着收听到电视伴音时的那种惬意。

大概过了有小一个月之后，那天我突然在西单商场的电器柜台里，发现了这只让我望穿秋水的电子管。我激动得脸和脖子发红，生怕那电子管会突然长出翅膀飞了，赶紧掏出钱来买下了它。那天晚上，我隔不多会儿就把那只宝贝电子管拿出来看看，看得我眼睛都发蓝了。

接下来的事，就顺理成章了。小陈很快就给我做好了电视伴音接收器，特意赶到我家来，拆开我家那台老旧的电子管收音机，用电烙铁焊接了几根线连在转换开关上，突然就响起了电视台节目的声音，高兴得我鼻涕泡都冒出来了。

在此期间，小陈还带我认识了我们厂电工班一个外号叫孙大嘴的人。孙大嘴更神，他不知道从什么地方找来人家废弃不用的电子示波管，就是在医院可以看到的直径100毫米、里面显示出不停移动的绿色光波的示波管，经过他的改造，做出能够收到电视信号的电视接收机，这玩意儿可要比小陈做的电视伴音接收器高级多了。我和小陈还专门去了孙大嘴家，看到了从这个示波管中接收的电视图像，那天好像是唱评戏，微小的活动着的人物从发出绿光的示波管中映射出来，不管怎么说这就是电视啊！

我很佩服孙大嘴，他不仅嘴大，脑袋也奇特的大，那里面全都是技术的智慧。但我也深知，我无法央求孙大嘴也给我做一个示波管电视接收机，且不说到哪才能找到示波管，单是所花的费用也不会少，那要比央求小陈给我做个电视伴音接收器更困难了。

然而，我却很满足，在那个没有几个家庭有台电视机的年代，我家虽然看不到电视却能够收听到电视台发出的电视伴音，已经算是走在别的家庭前列了，虽然那时电视节目还不像今天这般丰富，大多还是剧场中专业院团的演出实况录播，但是我却能够收听到画面以外的声音，院里其他家还听不到呢！

那时，我还真没想到有一天会圆了我的电视梦。

时间一天一天地过去，到了20世纪80年代初，商场里的黑白电视机开始多了起来，人们买电视机也不再要票了，这时我的那颗想拥有电视机的心，也随着市面上多起来的电视机而躁动了。我又开始频繁地上街，在售卖电视机的商场、商店里徘徊，琢磨应该买个多少英寸的电视机为好。9英寸、12英寸甚至是14英寸，我都嫌小。其实这几款电视机已经比我前几年看到孙大嘴家里直径只有100毫米的示波管电视大多了，但是在选择性多了一些的情况下，我却有了贪心不足蛇吞象的心理：既然是买，为什么不买个更大更好的呢？

终于，我在西单十字路口东的一家商店里，看到了一款黑白电视机，是市面上少见的十六英寸的，是个杂牌，好像是"天虹"牌的没什么名气的电视机。不过这没啥关系，只要屏幕比其他电视机都大些，看着显示出来的图像舒服就行。我在商店里选择了一款红色机壳的电视机，当场验看了图像，就毫不犹豫地买了。

当我用自行车喜滋滋地把这台"天虹牌"电视机驮回家里时，老婆拍着手笑，笑得弯了腰。

可是没过多久，老婆就开始烦躁了。她说这电视怎么老有一种嗡嗡声啊？我一愣，凑近了电视机，抻着耳朵仔细听，还真有嗡嗡声，就像厂里开职工大会，会场的喇叭里伴随着厂长眉飞色舞地说着生产形势时，老传来一种固执的嗡嗡声。这就是交流声！

我推了推向下滑的眼镜，皱着眉头说，可我在商店挑选电视机时，没有听到这惹人烦的交流声啊！老婆说，那是在商店，人多嘴杂，哪能听到这嗡嗡声啊。可是在家里的安静环境下，这嗡嗡声就被放大了呀，真是的！

咋办？倒霉事让我遇上了。那会儿还没有商店售卖出的商品质量三包这一说，赶上好的你就赚了，赶上不好的只能自己认倒霉。

我赶紧给我原来厂里电工班的孙大嘴打电话，他答复说这是因为电视机里的功放部分可能有点问题，然后就是什么电容电阻之类我全然不懂的话，最后他说如果我用直流电瓶开启电视机可能会好些。废话，我哪儿弄直流电瓶去？

我忍下了这烦人的电视嗡嗡声，这像一群苍蝇一样飞来飞去的嗡嗡声，伴随着我们家每天晚上的看电视时间，一直持续了很久，直到市面上出现了进口的或是合资的彩色电视机为止。我狠狠心换了一台18英寸的夏普牌彩电，无论是图像色彩还是伴音质量，都让我满意。老婆也高兴地说，鸟枪换炮了，鸟枪换炮啦！

然而，她和我都没有想到，随着时间的推移，我们都没有将已经买到的雪花电冰箱和夏普18英寸彩电继续用下去，而是在市场上的商品越来越丰富的时候，不断地"喜新厌旧"。彩电先是换了一台日立牌25英寸的，后来在时兴宽屏大平板时，买了一台国产长虹牌55英寸彩电。我家的电冰箱，淘汰了雪花牌的以后，又买了一台伊莱克斯牌冰箱，后来我老婆说那台冰箱的容积小，嚷嚷着要买台大容量的，便在苏宁电器商城转了半天，买了一台国产容声牌三开门559立升的电冰箱。老婆说这台冰箱的科技含量高，果蔬保鲜程度好，价格也实惠。

哦，现在的商品，早已不是有没有的问题了，而是好不好的问题了，想买什么牌子的何种型号的冰箱、彩电敞开了挑选，而且质量有保障。我们没有想到，我们的衣食住行都有了让人赏心悦目的改观。我们家的住房，也从原来的小平房，搬到了采光好、有电梯、宽敞明亮的高层住宅楼。

我们同样没有想到，随着时间的推移，北京已经完全变了，变成一座融汇古都文化、红色文化、京味文化和科技创新文化的现代化世界文化名城。我们的西单，我们所熟悉的西单北大街，也完全变了：马路拓宽了，一幢幢高楼大厦拔地而起，中友百货、君太百货、华威商厦、明珠商厦、西单大悦城、法国老佛爷购物中心，等等，替代了原来马路两旁低矮的店铺。有着滚动电梯的过街天桥，串连起座座气派的商厦，方便人们到处观光购物。马路上车水马龙，两边的便道上，熙熙攘攘地走着穿戴入时的青年男女，他们高兴地说着笑着，手里拎着大包小包，脸上的神情是那种满意和富足。而最让人称奇的是西单的色彩，不再是一片暗淡的灰色，而是巨幅彩色商业广告、大型高清电子屏幕以及人们的衣着打扮显露出的明亮斑斓。

曾经有位朋友给我发微信说，怀旧，不是说那个时代有多好，而是那时你正年轻。这话说对了一半。我的怀旧，其实是想证明，今天要比过去更美好。现在跟我当年一般年岁的年轻人，大概不会再像我一样早起排队买瘦肉，不会再像我一样熬夜排队买冰箱，也不会再像我无奈地买回一台有着嗡嗡声的电视机了吧？

我曾站在原来西单菜市场的位置问一位清秀靓丽的姑娘，西单菜市场怎么走？她困惑地看着我说，西单，这儿是繁华商业区，怎么可能有菜市场？其实我真想告诉她，姑娘，你现在站的地方就是当年西单菜市场的高台阶上。而当我再问她首都电影院在哪儿时，那姑娘用手一指西单大悦城连珠炮似的说，就在大悦城的10层，有14个放映厅哪！

啊，这就是我们现在的生活！

我们的新中国已经成立70年了，70年来，我们的国家，我们的北京，我们的家庭都变了，每一个人也都精神饱满、喜笑颜开。是啊，如果你生活在一个衣食无忧、花团锦簇的环境，生活在一个没有硝烟、没有战火、充满安全感的国度，生活在一个经济总量居世界第二、每天都有创新生活的国家，那么，你是不是会有巨大的获得感和幸福感呢？

我就有这种感觉，每天都被这种感觉包围着，想起这些我就有种发自内心的骄傲和自豪。我们的国家，我们的北京，生机勃勃，与70年前相比，或者跟改革开放前的40年相比，已经发生了翻天覆地的变化，创造了无与伦比的辉煌成就。

但是毫无疑问，我们的国家、我们的北京还会变。那就变吧，变得更年轻、更有朝气、更富活力。跟随着共和国坚实的脚步，我们的生活会更加美好！

（作者为中国作家协会会员、东城作家协会理事）

身边的变化

秦景棉

一、旧屋变新居

那天晚上,我躺在床上看书,忽然,大雨如注,风声、雨声、响雷声,声声令人惊悚。一会儿,院儿里响起杂乱的脚步声,有人提高嗓门问:"屋里漏雨吗?我们是房管所的。"听到问话,我先是一愣,继而反应过来,立刻回答道:"上次修后不漏了。谢谢!"脚步声在风雨中走远了。我手里攥着书,再也看不下去了。窗外,一道闪电划破天空,一声闷雷在屋顶炸响,我本能地缩了一下身子,猜想着,那些查房的维修人员走到了何处?很多老百姓还居住在破旧的房屋中,他们要走巷串院细心查问,要对居民的安危负责。在雨季,在雷电轰鸣的夜晚,是他们最忙碌的时刻。

以上是十几年前的情景。那个时候,胡同里有些平房(房管所直管公房),每到夏季,稍微有些规模的雨,屋内就会叮咚作响,屋里的人慌忙用脸盆接着,赶紧给房管所打电话,他们便会立刻冒雨采取措施,登梯上房,用塑料布临时解决问题,雨后再进行修缮。

婆婆家从东四三条搬到东四十一条,已经有50多年了。我是1987年住进来的。距今也已经有32年了。

这条长720米、宽8米的胡同,当年给我的感觉是,胡同里有些平房忒破旧,大杂院儿里、犄角旮旯处,私搭乱建小厨房、煤棚子,堆积各种杂物,凌乱而破旧。它和充满魅力的京城,和长安街、王府井,和天安门、故宫、天坛、颐和园等皇家

70年北京东城足迹——《东城故事》2019年

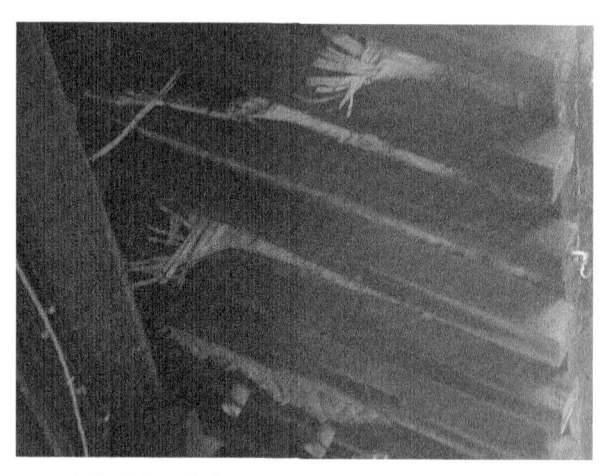

北京的老旧平房

建筑极不协调,太不般配了。

每每有亲朋好友来家串门,我都感到害羞,觉得自己的居住环境,给北京丢了面子。当时我儿子天真地说:"妈妈,把咱在军工厂住的楼房,安上轱辘,推到奶奶家吧。"我冲孩子笑笑,做梦都期盼着有朝一日,能够改善一下居住条件,使凹凸不平的墙壁变直溜,让室内弓形的屋顶变得平平展展。

记忆中,好像是从2005年开始,或许更早一些,我走在东城区北新桥街道的大小胡同内,经常目睹解危排险工程正在进行。紧接着,政府加大投资,加大了对危旧平房改造的力度,眼看着胡同内越来越多的居民住进新房,我为他们祝福、高兴的同时,内心也升出一种强烈的期盼,盼望自己也能够早日住进新房子。

回到家,环视自己的住处,屋檐经常掉土,有的椽子中间已经露了天,墙皮潮湿脱落,贴着塑料布,木头立柱底部朽烂,锯掉一截,垫上了石墩,加固房梁的木头,用粗铁丝捆绑着,支棱八翘,怎么看都扎心。

一天,房管所又一次通知家中留人,维修人员带着三角铁,来加固另一根房梁。我说:"这样的危旧房,还不拆了盖新的?"他回答:"这可不算危房,比这危旧的有的是,慢慢等着吧。"我问:"大概需要等多长时间?"他说:"怎么也得20年吧。"他随口说出的一句话,将我热腾腾的期盼,浇了个透心凉。

犹如医生的每句话、每个表情对患者都至关重要一样,房管所普通维修人员的一句话,让我这个迫切希望改善居住条件的人,纠结郁闷了多日。20年,太长了吧!我对他的话产生怀疑,我爱较真儿,拿自己居住的房和别的危旧房相比,感觉不差上下。经过房管所进一步检查界定,此房被列入危旧房改造之中。

在热切的期盼中,终于迎来了激动人心的时刻。2008年2月18日,我正在上班,接到北新桥房管所要为我们翻新房子的通知。喜从天降!我的心,怦怦怦一个劲儿地狂跳,乐得手舞足蹈。

我们以惊人的速度,把居家过日子用的家具、电器、衣服、被褥、几千册书籍、瓶瓶罐罐等所有东西，迅速搬出，把房子腾空。之后，我用数码相机记录下拆除破屋盖新房的全部过程。

由碎砖头垒起的、居住了无数年的破房子拆除了，取而代之运来了崭新的青砖灰瓦，运来了粗壮笔直的房梁和檩条，运来了沙子水泥等。施工队的民工们在不停地劳作，他们铲土、和水

2008年正在翻新的木结构平房

泥、垒墙、刨木头、上梁、封顶、刷漆……一排崭新的青砖灰瓦房落成了，怎么看都地道。这就是北京的符号，不论从哪个角度端详，都让人赏心悦目。

盖新房的那些日子里，我天天处在兴奋中，时时沉浸在幸福里。总觉得心底好像有一股蜜汁，咕嘟咕嘟向外冒，又好似盛开一片姹紫嫣红的鲜花，那叫一个美！每天下班回来，都能看到新的进展。

老母亲在院子里忙碌着，为盖房的人烧水沏茶，递烟洗水果。大家都夸老母亲待人亲切、热情大方。那种和谐喜庆的氛围、那种紧锣密鼓的劳动场面，令我终生难忘。

那一年，市政府安排了十个亿专项补助资金，分别为东城、西城、崇文、宣武拨款2.5亿元，在城四区开展新中国成立以来规模最大的一次房屋修缮和市政改造工作，包括城内44条胡同、1474个院落，涉及居民1万户。有着3000年历史的古城北京，旧貌换新颜，变成了新的北京。

新房落成后，我和丈夫打扫房间、擦拭玻璃、摆放家具、整理书籍……把房间布置得干净整洁、温馨漂亮。

我在院里养了几盆花草，绿化、美化环境，种了一棵夜来香，给院内喷洒着天然的香水。夜来香好像有灵性，仿佛预先掐算好了新一拨花期一样，在奥运盛会开幕之夜，那密匝匝的小花朵一起绽放，向空中喷洒着它独特的清香。

自从住进了新房，我天天美不叽儿地哼着小曲唱赞歌。第二年，也就是2009年春，更大的喜讯降临到身边。我接到房管所通知，要把我们整个院子改造成精品院

2008年6月建成的新平房

儿，也就是说，除了2008年翻新的一排临街北房外，其余的旧房子统统拆除，盖成新的。消息传来，大杂院儿里沸腾了，十几户人家的大人孩子，全都乐开了花。那是怎样一种忙乱而又有序的热闹场面啊！所有人家的东西，迅速搬空了，时而漏雨的屋顶掀掉了，经常爬土鳖的潮湿墙壁推倒了……紧接着，运来堆积如山的青砖，变成一面面横平竖直的灰墙，在原有的根基上立起来了，长短粗细的木料，一根根各就各位，像搭积木一样，变成了一间又一间的新屋，房子很快封了顶，上了瓦，安装了门窗，家家旧貌换新颜。整座院子，用青砖铺就，平平展展，干净整洁。里里外外透着全新，洋溢着喜庆。亲朋好友来家串门，都感到惊喜，他们说："这变化忒大了！"

住进楼房的老邻居旧地重游，他们挨家走动参观，指指点点，分享着各家的喜悦。他们大发感慨：唉吆喂，小豹子家换了一水儿的新家具！主家急忙解释说：那是，好马配好鞍！以前的破房子，看着都窝心，遇上下雨能及时修复好，不漏就知足了，哪有心思布置。现在好了，老天爷下再大的雨，咱也不怕了，哈。真可谓，翻建新房千万间，大庇天下百姓俱欢颜，风雨不动安如山。

看到老街坊有说不完的话，我从屋里搬出一张桌子，几把凳子，大家围坐在香椿树下，品着吴裕泰的茉莉花茶，聊着老百姓生活中的可喜变化，院子里一派祥和景象。浓浓的邻里情，伴随着欢声笑语，在每个人的心头流淌。几只喜鹊结伴而来，落在门口的柿子树上，它们转头摇尾，看看四周的新房，不停地叫着。老李说："听见没，喜鹊见了咱这院子都高兴，好像在说：新嘎嘎嘎！好嘎嘎嘎！"大家全都被老李模仿喜鹊的声音逗乐了。

晚饭后，漫步在胡同里，欣赏着一排排木质结构的新瓦房，美观、大气、地道。走进院子里，那一处处的新居，保留着北京四合院原有的风貌，醒目的红柱子，绿色的橡头，房檐的灰瓦上刻着福寿等字样，古朴典雅有韵味。北京的平房，在逐渐变新、变美。

二、电暖气取代了煤炉子

几十年来，居住在北京平房里的居民，一直靠烧蜂窝煤炉子取暖越冬。2009年，二环之内的平房区，全部实现了煤改电，烧火炉取暖的日子因此画上了句号。

由于怕冷，每年10月中旬，我家就生起了火炉子，一直到次年4月底才灭火。一年当中，竟有半年时间鼓捣火炉子。

每年8月份，天气正热，就开始订购蜂窝煤了。院内的房檐下，码放起一排排一摞摞蜂窝煤。高度超过了窗台，黑乎乎一片。下雨了，急忙找来塑料布遮盖住，免得被雨淋湿坍塌。天冷了，生起火炉，日复一日，用心伺候，不敢怠慢，稍有疏忽，它就熄火罢工，甩给你一副冷冰冰的脸色看。

购买的蜂窝煤，因时间不同有所差异。遇到那种硬度大的，添火时压不下去，只能用火夹子，把正在燃烧的和已经燃尽的蜂窝煤，统统夹出来，再把正在燃烧的夹进炉膛，最后添上新煤。如果成块地夹出夹进，没有破碎，特有成就感。遇上既压不下去又夹不出的蜂窝煤，就得用通条往下捅，弄得灰尘飞扬。有时烧得太旺，蜂窝煤之间相互咬合着，像冰糖葫芦，用火夹子夹的时候，它们会成串地脱颖而出，要想把它们一块块剥离开，真是忒费事了。用力小了，撬不开，用力大了，有时把红煤也鼓捣碎了，那叫一个郁闷。于是，匆匆求助邻居，一溜小跑儿从邻居家取一块红煤放进炉子。

假如碰巧邻居的炉火不旺，只有劈柴生火了。烟熏火燎折腾半天，呛得人直流眼泪，揭开炉盖一看，炉膛的蜂窝煤仍未点燃。心里别提有多撮火了。

每天睡觉前把炉子封上，室内温度会越来越低。假如一觉醒来，感觉屋子里冷冰冰的，那一准儿是火炉子被封灭了。倘若清晨起床，感觉挺暖和，先别欢喜，赶紧去看火炉子，十有八九是蜂窝煤烧过了头。早晨上班，时间紧张，是没有工夫生炉子的。

炉子一旦灭了，室内很快会变得冷飕飕的。有一年，邻居老赵去了国外，临走告诉老婆和女儿，有事去找李伯伯和刘伯伯帮忙。他们家的液化气罐没气了，老李帮忙去换，炉子灭了，我爱人帮忙生火。那次，偏巧我家的炉子也灭了，他劈了一

屋檐下码放的蜂窝煤

大堆木柴,正要生火,老赵的爱人来了,说她怎么也生不着炉子。得,他捧起劈柴帮忙去了。我只好找来一截木棍儿,用斧头劈开,剁成小段,先点燃报纸,再放劈柴,待劈柴烧旺,夹一块蜂窝煤放进去,立刻,熊熊的火苗变成缕缕浓烟,从盖不严的炉盖四周冒出来,呛得我直流眼泪。过了一会儿,浓烟渐渐小了,我解开炉盖一看,里面黑咕隆咚,一点火星都没有。气得我把火钩子拽到一边,接着找可燃的木柴。

此刻,丈夫帮忙回来了,他说:"老赵家比咱家冷多了,小静蜷缩在被窝里,一个劲儿埋怨他爸:'臭爸爸,走的时候换了新炉子,说肯定好使。可妈妈怎么都点不着,老灭火,冻死了!'我告诉她们娘俩,炉子没问题,这次买的蜂窝煤质量差。还好我带的劈柴多,已经把蜂窝煤引着了。"说着,要去我手中的斧头,接着劈柴,生自家的火。

三九天儿,想让夜间的温度升高点儿,就得把炉眼儿开大。睡到半夜,温度是升高了,炉子也烧开锅了。土暖气的出气管口,一股滚烫的水柱,窜天猴儿似的喷射而出,浇湿了周边衣物,也把人从睡梦中惊醒。急急穿衣下床,添煤,关小炉子眼儿。在寒冷的冬夜,如此这般一通折腾,还能睡得着吗?万一发生煤气中毒,那情景就更可怕了,闹不好能把小命儿搭进去。这绝不是危言耸听。

2008年6月住进新房,天天沉浸在幸福的喜悦中。进入10月,越冬取暖的问题摆在眼前。面临煤改电,是否还需要在新房内重新安装土暖气?假如安装,使用一冬就得拆除,值不值得?丈夫从以人为本的角度考虑,作出决定:就是一冬,也决不凑合,也要让家人暖暖和和地度过。于是,请朋友老邹等人帮忙,凿洞、穿管、安装,四个大老爷们儿,足足忙碌折腾了一整天。这次的土暖气,安装得既合理又科学,比以往任何冬天都暖和。全家人心满意足地过起了更加温馨的小日子。不料,惊心动魄的事件发生了,我和丈夫双双煤气中毒。

那日，夜间醒来，我走出卧室，经过厨房，经过火炉旁，到洗澡间拿小便盆儿，感觉头疼欲裂，扶墙缓缓站起，移动几步，双腿发软，瘫倒在地。丈夫发现后，连拉带拽，把我从火炉子旁边弄到厨房，他也倒在地上。这是什么病？两人症状如此相似。我强打精神，叫醒睡在另一房间的儿子儿媳。此时，我突然意识到，可能是煤气中毒，吩咐儿子立刻打开厨房窗户，叮嘱有身孕的儿媳赶快回房间，说这里有煤气，说完又昏迷过去。

开窗通风后，夫妻双双慢慢苏醒过来。

究其原因，以前的破房子四处漏风，如今的新房子密封严实，防煤气措施没有跟上去。

我们立刻在厨房安装了风斗，购买了煤气报警器。报警器异常灵敏，刚睡下不久，它就大声呼叫起来。寂静的夜晚，声音显得急迫而恐惧。慌忙穿衣下床，门窗大开，通风换气。我躲在门后冻得瑟瑟发抖，睡意全无。有时候一夜报警三次，休想睡个安稳觉。生炉子没有了安全感，日子过得提心吊胆，很不舒坦，盼望煤改电的心情越发迫切。

烧蜂窝煤炉子带来的种种烦恼，随着电暖气的安装，彻底结束了。

2009年的第一场雪，比以往任何时候都来得更早一些。大雪过早光临，使人们提前感受到了寒冬的滋味。还有几天才到冬至，室外温度已经达到零下9度至零下3度，骑车上班，冻手冻脚，冻鼻子冻脸。

然而，室内却是另一番景象。这一年，是我家享受电取暖的第一个冬天，那造型美观的电暖气，使室内变得干净整洁。下班回来，踏进家门，扑面而来的，是暖融融的感觉。伸手摸摸电暖气，它散发了一天的热量，依然热乎乎的。晚上10点，电力公司准时为电暖气开始充电，室内变得越来越暖和，一整夜都沉睡在甜美的梦乡中。从2017年冬季开始，电力公司改为晚上8点为电暖气充电，提前了两个小时，室内越发温暖了。

清晨起床，昨晚搭在暖气支架上洗过的手套、口罩、袜子等物，全部烤干了。吃罢早餐，全副武装上班去，心情格外明媚。

双休日待在家里，可以尽情享受新房、电暖气带给人的舒适、愉悦。阳光温暖而柔和，透过宽大的玻璃窗涌进房间，把地面照得亮堂堂的。阳光洒在书柜上，一排排整齐的中外名著、唐诗宋词……比赛似的绽放光芒。沐浴在阳光里，人的心情

室内安装的电暖气

也被照得亮堂堂的。这个时候,坐在沙发上,捧本书阅读,好大的享受。唐代大诗人杜甫有自己的草堂,诸葛亮有自己的草庐,鲁迅有"躲进小楼成一统"的小楼。哈,我骄傲!我拥有了属于自己的书屋。

我时常安静地坐在书屋里阅读、写作,生活中的变化,胡同里的人和事,院儿里的香椿树、柿子树、花草等,都写进了我的作品里。那篇《浓浓邻里情》曾获得第三届首都新侨乡文化节征文类一等奖。《我熟悉的刘师傅》获得北京市"说说我身边的大工匠"征文二等奖……我的《苏醒》《追梦》《诱惑》三本书里,写的大都是身边人、身边事。有的作品还被《小说选刊》转载。这要感谢我居住的胡同,是深厚的北京胡同文化,熏陶滋养了我,是街坊四邻的美德,感动影响了我,使我这个普通居民,被评为北新桥街道优秀党员、文明东城人、北京市好母亲。我家还被评为首都五好文明家庭、书香家庭,2019年又被评为全国书香之家。

我在东四十一条胡同居住了32年,亲身经历并目睹了每一步变化。政府实施的解危排险、民居工程、一户一表改造、煤改电,顺民意得民心,大大改善了老百姓的居住环境,提升了居民的生活质量。原先,居民院都是一个院合用一个水表、一个电表,每月报人头,数灯头,交水电费。从2005年开始,实现了一户一表,单独核算,既科学,又减少了矛盾,省去了诸多麻烦。从2005年到2009年,北新桥街道翻建平房4065间,2458户人家住进了新房。另外建造了160个精品院儿,有1250个院落的9294户居民,实现了一户一表,还在915个院落的6697户居民的11130间房屋里,安装了电暖气。除此之外,还有很多变化,比如,胡同里的路面铺过好几次,墙面也不断刷新,还贴了灰砖。胡同里的公厕也有了大的改观,先是把裸露粪便的蹲坑,改成了不锈钢冲便池,最近又改成了白瓷的,还装上了洗手池。

前段时间从电视中看到,通过环境整治,东城区草厂五条胡同恢复了清末民国时期的风貌,变得干净整洁、美观舒适。还有雨儿胡同、史家胡同、东四六条等胡同，都实现了雨污分流，私搭乱建被拆除，见缝插绿、立体插绿，既保护了胡同风貌，又方便了居民生活。干净有序的胡同、便捷完善的服务设施、美丽宜人的绿化环境，深得居民的喜爱。

从2017年春天开始，十一条胡同加大了拆除违章建筑的力度，恢复了原有的面貌。2018年开始实施电力、电信架空线入地，目前这项工作仍在继续中，估计很快就会变成那些能上镜的美丽胡同，我期盼着。

我对自己居住的胡同和平房院，由开始的不适应，嫌弃它的脏乱差，到一步步看着它逐渐变化，变得越来越好、越来越美、越来越有北京的特色和韵味。因此，我对它的感情也越来越深厚。我发现，我已经和北京胡同融为一体了，我深爱着朝夕相处的北京胡同、胡同里的平房、平房中的居民，深爱着浓郁的北京胡同文化。

（作者为北京作家协会会员、东城作家协会理事）

后　记

杨建业

《70年北京东城足迹——〈东城故事〉2019年》是东城作家协会的会员们,献给新中国70周年生日的一份诚挚厚礼。

几年来,每年一本"东城故事",这一本最厚重。

文化艺术界的人都有一个感觉:一部作品是否受到读者的喜爱,题材会起到很关键的作用。最近一段时间,电视台播放了很多快闪作品,以《我和我的祖国》为主题的最多。祖国各地的人在各个地方,聚在一起放声高唱《我和我的祖国》,没有人觉得这首歌陌生。因为这首歌表达的是每一个中国人的心声。

2018年,我们编写出版了纪念改革开放40周年的那本"东城故事"——《改革开放话东城——〈东城故事〉"纪念改革开放40周年"专集》一书后,就开始筹划组织编写献给祖国70周年生日的新一本"东城故事"。书名要主题明确,要通俗易懂,要朗朗上口,我想来想去,决定用《70年北京东城足迹——〈东城故事〉2019年》作为这本书的书名。提议上东城作家协会理事会通过时,得到作协理事们的一致赞同。

《70年北京东城足迹——〈东城故事〉2019年》是一个很大的命题。中华人民共和国走过这70年,不仅改变了中国人的生活,也带给世界巨大的变化。960万平方公里上的每一个角落,都留下了时代发展的痕迹。东城区作为行政区划中的"中国第一区",在祖国妈妈生日到来的时候,唱出的自然是最嘹亮的那首赞歌。这是每一个东城人的心愿,也是每一位东城作家协会会员义不容辞的职责和担当。

东城作家协会是1992年成立的,时间虽然不长,但协会的成长期,恰逢中国巨大的改革与发展阶段。近几十年来，人们所历经的生活，是前人所无法比拟的，也是我们的父辈和祖辈难以想象的。生活在这样的时代，是每个作家的幸运。

非常欣慰的是，东城的作家们自觉地承担起了自己的使命。东城作协虽然只是一个区级组织，大多数会员来自基层，但会员中有多位中国作家协会会员和北京作家协会会员在全国文坛具有盛名。在很短的时间里，我们这些年龄有长幼、学识有高低、笔锋有强弱的朋友们，不惧难阻、不畏酷暑、不计得失，在6月、7月、8月这北京最"热杀人"的三个月里，深入东城区那些深深印入历史痕迹中的一个个节点，探寻过往、记录史实、追逐梦想，将东城这块土地上追随着共和国前进的那些可歌可泣的人物和事件，书写进这部沉甸甸的《70年北京东城足迹——〈东城故事〉2019年》中。

书稿虽然编写完了，但真没有卸下担子的那种解脱和轻松。许多感触萦怀不去。

下面要很真诚地说一些感谢的话。

首先要感谢东城区委宣传部和东城区文联。是领导们的大力支持，使东城作家协会申报的"东城故事"每年能够立项，得以顺利出版。对每年创作完成的"东城故事"，宣传部领导和文联领导都给予了高度重视，并大力推广，使更多的读者能够看到"东城故事"，进而了解北京东城正在发生和将要发生的巨大变化和宏伟蓝图。东城作家协会主席韩小蕙应邀到浙江讲座时，有当地读者拿着去年出版的那本《改革开放话东城——〈东城故事〉"纪念改革开放40周年"专集》找她签名，让韩主席既惊讶又兴奋。东城的故事已经走出东城，香飘华夏。

还要感谢每一位参与本书撰稿的作家们付出的辛勤劳动。这些作家中有同我一样的"老"北京人，写起非常熟悉的身边过往，会得心应手一些。有一些作家是生活和工作在东城的"新"北京人，这些人虽然在北京也生活了有些年头了，但是对于这个城市70年的经历仍然陌生。此次书写，对"老"人和"新"人来说都不是一件轻松的事。"老"北京人对自己的城市也不敢说都很了解，北京的发展又是一日千里、日新月异的。"新"北京人自然也有着他们对新鲜事物独特的感受和认知角度，有些很可能是"老"北京人漠视或者没有及时发现的。不论是"老"还是"新"，通过这次《70年北京东城足迹——〈东城故事〉2019年》的采访和撰稿，我们都更加熟悉北京、熟悉东城，也更加热爱北京、热爱东城。这将是永远植入身心的一种情怀,相信这次写作的经历会让所有参与的作家们受益终身。

更要感谢的是本书中被采访到的那些单位和人物。今年是新中国成立70周年大庆,各单位都十分繁忙,但接受作家们采访的单位和人物,都非常诚恳、真挚地提供了很多第一手资料,特别是大量历史照片,十分珍贵。没有这些单位和人物的大力协助,这本书不可能在如此短的时间内,如此高质量地完成。

《70年北京东城足迹——〈东城故事〉2019年》因篇幅的局限,其中收录和记录下的只是东城区巨大发展和成就中具有代表性的一部分人和事。"东城故事"还会一年一年地出版,东城作家们为东城书写的脚步也不会停下来。真心希望我们一次次真诚地书写出的一部部"东城故事",最终荟萃成一部绵延不断的东城"史记",为时代珍藏,为读者珍爱。

最后,再一次感谢为本书付出的所有朋友们。

祖国华诞,全民同庆!

《70年北京东城足迹——〈东城故事〉2019年》礼轻情浓!

2019年8月18日